Conan der Cimmerier

Band 1: Der Turm des Elefanten und andere Geschichten

Conan ist ein Krieger, Abenteurer, Dieb und Pirat, der aus Cimmerien im hohen Norden stammt und schließlich König von Aquilonien wird. Seine wesentlichen Merkmale sind seine körperliche Stärke, sein Mut und sein barbarischer Ehrenkodex. Conan war der erste Held der Sword and Sorcery. Er ist eine Ikone der modernen Fantasy, dessen Taten die Grundlage für Kinofilme, Comics und neue Geschichten bildeten. Dieser Band enthält die folgenden Originalwerke von Robert E. Howard: Cimmerien, Der Phönix auf dem Schwert, Die Scharlachrote Zitadelle, Die Tochter des Frostriesen, Der Gott in der Schale, Der Turm des Elefanten und Der Schwarze Fremde.

Robert Ervin Howard (1906-1936) wurde in Texas/USA geboren und verbrachte dort sein Leben. Er erfand das fiktive Hyboreische Zeitalter, in dem die Geschichten um Conan den Cimmerier spielen. Er schrieb 21 Geschichten über Conan sowie ein Gedicht und einen Essay über die Welt, in der er lebt. Darüber hinaus schuf er weitere berühmte Charaktere wie Kull den Eroberer und Salomon Kane. Er gilt als Vater des Sword and Sorcery-Subgenres.

Der europäische Schriftsteller Jan Erik Moeller ist Erfinder des Fantasy-Zyklus um Arthilien und Orgard. Seine Hauptwerke sind Die Legende von Arthilien, Die Legende der Mucklins und Die Legende der Paladine sowie der Ratgeber Fantasy-Schriftsteller werden!.

Jan Erik Moeller hat alle Werke Robert E. Howards über Conan den Cimmerier aus dem Englischen (Amerikanischen) ins Deutsche übersetzt. Dabei legte er höchsten Wert darauf, eine möglichst originalgetreue, authentische Übersetzung zu erschaffen, um die archaische Wucht und die einmalige Prägnanz von Howards Prosa zu erhalten.

Conan the Cimmerian, Band 1: Der Turm des Elefanten und andere Geschichten
1.Auflage, Mai 2025
Copyright © Jan Erik Moeller 2025
Cover image: pixabay.com
Verlag: BoD · Books on Demand GmbH,
Überseering 33, 22297 Hamburg, bod@bod.de
Druck: Libri Plureos GmbH,
Friedensallee 273, 22763 Hamburg
ISBN: 978-3-8192-1024-2

Jan Erik Moeller-Verlag
D-66424 Homburg
E-Mail: janerikmoeller@web.de
https://www.facebook.com/Jan-Erik-Moeller-105534838419950

Inhaltsverzeichnis

Cimmerien

Cimmerien ist ein Gedicht über das fiktive Land Cimmerien, in dem Conan im Hyborischen Zeitalter geboren wurde. Laut Howard wurde es „in Mission, Texas, im Februar 1932 geschrieben, inspiriert von der Erinnerung an das Hügelland oberhalb von Fredericksburg, gesehen im Nebel des Winterregens".

Ich erinnere mich
An die dunklen Wälder, die die Hänge düsterer Hügel verhüllen;
Den bleiernen, ewigen Bogen der grauen Wolken;
Die düsteren Ströme, die lautlos dahinflossen,
Und die einsamen Winde, die die Pässe hinabflüsterten.

Aussicht auf Aussicht marschierend, Hügel auf Hügel,
Hang über Hang, jeder dunkel mit mürrischen Bäumen,
Lag unser ödes Land. Wenn also ein Mann erklomm
Einen schroffen Gipfel und blickte, sein beschattetes Auge
Sah nur die endlose Aussicht – Hügel auf Hügel,
Hang über Hang, jeder verhüllt wie sein Bruder.

Es war ein düsteres Land, das zu enthalten schien
Alle Winde und Wolken und Träume, die die Sonne meiden,
Mit kahlen Ästen, die in den einsamen Winden klapperten,
Und den dunklen Wäldern, die über allem brüteten,
Nicht einmal erhellt von der seltenen, schwachen Sonne,
Die aus Menschen gedrungene Schatten machte; sie nannten es
Cimmerien, Land der Dunkelheit und der tiefen Nacht.

Es ist so lange her und so weit weg,
Dass ich den Namen vergessen habe, mit dem die Menschen mich nannten.
Die Axt und der Speer mit der Feuersteinspitze sind wie ein Traum,
Und Jagd und Krieg sind Schatten. Ich erinnere mich
Nur an die Stille dieses düsteren Landes;
Die Wolken, die sich für immer auf den Hügeln türmten,
Die Dunkelheit der ewigen Wälder.
Cimmerien, Land der Dunkelheit und der Nacht.

Oh, meine Seele, geboren aus schattigen Hügeln,
Zu Wolken und Winden und Geistern, die die Sonne meiden,
Wie viele Tode werden schließlich dazu dienen, zu zerstören
Dieses Erbe, das mich hüllt in das graue
Gewand der Geister? Ich durchsuche mein Herz und finde
Cimmerien, das Land der Dunkelheit und der Nacht.

Der Phoenix auf dem Schwert

Erstmals veröffentlicht in *Weird Tales*, Dezember 1932

KAPITEL 1

„Wisse, oh Prinz, dass es zwischen den Jahren, in denen die Ozeane Atlantis und die strahlenden Städte ertränkten, und den Jahren des Aufstiegs der Söhne von Aryas ein vergessenes Zeitalter gab, in dem leuchtende Königreiche wie blaue Gewänder unter den Sternen über die Welt verteilt lagen - Nemedien, Ophir, Brythunien, Hyperborea, Zamora mit seinen dunkelhaarigen Frauen und von Spinnen heimgesuchten Türmen voller Geheimnisse, Zingara mit seiner Ritterlichkeit, Koth, das an die Hirtenländer von Shem angrenzte, Stygien mit seinen schattenbewachten Gräbern und Hyrkanien, dessen Reiter Stahl, Seide und Gold trugen. Aber das stolzeste Königreich der Welt war Aquilonien, das den traumhaften Westen vor allen anderen beherrschte. Hierher kam Conan, der Cimmerier, schwarzhaarig, mürrisch dreinblickend, mit dem Schwert in der Hand, ein Dieb, ein Räuber, ein Schlächter, mit gigantischer Melancholie und ebenso gigantischer Fröhlichkeit, um mit seinen Sandalen tragenden Füßen die juwelenbesetzten Throne der Erde zu besteigen.“ - Die nemedischen Chroniken

Über schattigen Dachspitzen und glänzenden Türmen lag die gespenstische Dunkelheit und Stille, die vor der Morgendämmerung herrscht. In einer düsteren Gasse, die Teil eines wahren Labyrinths aus geheimnisvollen, verwinkelten Wegen war, traten vier maskierte Gestalten eilig aus einer Tür heraus, die eine in Düsternis getauchte Hand heimlich öffnete. Sie sprachen nichts, sondern gingen schnell in die Dunkelheit hinaus, die Umhänge fest um sich geschlungen; so lautlos wie die Geister ermordeter Männer verschwanden sie in der Nacht. Hinter ihnen war in der teilweise geöffneten Tür ein sardonisches Gesicht zu sehen; ein Paar böser Augen glitzerte heimtückisch in der Finsternis.

„Geht in die Nacht, Geschöpfe der Nacht", spottete eine Stimme. „Oh, ihr Narren, euer Verderben ist euch auf den Fersen wie einem blinden Hund, und ihr ahnt nichts davon." Der Sprecher schloss die Tür und verriegelte sie, dann drehte er sich um und ging mit der Kerze in der Hand den Korridor hinauf. Er war ein düsterer Riese, dessen dunkle Haut sein stygisches Blut verriet. Er kam in eine innere Kammer, wo ein stattlicher, schlanker Mann in abgenutzter Samtkleidung wie eine große, faule Katze auf einem seidenen Sofa lag und Wein aus einem enormen, goldenen Kelch nippte.

„Nun, Ascalante", sagte der Stygier und stellte die Kerze ab, „deine Dummköpfe sind wie Ratten aus ihren Höhlen auf die Straße geschlichen. Du arbeitest mit seltsamen Werkzeugen."

„Werkzeuge?", antwortete Ascalante. „Warum nicht, man betrachtet mich auf diese Weise. Seit Monaten, seit die rebellischen Vier mich aus der südlichen Wüste gerufen haben, lebe ich im Herzen meiner Feinde, verstecke mich tagsüber in diesem obskuren Haus und schleiche durch dunkle Gassen und noch dunklere Korridore bei Nacht. Und ich habe das erreicht, was diese rebellischen Adligen nicht geschafft haben. Indem ich durch sie und durch andere Agenten gearbeitet habe, von denen viele noch niemals mein Gesicht gesehen haben, habe ich das Reich mit Aufruhr und Unruhe erfüllt. Kurz gesagt habe ich dem Untergang des Königs, der in der Sonne thront, im Verborgenen den Weg geebnet. Bei Mitra, ich war ein Staatsmann, bevor ich ein Gesetzloser wurde."

„Und diese Dummköpfe, die sich für deine Herren halten?"

„Sie werden weiterhin denken, dass ich ihnen diene, bis unsere gegenwärtige Aufgabe erfüllt ist. Wer sind sie, dass sie es mit Ascalante aufnehmen könnten? Volmana, der zwergenhafte Graf von Karaban; Gromel, der riesige Kommandeur der Schwarzen Legion; Dion, der dicke Baron von Attalus; Rinaldo, der verrückte Minnesänger. Ich bin die Kraft, die den Stahl in jedem von ihnen geschweißt hat, und ich werde sie zermalmen, wenn die Zeit dafür gekommen ist. Aber das liegt in der Zukunft; heute Nacht stirbt der König."

„Vor Tagen sah ich die kaiserlichen Schwadronen aus der Stadt reiten", sagte der Stygier.

„Sie ritten bis zur Grenze, die die heidnischen Pikten angreifen – dank des starken Alkohols, den ich über die Grenzen geschmuggelt habe, um sie in den Wahnsinn zu treiben. Dions großer Reichtum machte das möglich. Und Volmana ermöglichte es, den Rest der kaiserlichen Truppen loszuwerden. Durch seine fürstlichen Verwandten in Nemedien war es leicht, König Numa davon zu überzeugen, die Anwesenheit des Grafen Trocero von Poitain, des Seneschalls von Aquilonien, zu erbitten; und natürlich gebot es dessen Ehre, sich von einer kaiserlichen Eskorte begleiten zu lassen, sowohl von seinen eigenen Truppen als auch von Prospero, König Conans rechter Hand. Damit bleibt nur die persönliche Leibwache des Königs in der Stadt – abgesehen von der Schwarzen Legion. Durch Gromel habe ich einen verschwenderischen Offizier dieser Wache korrumpiert und ihn dazu bestochen, seine Männer um Mitternacht von der Tür des Königs abzuziehen.

Danach betreten wir mit sechzehn meiner zu allem bereiten Schurken den Palast durch einen geheimen Tunnel. Nachdem die Tat vollbracht ist, wird Gromels Schwarze Legion ausreichen, um die Stadt und die Krone zu halten, selbst wenn sich das Volk nicht anschickt, uns willkommen zu heißen."

„Und Dion glaubt, dass ihm die Krone gegeben wird?"

„Ja. Der dicke Narr verlangt danach aufgrund einer Spur königlichen Blutes in seinen Adern. Conan begeht einen schweren Fehler, indem er Männer am Leben lässt, die sich immer noch ihrer Abstammung von der alten Dynastie rühmen, der er die Krone von Aquilonien entrissen hat.

Volmana möchte wieder in königlicher Gunst stehen, so wie es unter dem alten Regime der Fall war, damit er seinen von Armut geplagten Ländereien zu ihrer früheren Größe verhelfen kann. Gromel hasst Pallantides, den Kommandeur der Schwarzen Drachen, und wünscht sich mit der Verbissenheit eines Bossoniers das Kommando über die gesamte Armee. Als einziger von allen hat Rinaldo keinen persönlichen Ehrgeiz. Er sieht in Conan einen dahergelaufenen, grobfüßigen Barbaren, der aus dem Norden kam, um ein zivilisiertes Land zu plündern. Er idealisiert den König, den Conan tötete, um die Krone zu bekommen, wobei er sich nur daran erinnert, dass dieser gelegentlich die Künste förderte, und dabei die Übel dessen Herrschaft vergisst; außerdem macht er, dass das Volk vergisst. Schon jetzt singen sie offen *Das Klagelied für den König*, in welchem Rinaldo den Schurken als Heiligen lobt und Conan als den ‚schwarzherzigen Wilden aus dem Abyssus' anprangert. Conan lacht darüber, aber das Volk beginnt zu murren."

„Warum hasst er Conan?"

„Dichter hassen immer diejenigen, die an der Macht sind. Für sie liegt Perfektion immer hinter der letzten Ecke oder direkt an der nächsten. Sie entfliehen der Gegenwart in Träumen von Vergangenheit und Zukunft. Rinaldo hält sich für eine brennende Fackel des Idealismus, die sich erhebt, um einen Tyrannen zu stürzen und das Volk zu befreien. Und was mich angeht – nun, vor ein paar Monaten hatte ich jeden Ehrgeiz verloren, außer für den Rest meines Lebens Karawanen zu überfallen; jetzt aber erwachen alte Träume in mir. Conan wird sterben; Dion wird den Thron besteigen. Dann wird auch er sterben. Einer nach dem anderen, jeder, der sich mir widersetzt, wird sterben – durch Feuer oder durch Stahl oder durch einen dieser tödlichen Weine, die du so gut brauen kannst. Ascalante, König von Aquilonien, wie gefällt dir dieser Klang?"

Der Stygier zuckte mit den breiten Schultern.

„Es gab eine Zeit", sagte er mit unverhohlener Bitterkeit, „da hatte auch ich meine Ambitionen, neben denen deine kitschig und kindisch wirken. In was für einen Zustand bin ich geraten! Meine alten Verbündeten und Rivalen würden nicht schlecht darüber staunen, dass Thoth-amon vom Ring als Sklave eines Fremden und noch dazu eines Gesetzloser dient; und außerdem die kleinen Ambitionen von Baronen und Königen unterstützt!"

„Du hast dein Vertrauen in Magie und Mummenschanz gesetzt", antwortete Ascalante leichthin. „Ich vertraue meinem Verstand und meinem Schwert."

„Verstand und Schwerter sind wie Strohhalme gegen die Weisheit der Dunkelheit", knurrte der Stygier, und in seinen dunklen Augen flackerten bedrohliche Lichter und Schatten. „Hätte ich den Ring nicht verloren, wären unsere Positionen vielleicht umgekehrt."

„Dennoch", antwortete der Gesetzlose ungehalten, „trägst du die Streifen meiner Peitsche auf deinem Rücken und wirst sie wahrscheinlich auch weiterhin tragen."

„Sei dir nicht so sicher!" Der teuflische Hass des Stygiers glitzerte einen Moment lang rot in seinen Augen. „Eines Tages, auf irgendeine Weise, werde ich den Ring wiederfinden, und wenn ich ihn finde, bei den Schlangenzähnen von Set, wirst du dafür bezahlen –"

Der heißblütige Aquilonier sprang auf und schlug ihm heftig auf den Mund. Thoth taumelte zurück, Blut tropfte von seinen Lippen.

„Du wirst zu dreist, Hund", knurrte der Gesetzlose. „Nimm dich in Acht; ich bin immer noch dein Herr, der dein dunkles Geheimnis kennt. Steig auf die Dächer und verkünde, dass Ascalante in der Stadt ist und eine Verschwörung gegen den König plant – wenn du es wagst."

„Das wage ich nicht", murmelte der Stygier und wischte sich das Blut von den Lippen.

„Nein, das wagst du nicht", grinste Ascalante düster. „Denn wenn ich durch deine Heimlichkeit oder deinen Verrat sterbe, wird ein Einsiedlerpriester in der südlichen Wüste davon erfahren und das Siegel eines Manuskripts brechen, das ich in seinen Händen hinterlassen habe. Und nachdem er es gelesen hat, werden in Stygien einige Worte geflüstert werden, und bis Mitternacht wird aus dem Süden ein Wind aufkommen. Und wo wirst du deinen Kopf dann verstecken, Thoth-amon?"

Der Sklave schauderte, und sein dunkles Gesicht wurde aschfahl.

„Genug!" Ascalante änderte entschieden seinen Ton. „Ich habe Arbeit für dich. Ich vertraue Dion nicht. Ich befahl ihm, zu seinem Landsitz zu reiten und dort zu bleiben, bis die Arbeit heute Nacht erledigt ist. Der dicke Narr konnte seine Nervosität heute vor dem

König nie verbergen. Reite hinter ihm her, und wenn du ihn auf der Straße nicht überholst, begibst du dich zu seinem Anwesen und bleibst solange bei ihm, bis wir nach ihm schicken. Lass ihn nicht aus den Augen. Er ist wirr vor Angst und könnte flüchten – er könnte sogar panisch zu Conan rennen und die ganze Verschwörung aufdecken, in der Hoffnung, damit seine eigene Haut zu retten. Geh nun!"

Der Sklave verbeugte sich, verbarg den Hass in seinen Augen und tat, wie ihm geheißen wurde. Ascalante wandte sich wieder seinem Wein zu. Über den juwelengeschmückten Türmen erhob sich eine Morgendämmerung, purpurrot wie Blut.

KAPITEL 2

Als ich ein Krieger war, schlugen sie die Pauken;
Die Leute streuten Goldstaub vor meines Pferdes Hufe;
Aber jetzt bin ich ein großer König, und die Leute folgen meiner Spur
Mit Gift in meinem Weinbecher und Dolchen in meinem Rücken.
- *Die Straße der Könige*

Der Raum war groß und reich geschmückt, mit teuren Wandteppichen an den polierten, getäfelten Wänden, dicken Teppichen auf dem Elfenbeinboden und einer hohen Decke, die mit aufwendigen Schnitzereien und silbernen Rollwerken verziert war. Hinter einem elfenbeinfarbenen, mit Goldintarsien versehenen Schreibtisch saß ein Mann, dessen breite Schultern und sonnengebräunte Haut in dieser üppigen Umgebung fehl am Platz erschienen. Er schien viel eher zur Sonne, den Winden und den Bergländern der Außenwelt zu gehören. Selbst seine kleinsten Bewegungen zeugten von stählernen Muskeln, die mit der Koordination eines geborenen Kämpfers mit einem scharfen Verstand verbunden waren. Seine Handlungen waren weder wohlüberlegt noch bedächtig. Entweder war er vollkommen in Ruhe – so still wie eine Bronzestatue – oder er war in Bewegung, nicht mit der ruckartigen Schnelligkeit überanstrengter Nerven, sondern mit einer katzenartigen Geschwindigkeit, die die Sicht dessen verwischte, der versuchte, mit seinem Blick zu folgen.

Seine Kleidungsstücke waren aus edlem Stoff, aber einfach gefertigt. Er trug keinen Ring oder Schmuck, und seine quadratisch geschnittene schwarze Mähne wurde lediglich von einem silbernen Stoffband um seinen Kopf gebändigt.

Nun legte er den goldenen Stift nieder, mit dem er mühsam auf gewachstem Papyrus gekritzelt hatte, stützte das Kinn auf die Faust und richtete seine glühenden blauen Augen neidvoll auf den Mann, der vor ihm stand. Dieser Mensch war im Moment mit seinen eigenen Angelegenheiten beschäftigt, denn er nahm die Schnüre seiner mit Gold ziselierten Rüstung auf und pfiff geistesabwesend – eine eher unkonventionelle Handlung, wenn man bedenkt, dass er sich in der Gegenwart eines Königs befand.

„Prospero", sagte der Mann am Tisch, „diese Staatsgeschäfte ermüden mich so, wie es all die Kämpfe, die ich bisher geführt habe, nie getan haben."

„Das gehört zum Spiel dazu, Conan", antwortete der dunkeläugige Poitanier. „Du bist der König – du musst deine Rolle spielen."

„Ich wünschte, ich könnte mit dir nach Nemedien reiten", sagte Conan neidisch. „Es scheint eine Ewigkeit her zu sein, seit ich das letzte Mal ein Pferd zwischen meinen Knien hatte – aber Publius sagt, dass Angelegenheiten in der Stadt meine Anwesenheit erfordern. Verflucht sei er!

Als ich die alte Dynastie stürzte", fuhr er fort und sprach mit der lockeren Vertrautheit, die nur zwischen dem Poitanier und ihm selbst herrschte, „war das ziemlich einfach, auch wenn es mir damals sehr schwer vorkam. Wenn ich jetzt auf den wilden Weg zurückblicke, dem ich folgte, dann erscheinen mir all diese Tage der Mühe, der Intrigen, des Gemetzels und der Trübsal wie ein Traum.

Ich habe nicht weit genug im Voraus geträumt, Prospero. Als König Numedides tot zu meinen Füßen lag und ich die Krone von seinem blutigen Haupt riss und sie mir selbst aufsetzte, hatte ich die ultimative Grenze meiner Traume erreicht. Ich hatte mich darauf vorbereitet, die Krone zu erlangen, nicht aber sie zu behalten. In den alten Tagen meiner Freiheit wollte ich nur ein scharfes Schwert und einen direkten Weg zu meinen Feinden. Jetzt sind keine Wege mehr direkt, und mein Schwert ist nutzlos geworden.

Als ich Numedides stürzte, war ich der Befreier – jetzt spucken sie auf meinen Schatten. Sie haben eine Statue von diesem Schwein im Mitra-Tempel aufgestellt, und die Menschen gehen hin und wehklagen davor und verehren es als das heilige Bildnis eines frommen Monarchen, der von einem dahergelaufenen Barbaren getötet wurde. Als ich als Söldner ihre Armee zum Sieg geführt habe, da übersah Aquilonien die Tatsache, dass ich ein Ausländer war, aber jetzt kann es mir nicht verzeihen.

Jetzt kommen sie in Mitras Tempel, um zu Numedides' Gedenken Weihrauch zu verbrennen, Männer, die von seinen Henkern verstümmelt und blind gemacht wurden, Männer, deren Söhne in seinen Kerkern starben, deren Frauen und Töchter in sein Serail geschleppt wurden. Die wankelmütigen Narren!"

„Die Hauptverantwortung trägt Rinaldo", antwortete Prospero und zog seinen Schwertgürtel noch etwas höher. „Er singt Lieder, die die Menschen verrückt machen. Häng ihn in seinem Narrengewand am höchsten Turm der Stadt auf! Er soll Reime für die Geier machen."

Conan schüttelte seinen Löwenkopf. „Nein, Prospero, er ist außerhalb meiner Reichweite. Ein großer Dichter ist größer als jeder König. Seine Lieder sind mächtiger als mein Zepter; daher hat er mir fast das Herz aus der Brust gerissen, als er sich dazu entschied, über mich zu singen. Ich werde sterben und vergessen werden, aber Rinaldos Lieder werden für immer leben.

Nein, Prospero", fuhr der König fort, und ein düsterer Ausdruck des Zweifels verdeckte seine Augen, „da ist etwas im Verborgenen, eine Unterströmung, die uns nicht bewusst ist. Ich spüre es, so wie ich in meiner Jugend den Tiger gespürt habe, der im hohen Gras versteckt war. Im ganzen Königreich herrscht eine namenlose Unruhe. Ich bin wie ein Jäger, der an seinem kleinen Feuer mitten im Wald kauert und verstohlene Schritte in der Dunkelheit hört und beinahe das Schimmern brennender Augen sieht. Wenn ich nur etwas Greifbares in den Griff bekommen könnte, das ich mit meinem Schwert spalten könnte! Ich sage dir, es ist kein Zufall, dass die Pikten in letzter Zeit die Grenzen so heftig angegriffen haben, und dass die Bossonier um Hilfe gerufen haben, um sie zurückzuschlagen. Ich hätte mit den Truppen reiten sollen."

„Publius befürchtete eine Verschwörung, um dich jenseits der Grenze in eine Falle zu locken und zu töten", antwortete Prospero, strich seinen seidenen Mantel über seinem glänzenden Kettenhemd glatt und bewunderte seine große, geschmeidige Gestalt in einem silbernen Spiegel. „Deshalb hat er dich aufgefordert, in der Stadt zu bleiben. Diese Zweifel sind deinen barbarischen Instinkten entsprungen. Lass das Volk murren! Die Söldner gehören uns, und ebenso die Schwarzen Drachen, und jeder Schurke in Poitain schwört auf dich. Deine einzige Gefahr ist ein Attentat, und das ist unmöglich, da die Männer der kaiserlichen Truppen dich Tag und Nacht bewachen. Woran arbeitest du da?"

„An einer Karte", antwortete Conan stolz. „Die Karten des Hofes zeigen die Länder im Süden, Osten und Westen gut, aber im Norden sind sie vage und fehlerhaft. Ich selbst füge die nördlichen Länder hinzu. Hier ist Cimmerien, wo ich geboren wurde. Und –"

„Asgard und Vanaheim." Prospero überflog die Karte. „Bei Mitra, ich hätte diese Länder beinahe für fabulös gehalten."

Conan grinste wild und berührte unwillkürlich die Narben in seinem dunklen Gesicht. „Du hättest es besser gewusst, wenn du deine Jugend an den nördlichen Grenzen Cimmeriens verbracht hättest! Asgard liegt im Norden und Vanaheim im Nordwesten von Cimmerien, und an den Grenzen herrscht ständig Krieg."

„Was für Männer sind diese Leute aus dem Norden?", fragte Prospero.

„Groß und blond und blauäugig. Ihr Gott ist Ymir, der Frostriese, und jeder Stamm hat seinen eigenen König. Sie sind eigensinnig und wild. Sie kämpfen den ganzen Tag und trinken Bier und brüllen die ganze Nacht ihre wilden Lieder."

„Dann denke ich, dass du wie sie bist", lachte Prospero. „Du lachst viel, schaust tief ins Glas und brüllst gute Lieder; obwohl ich nie einen anderen Cimmerier gesehen habe, der etwas anderes als Wasser trank oder der jemals lachte oder jemals sang, außer düstere Klagelieder."

„Vielleicht liegt es an dem Land, in dem sie leben", antwortete der König. „Ein düstereres Land hat es niemals gegeben – überall Hügel, dunkel bewaldet, unter einem fast immer grauen Himmel, mit trostlosen Winden, die durch die Täler heulen."

„Kein Wunder, dass die Menschen dort schwermütig werden", sagte Prospero mit einem Schulterzucken und dachte an die strahlenden, sonnenverwöhnten Ebenen und blauen, trägen Flüsse von Poitain, der südlichsten Provinz Aquiloniens.

„Sie haben weder hier noch im Jenseits Hoffnung", antwortete Conan. „Ihre Götter sind Crom und seine dunkle Rasse, die über einen sonnenlosen Ort mit ewigem Nebel herrschen, die Welt der Toten. Mitra! Die Wege der Asen gefielen mir besser."

„Nun", grinste Prospero, „die dunklen Hügel Cimmeriens liegen weit hinter dir. Und jetzt gehe ich. Ich werde an Numas Hof einen Kelch weißen nemedischen Wein auf dich trinken."

„Gut", grunzte der König, „aber küss Numas Tänzerinnen auf deine eigene Verantwortung, und lass die Staaten dabei aus dem Spiel!"

Sein stürmisches Lachen begleitete Prospero aus dem Zimmer hinaus.

KAPITEL 3

Unter den ausgehöhlten Pyramiden ringelt sich der große Set im Schlaf;
In den Schatten der Gräber schleicht sein düsteres Volk umher.
Ich spreche das Wort aus den verborgenen Tiefen, die niemals die Sonne kannten –
Sende mir einen Diener für meinen Hass, oh schuppiger und leuchtender Einer.

Die Sonne ging unter und färbte das Grün und das dunstige Blau des Waldes kurz in Gold. Die schwächer werdenden Strahlen glitzerten auf der dicken goldenen Kette, die Dion von Attalus ständig in seiner pummeligen Hand drehte, während er in dem leidenschaftlichen Aufruhr von Blüten und blühenden Bäumen saß, die sein Garten war. Er bewegte seinen dicken Körper auf seinem Marmorsitz und blickte sich verstohlen um, als sei er auf der Suche nach einem lauernden Feind. Er saß in einem kreisförmigen Wäldchen aus schlanken Bäumen, deren ineinander verschlungenen Zweige einen dichten Schatten auf ihn warfen. In der Nähe plätscherte ein Brunnen silbern, und andere unsichtbare Brunnen in verschiedenen Teilen des großen Gartens flüsterten eine stete Symphonie.

Dion war allein, bis auf die große düstere Gestalt, die ganz in der Nähe auf einer Marmorbank saß und den Baron mit tiefen, düsteren Augen beobachtete. Dion nahm Thoth-amon kaum wahr. Er wusste vage, dass er ein Sklave war, dem Ascalante großes Vertrauen entgegenbrachte, aber wie so viele reiche Männer schenkte Dion den Menschen, die im Leben unterhalb seiner eigenen Position standen, wenig Beachtung.

„Ihr braucht nicht so nervös zu sein", sagte Thoth. „Der Plan kann nicht scheitern."

„Ascalante kann ebenso Fehler machen wie andere", fauchte Dion und schwitzte bei dem bloßen Gedanken an ein Scheitern.

„Er nicht", grinste der Stygier schonungslos, „sonst wäre ich nicht sein Sklave, sondern sein Herr geworden."

„Was ist das für ein Gerede?", erwiderte Dion verdrießlich, nur halb bei der Unterhaltung dabei.

Thoth-amons Augen wurden schmal. Trotz all seiner eisernen Selbstbeherrschung platzte er fast vor lange aufgestauter Scham, Hass und Wut und war bereit, jedes verzweifelte Risiko einzugehen. Womit er nicht gerechnet hatte, war die Tatsache, dass Dion ihn nicht als einen Menschen mit Gehirn und Verstand betrachtete, sondern einfach als einen Sklaven und als solchen als ein Geschöpf unterhalb der Schwelle, die seiner Aufmerksamkeit würdig war.

„Hört mir zu", sagte Thoth. „Ihr werdet König sein. Aber Ihr wisst nur wenig über den Verstand von Ascalante. Ihr könnt ihm nicht mehr vertrauen, wenn Conan getötet ist. Ich kann Euch helfen. Wenn Ihr mich beschützen werdet, wenn Ihr an der Macht seid, werde ich Euch helfen.

Hört mich an, mein Herr. Ich war ein großer Zauberer im Süden. Die Menschen sprachen von Thoth-amon, so wie sie von Rammon sprachen. König Ctesphon von Stygien erwies mir große Ehre, indem er die Magier aus ihren hohen Stellungen vertrieb, um mich über sie zu erheben. Sie hassten mich, aber sie fürchteten mich, denn ich kontrollierte Wesen von außerhalb, die auf meinen Ruf kamen und meinen Befehlen gehorchten. Bei Set, mein Feind wusste nicht, wann er um Mitternacht aufwachen und die Klauen eines namenlosen Schreckens an seiner Kehle spüren würde! Ich habe dunkle und schreckliche Magie mit dem Schlangenring von Set gewirkt, den ich in einem in Nacht gehüllten Grab eine Meile unter der Erde gefunden habe, vergessen, noch bevor der erste Mensch aus dem schleimigen Meer kroch.

Aber ein Dieb hat den Ring gestohlen, und meine Macht war gebrochen. Die Magier erhoben sich, um mich zu töten, und ich floh. Als Kameltreiber verkleidet, reiste ich in einer Karawane durch das Land Koth, als Ascalantes Plünderer über uns herfielen. Alle in der Karawane außer mir wurden getötet; ich rettete mein Leben, indem ich Ascalante meine Identität preisgab und schwor, ihm zu dienen. Bitter war diese Knechtschaft!

Um mich unter seiner Kontrolle zu behalten, schrieb er über mich in ein Manuskript, versiegelte es und gab es in die Hände eines Einsiedlers, der an der südlichen Grenze von Koth wohnt. Ich wage nicht, einen Dolch in ihn zu stechen, während er schläft, oder ihn an seine Feinde zu verraten, denn dann würde der Einsiedler das Manuskript öffnen und lesen – so befahl es ihm Ascalante. Und er würde in Stygien einige Worte fallen lassen –"

Wieder schauderte Thoth, und eine Farbe wie Asche färbte seine dunkle Haut.

„In Aquilonien kannten mich die Menschen nicht", sagte er. „Aber sollten meine Feinde in Stygien meinen Aufenthaltsort erfahren, würde nicht einmal die Weite einer halben Welt zwischen uns ausreichen, um mich vor einem Verderben zu bewahren, das selbst die Seele einer Bronzestatue sprengen würde. Nur ein König mit Burgen und Heerscharen von Schwertkämpfern könnte mich beschützen. Ich habe Euch also mein Geheimnis verraten und bitte Euch, einen Pakt mit mir zu schließen, damit Ihr mich beschützen könnt. Und eines Tages werde ich den Ring finden –"

„Ring? Ring?" Thoth hatte den völligen Egoismus des Mannes unterschätzt. Dion hatte den Worten des Sklaven noch nicht einmal zugehört, so sehr war er in seine eigenen Gedanken vertieft, aber das letzte Wort hatte in seiner Selbstzentriertheit eine Welle ausgelöst.

„Ring?", wiederholte er. „Das erinnert mich – an meinen Glücksring. Ich hatte ihn von einem shemitischen Dieb, der schwor, er habe ihn einem Zauberer weit im Süden gestohlen und dass er mir Glück bringen würde. Ich habe ihm genug dafür bezahlt, wie Mitra weiß. Bei den Göttern, ich brauche alles Glück, das ich haben kann, wenn Volmana und Ascalante mich in ihre blutigen Verschwörungen hineinziehen – ich werde nach dem Ring sehen."

Thoth sprang auf, Blut strömte ihm dunkel ins Gesicht, während in seinen Augen die verblüffte Wut eines Mannes brannte, der plötzlich die ganze Tiefe der habgierigen Dummheit eines Narren erkennt. Dion beachtete ihn nicht im Mindesten. Er öffnete einen geheimen Deckel in dem Marmorsitz und fummelte einen Moment lang in einem Haufen von Krimskrams verschiedener Art herum – barbarische Amulette, Knochenteile und kitschige Schmuckstücke – Glücksbringer und Zauberutensilien, die die abergläubische Natur des Mannes ihm zu sammeln aufgetragen hatte.

„Ah, hier ist es!" Triumphierend hob er einen merkwürdigen Ring hoch. Er war aus einem Metall wie Kupfer und hatte die Form einer schuppigen Schlange, die in drei Schleifen gewunden war und deren Schwanz im Maul steckte. Ihre Augen waren gelbe Edelsteine, die unheilvoll glitzerten. Thoth-amon schrie auf, als wäre er geschlagen worden, und Dion drehte sich um und schnappte nach Luft, sein Gesicht war plötzlich blutleer. Die

Augen des Sklaven strahlten, sein Mund war weit aufgerissen, seine riesigen, dunklen Hände waren wie Krallen ausgestreckt.

„Der Ring! Bei Set! Der Ring!", schrie er. „Mein Ring – mir gestohlen –" Stahl glitzerte in der Hand des Stygiers, und mit einer Bewegung seiner großen, dunklen Schultern rammte er den Dolch in den fetten Körper des Barons. Dions hoher, dünner Schrei brach in einem erstickten Gurgeln ab und sein ganzer schlaffer Körper sackte wie geschmolzene Butter zusammen. Er war bis zum Ende ein Narr und starb in wahnsinniger Angst, ohne zu wissen, weshalb. Thoth warf den verdrehten Leichnam beiseite, ihn bereits vergessend, und ergriff den Ring mit beiden Händen. Seine dunklen Augen strahlten vor furchtbarer Gier.

„Mein Ring!", flüsterte er in einem schrecklichen Hochgefühl. „Meine Macht!"

Wie lange er so regungslos wie eine Statue über dem unheilvollen Ding hockte und dessen böse Aura in seine dunkle Seele einsog, wusste nicht einmal der Stygier selbst. Als er sich aus seinen Träumereien schüttelte und seinen Geist von den nächtlichen Abgründen, in denen er geforscht hatte, zurückkehren ließ, ging der Mond auf und warf lange Schatten auf die glatte Marmorlehne des Gartensitzes, an dessen Fuß sich der dunklere Schatten ausdehnte, welcher der Herr von Attalus gewesen war.

„Nicht länger, Ascalante, nicht länger!", flüsterte der Stygier, und seine Augen brannten so rot wie die eines Vampirs in der Dunkelheit. Er bückte sich, nahm eine Handvoll erstarrendes Blut aus dem trägen Teich, in dem sein Opfer lag, und rieb es in die Augen der kupfernen Schlange, bis die gelben Funken von einer purpurroten Maske verdeckt wurden.

„Lass deine Augen erblinden, mystische Schlange", sang er mit einem blutgefrierenden Flüstern. „Lass deine Augen vor dem Mondlicht erblinden und öffne sie für dunklere Abgründe! Was siehst du, oh Schlange von Set? Wen rufst du aus den Abgründen der Nacht herbei? Wessen Schatten fällt auf das schwindende Licht? Rufe ihn zu mir, oh Schlange von Set!"

Während er die Schuppen mit einer seltsamen Kreisbewegung seiner Finger streichelte, eine Bewegung, die die Finger immer wieder an ihren Ausgangspunkt zurückführte, senkte er seine Stimme noch tiefer, während er dunkle Namen und gruselige Beschwörungen flüsterte, die die Welt vergessen hatte außer im düsteren Hinterland des dunklen Stygien, wo sich monströse Gestalten in der Dämmerung der Gräber bewegten.

Es gab eine Bewegung in der Luft um ihn herum, einen Wirbel, wie er im Wasser entsteht, wenn ein Lebewesen an die Oberfläche steigt. Ein namenloser, eiskalter Wind wehte kurz auf ihn zu, als käme er von einer geöffneten Tür. Thoth spürte eine Präsenz in seinem Rücken, blickte sich jedoch nicht um. Er hielt seinen Blick auf den mondbeschienenen Platz aus Marmor gerichtet, auf dem ein zarter Schatten schwebte. Während er seine geflüsterten Beschwörungen fortsetzte, wuchs dieser Schatten an Größe und Klarheit, bis er deutlich und schrecklich hervortrat. Sein Umriss ähnelte dem eines Riesenpavians, aber kein solcher Pavian wandelte jemals auf der Erde, nicht einmal in Stygien. Noch immer blickte Thoth nicht hin, sondern zog eine Sandale seines Herrn aus seinem Gürtel – die er in der schwachen Hoffnung, dass er sie zu einem solchen Zweck würde nutzen können, stets mit sich getragen hatte – und warf sie hinter sich.

„Wisse genau, was du tun sollst, Sklave des Rings!", rief er aus. „Finde den, der dies getragen hat, und vernichte ihn! Schau ihm in die Augen, und zermalme seine Seele, bevor du ihm die Kehle herausreißt! Töte ihn! Aye", sagte er in einem blinden Ausbruch der Leidenschaft, „und alle mit ihm!"

Als Gravur in der mondbeschienenen Wand sah Thoth, wie der Schrecken seinen unförmigen Kopf senkte und die Witterung aufnahm wie ein abscheulicher Hund. Dann wurde der grässliche Kopf zurückgeworfen, das Ding drehte sich um und wehte wie ein Wind durch die Bäume davon. Der Stygier warf seine Arme in wahnsinnigem Jubel in die Luft, und seine Zähne und Augen glänzten im Mondlicht.

Ein Soldat, der außerhalb der Mauern Wache hielt, schrie erschrocken und entsetzt auf, als ein großer schwarzer Schatten mit flammenden Augen die Mauer verließ und mit einem wirbelnden Windstoß an ihm vorbeifegte. Aber er verschwand so schnell, dass der verwirrte Krieger sich fragte, ob es ein Traum oder eine Halluzination gewesen war.

KAPITEL 4

Als die Welt jung und die Menschen schwach waren und die Unholde der Nacht frei umherwanderten,
Kämpfte ich mit Feuer und Stahl und dem Saft des Upas-Baumes;
Jetzt, wo ich im schwarzen Herzen des Berges schlafe und die Zeitalter ihren Tribut fordern,
Da vergesst ihr ihn, der mit der Schlange gekämpft hat, um die menschliche Seele zu retten?

Allein in der großen Schlafkammer mit der hohen goldenen Kuppel schlummerte und träumte König Conan. Durch wirbelnde graue Nebel hörte er einen seltsamen Ruf, schwach und weit entfernt, und obwohl er ihn nicht verstand, schien es nicht in seiner Macht zu stehen, ihn zu ignorieren. Mit dem Schwert in der Hand ging er durch den grauen Nebel, als würde ein Mann durch Wolken gehen, und die Stimme wurde immer deutlicher, je weiter er ging, bis er das Wort verstand, das sie sprach – es war sein eigener Name, der über die Abgründe von Raum und Zeit hinweg gerufen wurde.

Jetzt wurden die Nebel heller, und er sah, dass er sich in einem großen dunklen Korridor befand, der in massiven schwarzen Stein gehauen zu sein schien. Er war unbeleuchtet, aber durch irgendeinen Zauber konnte er deutlich sehen. Der Boden, die Decke und die Wände waren auf Hochglanz poliert und glänzten matt und waren mit den Figuren antiker Helden und halb vergessener Götter verziert. Er schauderte, als er die riesigen, schattenhaften Umrisse der Namenlosen Alten sah, und irgendwie wusste er, dass sterbliche Füße den Korridor seit Jahrhunderten nicht mehr betreten hatten.

Er stieß auf eine breite Treppe, die in den Fels gehauen war, und die Seiten des Schachts waren mit esoterischen Symbolen geschmückt, die so alt und schrecklich waren, dass es König Conan eine Gänsehaut bereitete. In die Stufen war jeweils die abscheuliche Figur der Alten Schlange, Set, geschnitzt, so dass er bei jeder Stufe seine Ferse auf den Kopf der Schlange setzte, so wie es in alten Zeiten vorgesehen war. Nichtsdestotrotz fühlte er sich dabei unbeschwert.

Aber die Stimme rief ihn weiter, und schließlich betrat er in der Dunkelheit, die für seine materiellen Augen undurchdringlich gewesen wäre, eine seltsame Krypta und sah eine vage weißbärtige Gestalt auf einem Grab sitzen. Conans Haare sträubten sich, und er ergriff sein Schwert, aber die Gestalt begann mit einer Grabesstimme zu sprechen.

„Oh Mann, erkennst du mich?"

„Das tue ich nicht, bei Crom!", schwor der König.

„Mann", sagte der Alte, „ich bin Epemitreus."

„Aber Epemitreus der Weise ist schon seit fünfzehnhundert Jahren tot!", stammelte Conan.

„Höre!", sprach der andere befehlend. „Wie ein Kieselstein, der in einen dunklen See geworfen wird, Wellen zu den entfernteren Ufern sendet, so sind Ereignisse in der Unsichtbaren Welt wie Wellen in meinem Schlaf eingedrungen. Ich habe deine Schritte genau verfolgt, Conan von Cimmerien, und der Stempel mächtiger Ereignisse und großer Taten ist auf dir. Aber im Land lauern Verhängnisse, gegen die dir dein Schwert nicht helfen kann."

„Du sprichst in Rätseln", sagte Conan unbehaglich. „Lass mich meinen Feind sehen, und ich werde ihm den Schädel bis zu den Zähnen spalten."

„Entfessele deinen barbarischen Zorn wider deine Feinde aus Fleisch und Blut", antwortete der Alte. „Ich muss dich nicht vor Menschen beschützen. Es gibt dunkle Welten, die der Mensch kaum erahnt, in denen formlose Monster lauern – Unholde, die aus den Äußeren Leeren herbeigezogen werden können, um auf Befehl böser Magier materielle Gestalt anzunehmen und zu zerreißen und zu verschlingen. Es ist eine Schlange in deinem Haus, oh König – eine Natter in deinem Königreich, heraufgekommen aus Stygien, mit der dunklen Weisheit der Schatten in seiner trüben Seele. Wie ein schlafender Mann von der Schlange träumt, die in seiner Nähe kriecht, so habe ich die abscheuliche Präsenz von Sets Neophyt gespürt. Er ist von schrecklicher Macht besessen, und die Schläge, die er seinem Feind zufügt, könnten das Königreich zu Fall bringen. Ich habe dich zu mir gerufen, um dir eine Waffe gegen ihn und sein Höllenhund-Rudel zu geben."

„Aber warum?", fragte Conan verwirrt. „Die Menschen sagen, du schläfst im schwarzen Herzen von Golamira, von wo aus du deinen Geist auf unsichtbaren Flügeln aussendest, um Aquilonien in Zeiten der Not zu helfen, aber ich – ich bin ein Fremdling und ein Barbar."

„Frieden!" Die geisterhaften Töne hallten durch die große, schattige Höhle. „Dein Schicksal ist eins mit Aquilonien. Gigantische Ereignisse bilden sich im Netz und im Schoß des Schicksals, und ein blutrünstiger Zauberer darf dem imperialen Schicksal nicht im Weg stehen. Vor langer Zeit schlängelte sich Set um die Welt wie eine Python um ihre Beute. Mein ganzes Leben lang, das wie das Leben dreier gewöhnlicher Menschen war, habe ich ihn bekämpft. Ich habe ihn in die Schatten des geheimnisvollen Südens getrieben, aber im dunklen Stygien verehren Menschen ihn, der für uns der Erzdämon ist, noch immer. Ebenso wie ich Set bekämpfte, so kämpfe ich gegen seine Anbeter, seine Anhänger und seine Gefolgsleute. Strecke dein Schwert aus."

Verwundert tat Conan dies, und der Alte zeichnete mit einem knochigen Finger auf der großen Klinge in der Nähe des schweren silbernen Schutzes ein seltsames Symbol, das in den Schatten wie weißes Feuer leuchtete. Und im selben Moment verschwanden Krypta, Grab und alles Antike, und Conan sprang verwirrt von seinem Lager in der großen Kammer mit der goldenen Kuppel auf. Und als er verwirrt über die Seltsamkeit seines Traums dastand, wurde ihm klar, dass er sein Schwert in der Hand hielt. Und sein Haar kribbelte im Nacken, denn auf der breiten Klinge war ein Symbol eingraviert – der Umriss eines Phönix. Und er erinnerte sich, dass er auf dem Grab in der Krypta etwas gesehen hatte, was er für eine ähnliche Figur gehalten hatte, aus Stein gemeißelt. Jetzt fragte er sich, ob es nur eine Steinfigur gewesen war, und er bekam eine Gänsehaut angesichts der Seltsamkeit des Ganzen.

Dann, als er aufstand, brachte ihn ein verstohlenes Geräusch auf dem Korridor draußen ins Diesseits zurück, und ohne dass er mit dem Nachforschen innehielt, begann er, seine Rüstung anzuziehen; nun war er wieder der Barbar, misstrauisch und wachsam wie ein grauer Wolf vor dem Kampf.

KAPITEL 5

Was weiß ich über kultivierte Sitten, das Gold, das Handwerk und die Lüge?
Ich, der in einem nackten Land geboren und unter freiem Himmel aufgewachsen ist.
Die subtile Zunge, die sophistische List, sie versagen, wenn die Breitschwerter singen;
Stürzt herein, und sterbt, Hunde – ich war ein Mann, bevor ich ein König war.
– *Der Weg der Könige*

Durch die Stille, die den Korridor des königlichen Palastes umhüllte, stahlen sich zwanzig heimliche Gestalten. Ihre schleichenden Füße, nackt oder in weiches Leder gehüllt, machten weder auf dicken Teppichen noch auf blanken Marmorfliesen ein Geräusch. Die Fackeln, die in Nischen entlang der Hallen standen, leuchteten rot auf Dolchen, Schwertern und scharfkantigen Äxten.

„Alle leise!", zischte Ascalante. „Hör auf mit diesem verfluchten lauten Atmen, wer auch immer es ist! Der Offizier der Nachtwache hat die meisten Wachen aus diesen Hallen entfernt und den Rest betrunken gemacht, aber wir müssen trotzdem vorsichtig sein. Zurück! Da kommt die Wache!"

Sie drängten sich hinter eine Gruppe geschnitzter Säulen, und fast sofort schossen zehn Riesen in schwarzen Rüstungen in gemessenem Tempo vorbei. Ihre Gesichter zeigten Zweifel, während sie den Offizier ansahen, der sie von ihrem Dienstposten wegführte. Dieser Offizier war ziemlich blass; als der Wachmann an den Verstecken der Verschwörer vorbeikam, sah man ihn sich mit zitternder Hand den Schweiß von seiner Stirn wischen. Er war jung, und dieser Verrat an einem König fiel ihm nicht leicht. Im Geiste verfluchte er die prahlerische Extravaganz, die ihn bei den Geldverleihern verschuldet und ihn zum Spielball intriganter Politiker gemacht hatte.

Die Gardisten gingen klirrend vorbei und verschwanden den Korridor hinauf.

„Gut!", grinste Ascalante. „Conan schläft unbewacht. Eilt euch! Wenn sie uns dabei erwischen, wie wir ihn töten, sind wir verloren – aber nur wenige Männer werden sich für die Sache eines toten Königs einsetzen."

„Aye, eilen wir uns!", rief Rinaldo, wobei seine blauen Augen zum Glanz des Schwertes passten, das er über seinem Kopf schwang. „Meine Klinge ist durstig! Ich höre, dass sich die Geier versammeln! Voran!"

Sie eilten mit rücksichtsloser Geschwindigkeit den Korridor entlang und blieben vor einer vergoldeten Tür stehen, die das königliche Drachensymbol von Aquilonien trug.

„Gromel!", fauchte Ascalante. „Brich mir diese Tür auf!"

Der Riese holte tief Luft und schleuderte seinen mächtigen Körper gegen die Paneele, die unter dem Aufprall ächzten und sich beugten. Erneut ging er in die Hocke und stürzte sich nach vorne. Mit dem Knacken von Riegeln und dem lauten Krachen von Holz zersplitterte die Tür und zerbarst nach innen.

„Hinein!", brüllte Ascalante, voller Tatendrang.

„Hinein!", schrie Rinaldo. „Tod dem Tyrannen!"

Sie blieben stehen. Conan stand ihnen gegenüber, kein nackter Mann, der verwirrt und unbewaffnet aus dem Tiefschlaf erwachte, um wie ein Schaf abgeschlachtet zu werden, sondern ein Barbar, hellwach und kampfbereit, teilweise gepanzert und mit seinem langen Schwert in der Hand.

„Hinein, Schurken!", schrie der Gesetzlose. „Er ist allein gegen zwanzig und hat keinen Helm!"

Wahrhaftig. Es hatte an Zeit gefehlt, den schweren, mit Federn geschmückten Helm anzulegen oder die Seitenplatten des Kürasses anzubringen, und jetzt war auch keine Zeit, den großen Schild von der Mauer zu reißen. Dennoch war Conan besser geschützt als alle seine Feinde, außer Volmana und Gromel, die in voller Rüstung waren.

Der König blickte sie wütend an und rätselte über ihre Identität. Ascalante kannte er nicht; durch die geschlossenen Visiere der gepanzerten Verschwörer konnte er nichts sehen, und Rinaldo hatte seine Schlappmütze bis über die Augen gezogen. Aber es war keine Zeit für Vermutungen. Mit einem Schrei, der bis unter die Decke hallte, strömten die Mörder in den Raum, Gromel zuerst. Er kam wie ein angreifender Stier, mit gesenktem Kopf und tief gehaltenem Schwert für einen aufschlitzenden Stoß. Conan sprang ihm entgegen, und all seine tigergleiche Kraft wanderte in den Arm, der das Schwert schwang. In einem pfeifenden Bogen schoss die große Klinge durch die Luft und krachte auf den Helm des Bossoniers. Klinge und Helm trafen klirrend aufeinander, und Gromel rollte leblos auf dem Boden. Conan sprang zurück, den zerbrochenen Griff immer noch umklammernd.

„Gromel!", spie er aus, seine Augen strahlend vor Erstaunen, als der zersplitterte Helm den zerschmetterten Kopf enthüllte; dann war der Rest der Meute bei ihm. Eine Dolchspitze fuhr über seine Rippen zwischen Brustpanzer und Rückenpanzer, eine Schwertschneide blitzte vor seinen Augen auf. Er warf den Dolchträger mit seinem linken Arm beiseite und rammte seinen gebrochenen Griff wie einen Cestus in die Schläfe des Schwertkämpfers. Das Gehirn des Mannes spritzte ihm ins Gesicht.

„Passt auf die Tür auf, fünf von euch!", schrie Ascalante und hüpfte am Rand des singenden Strudels aus Stahl herum, denn er fürchtete, dass Conan durch ihre Mitte brechen und entkommen könnte. Die Schurken zogen sich für einen Moment zurück, als ihr Anführer mehrere von ihnen ergriff und sie zu der einzigen Tür stieß, und in dieser kurzen Atempause sprang Conan zur Wand und riss eine alte Streitaxt herunter, die, von der Zeit unberührt, dort seit einem halben Jahrhundert gehangen hatte.

Mit dem Rücken zur Wand blickte er einen Moment lang auf den sich schließenden Ring und hüpfte dann in dessen Mitte hinein. Er war kein defensiver Kämpfer; selbst angesichts einer überwältigenden Übermacht trug er den Krieg immer zum Feind hin. Jeder andere Mann wäre an seiner Stelle bereits gestorben, und Conan selbst hoffte nicht darauf zu überleben, aber er wollte unbedingt so viel Schaden wie möglich anrichten, ehe er fiel.

Seine barbarische Seele war entflammt, und die Gesänge alter Helden klangen in seinen Ohren.

Als er von der Mauer sprang, ließ seine Axt einen Gesetzlosen mit abgetrennter Schulter niederfallen, und der schreckliche Rückhandschlag zerschmetterte den Schädel eines anderen. Schwerter heulten wie Gift um ihn herum, doch der Tod ging atemlos an ihm vorbei. Der Cimmerier bewegte sich voran, ein verschwommener Streifen blendender Geschwindigkeit. Er war wie ein Tiger unter Pavianen, während er sprang, auswich und sich drehte und so ein sich ständig bewegendes Ziel bot, während seine Axt ein leuchtendes Rad des Todes um ihn webte.

Eine kurze Zeit lang drängten sich die Attentäter dicht um ihn, ließen blindwütig Schläge niederprasseln und wurden durch ihre eigene Zahl behindert. Dann hielten sie plötzlich inne – zwei Leichen auf dem Boden zeugten stumm von der Wut des Königs, obwohl Conan selbst aus Wunden an Arm, Hals und Beinen blutete.

„Schurken!", schrie Rinaldo, seine Federmütze wegschleudernd, während seine wilden Augen funkelten. „Schreckt ihr vor dem Kampf zurück? Soll der Despot überleben? Jetzt gilt es!"

Er stürmte hinein und schlug wie verrückt zu, aber Conan erkannte ihn, zerschmetterte sein Schwert mit einem kurzen, gewaltigen Hieb und ließ ihn mit einem kräftigen Stoß seiner offenen Hand zu Boden taumeln. Der König bekam Ascalantes Schwertspitze in seinen linken Arm, und der Gesetzlose rettete nur knapp sein Leben, indem er sich duckte und vor der schwingenden Axt nach hinten sprang. Wiederum strömten die Wölfe herein, und Conans Axt sang und zerschmetterte. Ein haariger Halunke bückte sich unter seinem Hieb hindurch und stürzte sich auf die Beine des Königs, aber nachdem er einen kurzen Moment gegen etwas gekämpft hatte, das wie ein solider Eisenturm wirkte, blickte er gerade noch rechtzeitig auf, um die Axt fallen zu sehen, jedoch nicht rechtzeitig, um ihr auszuweichen. In der Zwischenzeit hob einer seiner Kameraden mit beiden Händen ein Breitschwert und durchschlug die linke Schulterplatte des Königs, wobei er die darunter liegende Schulter verletzte. Conans Kürass war augenblicklich voller Blut.

Volmana, der die Angreifer in seiner grimmigen Ungeduld nach rechts und links schleuderte, pflügte nach vorne und hackte mörderisch auf Conans ungeschützten Kopf ein. Der König duckte sich tief, und das Schwert schnitt eine Locke seines schwarzen Haares ab, während es über ihm pfiff. Conan drehte sich auf dem Absatz um und schlug von der Seite zu. Die Axt durchbohrte den Stahlpanzer, und Volmana brach zusammen, wobei seine gesamte linke Seite nachgab.

„Volmana!", keuchte Conan atemlos. „Ich werde diesen Zwerg in der Hölle erkennen!" Er richtete sich auf, um dem wahnsinnigen Ansturm von Rinaldo zu begegnen, der wild und offen, nur mit einem Dolch bewaffnet, auf ihn zustürmte. Conan sprang zurück und hob seine Axt.

„Rinaldo!" Seine Stimme war schrill und voller verzweifelter Dringlichkeit. „Zurück! Ich will dich nicht töten –"

„Stirb, Tyrann!", schrie der verrückte Minnesänger und stürzte sich kopfüber auf den König. Conan verzögerte den Schlag, den er nicht ausführen wollte, bis es zu spät war. Erst als er den Biss des Stahls in seiner ungeschützten Seite spürte, schlug er in einem Rausch blinder Verzweiflung zu.

Rinaldo fiel mit zerschmettertem Schädel zu Boden, und Conan taumelte gegen die Wand, während Blut zwischen den Fingern hervorspritzte, die seine Wunde umfassten.

„Jetzt hinein, und tötet ihn!", schrie Ascalante.

Conan lehnte sich mit dem Rücken an die Wand und hob seine Axt. Er stand da wie ein Abbild des unbesiegbaren Uranfangs – die Beine weit auseinander gespreizt, den Kopf nach vorn gestreckt, eine Hand als Halt gegen die Wand gestützt, die andere die hochgereckte Axt umklammernd, mit den großen Muskelsträngen, die in eisernen Graten hervortraten, und seinen Gesichtszügen, die ein wütendes Knurren des Todes ausdrückten – seine Augen schrecklich durch den Blutnebel hindurch strahlend, der sie verschleierte. Die Männer wurden von ihrem Mut verlassen – obwohl sie wild, kriminell und liederlich waren, entstammten sie doch einer Rasse, die man zivilisierte Menschen nannte, mit einem zivilisierten Hintergrund; hier standen sie einem Barbaren gegenüber – dem geborenen Mörder. Sie wichen zurück – der sterbende Tiger konnte immer noch töten.

Conan spürte ihre Unsicherheit und grinste freudlos und wild. „Wer stirbst zuerst?", nuschelte er mit zerschmetterten und blutigen Lippen.

Ascalante hüpfte wie ein Wolf, blieb mit unglaublicher Schnelligkeit fast mitten in der Luft stehen und warf sich auf den Boden, um dem Tod auszuweichen, der auf ihn zu zischte. Er wirbelte hektisch mit den Füßen aus dem Weg und rollte sich weg, als Conan sich von seinem verpassten Schlag erholte und erneut zuschlug. Diesmal sank die Axt wenige Zentimeter tief in den polierten Boden, dicht neben Ascalantes sich drehenden Beinen.

Ein weiterer fehlgeleiteter Desperado wählte diesen Moment zum Angriff, dem seine Kameraden halbherzig folgten. Er wollte Conan töten, bevor der Cimmerier seine Axt vom Boden reißen konnte, aber sein Urteilsvermögen war fehlerhaft. Die rote Axt schoss hoch und krachte nieder, und eine purpurrote Karikatur eines Mannes wurde gegen die Beine der Angreifer zurückgeschleudert.

In diesem Moment ertönte ein ängstlicher Schrei der Schurken an der Tür, als ein schwarzer, unförmiger Schatten über die Wand fiel. Alle außer Ascalante fuhren bei diesem Schrei herum, und dann stürmten sie, wie Hunde heulend, in einer tobenden, schimpfenden Meute blindlings durch die Tür und zerstreuten sich bei ihrer schreienden Flucht auf den Korridoren.

Ascalante blickte nicht zur Tür. Er hatte nur Augen für den verwundeten König. Er vermutete, dass der Lärm des Kampfes endlich den Palast aufgeweckt hatte und dass die treuen Wachen auf dem Weg zu ihm waren, obwohl es ihm in diesem Moment seltsam vorkam, dass seine hartgesottenen Schurken auf ihrer Flucht so schrecklich schrien. Conan schaute nicht zur Tür, denn er beobachtete den Gesetzlosen mit den brennenden Augen eines sterbenden Wolfes. In dieser extremen Situation ließ Ascalantes zynische Philosophie ihn nicht im Stich.

„Alles scheint verloren zu sein, besonders die Ehre", murmelte er. „Allerdings ist der König dabei, auf seinen Füßen zu sterben – und –" Was auch immer ihm sonst noch durch den Kopf gegangen sein mochte, ist nicht bekannt; denn er ließ den Satz unvollendet und rannte leichtfüßig auf Conan los, gerade als der Cimmerier notgedrungen seinen Axtarm einsetzte, um sich das Blut aus seinen geblendeten Augen zu wischen.

Doch gerade als er seinen Angriff begann, herrschte ein seltsames Rauschen in der Luft, und ein schweres Gewicht traf ihn furchtbar zwischen seinen Schultern. Er wurde kopfüber geschmettert, und große Krallen gruben sich qualvoll in sein Fleisch. Er wand sich verzweifelt unter seinem Angreifer, drehte seinen Kopf herum und starrte in das Gesicht von Albtraum und Wahnsinn. Auf ihm hockte ein großes schwarzes Ding, von dem er wusste, dass es in keiner normalen oder menschlichen Welt geboren wurde. Seine gefräßigen schwarzen Reißzähne befanden sich in der Nähe seiner Kehle, und der Glanz seiner gelben Augen ließ seine Glieder schrumpfen, so wie ein tödlicher Wind jungen Mais schrumpfen lässt.

Die Abscheulichkeit seines Gesichts ging über bloße Bestialität hinaus. Es könnte das Gesicht einer alten, bösen Mumie gewesen sein, die von einem dämonischen Leben beseelt wurde. In diesen abscheulichen Gesichtszügen schienen die großen Augen des Gesetzlosen, wie ein Schatten in dem Wahnsinn, der ihn umhüllte, eine schwache und schreckliche Ähnlichkeit mit dem Sklaven Thoth-amon zu sehen. Dann verließ Ascalante seine zynische und allgegenwärtige Philosophie, und mit einem schrecklichen Schrei gab er den Geist auf, noch bevor ihn diese geifernden Reißzähne berührten.

Conan blickte wie erstarrt, während er die Blutstropfen aus seinen Augen schüttelte. Zuerst dachte er, es sei ein großer schwarzer Hund, der über Ascalantes verzerrtem Körper stand; dann, als seine Sicht klar wurde, sah er, dass es sich weder um einen Jagdhund noch um einen Pavian handelte.

Mit einem Schrei, der wie ein Echo von Ascalantes Todesschrei war, taumelte er von der Wand weg und begegnete dem aufspringenden Schrecken mit einem Schlag seiner Axt, hinter dem die ganze verzweifelte Kraft seiner elektrisierten Nerven steckte. Die fliegende Waffe prallte singend von dem schiefen Schädel ab, den sie hätte zerschmettern sollen, und der König wurde durch den Aufprall des riesigen Körpers durch die halbe Kammer geschleudert.

Die geifernden Kiefer schlossen sich um den Arm, den Conan hochriss, um seine Kehle zu schützen, aber das Monster machte keine Anstalten, zu einem tödlichen Griff anzusetzen. Über seinen verstümmelten Arm hinweg funkelte es teuflisch in die Augen des Königs, in denen sich ein Abbild des Grauens zu spiegeln begann, das aus den toten Augen von Ascalante blickte. Conan spürte, wie seine Seele schrumpfte, und begann, aus seinem Körper herausgezogen zu werden, um in den gelben Quellen des kosmischen Grauens zu ertrinken, die gespenstisch in dem formlosen Chaos schimmerten, das um ihn herum wuchs und alles Leben und jeden Verstand verschlang. Diese Augen wuchsen und wurden gigantisch, und in ihnen erblickte der Cimmerier die Wahrhaftigkeit all der abgrundtiefen und blasphemischen Schrecken, die in der äußeren Dunkelheit formloser Leere und nächtlicher Abgründe lauern. Er öffnete seine blutigen Lippen, um seinen Hass und seine Abscheu herauszuschreien, doch aus seiner Kehle drang nur ein trockenes Rasseln.

Aber der Schrecken, der Ascalante lähmte und zerstörte, löste in dem Cimmerier eine rasende Wut aus, die an Wahnsinn grenzte. Mit einem heftigen Ruck seines ganzen Körpers stürzte er rückwärts, ohne auf die Qual seines zerfetzten Arms zu achten, und riss das Monster mit sich. Und seine ausgestreckte Hand traf etwas, das sein benommenes Kampfhirn als den Griff seines zerbrochenen Schwertes erkannte. Instinktiv packte er es und schlug mit der ganzen Kraft seiner Nerven und Muskeln zu, so wie ein Mann mit einem Dolch zusticht. Die zerbrochene Klinge sank tief ein, und Conans Arm wurde losgelassen, während der abscheuliche Mund vor Schmerz aufgerissen wurde. Der König wurde brutal zur Seite geschleudert, und als er sich mit einer Hand nach oben drückte, sah er voller Verwirrung die schrecklichen Krämpfe des Monsters, aus dem dickes Blut durch die große Wunde strömte, die seine zerbrochene Klinge gerissen hatte. Und während er zusah, hörte sein Aufbäumen auf, und es lag krampfhaft zuckend da und starrte mit seinen grausigen, toten Augen nach oben. Conan blinzelte und schüttelte sich das Blut aus den Augen; es schien ihm, als ob das Ding schmolz und sich zu einer schleimigen, instabilen Masse auflöste.

Dann drang ein Stimmengewirr an seine Ohren, und der Raum füllte sich mit den endlich aufgewachten Mitgliedern des Hofes – Rittern, Adligen, Damen, Soldaten, Ratsmitgliedern –, die alle plapperten und schrien und sich gegenseitig in die Quere kamen. Die Schwarzen Drachen waren zur Stelle, wild vor Wut, fluchend und alles durcheinander bringend, mit den Händen am Schwertgriff und fremdartigen Flüchen zwischen den Zähnen. Von dem jungen Offizier der Türwächter war nichts zu sehen, und er wurde weder damals noch später gefunden, obwohl man intensiv nach ihm suchte.

„Die Wache ist da, du alter Narr!", schnauzte Pallantides, der Kommandeur der Schwarzen Drachen, ungeniert und vergaß in dem gegenwärtigen Stress Publius' Rang. „Hör am besten mit deinem Geschrei auf, und hilf uns, die Wunden des Königs zu verbinden. Er ist dabei zu verbluten."

„Ja, ja!", rief Publius, der eher ein Mann der Planung als der Taten war. „Wir müssen seine Wunden verbinden. Lasst jeden Heiler des Hofes holen! Oh, mein Herr, was für eine schwere Schande für die Stadt! Seid Ihr völlig erschlagen?"

„Wein!", keuchte der König von der Couch aus, auf die sie ihn gelegt hatten. Sie hielten einen Kelch an seine blutigen Lippen, und er trank wie ein Mann, der halb verdurstet war.

„Gut!" Er grunzte und ließ sich nach hinten fallen. „Töten ist eine verflucht trockene Arbeit."

Sie hatten den Blutfluss gestillt, und die angeborene Vitalität des Barbaren kam zum Vorschein.

„Kümmert euch zuerst um die Dolchwunde in meiner Seite", befahl er den Hofärzten.

„Rinaldo hat mir dort ein Todeslied geschrieben, und der Stift war scharf."

„Wir hätten ihn schon längst hängen sollen", sagte Publius. „Von Dichtern kann nichts Gutes kommen – wer ist das?"

Nervös berührte er Ascalantes Körper mit einer Zehe, die aus seinen Sandalen ragte.

„Bei Mitra!", rief der Kommandant. „Es ist Ascalante, einst Graf von Thune! Welches Teufelswerk hat ihn aus seinen Schlupfwinkeln in der Wüste geholt?"

„Aber warum starrt er so?", flüsterte Publius und zog sich zurück, seine eigenen Augen weit aufgerissen und mit einem eigenartigen Kribbeln in den kurzen Haaren in seinem dicken Nacken. Die anderen verstummten, als sie den toten Gesetzlosen betrachteten.

„Wenn ihr gesehen hättet, was er und ich gesehen haben", knurrte der König und setzte sich trotz der Proteste der Heiler auf, „würdet ihr euch nicht wundern. Macht euch bereit dafür, dass euch die Augen aus den Höhlen treten beim Anblick von –" Er hielt abrupt inne, sein Mund war aufgerissen, sein Finger zeigte ins Leere. Dort, wo das Monster gestorben war, sah er nur noch den nackten Boden.

„Crom!", fluchte er. „Das Ding ist wieder zu dem abscheulichen Schmutz geschmolzen, aus dem es geboren wurde!"

„Der König ist im Delirium", flüsterte ein Adliger. Conan hörte es und antwortete mit barbarischen Flüchen.

„Bei Badb, Morrigan, Macha und Nemain!", schloss er zornig. „Ich bin bei Verstand! Es war wie eine Kreuzung zwischen einer stygischen Mumie und einem Pavian. Es kam durch die Tür, und Ascalantes Schurken flohen davor. Es tötete Ascalante, der mich gerade erstechen wollte. Dann fiel es über mich her, und ich erschlug es – wie kann ich nicht sagen, denn meine Axt glitt von ihm ab wie von einer Streckbank. Aber ich glaube, dass der Weise Epemitreus seine Hand im Spiel hatte –"

„Hört, dass er Epemitreus nennt, der seit fünfzehnhundert Jahren tot ist!", flüsterten sie miteinander.

„Bei Ymir!", donnerte der König. „Diese Nacht habe ich mit Epemitreus gesprochen! Er rief mir in meinen Träumen zu, und ich ging einen schwarzen Steinkorridor hinunter, in den alte Götter geschnitzt waren, und über eine Steintreppe, auf deren Stufen die Umrisse von Set zu sehen waren, bis ich zu einer Krypta kam, und ein Grab mit einem darauf geschnitzten Phönix –"

„In Mitras Namen, Herr König, schweigt!" Es war der Hohepriester von Mitra, der schrie, und sein Gesicht war aschfahl.

Conan riss seinen Kopf hoch wie ein Löwe, der seine Mähne zurückwirft, und in seiner Stimme war das Knurren des wütenden Löwen zu hören.

„Bin ich ein Sklave, der auf deinen Befehl hin seinen Mund hält?"

„Nay, nay, mein Herr!" Der Hohepriester zitterte, aber nicht aus Angst vor dem königlichen Zorn. „Ich habe es nicht so gemeint." Er beugte seinen Kopf dicht vor den König und flüsterte, so dass er nur Conans Ohren erreichen konnte.

„Mein Herr, dies ist eine Angelegenheit, die über das menschliche Verständnis hinausgeht. Nur der engere Kreis der Priesterschaft weiß von dem schwarzen Steinkorridor, der von unbekannten Händen in das schwarze Herz des Berges Golamira gehauen wurde, oder von dem von einem Phönix bewachten Grab, in dem Epemitreus vor fünfzehnhundert Jahren zur Ruhe gebettet wurde. Und seit dieser Zeit hat kein lebender Mensch es betreten, denn nachdem seine auserwählten Priester den Weisen in die Krypta gelegt hatten, versperrten sie den äußeren Eingang des Korridors, so dass kein Mensch ihn finden konnte, und heutzutage wissen nicht einmal seine Hohepriester, wo es ist. Nur durch mündliche Überlieferung, die von den Hohepriestern an die wenigen Auserwählten weitergegeben und eifersüchtig gehütet wird, weiß der innere Kreis von Mitras Anhängern von der Ruhestätte des Epemitreus im schwarzen Herzen von Golamira. Es ist eines der Mysterien, auf denen der Mitra-Kult beruht."

„Ich kann nicht sagen, durch welche Magie Epemitreus mich zu ihm gebracht hat", antwortete Conan. „Aber ich habe mit ihm gesprochen, und er hat ein Zeichen auf mein Schwert gemacht. Warum dieses Zeichen es für Dämonen tödlich gemacht hat oder welche Magie hinter dem Zeichen steckt, weiß ich nicht; aber obwohl die Klinge an Gromels Helm zerbrach, war das Fragment doch immer noch stark genug, um den Horror zu töten."

„Lass mich dein Schwert sehen", flüsterte der Hohepriester mit plötzlich trockener Kehle.

Conan hielt ihm die zerbrochene Waffe hin, und der Hohepriester schrie auf und fiel auf die Knie.

„Mitra beschütze uns vor den Mächten der Dunkelheit!" Er atmete tief ein. „Der König hat diese Nacht tatsächlich mit Epemitreus gesprochen! Dort auf dem Schwert – es ist das geheime Zeichen, das niemand außer ihm machen könnte – das Emblem des unsterblichen

Phönix, der für immer über seinem Grab brütet! Eine Kerze, schnell! Schaut euch noch einmal die Stelle an, von der der König gesagt hat, dass der Kobold dort gestorben ist!"

Es lag im Schatten einer kaputten Trennwand. Sie warfen die Wand beiseite und tauchten den Boden in eine Flut von Kerzenlicht. Und eine schaudernde Stille legte sich über die Menschen, als sie hinsahen. Dann fielen einige auf die Knie und riefen Mitra an, und einige flohen schreiend aus der Kammer.

Dort auf dem Boden, wo das Monster gestorben war, erstreckte sich wie ein greifbarer Schatten ein breiter dunkler Fleck, der nicht ausgewaschen werden konnte; das Ding hatte seine Umrisse deutlich sichtbar in seinem Blut eingeprägt zurückgelassen, und dieser Umriss zeigte kein Lebewesen einer bekannten und normalen Welt. Düster und schrecklich brütete er dort, wie der Schatten, der von einem der Affengötter geworfen wurde, die auf den schattigen Altären düsterer Tempel im dunklen Land Stygien hockten.

ENDE

Die Scharlachrote Zitadelle

Erstmals veröffentlicht in *Weird Tales*, Januar 1933

KAPITEL 1

Sie fingen den Löwen in Shamus Ebene;
Sie beschwerten seine Glieder mit einer eisernen Kette;
Sie riefen laut im Trompetenschall,
Sie riefen: „Der Löwe wurde endlich eingesperrt."
Wehe den Städten am Fluss und in der Ebene
Wenn der Löwe jemals wieder geht auf die Pirsch!
- Alte Ballade

Das Schlachtengebrüll war verstummt; die Siegesrufe vermischten sich mit den Schreien der Sterbenden. Wie bunte Blätter nach einem Herbststurm übersäten die Gefallenen die Ebene; die untergehende Sonne schimmerte auf polierten Helmen, vergoldeten Kettenhemden, silbernen Brustpanzern, zerbrochenen Schwertern und den seidenen Falten der schweren königlichen Standarten, die in Pfützen aus geronnenem Purpur gestürzt waren. Kriegspferde und ihre in Stahl gekleideten Reiter waren zu stillen Haufen aufgetürmt, ihre wallende Mähnen und wehenden Federn in der roten Flut gleichermaßen fleckig. Um sie herum und zwischen ihnen lagen verstreut, wie die Strömung eines Sturms, aufgeschlitzte und zertrampelte Körper in Stahlkappen und Lederjacken – Bogenschützen und Pikeniere.

Überall in der Ebene ließen die Olifanten eine Fanfare des Triumphs ertönen, und die Hufe der Sieger knirschten auf den Brustkörben der Besiegten, während all die zerstreuten, leuchtenden Linien wie die Speichen eines glitzernden Rades nach innen zusammenliefen, bis zu der Stelle, an welcher der letzte Überlebende noch immer einen ungleichen Kampf führte.

An diesem Tag hatte Conan, König von Aquilonien, mitangesehen, wie die Speerspitze seiner Kavallerie in Stücke gerissen, zerschmettert und in ihre Einzelteile zerschlagen wurde und ins Jenseits verschwand. Mit fünftausend Rittern hatte er die südöstliche Grenze von Aquilonien überquert und war in die grasbewachsenen Wiesen von Ophir geritten, um seinen ehemaligen Verbündeten, König Amalrus von Ophir, anzutreffen, der sich ihm mit den Heerscharen von Strabonus, dem König von Koth, entgegenstellte. Zu spät hatte er die Falle erkannt. Mit seinen fünftausend Kavalleristen hatte er gegen die dreißigtausend Ritter, Bogenschützen und Speerkämpfer der Verschwörer alles unternommen, was ein Mann tun konnte.

Ohne Bogenschützen oder Infanterie hatte er seine gepanzerten Reiter gegen das herannahende Heer geschleudert, hatte gesehen, wie die Ritter seiner Feinde in ihren glänzenden Kettenhemden vor seinen Lanzen in die Knie gingen, hatte das gegnerische Zentrum in Stücke gerissen und die gespaltenen Reihen kopfüber vor sich her getrieben, nur um sich in einem Schraubstock gefangen vorzufinden, als sich die unversehrten Flügel schlossen. Strabonus' shemitische Bogenschützen hatten unter seinen Rittern Chaos angerichtet, indem sie sie mit Pfeilen eindeckten, die jeden Spalt in ihrer Rüstung fanden und die Pferde niederstreckten, woraufhin die kothischen Pikeniere herbeistürmten, um die gefallenen Reiter aufzuspießen. Die gepanzerten Lanzenreiter des besiegten Zentrums hatten sich neu formiert, verstärkt durch die Reiter von den Flügeln, hatten immer wieder angegriffen und das Schlachtfeld allein durch ihre schiere Überzahl erobert.

Die Aquilonier waren nicht geflohen; sie waren auf dem Schlachtfeld gestorben, und von den fünftausend Rittern, die Conan nach Süden gefolgt waren, verließ kein einziger das Schlachtfeld lebend. Und nun stand der König selbst zwischen den zerschmetterten Körpern seiner eigenen Truppen, mit dem Rücken gegen einen Haufen toter Pferde und Männer gelehnt. Ophirische Ritter in vergoldeten Kettenhemden sprangen mit ihren Pferden über Leichenberge, um auf die einsame Gestalt einzuschlagen; gedrungene Shemiten mit blauschwarzen Bärten und dunkelgesichtige kothische Ritter umringten ihn zu Fuß. Das Klirren von Stahl erklang ohrenbetäubend; die gepanzerte Gestalt des westlichen Königs ragte zwischen seinen wimmelnden Feinden auf, Schläge austeilend wie ein Schlächter mit einem großen Hackmesser. Reiterlose Pferde rasten über das Feld; um seine eisenbeschlagenen Füße wuchs ein Ring verstümmelter Leichen. Keuchend und wütend zogen sich seine Angreifer vor seiner verzweifelten Wildheit zurück.

Nun ritten die Anführer der Eroberer durch die schreienden, fluchenden Linien – Strabonus mit seinem breiten dunklen Gesicht und den listigen Augen; Amalrus, schlank, penibel, heimtückisch, gefährlich wie eine Kobra; und der magere Geier Tsotha-lanti, nur in seidene Gewänder gekleidet, seine großen schwarzen Augen in einem Gesicht glitzernd, das dem eines Raubvogels ähnelte. Von jenem kothischen Zauberer wurden dunkle Geschichten erzählt; Frauen mit strubbeligen Haaren in nördlichen und westlichen Dörfern erschreckten Kinder mit seinem Namen, und rebellische Sklaven wurden mit der Drohung, an ihn verkauft zu werden, schneller als mit der Peitsche zu erniedrigender Unterwerfung gebracht. Die Menschen sagten, dass er eine ganze Bibliothek dunkler Werke besaß, die in die Haut lebender menschlicher Opfer eingebunden waren, und dass er in namenlosen Gruben unterhalb des Hügels, auf dem sein Palast stand, mit den Mächten der Dunkelheit Handel trieb und schreiende Sklavinnen gegen unheilige Geheimnisse eintauschte. Er war der wahre Herrscher von Koth.

Nun grinste er düster, während die Könige einen sicheren Abstand vor der grimmigen, in Eisen gekleideten Gestalt einnahmen, die zwischen den Toten aufragte. Vor den wilden blauen Augen, die mörderisch unter dem verzierten und verbeulten Helm hervorblitzten, schreckte der Mutigste zurück. Conans dunkles, vernarbtes Gesicht war jetzt noch dunkler vor Feurigkeit; seine schwarze Rüstung war in Fetzen zerhackt und mit Blut bespritzt; sein großes Schwert war bis zur Kreuzstange rot. Während dieser Anspannung war der ganze Anstrich der Zivilisation verblasst; es war ein Barbar, der seinen Bezwingern gegenüberstand. Conan war gebürtiger Cimmerier, einer dieser wilden, launischen Bergbewohner, die in ihrem düsteren, wolkigen Land im Norden lebten. Seine Saga, die ihn auf den Thron von Aquilonien geführt hatte, war die Grundlage eines ganzen Zyklus von Heldengeschichten.

Die Könige hielten also Abstand, und Strabonus forderte seine shemitischen Bogenschützen auf, aus der Ferne ihre Pfeile auf seinen Feind abzufeuern; seine Hauptleute waren wie reifes Korn vor dem Breitschwert des Cimmeriers gefallen, und

Strabonus, der sowohl auf seine Ritter als auch auf seine Münzen angewiesen war, schäumte vor Wut. Aber Tsotha schüttelte den Kopf.

„Ergreift ihn lebend."

„Das ist leicht gesagt!", knurrte Strabonus, besorgt darüber, dass der Riese in der schwarzen Rüstung sich auf irgendeine Weise einen Weg durch die Speere zu ihnen bahnen könnte. „Wer kann einen menschenfressenden Tiger lebend ergreifen? Bei Ishtar, seine Ferse steht auf den Hälsen meiner besten Schwertkämpfer! Es hat sieben Jahre und jede Menge Gold gekostet, jeden auszubilden, und da liegen sie nun, so viel Futter für die Vögel. Pfeile, sage ich!"

„Noch einmal, nay!", fauchte Tsotha und schwang sich von seinem Pferd. Er lachte kalt. „Hast du bis zu diesem Zeitpunkt noch immer nicht gelernt, dass mein Verstand mächtiger ist als jedes Schwert?"

Er ging durch die Reihen der Pikeniere, und die Riesen in ihren Stahlkappen und Kettenpanzern wichen voller Angst zurück, damit sie nicht auch nur die Säume seines Gewandes berühren könnten. Auch die federgeschmückten Ritter waren nicht langsamer darin, ihm Platz zu machen. Er stieg über die Leichen und stand dem grimmigen König von Angesicht zu Angesicht gegenüber. Die Heerscharen sahen in angespannter Stille zu und hielten den Atem an. Die schwarz gepanzerte Gestalt ragte in schrecklicher Bedrohung über der schlanken, in Seide gehüllten Figur auf, das eingekerbte, tropfende Schwert in die Höhe gereckt.

„Ich biete dir das Leben, Conan", sagte Tsotha, und aus seiner Stimme klang grausame Heiterkeit.

„Ich schenke dir den Tod, Zauberer", knurrte der König, und unterstützt von eisernen Muskeln und wildem Hass schwang er das große Schwert mit einem Schlag, der Tsothas mageren Oberkörper in zwei Hälften zerschneiden sollte. Doch gerade als die Heerscharen aufschrien, sprang der Zauberer nach vorne, zu schnell, als dass das Auge ihm hätte folgen können, und legte augenscheinlich lediglich eine offene Hand auf Conans linken Unterarm, über dessen gefurchten Muskeln das Kettenhemd zerschnitten worden war. Die pfeifende Klinge brach ihren Bogen ab, und der gepanzerte Riese stürzte schwer auf die Erde und blieb regungslos liegen. Tsotha lachte leise.

„Nehmt ihn hoch, und fürchtet euch nicht dabei; die Reißzähne des Löwen sind gezogen."

Die Könige zogen sich zurück und blickten voller Ehrfurcht auf den gefallenen Löwen. Conan lag so steif wie ein toter Mann da, aber seine Augen starrten sie an, weit geöffnet und voller hilfloser Wut.

„Was hast du mit ihm gemacht?", fragte Amalrus unruhig.

Tsotha zeigte einen breiten, seltsam gestalteten Ring an seinem Finger. Er drückte seine Finger zusammen und auf der Innenseite des Rings schoss ein winziger Stahlzahn wie die Zunge einer Schlange hervor.

„Er ist mit dem Saft der violetten Lotusblume getränkt, die in den von Geistern heimgesuchten Sümpfen im Süden Stygiens wächst", sagte der Magier. „Seine Berührung führt zu vorübergehender Lähmung. Legt ihn in Ketten, und legt ihn in einen Streitwagen. Die Sonne geht unter, und es ist Zeit, dass wir uns auf den Weg nach Khorshemish machen."

Strabonus wandte sich an seinen General Arbanus.

„Wir kehren mit den Verwundeten nach Khorshemish zurück. Nur ein Trupp der königlichen Kavallerie wird uns begleiten. Dein Befehl lautet, im Morgengrauen zur aquilonischen Grenze zu marschieren und die Stadt Shamar zu besetzen. Die Ophirer werden euch auf dem Marsch mit Lebensmitteln versorgen. Wir werden so schnell wie möglich mit Verstärkung zu euch zurückkehren."

So schlug das Heer mit seinen in Stahl gehüllten Rittern, seinen Pikenieren, Bogenschützen und Lagerdienern sein Lager auf den Wiesen in der Nähe des Schlachtfelds auf. Und die beiden Könige und der Zauberer, der größer war als jeder König, ritten inmitten der glitzernden Palasttruppe und begleitet von einer langen Reihe von Streitwagen, die mit Verwundeten beladen waren, durch die sternenklare Nacht zur Hauptstadt von Strabonus. In einem dieser Streitwagen lag Conan, der König von Aquilonien, mit Ketten beschwert, den Geruch der Niederlage im Mund, die blinde Wut eines gefangenen Tigers in seiner Seele.

Das Gift, das seine mächtigen Glieder zur Hilflosigkeit erstarren ließ, hatte sein Gehirn nicht gelähmt. Als der Streitwagen, in dem er lag, über die Wiesen rumpelte, kreisten seine Gedanken unerträglich um seine Niederlage. Amalrus hatte einen Abgesandten geschickt, der um Hilfe gegen Strabonus bat, der, wie er sagte, sein westliches Herrschaftsgebiet verwüstete, das wie ein sich verjüngender Keil zwischen der Grenze von Aquilonien und dem riesigen südlichen Königreich Koth lag. Er verlangte nur tausend Reiter und die Anwesenheit von Conan, um seine demoralisierten Untertanen zu ermutigen. Conan fluchte nun im Geiste. In seiner Großzügigkeit war er mit dem Fünffachen der Anzahl gekommen, die der verräterische Monarch verlangt hatte. In gutem Glauben war er nach Ophir geritten und sah sich mit den vermeintlichen Rivalen konfrontiert, die sich gegen ihn verbündet hatten. Es sprach unverkennbar für seine Fähigkeiten, dass sie ein ganzes Heer aufgeboten hatten, um ihn und seine Fünftausend in die Falle zu locken.

Eine rote Wolke verhüllte seine Sicht; seine Adern schwollen vor Wut an, und in seinen Schläfen pochte ein Puls, der ihn in den Wahnsinn trieb. In seinem ganzen Leben hatte er nie einen größeren und hilfloseren Zorn erlebt. In sich schnell bewegenden Szenen zog das Schauspiel seines Lebens flüchtig vor seinem geistigen Auge vorbei – ein Panorama, in dem sich schattenhafte Figuren bewegten, die in vielen Gestalten und Zuständen er selbst waren – ein kaum bekleideter Barbar; ein als Söldner dienender Schwertkämpfer mit gehörntem Helm und Schuppenpanzer; ein Korsar in einer Galeere mit Drachenbug, die eine purpurrote Spur aus Blut und Plünderungen entlang der Südküste zog; ein Heerführer in brüniertem Stahl auf einem sich aufbäumenden schwarzen Streitross; ein König auf einem goldenen Thron, über dem das Löwenbanner weht, und Scharen von fröhlichen Höflingen und Damen auf ihren Knien. Doch das Rütteln und Rumpeln des Streitwagens brachte seine Gedanken immer wieder dazu, in verrückt machender Monotonie über den Verrat von Amalrus und die Zauberei von Tsotha zu kreisen. Die Adern in seinen Schläfen platzten fast, und die Schreie der Verwundeten in den Streitwagen erfüllten ihn mit grimmiger Genugtuung.

Noch vor Mitternacht überquerten sie die ophirische Grenze, und im Morgengrauen ragten die Türme von Khorshemish strahlend und rosarot am südöstlichen Horizont empor, die schlanken Türme beherrscht von der düsteren, scharlachroten Zitadelle, die in der Ferne wie ein Spritzer hellen Blutes am Himmel wirkte. Das war die Burg von Tsotha. Nur eine schmale, mit Marmor gepflasterte und von schweren Eisentoren bewachte Straße führte dorthin, wo sie den Hügel krönte und die Stadt dominierte. Die Hänge dieses Hügels waren zu steil, um anderswo erklommen zu werden. Von den Mauern der Zitadelle konnte man auf die breiten, weißen Straßen der Stadt, auf mit Minaretten versehene Moscheen, Geschäfte, Tempel, Villen und Märkte blicken. Man konnte auch auf die Paläste des Königs hinabblicken, eingebettet in weite Gärten, hohe Mauern, üppige Ansammlungen von Obstbäumen und Blüten, durch die künstliche Bäche rauschten und silberne Brunnen unaufhörlich plätscherten. Über allem brütete die Zitadelle, wie ein Kondor, der sich über seine Beute beugt und seinen eigenen dunklen Meditationen nachgeht.

Die mächtigen Tore zwischen den riesigen Türmen der Außenmauer öffneten sich klirrend, und der König ritt zwischen Reihen glitzernder Speerkämpfer in seine Hauptstadt ein, während fünfzig Trompeten salutierten. Aber keine Scharen strömten durch die weiß gepflasterten Straßen, um Rosen vor die Hufe des Eroberers zu werfen. Strabonus war den Nachrichten über die Schlacht zuvorgekommen, und das Volk, das sich gerade zu den Beschäftigungen des Tages aufraffte, starrte mit offenem Mund auf den König, der mit einem kleinen Gefolge zurückkehrte, und war sich nicht sicher, ob dies Sieg oder Niederlage bedeutete.

Conan, dessen Leben wieder träge in seinen Adern floss, reckte seinen Hals vom Wagenboden, um die Wunder dieser Stadt zu betrachten, die die Menschen die Königin des Südens nannten. Er hatte daran gedacht, eines Tages an der Spitze seiner stahlgepanzerten Schwadronen durch diese goldenen Tore zu reiten, mit dem großen Löwenbanner über seinem behelmten Kopf wehend. Stattdessen traf er in Ketten ein, die Rüstung abgestreift und wie ein gefangener Sklave auf den Bronzeboden des Streitwagens seiner Eroberer geworfen. Ein eigensinniger, teuflischer Spott erhob sich über seine Wut, aber für die nervösen Soldaten, die den Streitwagen fuhren, klang sein Lachen wie das Gemurmel eines aufwachenden Löwen.

KAPITEL 2

Blendende Hülle einer abgenutzten Lüge; Fabel vom Göttlichen Recht –
Ihr habt eure Kronen durch das Erbe erhalten, aber Blut war der Preis für mich.
Den Thron, den ich mit Blut und Schweiß erobert habe, bei Crom, werde ich nicht verkaufen
Für das Versprechen von Tälern voller Gold oder auf die Drohung mit den Hallen der Hölle!
– *Der Weg der Könige*

In der Zitadelle, in einer Kammer mit einer gewölbten Decke aus geschnitztem Jett und gewundenen Türbögen, in denen fremdartige, dunkle Juwelen schimmerten, kam es zu einem seltsamen Konklave. Conan von Aquilonien, dessen riesige Gliedmaßen mit Blut aus nicht verbundenen Wunden verklebt waren, stand seinen Häschern gegenüber. Zu beiden Seiten von ihm standen ein Dutzend schwarzer Riesen und hielten ihre langschaftigen Äxte fest. Vor ihm stand Tsotha, und auf Diwanen saßen Strabonus und Amalrus in ihren Seiden- und Goldgewändern, die von Juwelen glänzten, mit nackten

Sklavenjungen neben ihnen, die Wein in Becher einschenkten, die aus einem einzigen Saphir geschnitzt waren. In starkem Kontrast dazu stand Conan, grimmig, blutbefleckt, nackt bis auf einen Lendenschurz, mit Fesseln an seinen mächtigen Gliedmaßen, seine blauen Augen leuchtend unter der wirren schwarzen Mähne, die über seine niedrige, breite Stirn fiel. Er dominierte die Szene und verwandelte den Prunk der Eroberer durch die bloße Vitalität seiner urwüchsigen Persönlichkeit zu Tand, und die Könige in ihrem Stolz und ihrer Pracht waren sich dessen insgeheim bewusst und fühlten sich unbehaglich. Nur Tsotha ließ sich nicht davon beeindrucken.

„Unsere Forderungen sind schnell ausgesprochen, König von Aquilonien", sagte Tsotha. „Es ist unser Wunsch, unser Reich zu vergrößern."

„Und deshalb willst du mein Königreich zerstampfen", krächzte Conan.

„Was bist du anderes als ein Abenteurer, der eine Krone ergreift, auf die du nicht mehr Anspruch hast als jeder andere umherziehende Barbar?", parierte Amalrus. „Wir sind bereit, dir eine angemessene Entschädigung anzubieten –"

„Entschädigung!" Es war ein Schwall tiefes Lachen aus Conans mächtiger Brust. „Der Preis der Schande und des Verrats! Ich bin ein Barbar, und deshalb soll ich mein Königreich und sein Volk für mein Leben und dein schmutziges Gold verkaufen? Ha! Wie bist du zu deiner Krone gekommen, du und das schwarzgesichtige Schwein neben dir? Eure Väter haben gekämpft und gelitten und euch ihre Kronen auf goldenen Tabletts überreicht. Was ihr geerbt habt, ohne einen Finger zu rühren – außer ein paar Brüder zu vergiften –, dafür habe ich gekämpft.

Ihr sitzt auf Satin und trinkt Wein, für den die Menschen schuften, und redet von göttlichen Herrschaftsrechten – bah! Ich bin aus dem Abgrund der nackten Barbarei auf den Thron geklettert und habe bei diesem Aufstieg mein Blut so großzügig vergossen, wie ich das der anderen vergossen habe. Wenn einer von uns das Recht hat, über Menschen zu herrschen, dann bin ich es!

Ich habe Aquilonien im Griff eines Schweins wie euch vorgefunden – eines, das seine Ahnentafel über tausend Jahre hinweg zurückverfolgt hat. Das Land wurde von den Kriegen der Barone zerrissen, und die Menschen ächzten unter der Unterdrückung und der Besteuerung. Heute wagt kein aquilonischer Adliger, Misshandlungen auszuüben. Ich bin der bescheidenste meiner Untertanen, und die Steuern der Menschen sind niedriger als irgendwo sonst auf der Welt.

Was ist mit dir? Dein Bruder, Amalrus, hält die östliche Hälfte deines Königreichs und widersetzt sich dir. Und du, Strabonus, deine Soldaten belagern gerade jetzt die Burgen von einem Dutzend oder mehr rebellischen Baronen. Die Menschen beider Königreiche werden zerschmettert durch tyrannische Steuern und Abgaben. Und ihr wollt mein Königreich ebenfalls plündern – ha! Macht meine Hände frei, und ich werde diesen Boden mit eurem Gehirn polieren!"

Tsotha grinste düster, als er die Wut seiner königlichen Verbündeten sah. „All dies ist, so wahr es auch sein mag, nebensächlich. Unsere Pläne gehen dich nichts an. Deine Verantwortung ist zu Ende, wenn du dieses Pergament unterzeichnest, das eine Abdankung zugunsten von Prinz Arpello von Pellia darstellt. Wir werden dir Waffen und Pferd und fünftausend goldene Lunas geben und dich zur Ostgrenze geleiten."

„Ihr lasst mich einsam dort zurück, wo ich war, ehe ich nach Aquilonien ritt, um in seinen Armeen zu dienen, abgesehen von der zusätzlichen Bürde des Namens eines

Verräters!" Conans Lachen war wie das tiefe, kurze Bellen eines Timberwolfs. „Arpello, nicht wahr? Ich habe den Schlächter von Pellia in Verdacht gehabt. Könnt ihr nicht einmal offen und ehrlich stehlen und plündern, sondern musst dafür einen Vorwand benutzen, wie dünn er auch sein mag? Arpello behauptet, eine Spur königliches Blut zu haben; also benutzt ihr ihn als einen Vorwand für Diebstahl und als Satrap, um durch ihn zu herrschen. Euch werde ich in der Hölle als erstes sehen."

„Du bist ein Narr!", rief Amalrus. „Du bist in unseren Händen und wir können nach Belieben sowohl deine Krone als auch dein Leben nehmen!"

Conans Antwort war weder königlich noch würdevoll, sondern in typischer Weise instinktiv für den Mann, dessen barbarische Natur in der Kultur, die er angenommen hatte, niemals untergegangen war. Er spuckte Amalrus voll in die Augen. Der König von Ophir sprang mit einem Schrei empörter Wut auf und griff nach seinem schlanken Schwert. Er zog es und stürzte sich auf den Cimmerier, doch Tsotha ging dazwischen.

„Wartet, Majestät; dieser Mann ist mein Gefangener."

„Beiseite, Zauberer!", schrie Amalrus, wütend über das Funkeln in den blauen Augen des Cimmeriers.

„Zurück, sage ich!", brüllte Tsotha, zu einem furchteinflößenden Zorn erregt. Seine schlanke Hand glitt aus seinem weiten Ärmel und warf einen Staubregen in das verzerrte Gesicht des Ophirers. Amalrus schrie auf und taumelte zurück, wobei er sich an die Augen fasste, während ihm das Schwert aus der Hand fiel. Er ließ sich schlaff auf den Diwan fallen, während die kothischen Wachen unbewegt zusahen und König Strabonus hastig einen weiteren Kelch Wein trank, den er mit zitternden Händen hielt. Amalrus senkte die Hände und schüttelte heftig den Kopf. Der Verstand kehrte langsam in seine grauen Augen zurück.

„Ich bin blind geworden", knurrte er. „Was hast du mit mir gemacht, Zauberer?"

„Nur eine Geste, um dich davon zu überzeugen, wer der wahre Herr ist", schnauzte Tsotha, nachdem die Maske seiner formellen Täuschung gefallen und die nackte, böse Persönlichkeit des Mannes enthüllt worden war. „Strabonus hat seine Lektion gelernt – lass dich die deine lernen. Es war nur ein Staub, den ich in einem stygischen Grab gefunden habe und den ich dir in die Augen gestreut habe – wenn ich ihre Sicht noch einmal auslöschen muss, werde ich dich für den Rest deines Lebens in der Dunkelheit tappen lassen."

Amalrus zuckte mit den Schultern, lächelte verschmitzt und griff nach einem Kelch, um seine Angst und Wut zu verbergen. Als geschliffener Diplomat fand er seine Fassung schnell wieder. Tsotha wandte sich an Conan, der während der Episode unbeirrt dagestanden hatte. Auf die Geste des Zauberers hin ergriffen die Schwarzen ihren Gefangenen und führten ihn hinter Tsotha her, der sie durch eine gewölbte Tür aus der Kammer in einen gewundenen Korridor führte, dessen Boden aus vielfarbigen Mosaiken bestand, dessen Wände mit goldenem Gewebe und silberner Ziselierung eingelegt waren und von dessen gewölbter Decke goldene Räuchergefäße schwangen, die den Korridor mit verträumten, duftenden Wolken erfüllten. Sie bogen in einen kleineren, düsteren und schrecklichen Korridor, der aus Jett und schwarzer Jade gefertigt war, der an einer Messingtür endete, über deren Bogen ein menschlicher Schädel grauenhaft grinste. An dieser Tür stand eine fette, abstoßende Gestalt, die einen Schlüsselbund baumeln ließ – Tsothas Obereunuch Shukeli, über den grausige Geschichten geflüstert wurden – ein

Mann, bei dem eine bestialische Folterlust an die Stelle normaler menschlicher Leidenschaften trat.

Durch die Messingtür gelangte man auf eine schmale Treppe, die bis in die Tiefen des Hügels zu führen schien, auf dem die Zitadelle stand. Diese Treppe ging die Schar hinunter, um schließlich vor einem eisernen Tor Halt zu machen, dessen Stärke unnötig zu sein schien. Offensichtlich ließ es sich von außen nicht öffnen, dennoch war es so gebaut, als wolle es dem Ansturm von Mangonelen und Rammen standhalten. Shukeli öffnete es, und als er das schwere Portal zurückschwang, bemerkte Conan das offensichtliche Unbehagen unter den schwarzen Riesen, die ihn bewachten; Shukeli schien auch nicht ganz frei von Nervosität zu sein, als er in die Dunkelheit dahinter blickte. Innerhalb des großen Tores befand sich eine zweite Barriere, bestehend aus schweren Stahlstangen. Die Befestigung erfolgte durch einen raffinierten Riegel, der kein Schloss hatte und nur von außen betätigt werden konnte; dieser Bolzen schoss zurück, das Gitter glitt in die Wand. Sie gelangten in einen breiten Korridor, dessen Boden, Wände und gewölbte Decke aus massivem Stein gehauen zu sein schienen. Conan wusste, dass er sich weit unter der Erde befand, sogar unterhalb des Hügels. Die Dunkelheit drückte gegen die Fackeln der Gardisten wie ein fühlendes, lebendiges Ding.

Sie befestigten den König an einem Ring in der Steinmauer. Über seinem Kopf platzierten sie in einer Nische in der Wand eine Fackel, sodass er in einem schwachen Halbkreis aus Licht stand. Die Schwarzen wollten unbedingt verschwinden; sie murmelten untereinander und warfen ängstliche Blicke in die Dunkelheit. Tsotha bedeutete ihnen, hinauszugehen, und sie gingen in stolpernder Eile durch die Tür, so als fürchteten sie, die Dunkelheit könnte greifbare Gestalt annehmen und ihnen in den Rücken springen. Tsotha drehte sich zu Conan um, und der König bemerkte mit Unbehagen, dass die Augen des Zauberers im Halbdunkel leuchteten und dass seine Zähne den Reißzähnen eines Wolfes ähnelten und in den Schatten weiß schimmerten.

„Und somit, lebe wohl, Barbar", spottete der Zauberer. „Ich muss nach Shamar und zur Belagerung reiten. In zehn Tagen werde ich mit meinen Kriegern in deinem Palast in Tamar sein. Was soll ich deinen Frauen von dir ausrichten, bevor ich ihre zarten Häute abziehe, um daraus Schriftrollen zu machen, auf denen ich die Triumphe von Tsotha-lanti aufzeichnen kann?"

Conan antwortete mit einem harschen cimmerischen Fluch, der einem gewöhnlichen Mann das Trommelfell zum Platzen gebracht hätte, und Tsotha lachte dünn und zog sich zurück. Conan erhaschte einen flüchtigen Blick auf seine geiergleiche Gestalt durch die dicken Gitterstäbe, als er durch das Gitter nach draußen glitt; dann klapperte die schwere Außentür und Stille senkte sich wie ein Leichentuch nieder.

KAPITEL 3

Der Löwe schritt durch der Hölle Hallen;
Über seinen Weg düstere Schatten fielen
Von vielen sich bewegenden, namenlosen Gestalten –
Monster, die ihren tropfenden Rachen weit aufgerissen.
Die Dunkelheit erbebte vor Schreien und Brüllen

Als der Löwe durch der Hölle Hallen streifte.
– Alte Ballade

König Conan testete den Ring in der Wand und die Kette, die ihn fesselte. Seine Gliedmaßen waren frei, aber er wusste, dass seine Fesseln sogar seine eiserne Kraft überstiegen. Die Glieder der Kette waren so dick wie sein Daumen und an einem Stahlband um seine Taille befestigt, ein Band so breit wie seine Hand und einen halben Zoll dick. Das bloße Gewicht seiner Fesseln hätte einen geringeren Mann vor Erschöpfung getötet. Die Schlösser, die Band und Kette hielten, waren gewaltige Dinge, die ein Vorschlaghammer kaum hätte beschädigen können. Was den Ring betraf, so ging er offensichtlich durch die Wand hindurch und war auf der anderen Seite befestigt.

Conan fluchte, und Panik durchströmte ihn, als er in die Dunkelheit starrte, die sich gegen den Halbkreis aus Licht drängte. Die ganze abergläubische Angst des Barbaren schlief in seiner Seele, unberührt von der zivilisierten Logik. Seine primitive Vorstellungskraft bevölkerte die unterirdische Dunkelheit mit grausigen Gestalten. Außerdem sagte ihm seine Vernunft, dass er nicht nur zur Einkerkerung hierher gebracht worden war. Seine Häscher hatten keinen Grund, ihn zu verschonen. Er war in diese Grube gesteckt worden, um ihm ein endgültiges Verhängnis zu bereiten. Er verfluchte sich selbst dafür, dass er ihr Angebot abgelehnt hatte, auch wenn sich seine störrische Männlichkeit bei dem Gedanken empörte, und er wusste, dass seine Antwort dieselbe sein würde, wenn man ihn herausbringen und ihm eine weitere Chance geben würde. Er würde seine Untertanen nicht an ihren Schlächter verkaufen. Und das obwohl er ursprünglich nur an seinen eigenen Gewinn gedacht hatte, als er das Königreich an sich gerissen hatte. So subtil kommt der Instinkt der alleinigen Verantwortung zuweilen auch bei einem dahergelaufenen Plünderer zum Vorschein.

Conan dachte an Tsothas letzte abscheuliche Drohung und stöhnte vor kranker Wut, da er wusste, dass es keine leere Prahlerei war. Männer und Frauen waren für den Zauberer nicht mehr als das sich windende Insekt für den Wissenschaftler. Sanfte weiße Hände, die ihn gestreichelt hatten, rote Lippen, die an die seinen gedrückt worden waren, zierliche weiße Brüste, die bei seinen heißen, wilden Küssen gezittert hatten, sollten von ihrer zarten Haut, weiß wie Elfenbein und rosa wie junge Blütenblätter, befreit werden – aus Conans Lippen platzte ein Schrei, der in seiner wahnsinnigen Wut so schrecklich und unmenschlich war, dass ein Zuhörer vor Entsetzen gestarrt hätte, wenn er gewusst hätte, dass er aus einer menschlichen Kehle kam.

Die schaurigen Echos ließen ihn zusammenzucken und brachten dem König seine eigene Situation deutlich vor Augen. Er starrte Furcht erregend in die äußere Dunkelheit und dachte an die grausigen Geschichten, die er über Tsothas nekromantische Grausamkeit gehört hatte, und mit einem eisigen Gefühl im Rücken wurde ihm klar, dass dies genau die Hallen des Schreckens sein mussten, von denen in schaurigen Legenden die Rede war, diejenigen Tunnel und Kerker, in denen Tsotha schreckliche Experimente mit menschlichen, bestialischen und, wie man flüsterte, dämonischen Wesen durchführte und blasphemisch die nackten Grundelemente des Lebens selbst manipulierte. Gerüchten zufolge hatte der verrückte Dichter Rinaldo diese Gruben besucht und von dem Zauberer Gräuel gezeigt bekommen, sodass die namenlosen Monstrositäten, auf die er in seinem schrecklichen Gedicht *Das Lied von der Grube* hinwies, keine bloßen Fantasien eines gestörten Gehirns waren. Dieses Gehirn war unter Conans Streitaxt zu Staub zerschmettert worden in der Nacht, in der der König mit den Attentätern, die der verrückte Verseschmied bei seinem Verrat in den Palast geführt hatte, um sein Leben gekämpft hatte, aber die schauerlichen Worte dieses grausigen Liedes hallten noch immer in den Ohren des Königs wider, während er da in seinen Ketten stand.

Eben bei diesen Gedanken erstarrte der Cimmerier, als er ein leises, raschelndes Geräusch hörte, dessen Bedeutung blutgefrierend war. Er verharrte in einer Haltung des Zuhörens, die in ihrer Intensität schmerzhaft war. Eine eiskalte Hand streifte seinen Rücken. Es war das unverkennbare Geräusch geschmeidiger Schuppen, die sanft über Stein glitten. Kalter Schweiß perlte auf seiner Haut, als er hinter dem Ring aus trübem Licht eine vage und kolossale Gestalt sah, die selbst in ihrer Undeutlichkeit schrecklich war. Sie richtete sich auf, schwankte leicht, und ihre gelben Augen blickten ihn aus den Schatten heraus eisig an. Langsam nahm vor seinen weit geöffneten Augen ein riesiger, abscheulicher, keilförmiger Kopf Gestalt an, und aus der Dunkelheit sickerte in fließenden, schuppigen Windungen der ultimative Schrecken der Entwicklung der Reptilien hervor.

Es war eine Schlange, die alle bisherigen Vorstellungen von Conan über Schlangen in den Schatten stellte. Achtzig Fuß lang erstreckte sie sich von ihrem spitzen Schwanz bis zu ihrem dreieckigen Kopf, der größer war als der eines Pferdes. Im trüben Licht glitzerten ihre Schuppen kalt, so weiß wie Raureif. Sicherlich war dieses Reptil in der Dunkelheit geboren und aufgewachsen, doch seine Augen besaßen eine boshafte und sichere Sicht. Es schlängelte seine titanischen Windungen vor dem Gefangenen, und der große Kopf auf dem gewölbten Hals schwankte nur wenige Zentimeter von seinem Gesicht entfernt. Seine gespaltene Zunge streifte fast seine Lippen, als sie hinein und heraus schoss, und sein stinkender Geruch ließ seine Sinne vor Übelkeit schwanken. Die großen gelben Augen brannten sich in die seinen, und Conan erwiderte dies mit dem wütenden Blick eines gefangenen Wolfes. Er kämpfte gegen den wahnsinnigen Drang an, den großen, gewölbten Hals mit seinen zerreißenden Händen zu ergreifen. Er war stärker als ein zivilisierter Mensch es sich vorstellen konnte und hatte zu seiner Zeit als Korsar in einer teuflischen Schlacht an der stygischen Küste einer Python den Hals gebrochen. Aber dieses Reptil war giftig; er sah die großen Reißzähne, einen Fuß lang, gebogen wie Krummsäbel. Von ihnen tropfte eine farblose Flüssigkeit, von der er instinktiv wusste, dass sie den Tod bedeutete. Es wäre denkbar, dass er diesen keilförmigen Schädel mit einer verzweifelt geballten Faust zerschmettern würde, aber er wusste, dass das Monster beim ersten Anzeichen einer Bewegung wie ein Blitz zuschlagen würde.

Es lag nicht an einem logischen Denkprozess, dass Conan regungslos blieb, denn die Vernunft hätte ihm – da er ohnehin dem Untergang geweiht war – sagen können, er solle die Schlange zum Zuschlagen anspornen und es hinter sich bringen; es war der blinde, schwarze Selbsterhaltungstrieb, der ihn starr wie eine aus Eisen gesprengte Statue hielt. Jetzt richtete sich der große Leib auf, und der Kopf war hoch über seinem eigenen, während das Monster die Fackel untersuchte. Ein Tropfen Gift fiel auf seinen nackten Oberschenkel und fühlte sich an, als würde ihm ein weißglühender Dolch ins Fleisch getrieben. Rote Strahlen der Qual schossen durch Conans Gehirn, doch er blieb unbewegt; weder durch das Zucken eines Muskels noch das Flackern einer Wimper verriet er den Schmerz der Verwundung, die eine Narbe hinterließ, die er bis zum Tag seines Todes trug.

Die Schlange schwankte über ihm, als wollte sie herausfinden, ob in dieser Gestalt, die so totenstill dastand, wirklich Leben steckte. Dann klirrte plötzlich und unerwartet die Außentür, die im Schatten fast unsichtbar war. Die Schlange, misstrauisch wie alle ihre Artgenossen, wirbelte mit einer für ihre Größe unglaublichen Schnelligkeit herum und verschwand mit einem langgezogenen Gleiten den Korridor entlang. Die Tür schwang auf und blieb offen. Das Gitter wurde zurückgezogen, und draußen war eine riesige dunkle Gestalt vom Schein der Fackeln eingerahmt. Die Gestalt glitt hinein, zog das Gitter teilweise nach hinten und ließ den Riegel in seiner Position. Als sie in das Licht der Fackel über Conans Kopf trat, sah der König, dass es ein gigantischer schwarzer Mann war, völlig nackt, der in einer Hand ein gewaltiges Schwert und in der anderen einen Schlüsselbund trug. Der Schwarze sprach in einem Küstendialekt, und Conan konnte antworten; er hatte den Jargon als Korsar an der Küste von Kusch gelernt.

„Ich habe mir schon lange gewünscht, dich kennenzulernen, Amra." Der Schwarze gab Conan den Namen Amra – der Löwe –, unter dem der Cimmerier in seiner Piratenzeit den Kuschiten bekannt gewesen war. Der wollhaarige Schädel des Sklaven spaltete sich zu einem tierähnlichen Grinsen und zeigte weiße Schneidezähne, aber seine Augen glitzerten rot im Fackellicht. „Ich habe viel für dieses Treffen gewagt! Schau! Die Schlüssel zu deinen Ketten! Ich habe sie Shukeli gestohlen. Was wirst du mir dafür geben?"

Er ließ die Schlüssel vor Conans Augen baumeln.

„Zehntausend goldene Lunas", antwortete der König schnell, neue Hoffnung brodelte heftig in seiner Brust.

„Nicht genug!", schrie der Schwarze, und ein wildes Hochgefühl glänzte auf seinem ebenhölzernen Gesicht. „Nicht genug für die Risiken, die ich eingehe. Tsothas Haustiere könnten aus der Dunkelheit kommen und mich fressen, und wenn Shukeli herausfindet, dass ich seine Schlüssel gestohlen habe, wird er mich aufhängen an meinen – nun, was wirst du mir geben?"

„Fünfzehntausend Lunas und ein Palast in Poitain", bot der König an.

Der Schwarze jauchzte und stampfte in einem Rausch barbarischer Befriedigung. „Mehr!", schrie er. „Biete mir mehr! Was wirst du mir geben?"

„Du schwarzer Hund!" Ein roter Schleier der Wut rauschte über Conans Augen. „Wenn ich frei wäre, würde ich dir einen gebrochenen Rücken geben! Hat Shukeli dich hierher geschickt, um mich zu verspotten?"

„Shukeli weiß nichts von meinem Kommen, weißer Mann", antwortete der Schwarze und reckte seinen dicken Hals, um in Conans wilde Augen zu schauen. „Ich kenne dich aus alter Zeit, seit ich ein Häuptling eines freien Volkes war, bevor die Stygier mich gefangen nahmen und in den Norden verkauften. Erinnerst du dich nicht an die Plünderung von Abombi, als deine Seewölfe hereinschwärmten? Vor dem Palast von König Ajaga hast du einen Häuptling getötet, und ein Häuptling ist vor dir geflohen. Es war mein Bruder, der starb; ich war es, der von dir geflohen ist. Ich verlange einen Blutzoll von dir, Amra!"

„Befreie mich, und ich zahle dir dein Gewicht in Goldstücken", knurrte Conan.

Die roten Augen glitzerten, die weißen Zähne blitzten wölfisch im Fackelschein. „Aye, du weißer Hund, du bist wie alle deiner Rasse; aber für einen schwarzen Mann kann Gold niemals Blut ersetzen. Der Preis, den ich verlange, ist – dein Kopf!" Das letzte Wort war ein wahnsinniger Schrei, der die Echos erschauern ließ. Conan verkrampfte sich und zerrte unbewusst gegen seine Fesseln in seiner Abscheu, wie ein Schaf zu sterben; dann ließ ihn

36

ein noch größeres Entsetzen erstarren. Über die Schulter des Schwarzen hinweg sah er eine vage, schreckliche Gestalt, die in der Dunkelheit schwankte.

„Tsotha wird es nie erfahren!", lachte der Schwarze teuflisch, zu sehr in seinen schadenfrohen Triumph vertieft, um auf irgendetwas anderes zu achten, zu hasserfüllt, um zu wissen, dass der Tod hinter seiner Schulter schwankte. „Er wird nicht in die Gewölbe kommen, bis die Dämonen deine Knochen aus ihren Ketten gerissen haben. Ich werde deinen Kopf haben, Amra!"

Er stützte seine knorrigen Beine wie Ebenholzsäulen ab und schwang das gewaltige Schwert mit beiden Händen hoch, wobei seine großen schwarzen Muskeln im Fackellicht rollten und knackten. Und in diesem Moment schoss der gigantische Schatten hinter ihm herab und voran, und der keilförmige Kopf schlug mit einem Aufprall zu, der in den Tunneln widerhallte. Kein Laut kam von den dicken, blubbernden Lippen, die sich in kurzer Qual weiteten. Mit dem dumpfen Schlag sah Conan, wie das Leben in den großen schwarzen Augen erlosch, so plötzlich als würde eine Kerze ausgeblasen. Der Schlag schleuderte den großen schwarzen Körper durch den Korridor, und die gigantische, gewundene Gestalt peitschte in glitzernden Windungen schrecklich um ihn herum, sodass er nicht sichtbar war, und das Knacken und Splittern von Knochen drang deutlich an Conans Ohren. Dann ließ etwas sein Herz wie verrückt hüpfen. Das Schwert und die Schlüssel waren aus den Händen des Schwarzen geflogen, krachten und klirrten auf dem Stein – und die Schlüssel lagen fast vor den Füßen des Königs.

Er versuchte, sich zu ihnen zu beugen, aber die Kette war zu kurz; fast erstickt durch das wilde Pochen seines Herzens, schlüpfte er mit einem Fuß aus der Sandale und packte sie mit seinen Zehen; er zog seinen Fuß an, packte sie heftig und unterdrückte kaum den Schrei wilden Jubels, der instinktiv an seine Lippen drang.

Einen Augenblick lang fummelte er an den riesigen Schlössern herum, und er war frei. Er hob das gefallene Schwert auf und blickte sich wütend um. Nur leere Dunkelheit traf seine Augen, in die die Schlange einen verstümmelten, zerfetzten Gegenstand gezerrt hatte, der nur entfernt an einen menschlichen Körper erinnerte. Conan wandte sich der offenen Tür zu. Ein paar schnelle Schritte brachten ihn zur Schwelle – ein kreischendes, hohes Gelächter schrillte durch die Gewölbe, und das Gitter schloss sich genau vor seinen Fingern, während der Riegel herab krachte. Durch die Gitterstäbe blickte ein Gesicht wie ein teuflisch spöttischer, geschnitzter Wasserspeier – Shukeli, der Eunuch, der seinen gestohlenen Schlüsseln gefolgt war. Sicherlich sah er in seiner Schadenfreude nicht das Schwert in der Hand des Gefangenen. Mit einem schrecklichen Fluch schlug Conan zu, so wie eine Kobra zuschlägt; die große Klinge zischte zwischen den Gitterstäben hindurch, und Shukelis Lachen brach ab und ging in einen Todesschrei über. Der dicke Eunuch beugte sich in der Mitte, so als würde er sich vor seinem Mörder verbeugen, und zerbröselte wie Talg, während seine pummeligen Hände vergeblich nach seinen hervorquellenden Eingeweiden griffen.

Conan knurrte in wilder Zufriedenheit; aber er war immer noch ein Gefangener. Seine Schlüssel waren nutzlos gegen den Riegel, der nur von außen betätigt werden konnte. Ein Anfassen der Stangen verriet ihm aus Erfahrung, dass diese so hart wie das Schwert waren; ein Versuch, sich seinen Weg in die Freiheit freizuschlagen, würde nur seine einzige Waffe zersplittern lassen. Doch er entdeckte Dellen auf diesen Eisenstangen, die wie die Spuren unglaublicher Reißzähne aussahen, und fragte sich mit einem unwillkürlichen Schaudern, welche namenlosen Monster die Barrieren so schrecklich angegriffen hatten. Ungeachtet dessen gab es für ihn nur eines zu tun, und das war, nach einem anderen Ausweg zu suchen. Er nahm die Fackel aus der Nische und machte sich mit dem Schwert in der Hand auf den Weg den Korridor entlang. Er sah keine Spur der Schlange oder ihres Opfers, nur einen großen Blutfleck auf dem Steinboden.

Die Dunkelheit umkreiste ihn mit geräuschlosen Füßen und wurde von der flackernden Fackel kaum zurückgedrängt. Zu beiden Seiten sah er dunkle Öffnungen, aber er blieb auf dem Hauptkorridor und beobachtete sorgfältig den Boden vor ihm, damit er nicht in eine Grube fiel. Und plötzlich hörte er das Geräusch einer Frau, die kläglich weinte. Ein weiteres von Tsothas Opfern, dachte er, verfluchte den Zauberer erneut, drehte sich zur Seite und folgte dem Geräusch durch einen kleineren Tunnel, der feucht und dunstig war.

Das Weinen wurde immer lauter, während er näher kam, und als er seine Fackel hob, erkannte er im Schatten eine undeutliche Gestalt. Als er dichter herantrat, blieb er in einem plötzlichen Entsetzen stehen angesichts der amorphen Masse, die sich vor ihm ausbreitete. Ihre instabilen Umrisse erinnerten ein wenig an einen Oktopus, aber ihre missgebildeten Tentakel waren für ihre Größe zu kurz, und ihre Substanz war ein zitterndes, geleeartiges Zeug, bei deren Anblick ihm körperlich übel wurde. Aus dieser abscheulichen Gelmasse ragte ein froschartiger Kopf empor, und er erstarrte vor ekelerregendem Grauen, als ihm klar wurde, dass das Weinen von diesen obszönen, wabbeligen Lippen kam. Der Lärm verwandelte sich in ein abscheuliches hohes Kichern, als die großen, instabilen Augen des Monstrums auf ihm ruhten und es seine zitternde Masse auf ihn richtete. Er wich zurück und floh den Tunnel hinauf, da er seinem Schwert nicht vertraute. Das Geschöpf bestand vielleicht aus irdischer Materie, doch der Anblick erschütterte seine Seele, und er bezweifelte, dass von Menschenhand geschaffene Waffen ihm Schaden zufügen könnten. Eine kurze Strecke lang hörte er, wie es hinter ihm her plumpste und stolperte und in einem schrecklichen Gelächter schrie. Der unverkennbar menschliche Ton brachte ihn mit seiner Heiterkeit beinahe um den Verstand. Es war genau das obszöne Gelächter, das er aus den dicken Lippen der wollüstigen Frauen von Shadizar, der Stadt der Bosheit, hatte sprudeln hören, als gefangene Mädchen auf öffentlichen Auktionen nackt ausgezogen wurden. Mit welchen höllischen Künsten hatte Tsotha dieses unnatürliche Wesen zum Leben erweckt? Conan hatte das vage Gefühl, dass er eine Blasphemie wider die ewigen Naturgesetze gesehen hatte.

Er rannte zum Hauptkorridor, aber bevor er ihn erreichte, durchquerte er eine Art kleine quadratische Kammer, in der sich zwei Tunnel kreuzten. Als er diese Kammer erreichte, wurde ihm plötzlich bewusst, dass vor ihm eine kleine, gedrungene Masse auf dem Boden lag; dann, bevor er seine Flucht stoppen oder zur Seite ausweichen konnte, traf sein Fuß auf etwas, das nachgab und schrill kreischte, und er wurde kopfüber weggeschleudert, wobei die Fackel aus seiner Hand flog und erlosch, als sie auf dem Steinboden aufschlug. Conan war von seinem Sturz halb betäubt, erhob sich und tastete in der Dunkelheit herum. Sein Orientierungssinn war verwirrt, und er konnte nicht entscheiden, in welcher Richtung der Hauptkorridor lag. Er suchte nicht nach der Fackel, da er keine Möglichkeit hatte, sie wieder anzuzünden. Seine tastenden Hände fanden die Öffnungen der Tunnel und er wählte zufällig einen aus. Wie lange er ihn in völliger Dunkelheit durchquerte, wusste er nicht, aber plötzlich sagte ihm sein barbarischer Instinkt, dass in der Nähe eine Gefahr drohte, und ließ ihn abrupt innehalten.

Er hatte das gleiche Gefühl wie damals, als er in der Dunkelheit am Rand tiefer Abgründe gestanden hatte. Er ließ sich auf alle Viere fallen, beugte sich vor und stieß mit seiner ausgestreckten Hand auf den Rand eines Brunnens, in den der Tunnelboden abrupt abfiel. Soweit er reichen konnte, fielen die Seiten steil ab, feucht und schleimig bei seiner Berührung. Er streckte einen Arm in die Dunkelheit aus und konnte mit der Spitze seines Schwertes gerade so die gegenüberliegende Kante berühren. Er konnte also darüber springen, aber das würde keinen Sinn ergeben. Er hatte den falschen Tunnel genommen, und der Hauptkorridor lag irgendwo hinter ihm.

Noch während er das dachte, spürte er einen schwachen Luftzug; ein schattenhafter Wind, der vom Brunnen aufstieg, bewegte seine schwarze Mähne. Conan bekam eine Gänsehaut. Er versuchte sich einzureden, dass dies irgendwie mit der Außenwelt zusammenhing, aber sein Instinkt sagte ihm, dass es etwas Unnatürliches war. Er befand sich nicht nur innerhalb des Hügels; er befand sich darunter, weit unterhalb des Niveaus der Straßen der Stadt. Wie konnte demnach ein Wind von außen in die Gruben eindringen und von unten heraufwehen? Ein schwaches Pochen pulsierte in diesem gespenstischen Wind, so als würden weit unten Trommeln geschlagen. Ein heftiger Schauder erschütterte den König von Aquilonien.

Er stand auf und wich zurück, und dabei glitt etwas aus dem Brunnen. Was es war, wusste Conan nicht. Er konnte in der Dunkelheit nichts sehen, aber er spürte deutlich eine Präsenz – eine unsichtbare, nicht greifbare Intelligenz, die bösartig in seiner Nähe schwebte. Er drehte sich um und floh den Weg entlang, den er gekommen war. Weit vor sich sah er einen winzigen roten Funken. Er lief darauf zu, und lange bevor er glaubte, ihn erreicht zu haben, prallte er mit dem Kopf voraus gegen eine massive Wand und sah den Funken zu seinen Füßen. Es war seine Fackel, die Flamme erloschen, aber am Ende ein glühendes Stück Kohle. Vorsichtig hob er sie auf, pustete darauf und entfachte die Flamme erneut. Er stieß einen Seufzer aus, als das winzige Feuer aufloderte. Er befand sich wieder in der Kammer, in der sich die Tunnel kreuzten, und sein Orientierungssinn kehrte zurück.

Er entdeckte den Tunnel, durch den er den Hauptkorridor verlassen hatte, und als er sich darauf zubewegte, flackerte die Flamme seiner Fackel wild, so als würden unsichtbare Lippen gegen sie blasen. Erneut spürte er eine Präsenz, hob seine Taschenlampe und blickte sich wütend um.

Er sah nichts; dennoch spürte er auf irgendeine Weise ein unsichtbares, körperloses Ding, das in der Luft schwebte, schleimig tropfte und Obszönitäten von sich gab, die er nicht hören konnte, deren er sich aber irgendwie instinktiv bewusst war. Er schwang sein Schwert heftig, und es fühlte sich an, als würde er Spinnweben spalten. Dann schüttelte ihn ein kalter Schrecken, und er floh den Tunnel hinunter, wobei er beim Laufen einen stinkenden, brennenden Atem auf seinem nackten Rücken spürte.

Doch als er den breiten Korridor betrat, war ihm keine Präsenz mehr gewahr, weder sichtbar noch unsichtbar. Er ging hinunter, in der Erwartung, dass ihn mit Reißzähnen und Krallen bewehrte Unholde aus der Dunkelheit anspringen würden. Die Tunnel waren nicht still. Aus den Eingeweiden der Erde drangen in alle Richtungen Geräusche, die nicht in eine vernünftige Welt gehörten. Es gab Gekicher, Kreischen von dämonischer Fröhlichkeit, langes, zitterndes Geheul, und einmal endete das unverkennbare, kreischende Gelächter einer Hyäne auf entsetzliche Weise in menschlichen Worten, die eine Gotteslästerung herausschrien. Er hörte das Geräusch verstohlener Füße und erhaschte in den Tunnelöffnungen einen Blick auf schattenhafte Gestalten mit monströsen und widernatürlichen Umrissen.

Es war, als wäre er in die Hölle gewandert – eine Hölle, die Tsotha-lanti geschaffen hatte. Doch die schattenhaften Wesen gelangten nicht in den großen Korridor, obwohl er deutlich das gierige Einsaugen geifernder Lippen hörte und den brennenden Glanz hungriger Augen spürte. Und sofort wusste er warum. Ein schlitterndes Geräusch hinter ihm elektrisierte ihn, und er sprang in die Dunkelheit eines nahegelegenen Tunnels und schüttelte seine Fackel aus. Er hörte die große Schlange den Korridor entlang kriechen, träge von ihrer jüngsten grausigen Mahlzeit. An seiner Seite wimmerte etwas vor Angst und schlich in der Dunkelheit davon. Offensichtlich war der Hauptkorridor das Jagdrevier der großen Schlange, und die anderen Monster machten ihr Platz.

Für Conan war die Schlange der geringste Schrecken von ihnen; er fühlte fast eine Verbundenheit mit ihr, als er sich an die weinende, kichernde Obszönität und das tropfende, brabbelnde Ding erinnerte, das aus dem Brunnen kam. Zumindest war sie aus irdischer Materie; sie war ein schleichender Tod, der jedoch nur mit physischer Auslöschung drohte, während diese anderen Schrecken auch Geist und Seele bedrohten.

Nachdem sie den Korridor passiert hatte, folgte er ihr in sicherer Entfernung und ließ an seiner Fackel durch Pusten erneut eine Flamme auflodern. Er war noch nicht weit gegangen, als er ein leises Stöhnen hörte, das aus dem schwarzen Eingang eines Tunnels in der Nähe zu kommen schien. Vorsicht warnte ihn, aber die Neugier trieb ihn zum Tunnel, während er die Fackel hoch hielt, die inzwischen kaum mehr als ein Stumpf war. Er war darauf gefasst, alles Mögliche zu sehen, doch was er sah, war das, was er am wenigsten erwartet hatte. Er blickte in eine breite Zelle, und ein Raum davon war mit eng aneinander liegenden Gittern abgegrenzt, die vom Boden bis zur Decke reichten und fest in den Stein eingelassen waren. Innerhalb dieser Gitterstäbe lag eine Gestalt, die, wie er sah, als er näher kam, entweder ein Mann oder das genaue Abbild eines Mannes war, umschlungen und umwickelt von den Ranken einer dicken Schlingpflanze, die durch den massiven Stein des Bodens zu wachsen schien. Sie war mit seltsam spitzen Blättern und purpurroten Blüten bedeckt – nicht das seidige Rot natürlicher Blütenblätter, sondern ein fahles, unnatürliches Purpurrot, wie eine Perversion des Blumenlebens. Ihre anschmiegsamen, biegsamen Äste schlangen sich um den nackten Körper und die Gliedmaßen des Mannes und schienen sein schrumpfendes Fleisch mit lustvollen, leidenschaftlichen Küssen zu streicheln. Eine große Blüte schwebte genau über seinem Mund. Ein leises, bestialisches Stöhnen sabberte von den lockeren Lippen; der Kopf rollte herum wie in unerträglicher Qual, und die Augen blickten Conan geradewegs an. Aber es war kein Licht der Intelligenz in ihnen; sie waren ausdruckslos, glasig, die Augen eines Idioten.

In diesem Augenblick senkte sich die große purpurrote Blüte und drückte ihre Blütenblätter auf die sich windenden Lippen. Die Glieder des Unglücklichen verzogen sich vor Schmerz; die Ranken der Pflanze bebten wie in Ekstase und vibrierten in ihrer gesamten schlangenartigen Länge. Wellen in wechselnden Farbtönen brandeten über sie hinweg; ihre Farbe wurde tiefer und giftiger.

Conan verstand nicht, was er sah, aber er wusste, dass er auf irgendeinen Horror blickte. Ob Mann oder Dämon, das Leiden des Gefangenen berührte Conans eigensinniges und impulsives Herz. Er suchte nach einem Eingang und fand in den Stäben eine gitterartige Tür, die mit einem schweren Schloss verschlossen war, für die er unter den

Schlüsseln, die er bei sich trug, einen Schlüssel fand, und trat ein. Augenblicklich breiteten sich die Blätter der blassen Blüten aus wie die Haube einer Kobra, die Ranken richteten sich bedrohlich auf, und die ganze Pflanze zitterte und schwankte auf ihn zu. Hier gab es kein blindes Wachstum natürlicher Vegetation. Conan spürte eine bösartige Intelligenz; die Pflanze konnte ihn sehen, und er spürte, wie ihr Hass in fast greifbaren Wellen von ihr ausging. Als er vorsichtig näher trat, bemerkte er den Wurzelstamm, einen abstoßend geschmeidigen Stängel, der dicker als sein Oberschenkel war, und gerade als sich die langen Ranken mit einem Blätterrasseln und Zischen auf ihn zu wölbten, schwang er sein Schwert und schnitt den Stängel mit einem einzigen Hieb durch.

Sofort wurde der Unglückliche in ihren Fängen gewaltsam zur Seite geschleudert, als die große Schlingpflanze wie eine geköpfte Schlange um sich peitschte und sich zu einer riesigen, ungleichmäßigen Kugel zusammenrollte. Die Ranken schlugen umher und wanden sich, die Blätter zitterten und rasselten wie Kastagnetten, und die Blütenblätter öffneten und schlossen sich krampfhaft; dann richtete sie sich über ihre ganze Länge schlaff auf, die leuchtenden Farben wurden blasser und schwächer, und eine stinkende, weiße Flüssigkeit sickerte aus dem abgetrennten Stumpf.

Conan starrte gebannt darauf; dann ertönte ein Geräusch, und er hob das Schwert. Der befreite Mann war auf den Beinen und musterte ihn. Conan gaffte vor Verwunderung. Die Augen in dem erschöpften Gesicht waren nicht länger ausdruckslos. Sie waren voller Intelligenz, dunkel und meditativ, und der Ausdruck der Dummheit war wie eine Maske von dem Gesicht abgefallen. Der Kopf war schmal und wohlgeformt, mit einer hohen, prächtigen Stirn. Der gesamte Körperbau des Mannes war aristokratisch, was nicht weniger an seiner großen, schlanken Gestalt als auch an seinen kleinen, schlanken Füßen und Händen zu erkennen war. Seine ersten Worte waren seltsam und erschreckend.

„Welches Jahr haben wir?", fragte er und sprach Kothisch.

„Heute ist der zehnte Tag des Monats Yuluk, des Jahres der Gazelle", antwortete Conan.

„Yagkoolan Ishtar!", murmelte der Fremde. „10 Jahre!" Er fuhr sich mit der Hand über die Stirn und schüttelte den Kopf, als wollte er Spinnweben aus seinem Gehirn entfernen. „Noch ist alles dunkel. Nach einer zehnjährigen Leere kann nicht erwartet werden, dass der Geist sofort wieder klar funktioniert. Wer bist du?"

„Conan, einst von Cimmerien. Jetzt König von Aquilonien."

Die Augen des anderen zeigten Überraschung.

„In der Tat? Und Numedides?"

„Ich habe ihn in der Nacht, in der ich die königliche Stadt einnahm, auf seinem Thron erdrosselt", antwortete Conan.

Eine gewisse Naivität in der Antwort des Königs ließ die Lippen des Fremden zucken.

„Verzeiht, Eure Majestät. Ich hätte Euch für den Dienst danken sollen, den Ihr mir erwiesen habt. Ich bin wie ein Mann, der plötzlich aus einem Schlaf erwacht, der tiefer ist als der Tod und von Albträumen voller Qual erfüllt wird, die schlimmer sind als die Hölle, aber ich verstehe, dass Ihr mich befreit habt. Sagt mir – warum habt Ihr den Stängel der Yothga-Pflanze abgeschnitten, anstatt sie an den Wurzeln auszureißen?"

„Weil ich vor langer Zeit gelernt habe, es zu vermeiden, mit meinem Fleisch das zu berühren, was ich nicht verstehe", antwortete der Cimmerier.

„Gut für Euch", sagte der Fremde. „Hättet Ihr es geschafft, sie zu zerreißen, hättet Ihr vielleicht Dinge gefunden, die an den Wurzeln haften und gegen die nicht einmal Euer Schwert obsiegen könnte. Yothgas Wurzeln liegen in der Hölle."

„Aber wer bist du?", verlangte Conan zu wissen.

„Die Menschen nannten mich Pelias."

„Was!", rief der König aus. „Pelias, der Zauberer, Tsotha-lantis Rivale, der vor zehn Jahren vom Angesicht der Erde verschwand?"

„Nicht ganz vom Angesicht der Erde", antwortete Pelias mit einem schiefen Lächeln. „Tsotha zog es vor, mich am Leben zu lassen, in Fesseln, die unerbittlicher waren als verrostetes Eisen. Er sperrte mich hier ein mit dieser Teufelsblume, deren Samen von Yag dem Verfluchten durch den schwarzen Kosmos getrieben wurden und nur in der madenzerfressenen Verderbnis, die in den Böden der Hölle brodelt, ein fruchtbares Feld fanden.

Ich konnte mich nicht an meine Zauberei und die Worte und Symbole meiner Macht erinnern, während dieses verfluchte Ding mich gepackt hielt und mit seinen abscheulichen Liebkosungen meine Seele trank. Es saugte Tag und Nacht den Inhalt meines Geistes aus und hinterließ mein Gehirn so leer wie einen kaputten Weinkrug. Zehn Jahre lang!"

Conan fand keine Antwort darauf, sondern stand bloß da, hielt den Stumpf der Fackel in der Hand und ließ sein großes Schwert herabhängen. Sicherlich war der Mann verrückt – allerdings lag in den dunklen Augen, die so ruhig auf ihm ruhten, kein Wahnsinn.

„Sagt mir, ist der schwarze Zauberer in Khorshemish? Aber nein – Ihr braucht nicht zu antworten. Meine Kräfte beginnen zu erwachen, und ich spüre in deinem Geist eine große Schlacht und einen König, der aufgrund von Verrat in eine Falle geraten ist. Und ich sehe Tsotha-lanti, der mit Strabonus und dem König von Ophir hart in Richtung des Tybor reitet. Das ist umso besser. Meine Kunst ist zu gebrechlich nach dem langen Schlaf, um mich Tsotha jetzt zu stellen. Ich brauche Zeit, um meine Stärke wiederherzustellen, um meine Kräfte zu sammeln. Lasst uns aus diesen Gruben hinausgehen."

Conan klimperte entmutigt mit seinen Schlüsseln.

„Das Gitter an der Außentür ist mit einem Riegel befestigt, der nur von außen betätigt werden kann. Gibt es keinen anderen Ausgang aus diesen Tunneln?"

„Nur einen, den keiner von uns benutzen möchte, da er nach unten und nicht nach oben geht", lachte Pelias. „Aber egal. Kümmern wir uns um das Gitter."

Er bewegte sich mit unsicheren Schritten auf den Korridor zu, denn seine Gliedmaßen waren lange unbenutzt und wurden erst allmählich sicherer. Als er ihm folgte, bemerkte Conan unbehaglich: „In diesem Tunnel kriecht eine verfluchte Riesenschlange umher. Seien wir vorsichtig, damit wir nicht in ihrem Maul enden."

„Ich erinnere mich an sie aus alter Zeit", antwortete Pelias grimmig, „umso mehr, da ich zusehen musste, wie zehn meiner Akolythen an sie verfüttert wurden. Es ist Satha, die Alte, das wichtigste von Tsothas Haustieren."

„Hat Tsotha diese Gruben aus keinem anderen Grund gegraben, als um seine verfluchten Monstrositäten unterzubringen?", fragte Conan.

„Er hat sie nicht gegraben. Als die Stadt vor dreitausend Jahren gegründet wurde, befanden sich auf und um diesen Hügel herum Ruinen einer früheren Stadt. König Khossus V., der Gründer, baute seinen Palast auf dem Hügel, und während er Keller darunter grub, durchbrach er eine zugemauerte Tür und entdeckte die Gruben, die

42

ungefähr so waren, wie wir sie jetzt sehen. Aber sein Großwesir fand dort ein so grausames Ende, dass Khossus den Eingang erschrocken wieder zumauerte. Er sagte, dass der Wesir in einen Brunnen gefallen war – aber er ließ die Keller zuschütten, verließ später selbst den Palast und baute sich einen weiteren in den Vororten, aus dem er in Panik floh, als er eines Morgens auf dem Marmorboden seines Palastes einigen schwarzen Schimmel entdeckte.

Dann zog er mit seinem gesamten Hofstaat in die östliche Ecke des Königreichs und baute eine neue Stadt. Der Palast auf dem Hügel wurde nicht genutzt und verfiel in Trümmer. Als Akkutho I. den verlorenen Ruhm von Khorshemish wiederbelebte, baute er dort eine Festung. Es blieb Tsotha-lanti überlassen, die scharlachrote Zitadelle zu errichten und den Weg zu den Gruben wieder freizulegen. Welches Schicksal auch immer den Großwesir von Khossus ereilte, er fiel in keinen Brunnen, obwohl er in einen Brunnen hinabstieg, den er fand, und mit einem seltsamen Gesichtsausdruck herauskam, der seitdem nicht mehr aus seinen Augen verschwunden ist.

Ich habe diesen Brunnen gesehen, aber es liegt mir nichts daran, darin nach Weisheit zu suchen. Ich bin ein Zauberer und älter als die Menschen vermuten, aber ich bin ein Mensch. Was Tsotha betrifft – die Menschen sagen, dass eine Tänzerin aus Shadizar zu nahe bei den vormenschlichen Ruinen auf dem Dagoth-Hügel geschlafen hat und im Griff eines schwarzen Dämons erwachte. Aus dieser unheiligen Verbindung entstand ein verfluchter Hybrid, den die Menschen Tsotha-lanti nennen –“

Conan schrie laut auf, wich zurück und stieß seinen Begleiter zurück. Vor ihnen erhob sich die große, weiß schimmernde Gestalt von Satha, in deren Augen ein zeitloser Hass lag. Conan bereitete sich auf einen wahnsinnigen Berserker-Angriff vor – er würde das glühende Holzstück in dieses teuflische Gesicht stoßen und sein Leben auf einen zerreißenden Schwerthieb setzen. Aber die Schlange sah ihn nicht an. Sie starrte über seine Schulter hinweg den Mann namens Pelias an, der mit verschränkten Armen dastand und lächelte. Und in den großen, kalten, gelben Augen erstarb der Hass langsam in einem Glitzern purer Angst – das einzige Mal, dass Conan jemals einen solchen Ausdruck in den Augen eines Reptils sah. Mit einem wirbelnden Rauschen wie der Schwung eines starken Windes verschwand die große Schlange.

„Was hat sie gesehen, was ihr Angst machte?“, fragte Conan und musterte seinen Begleiter unruhig.

„Die schuppigen Wesen sehen, was dem sterblichen Auge entgeht“, antwortete Pelias kryptisch. „Du siehst meine fleischliche Gestalt; sie sah meine nackte Seele.“

Ein eisiges Rinnsal berührte Conans Rückgrat, und er fragte sich, ob Pelias letztlich ein Mensch war oder nur ein weiterer Dämon der Grube in einer menschlichen Maske. Er überlegte, ob es ratsam sei, seinem Begleiter ohne weiteres Zögern sein Schwert in den Rücken zu treiben. Doch während er nachdachte, kamen sie an das Stahlgitter, das sich schwarz gegen die Fackeln dahinter abhob, und zu dem Körper von Shukeli, der noch immer in einem geronnenen, purpurnen Schleier gegen die Gitterstäbe lehnte.

Pelias lachte, und sein Lachen war nicht angenehm anzuhören.

„Bei den elfenbeinernen Hüften von Ishtar, wer ist unser Türsteher? Siehe da, es ist kein Geringerer als der edle Shukeli, der meine jungen Männer an ihren Füßen aufhängte und ihnen unter lautem Lachen die Haut abzog! Schläfst du, Shukeli? Warum liegst du so steif da, mit deinem dicken Bauch eingesunken wie ein bekleidetes Schwein?“

„Er ist tot“, murmelte Conan, dem es unangenehm war, diese wilden Worte zu hören.

„Tot oder lebendig", lachte Pelias, „er wird uns die Tür öffnen." Er klatschte heftig in die Hände und schrie: „Erhebe dich, Shukeli! Erhebe dich aus der Hölle und erhebe dich vom blutigen Boden, und öffne die Tür für deine Herren! Erhebe dich, sage ich!"

Ein schreckliches Ächzen hallte durch die Gewölbe. Conan standen die Haare zu Berge, und er spürte, wie feuchter Schweiß auf seiner Haut tropfte. Denn der Körper von Shukeli begann sich zu rühren und bewegte sich, mit einem kindhaften Tasten seiner dicken Hände. Das Gelächter von Pelias war so gnadenlos wie ein Steinbeil, als sich die Gestalt des Eunuchen aufrichtete und sich an den Gitterstäben festklammerte. Conan starrte ihn an und spürte, wie sein Blut zu Eis wurde und das Mark seiner Knochen zu Wasser; denn Shukelis weit geöffnete Augen waren glasig und leer, und durch die große Wunde in seinem Bauch hingen seine Eingeweide schlaff auf den Boden. Die Füße des Eunuchen stolperten zwischen seinen Eingeweiden herum, als er den Riegel betätigte, und bewegten sich wie ein hirnloser Automat. Als er sich zum ersten Mal gerührt hatte, hatte Conan geglaubt, dass der Eunuch durch einen unglaublichen Zufall am Leben sei; aber der Mann war tot – schon seit Stunden tot.

Pelias schlenderte durch das geöffnete Gitter, und Conan drängte sich hinter ihm hindurch, während ihm Schweiß über den Körper lief, und er schreckte vor der schrecklichen Gestalt zurück, die auf schlaffen Beinen gegen das Gitter sackte, das sie offen hielt. Pelias ging weiter, ohne einen Blick zurückzuwerfen, und Conan folgte ihm, von Albträumen und Übelkeit geplagt. Er hatte noch kein halbes Dutzend Schritte gemacht, als ihn ein feuchter Aufprall wieder zu sich brachte. Shukelis Leiche lag schlaff am Fuß des Gitters.

„Seine Aufgabe ist erfüllt, und die Hölle öffnet wieder ihren Schlund für ihn", bemerkte Pelias freundlich; er tat höflich so, als ob er den starken Schauder, der Conans mächtigen Körper erschütterte, nicht bemerkte.

Er ging voran die lange Treppe hinauf und durch die mit einem Totenkopf verzierte Messingtür oben. Conan umklammerte sein Schwert und erwartete einen Ansturm von Sklaven, doch in der Zitadelle herrschte Stille. Sie gingen durch den schwarzen Korridor und kamen in den Bereich, in dem die Räuchergefäße schwangen und ihren ewigen Weihrauch verströmten. Noch immer sahen sie niemanden.

„Die Sklaven und Soldaten sind in einem anderen Teil der Zitadelle untergebracht", bemerkte Pelias. „Heute Abend, da ihr Herr weg ist, liegen sie zweifellos von Wein oder Lotussaft betrunken herum."

Conan warf einen Blick durch ein gewölbtes Fenster mit goldenem Fensterbrett, das auf einen breiten Balkon führte, und fluchte überrascht, den dunkelblauen, mit Sternen übersäten Himmel zu sehen. Es war kurz nach Sonnenaufgang gewesen, als er in die Gruben geworfen wurde. Jetzt war es nach Mitternacht. Er konnte sich kaum vorstellen, dass er so lange im Untergrund gewesen war. Plötzlich verspürte er Durst und Heißhunger. Pelias ging voran in eine Kammer mit einer goldenen Kuppel und einem Boden aus Silber, deren Wände aus Lapislazuli bestanden und von den gewundenen Bögen vieler Türen durchbrochen waren.

Mit einem Seufzer ließ sich Pelias auf einen seidenen Diwan sinken. „Schon wieder Gold und Seide", seufzte er. „Tsotha gibt vor, über den Freuden des Fleisches zu stehen, aber er ist ein halber Teufel. Ich bin ein Mensch, trotz meiner schwarzen Künste. Ich liebe Leichtigkeit und frohe Stimmung – so hat Tsotha mich gefangen. Er hat mich hilflos beim

Trinken erwischt. Wein ist ein Fluch – beim Elfenbeinbusen von Ishtar, gerade als ich von ihm rede, ist der Verräter hier! Freund, bitte schenke mir einen Kelch ein – halt! Ich vergaß, dass Ihr ein König seid. Ich werde einschenken."

„Zum Teufel damit", knurrte Conan, füllte einen Kristallkelch und reichte ihn Pelias. Dann hob er den Krug, setzte ihn an den Mund und trank einen tiefen Schluck, worauf er Pelias' zufriedenen Seufzer wiederholte.

„Der Hund kennt sich aus mit gutem Wein", sagte Conan und wischte sich mit dem Handrücken den Mund ab. „Aber bei Crom, Pelias, sollen wir hier sitzen bleiben, bis seine Soldaten kommen und uns die Kehle durchschneiden?"

„Keine Angst", antwortete Pelias. „Möchtet Ihr sehen, wie es um das Schicksal von Strabonus steht?"

Blaues Feuer brannte in Conans Augen, und er umklammerte sein Schwert, bis seine Knöchel blau hervortraten. „Oh, mit ihm in einem Schwertkampf zu sein!", grollte er.

Pelias hob eine große, schimmernde Kugel von einem Ebenholztisch.

„Tsothas Kristall. Ein kindisches Spielzeug, aber nützlich, wenn die Zeit für höhere Wissenschaften fehlt. Schaut hinein, Eure Majestät."

Er legte sie vor Conans Augen auf den Tisch. Der König blickte in die wolkigen Tiefen, die immer tiefer und größer wurden. Langsam kristallisierten sich Bilder aus Nebel und Schatten heraus. Er blickte auf eine vertraute Landschaft. Weite Ebenen mündeten in einen breiten, gewundenen Fluss, hinter dem sich das ebene Land rasch in ein Labyrinth niedriger Hügel verwandelte. Am Nordufer des Flusses befand sich eine ummauerte Stadt, die von einem Wassergraben geschützt wurde, der an beiden Enden mit dem Fluss verbunden war.

„Bei Crom!", rief Conan. „Es ist Shamar! Die Hunde belagern es!"

Die Eindringlinge hatten den Fluss überquert; ihre Pavillons standen in der schmalen Ebene zwischen der Stadt und den Hügeln. Ihre Krieger wimmelten um die Mauern, ihre Kettenhemden blass im Mondlicht schimmernd. Von den Türmen prasselten Pfeile und Steine auf sie herab, und sie taumelten zurück, kamen aber wieder von neuem.

Noch während Conan fluchte, veränderte sich die Szene. Hohe Türme und glänzende Kuppeln erhoben sich im Nebel, und er blickte auf seine eigene Hauptstadt Tamar, wo alles durcheinander war. Er sah, wie die in Stahl gekleideten Ritter von Poitain, seine treuesten Anhänger, unter dem Johlen und Pfeifen der Menge, die durch die Straßen drängte, aus dem Tor hinaus ritten. Er sah Plünderungen und Unruhen, und bewaffnete Männer, deren Schilde die Insignien von Pellia trugen, bewachten die Türme und stolzierten über die Märkte. Über allem sah er wie in einer phantastischen Fata Morgana das dunkle, triumphierende Gesicht des Prinzen Arpello von Pellia. Die Bilder verblassten.

„So ist das!", tobte Conan. „Meine Leute wenden sich gegen mich, sobald ich ihnen den Rücken zukehre –"

„Nicht ganz", unterbrach ihn Pelias. „Sie haben gehört, dass Ihr tot seid. Sie denken, dass es niemanden gibt, der sie vor äußeren Feinden und dem Bürgerkrieg beschützt. Natürlich wenden sie sich an den stärksten Adligen, um den Schrecken der Anarchie zu entgehen. Sie werden den Poitaniern nicht trauen, da sie sich an die vergangenen Kriege erinnern. Aber Arpello ist zur Stelle und der stärkste Fürst der Zentralprovinzen."

„Wenn ich wieder nach Aquilonien komme, wird er nur noch eine kopflose Leiche sein, die auf dem Platz der Verräter verrottet." Conan biss die Zähne zusammen.

„Noch bevor Ihr Eure Hauptstadt erreichen könnt", erinnerte ihn Pelias, „könnte Strabonus vor Euch dort sein. Zumindest werden Euer Reiter Euer Königreich verwüsten."

„Das ist wahr!" Conan ging im Raum auf und ab wie ein Löwe im Käfig. „Mit dem schnellsten Pferd könnte ich Shamar nicht vor Mittag erreichen. Und selbst dort könnte ich nichts Gutes tun, außer mit den Menschen zu sterben, wenn die Stadt fällt – was in höchstens ein paar Tagen der Fall sein wird. Von Shamar nach Tamar ist es ein Ritt von fünf Tagen, selbst wenn man sein Pferd auf der Straße tötet. Bevor ich meine Hauptstadt erreichen und eine Armee aufstellen könnte, würde Strabonus an die Tore hämmern, denn die Aufstellung einer Armee wird die Hölle sein – alle meine verdammenswerten Adligen werden sich bei der Nachricht meines Todes auf ihre eigenen Lehen zerstreut haben. Und da das Volk Trocero von Poitain vertrieben hat, gibt es niemanden, der Arpellos gierige Hände von der Krone fernhalten könnte – und vom Kronschatz. Diesen wird er Strabonus übergeben als Gegenleistung für den Schein-Thron. Und sobald Strabonus ihm den Rücken zugedreht hat, wird er einen Aufstand anzetteln. Aber die Adligen werden ihn nicht unterstützen, und das wird Strabonus nur einen Vorwand geben, das Königreich offen zu annektieren. Oh Crom, Ymir und Set! Wenn ich nur Flügel hätte, um wie der Blitz nach Tamar zu fliegen!"

Pelias, der dasaß und mit seinen Fingernägeln auf die Tischplatte aus Jade klopfte, hielt plötzlich inne, erhob sich, als hätte er eine bestimmte Absicht, und winkte Conan, ihm zu folgen. Der König gehorchte, in düstere Gedanken versunken, und Pelias ging voran aus der Kammer hinaus und eine Treppe aus Marmor mit goldenen Einarbeitungen hinauf, die auf die Spitze der Zitadelle, das Dach des höchsten Turms, führte. Es war Nacht, und ein starker Wind wehte über den Sternenhimmel und bewegte Conans schwarze Mähne. Tief unter ihnen funkelten die Lichter von Khorshemish, scheinbar weiter entfernt als die Sterne über ihnen. Pelias wirkte hier zurückgezogen und distanziert, eins in kalter, unmenschlicher Größe mit der Gesellschaft der Sterne.

„Es gibt Geschöpfe", sagte Pelias, „nicht nur auf der Erde und im Meer, sondern auch in der Luft und in den Weiten des Himmels, die abseits wohnen und von denen die Menschen nichts ahnen. Doch für den, der die Meisterworte und die Zeichen und das Wissen, das allen zugrunde liegt, besitzt, sind sie weder bösartig noch unzugänglich. Beobachtet und fürchtet Euch nicht."

Er hob seine Hände in den Himmel und ließ einen langen, seltsamen Ruf ertönen, der endlos bis in den Weltraum zu zittern schien, schwächer und blasser wurde, aber niemals erstarb, sondern sich immer weiter bis in einen unermesslichen Kosmos entfernte. In der Stille, die darauf folgte, hörte Conan plötzlich Flügelschläge in den Sternen und schreckte zurück, als sich ein riesiges, fledermausähnliches Wesen neben ihm niederließ. Er sah, wie seine großen, ruhigen Augen ihn im Sternenlicht ansahen; er sah, wie sich seine riesigen Flügel über vierzig Fuß ausbreiteten. Und er sah, dass es weder eine Fledermaus noch ein Vogel war.

„Steigt auf, und reitet los", sagte Pelias. „Bis zum Morgengrauen wird es Euch nach Tamar bringen."

„Bei Crom!", murmelte Conan. „Ist das alles ein Albtraum, aus dem ich bald in meinem Palast in Tamar erwachen werde? Was ist mit dir? Ich will dich nicht allein unter deinen Feinden lassen."

46

„Seid unbesorgt was mich angeht", antwortete Pelias. „Im Morgengrauen werden die Leute von Khorshemish wissen, dass sie einen neuen Herrn haben. Zweifelt nicht an dem, was die Götter Euch geschickt haben. Ich werde Euch in der Ebene bei Shamar treffen."

Ungläubig kletterte Conan auf den geriffelten Rücken und packte den gewölbten Hals, immer noch davon überzeugt, dass er sich in einem fantastischen Albtraum befand. Mit einem gewaltigen Rauschen und Donnern der Titanenflügel erhob sich die Kreatur in die Luft, und dem König wurde schwindelig, als er sah, wie die Lichter der Stadt weit unter ihm dahinschwanden.

KAPITEL 4

„Das Schwert, das den König tötet, durchschneidet die Stricke des Reiches."
– Aquilonisches Sprichwort

In den Straßen von Tamar wimmelte es von heulenden Menschenmassen mit geschüttelten Fäusten und rostigen Lanzen. Es war die Stunde vor der Dämmerung des zweiten Tages nach der Schlacht von Shamu, und die Ereignisse hatten sich so schnell zugetragen, dass es den Geist verwirrte. Auf Wegen, die nur Tsotha-lanti kannte, hatte Tamar bereits ein halbes Dutzend Stunden nach der Schlacht vom Tod des Königs erfahren. Chaos war ausgebrochen. Die Barone hatten die königliche Hauptstadt verlassen und galoppierten davon, um ihre Burgen gegen plündernde Nachbarn zu sichern. Das engmaschige Königreich, das Conan aufgebaut hatte, schien am Rande der Auflösung zu stehen, und Bürger und Kaufleute zitterten angesichts der bevorstehenden Rückkehr des feudalistischen Regimes. Die Leute schrien nach einem König, der es vor der eigenen Aristokratie ebenso beschützen würde wie vor ausländischen Feinden. Graf Trocero, den Conan als Oberbefehlshaber der Stadt zurückgelassen hatte, versuchte sie zu beruhigen, aber in ihrer kopflosen Angst erinnerten sie sich an alte Bürgerkriege und daran, wie derselbe Graf vor fünfzehn Jahren Tamar belagert hatte. Auf den Straßen wurde geschrien, dass Trocero den König verraten habe; dass er vorhatte, die Stadt auszurauben. Die Söldner begannen, die Quartiere zu plündern und zogen schreiende Händler und verängstigte Frauen hinaus.

Trocero stürzte sich auf die Plünderer, übersäte die Straßen mit ihren Leichen, trieb sie in völliger Verwirrung in ihr Viertel zurück und verhaftete ihre Anführer. Noch immer rannten die Leute mit einem hirnlosem Kreischen wild umher und schrien, der Graf habe den Aufruhr aus eigenem Antrieb angezettelt.

Prinz Arpello trat vor den verstörten Rat und erklärte sich bereit, die Regierung der Stadt zu übernehmen bis ein neuer König gewählt werden konnte, da Conan keinen Sohn hatte. Während sie debattierten, schlichen sich seine Anhänger insgeheim unter die Leute, die sich nach einem Funken Königtum verzehrten. Der Rat hörte den Sturm vor den Fenstern des Palastes, wo die Menge nach Arpello, dem Retter, rief. Der Rat kapitulierte.

Trocero verweigerte zunächst den Befehl, den Stab der Macht abzugeben, aber die Leute schwärmten um ihn herum, zischten und heulten und warfen Steine und Abfälle auf seine Ritter. Als Trocero erkannte, wie sinnlos ein offener Straßenkampf mit Arpellos Gefolgsleuten unter solchen Bedingungen war, schleuderte er seinem Rivalen den Stab ins

Gesicht, knüpfte als letzte Amtshandlung die Anführer der Söldner auf dem Marktplatz auf und ritt an der Spitze seiner fünfzehnhundert in Stahl gekleideten Ritter aus dem südlichen Tor hinaus. Die Tore schlugen hinter ihm zu, und Arpellos sanfte Maske fiel ab und gab den Blick auf das grimmige Gesicht des hungrigen Wolfes frei.

Da die Söldner in Stücke gerissen waren oder sich in ihren Kasernen versteckten, hatte er die einzigen Soldaten in Tamar. Arpello saß auf seinem Schlachtross auf dem großen Platz und proklamierte sich selbst zum König von Aquilonien, inmitten des Lärms der verblendeten Menge.

Der Kanzler Publius, der sich diesem Schritt widersetzte, wurde ins Gefängnis geworfen. Die Kaufleute, die die Proklamation eines Königs mit Erleichterung begrüßt hatten, stellten nun mit Bestürzung fest, dass die erste Amtshandlung des neuen Monarchen darin bestand, eine horrende Steuer von ihnen zu erheben. Sechs reiche Kaufleute, die als Protestdelegation entsandt worden waren, wurden festgenommen und ohne Umschweife enthauptet. Nach dieser Hinrichtung herrschte schockiertes und fassungsloses Schweigen. Die Kaufleute, konfrontiert mit einer Macht, die sie mit Geld nicht kontrollieren konnten, fielen auf ihre dicken Bäuche und leckten die Stiefel ihres Unterdrückers.

Das einfache Volk war über das Schicksal der Kaufleute nicht beunruhigt, aber es begann zu murren, als es feststellte, dass die prahlerischen pellianischen Soldaten, die behaupteten, die Ordnung aufrechtzuerhalten, genauso schlimm waren wie turanische Banditen. Beschwerden über Erpressung, Mord und Vergewaltigung erreichten Arpello, der sein Quartier im Palast von Publius bezogen hatte, weil die verzweifelten Ratsherren, die durch seinen Befehl dem Untergang geweiht waren, den königlichen Palast gegen seine Soldaten hielten. Er hatte jedoch den Vergnügungspalast in Besitz genommen, und Conans Mädchen wurden in sein Quartier geschleppt. Die Menschen murrten beim Anblick der königlichen Schönheiten, die sich in den brutalen Händen der eisernen Gefolgsleute windeten – dunkeläugige Jungfrauen aus Poitain, schlanke schwarzhaarige Mädchen aus Zamora, Zingara und Hyrkania, brythunische Mädchen mit zerzausten gelben Köpfen, alle weinten vor Angst und Scham, da sie an diese Brutalität nicht gewöhnt waren.

Die Nacht brach über eine Stadt voller Verwirrung und Aufruhr herein, und noch vor Mitternacht verbreitete sich auf der Straße auf geheimnisvolle Weise die Nachricht, dass die Kothianer ihren Siegeszug fortgesetzt hatten und gegen die Mauern von Shamar hämmerten. Jemand von Tsothas mysteriösem Geheimdienst hatte Gerüchte gestreut. Die Angst erschütterte die Menschen wie ein Erdbeben, und sie nahmen sich nicht einmal die Zeit, um sich über die Hexerei zu wundern, mit der die Nachricht so schnell übermittelt worden war. Sie stürmten vor Arpellos Tore und forderten ihn auf, nach Süden zu marschieren und den Feind über den Tybor zurückzudrängen. Er hätte subtil darauf hinweisen können, dass seine Streitkräfte nicht ausreichten und dass er keine Armee aufstellen konnte, bis die Barone seinen Anspruch auf die Krone anerkannten. Aber er war trunken von Macht und lachte ihnen ins Gesicht.

Ein junger Student, Athemides, stellte sich auf dem Markt auf eine Säule und beschuldigte Arpello mit brennenden Worten, ein Handlanger von Strabonus zu sein, und zeichnete ein lebhaftes Bild vom Leben unter der kothischen Herrschaft mit Arpello als Statthalter. Als er fertig war, schrie die Menge vor Furcht und heulte vor Wut. Arpello schickte seine Soldaten, um den jungen Mann festzunehmen, aber die Leute schirmten ihn ab und flohen mit ihm, wobei sie die Verfolger mit Steinen und toten Katzen überhäuften. Eine Salve von Armbrustschüssen schlug den Mob in die Flucht, und ein Reiterkommando übersäte den Markt mit Leichen, aber Athemides wurde aus der Stadt geschmuggelt, um Trocero anzuflehen, Tamar zurückzuerobern und loszumarschieren, um Shamar zu helfen.

Athemides fand Trocero dabei, sein Lager außerhalb der Mauern abzubrechen, um nach Poitain im äußersten Südwesten des Königreichs zu marschieren. Auf die dringenden Bitten des jungen Mannes antwortete er, dass er weder die nötige Stärke hatte, um Tamar zu stürmen, selbst mit Hilfe des Mobs im Inneren, noch um Strabonus gegenüberzutreten. Außerdem würden habgierige Adlige Poitain hinter seinem Rücken plündern, während er gegen die Kothianer kämpfte. Da der König tot war, musste jeder seine eigenen Bürger beschützen. Er wollte nach Poitain reiten, um es dort so gut wie möglich gegen Arpello und seine ausländischen Verbündeten zu verteidigen.

Während Athemides Trocero anflehte, tobte der Mob in der Stadt immer noch in hilfloser Wut. Unter dem großen Turm neben dem Königspalast wimmelten und drängten sich die Leute und schrien ihren Hass auf Arpello heraus, der auf den Türmen stand und auf sie herablachte, während seine Schützen sich an den Brustwehren in Position brachten, die Bolzen gespannt und die Finger am Abzug ihrer Armbrüste.

Der Prinz von Pellia war ein breit gebauter Mann mittlerer Größe mit einem dunklen, strengen Gesicht. Er war ein Intrigant, aber er war auch ein Kämpfer. Unter seinem seidenen Jupon mit seinen goldbesetzten Röcken und gezackten Ärmeln schimmerte polierter Stahl. Sein langes schwarzes Haar war gelockt und parfümiert und mit einem silbernen Band zurückgebunden, aber an seiner Hüfte hing ein Breitschwert, dessen juwelenbesetzten Griff er in Schlachten und Feldzügen hielt.

„Narren! Heult, so viel ihr wollt! Conan ist tot, und Arpello ist König!"

Was, wenn sich ganz Aquilonien gegen ihn verbündete? Er hatte genug Männer, um die mächtigen Mauern zu halten, bis Strabonus kam. Außerdem war Aquilonien in sich gespalten. Schon rüsteten sich die Barone, um den Schatz des Nachbarn zu erbeuten. Arpello musste nur noch mit dem hilflosen Mob fertigwerden. Strabonus würde die losen Linien der kriegführenden Barone durchschneiden wie ein Galeerenbock durch Schaum, und bis zu seiner Ankunft musste Arpello nur die königliche Hauptstadt halten.

„Narren! Arpello ist König!"

Die Sonne ging über den östlichen Türmen auf. Aus der purpurnen Morgendämmerung näherte sich ein fliegender Fleck, der zu einer Fledermaus und dann zu einem Adler heranwuchs. Dann schrien alle, die es sahen, erstaunt auf, denn über die Mauern von Tamar schoss eine Gestalt, wie sie die Menschen nur aus halb vergessenen Legenden kannten, und als sie über dem großen Turm brüllte, sprang zwischen ihren Titanenflügeln ein menschliches Wesen hervor. Dann war sie mit ohrenbetäubendem Flügeldonner verschwunden, und die Leute blinzelten und fragten sich, ob sie geträumt hatten. Doch auf dem Turm stand eine wilde, barbarische Gestalt, halb nackt, blutbefleckt, ein großes Schwert schwingend. Und aus der Menge erhob sich ein Brüllen, das die Türme erschütterte: „Der König! Es ist der König!"

Arpello stand wie angewurzelt da; dann zog er mit einem Schrei seine Waffe und sprang auf Conan zu. Mit einem löwenartigen Brüllen parierte der Cimmerier die pfeifende Klinge, ließ dann sein eigenes Schwert fallen, packte den Prinzen und hob ihn an Schritt und Hals hoch über seinen Kopf.

„Nimm deine Pläne mit in die Hölle!", brüllte er und schleuderte den Prinzen von Pellia wie einen Sack Salz weit hinaus, wo er 35 Meter weit durch die Leere fiel. Die Leute wichen zurück, als der Körper heruntersauste und auf dem Marmorpflaster zerschellte, Blut und Gehirn verspritzte und zerschmettert in seiner zersplitterten Rüstung liegen blieb wie ein zerquetschter Käfer.

Die Bogenschützen auf dem Turm wichen zurück, ihre Moral war gebrochen. Sie flohen, und die bedrängten Ratsherren stürmten aus dem Palast und hieben mit freudiger Hingabe auf sie ein. Pellianische Ritter und Soldaten suchten Sicherheit auf den Straßen, und die Menge riss sie in Stücke. Auf den Straßen tobte und wirbelte das Kämpfen, Helme mit Federbüschen und Stahlkappen flogen zwischen den zerzausten Köpfen hin und her und verschwanden dann; Schwerter hackten wie verrückt in einem wogenden Wald aus Piken, und über allem erhob sich das Gebrüll des Mobs, wobei sich Beifallsrufe mit Schreien der Blutgier und Schmerzensgeheul vermischten. Und hoch über alledem wogte und schwankte die nackte Gestalt des Königs auf den schwindelerregenden Zinnen. Er schwang seine mächtigen Arme und brüllte ein gigantisches Gelächter, das allen Pöbel und allen Prinzen, ja sogar ihn selbst, verhöhnte.

KAPITEL 5

Ein langer Bogen und ein starker Bogen, und lass den Himmel sich verfinstern!
Die Sehne an die Nocke, den Pfeil ans Ohr, der König von Koth als Ziel!
– Lied der bossonischen Bogenschützen

Die Nachmittagssonne glitzerte auf den ruhigen Wassern des Tybor und umspülte die südlichen Bastionen von Shamar. Die ausgezehrten Verteidiger wussten, dass nur wenige von ihnen die Sonne wieder aufgehen sehen würden. Die Pavillons der Belagerer waren über die Ebene verteilt. Die Menschen von Shamar hatten die Überquerung des Flusses nicht erfolgreich verhindern können, da sie zahlenmäßig unterlegen waren. Aneinander gekettete Lastkähne bildeten eine Brücke, über die der Eindringling seine Horden strömen ließ. Strabonus hatte es nicht gewagt, mit dem unbezwingbaren Shamar im Rücken nach Aquilonien vorzudringen. Er hatte seine leichten Reiter, seine Spahis, ins Landesinnere geschickt, um das Land zu verwüsten, und seine Belagerungsmaschinen in der Ebene aufgestellt. Er hatte eine Flottille von Booten, die ihm Amalrus geliefert hatte, mitten im Fluss gegenüber der Flussmauer verankert. Einige dieser Boote waren von den Steinen der Ballisten der Stadt versenkt worden, die durch ihre Decks krachten und ihre Planken herausrissen, aber die übrigen hielten ihre Stellungen und von ihren Bugen und Mastspitzen aus beschossen Bogenschützen, durch Schilde geschützt, die flussseitigen Türme. Dies waren Shemiten, geboren mit Bögen in der Hand, denen aquilonische Bogenschützen nicht das Wasser reichen konnten.

Auf der Landseite regnete es Felsbrocken und Baumstämme auf die Verteidiger, die Dächer zerschmetterten und Menschen wie Käfer zerquetschten; Rammböcke hämmerten unaufhörlich gegen das Gestein; Pioniere gruben sich wie Maulwürfe in die Erde und versenkten ihre Minen unter den Türmen. Der Graben war am oberen Ende aufgestaut und sein Wasser entleert und mit Felsbrocken, Erde und toten Pferden und Männern aufgefüllt worden. Unter den Mauern wimmelte es von den gepanzerten Gestalten, die gegen die Tore hämmerten, Sturmleitern aufbauten und mit Speerkämpfern bevölkerte Sturmtürme gegen die Wachtürme schoben.

In der Stadt, wo knapp fünfzehnhundert Mann vierzigtausend Kriegern Widerstand leisteten, hatte man die Hoffnung aufgegeben. Aus dem Königreich, dessen Außenposten die Stadt war, war keine Nachricht gekommen. Conan war tot, so schrien die Invasoren jubelnd. Nur die starken Mauern und der verzweifelte Mut der Verteidiger hatten sie so lange in Schach gehalten, und das konnte nicht für immer ausreichen. Die westliche Mauer war ein Trümmerhaufen, über den die Verteidiger stolperten, während sie mit den Invasoren im Nahkampf waren. Die anderen Mauern bogen sich aufgrund der Minen unter ihnen, die Türme neigten sich wie betrunken.

Nun sammelten sich die Angreifer für einen Ansturm. Die Olifanten ertönten, die stahlbewehrten Reihen formierten sich auf der Ebene. Die mit rohen Stierhäuten bedeckten Sturmtürme rumpelten vorwärts. Die Leute von Shamar sahen die Banner von Koth und Ophir, die in der Mitte nebeneinander wehten, und erkannten zwischen ihren glänzenden Rittern die schlanke, tödliche Gestalt des in Gold gepanzerten Amalrus und die gedrungene, schwarz gepanzerte Gestalt von Strabonus. Und zwischen ihnen war eine Figur, die selbst die Tapfersten vor Entsetzen erschauern ließ – eine magere Geiergestalt in einem hauchdünnen Gewand. Die Pikeniere bewegten sich vorwärts und flossen über den Boden wie die glitzernden Wellen eines Flusses aus geschmolzenem Stahl; die Ritter galoppierten vorwärts, die Lanzen erhoben, die Standarten wehend. Die Krieger auf den Mauern holten tief Luft, überantworteten ihre Seelen Mitra und griffen nach ihren gezackten und rot gefärbten Waffen.

Dann durchbrach ohne Vorwarnung ein Signalhorn den Lärm. Das Trommeln von Hufen erhob sich über das Grollen der sich nähernden Heerschar. Nördlich der Ebene, über die die Armee zog, erstreckten sich niedrige Hügelketten, die sich wie riesige Treppenstufen nach Norden und Westen erhoben. Aus diesen Hügeln schossen nun, wie Gischt vor einem Sturm, die Reiter herab, die das Land verwüstet hatten, tief reitend und ihre Pferde hart antreibend, und hinter ihnen schimmerte die Sonne auf sich bewegenden Reihen von Stahl. Sie gelangten aus den Engpässen in ein volles Blickfeld – gepanzerte Reiter, über ihnen das große Löwenbanner von Aquilonien wehend. Von den elektrisierten Beobachtern auf den Türmen zerriss ein gewaltiger Schrei den Himmel.

In Ekstase ließen Krieger ihre gezackten Schwerter auf ihre gespaltenen Schilde schlagen, und die Menschen der Stadt, zerlumpte Bettler und reiche Kaufleute, Huren in roten Röcken und Damen in Seide und Satin, fielen auf die Knie und riefen Mitra vor Freude zu, wobei Tränen der Dankbarkeit über ihre Gesichter strömten.

Strabonus brüllte wie wild Befehle, und Arbanus, der die schwerfälligen Linien umrunden musste, um dieser unerwarteten Bedrohung entgegenzutreten, grunzte: „Wir sind ihnen immer noch zahlenmäßig überlegen, es sei denn, sie haben Reserven in den Hügeln versteckt. Die Männer auf den Gefechtstürmen können alle Ausfälle aus der Stadt verhindern. Das sind Poitanier – wir hätten vermuten können, dass Trocero solch eine verrückte Ritterlichkeit versuchen würde."

Amalrus schrie ungläubig auf.

„Ich sehe Trocero und seinen Hauptmann Prospero – aber wer reitet zwischen ihnen?"

„Ishtar beschütze uns!", kreischte Strabonus und erbleichte. „Es ist König Conan!"

„Du bist verrückt!", schrie Tsotha und zuckte krampfhaft zusammen. „Conan ist seit Tagen in Sathas Bauch!" Er blieb abrupt stehen und starrte das Heer wild an, das Reihe für Reihe in die Ebene hinabstieg. Er konnte die riesige Gestalt in schwarzer, vergoldeter Rüstung auf dem großen schwarzen Hengst, die unter den wogenden seidenen Falten des großen Banners ritt, nicht verwechseln. Ein Schrei katzenhafter Wut entrang sich Tsothas Lippen und ließ Schaum auf seinem Bart erscheinen. Zum ersten Mal in seinem Leben sah Strabonus den Zauberer völlig aufgebracht und zuckte vor dem Anblick zusammen.

„Das ist Zauberei!", schrie Tsotha und kratzte sich wie verrückt am Bart. „Wie konnte er entkommen und sein Königreich rechtzeitig erreichen, um so schnell mit einer Armee zurückzukehren? Das ist das Werk von Pelias, verflucht sei er! Ich spüre seine Hand darin! Ich soll verflucht sein, weil ich ihn nicht getötet habe, als ich die Möglichkeit dazu hatte!"

Die Könige staunten mit offenen Mündern bei der Erwähnung eines Mannes, von dem sie glaubten, er sei seit zehn Jahren tot, und die Panik, die von den Anführern ausging, erschütterte das Heer. Alle erkannten den Reiter auf dem schwarzen Hengst. Tsotha spürte die abergläubische Furcht seiner Männer, und sein Gesicht war wie eine höllische Maske vor Wut.

„Schlagt zu!", schrie er und fuchtelte wie verrückt mit seinen mageren Armen herum. „Wir sind immer noch die Stärkeren! Greift diese Hunde an, und zermalmt sie! Wir werden heute Nacht noch in den Ruinen von Shamar feiern! Oh, Set!" Er hob die Hände und rief den Schlangengott an, was selbst Strabonus entsetzte. „Gib uns den Sieg, und ich schwöre, ich werde dir fünfhundert Jungfrauen von Shamar opfern, die sich in ihrem Blut winden!"

Inzwischen war das gegnerische Heer auf die Ebene vorgerückt. Mit den Rittern kam eine zweite, irreguläre Armee auf zähen, schnellen Ponys. Diese stiegen ab und formierten ihre Reihen zu Fuß – beharrliche bossonische Bogenschützen und eifrige Pikeniere aus Gunderland, deren gelbbraune Locken unter ihren Stahlkappen hervorwehten.

Es war eine bunt gemischte Armee, die Conan in den wilden Stunden nach seiner Rückkehr in seine Hauptstadt versammelt hatte. Er hatte den wütenden Mob von den pellianischen Soldaten vertrieben, die die Außenmauern von Tamar hielten, und sie in seinen Dienst gezwungen. Er hatte einen schnellen Reiter hinter Trocero hergeschickt, um ihn zurückzuholen. Mit diesen als Kern einer Armee war er nach Süden geeilt und hatte das Land nach Rekruten und Reittieren abgesucht. Adlige von Tamar und der umliegenden Gegend hatten seine Streitkräfte verstärkt, und er hatte aus jedem Dorf und jeder Burg entlang seiner Straße Rekruten ausgehoben. Doch es war nur eine armselige Truppe, die er zusammengebracht hatte, um gegen die eindringenden Heerscharen vorzustoßen, wenn sie auch die Qualität von gehärtetem Stahl besaßen.

Neunzehnhundert gepanzerte Reiter folgten ihm, deren Hauptmasse aus den poitanischen Rittern bestand. Die Überreste der Söldner und Berufssoldaten im Gefolge loyaler Adliger bildeten seine Infanterie – fünftausend Bogenschützen und viertausend Pikeniere. Diese Heerschar kam nun in guter Ordnung heran – zuerst die Bogenschützen, dann die Pikeniere, hinter ihnen die Ritter, die im Schritttempo vorrückten.

Ihnen gegenüber befehligte Arbanus seine Linien, und die alliierte Armee rückte vor wie ein schimmernder Ozean aus Stahl. Die Beobachter auf den Stadtmauern erzitterten beim Anblick dieser riesigen Streitmacht, die die Kräfte der Retter in den Schatten stellte. Zuerst marschierten die shemitischen Bogenschützen, dann die kothischen Speerkämpfer, dann die gepanzerten Ritter von Strabonus und Amalrus. Arbanus' Absicht war offensichtlich – er wollte mit seinen Fußsoldaten Conans Infanterie hinwegfegen und den Weg für einen überwältigenden Angriff seiner schweren Kavallerie freimachen.

Die Shemiten eröffneten aus 500 Metern Entfernung das Feuer, und die Pfeile flogen wie Hagel zwischen den Heerscharen hindurch und verdunkelten die Sonne. Die westlichen Bogenschützen, ausgebildet durch tausend Jahre gnadenlosen Krieges mit den piktischen Wilden, rückten unbeirrt vor und schlossen ihre Reihen, während ihre Kameraden fielen. Sie waren zahlenmäßig weit unterlegen, und der Bogen der Shemiten hatte die größere Reichweite, aber in puncto Treffsicherheit waren die Bossonier ihren Feinden ebenbürtig und glichen die schiere Geschicklichkeit im Bogenschießen durch ihre überlegene Moral und hervorragende Rüstung aus. Aus sicherer Entfernung schossen sie los, und die Shemiten gingen in ganzen Reihen zu Boden. Die blaubärtigen Krieger in ihren leichten Kettenhemden konnten die Einschläge nicht so gut wegstecken wie die schwerer gepanzerten Bossonier. Sie brachen zusammen, warfen ihre Bögen weg, und ihre Flucht brachte die Reihen der kothischen Speerkämpfer hinter ihnen in Unordnung.

Ohne die Unterstützung der Bogenschützen fielen diese Soldaten zu Hunderten von den Pfeilen der Bossonier und wurden, als sie wie verrückt ins Nahkampfgebiet stürmten, von den Speeren der Pikeniere empfangen. Keine Infanterie war den wilden Gundermännern gewachsen, deren Heimat, die nördlichste Provinz Aquiloniens, nur einen Tagesritt durch die bossonischen Marschen von den Grenzen Cimmeriens entfernt war, und die, für den Kampf geboren und erzogen, das reinste Blut aller hyborischen Völker in sich trugen. Die kothischen Speerkämpfer, benommen von ihren Verlusten durch Pfeile, wurden in Stücke gehauen und zogen sich in Unordnung zurück.

Strabonus brüllte vor Wut, als er sah, wie seine Infanterie zurückgeschlagen wurde, und rief nach einem vollständigen Angriff. Arbanus widersprach und wies auf die Bossonier hin, die sich in guter Ordnung vor den aquilonischen Rittern neu formierten, die während des Handgemenges bewegungslos auf ihren Rossen saßen.

Der General riet zu einem vorübergehenden Rückzug, um die westlichen Ritter aus der Deckung der Bogenschützen zu locken, aber Strabonus war rasend vor Wut. Er blickte auf die langen, schimmernden Reihen seiner Ritter, starrte die Handvoll gepanzerter Gestalten ihm gegenüber an und befahl Arbanus, den Befehl zum Angriff zu geben.

Der General überantwortete Ishtar seine Seele und ließ den goldenen Olifanten ertönen. Mit einem donnernden Brüllen senkte sich der Wald aus Lanzen, und das große Heer rollte über die Ebene und gewann dabei immer mehr an Schwung. Die ganze Ebene erzitterte unter der dröhnenden Lawine von Hufen, und das Schimmern von Gold und Stahl blendete die Beobachter auf den Türmen von Shamar.

Die Schwadronen spalteten die losen Reihen der Speerkämpfer, ritten Freund und Feind gleichermaßen nieder und stürmten in die Reißzähne eines Pfeilhagels der Bossonier. Sie donnerten über die Ebene hinweg und ritten grimmig in einem Sturm, der auf seinem Weg glänzende Ritter wie Herbstlaub verstreute. Noch hundert Schritte, und sie würden unter den Bossoniern reiten und sie wie Mais niedermähen; aber Fleisch und Blut konnten den Todesregen nicht ertragen, der jetzt unter ihnen tobte und heulte. Schulter an Schulter, die Füße weit gespreizt, standen die Bogenschützen, zogen den Pfeil ans Ohr und schossen wie ein einzelner Mann, mit tiefen, kurzen Schreien.

Die gesamte vordere Reihe der Ritter schmolz dahin, und über die mit Nadeln gespickten Leichen von Pferden und Reitern stolperten und fielen ihre Kameraden kopfüber. Arbanus lag am Boden, ein Pfeil durchbohrte seine Kehle, sein Schädel war von den Hufen seines sterbenden Schlachtrosses zertrümmert, und Verwirrung brach durch das ungeordnete Heer. Strabonus schrie einen Befehl, Amalrus einen anderen, und durch alle ging die abergläubische Furcht, die Conans Anblick geweckt hatte.

Und während die schimmernden Reihen verwirrt umherschwirrten, erklangen Conans Trompeten, und durch die ersten Reihen der Bogenschützen brach der schreckliche Angriff der aquilonischen Ritter.

Die Heere trafen sich mit einem Donnern wie von einem Erdbeben, das die schwankenden Türme von Shamar erschütterte. Die unorganisierten Schwadronen der Eindringlinge konnten dem massiven, mit Speeren gespickten Stahlkeil nicht standhalten, der wie ein Blitz auf sie zuraste. Die langen Lanzen der Angreifer zerrissen ihre Reihen in Stücke, und mitten ins Herz ihres Heeres ritten die Ritter von Poitain und schwangen ihre schrecklichen Zweihandschwerter.

Das Aufeinandertreffen und Klirren des Stahls klang wie das von einer Million Schmiedehämmern auf ebenso vielen Ambossen. Die Wächter auf den Mauern waren gebannt und betäubt von dem Donnern, während sie die Zinnen umklammerten und dem stählernen Mahlstrom beim Wirbeln und Strudeln zusahen, wobei Federbüsche zwischen den blitzenden Schwertern hoch aufwirbelten und Standarten sich senkten und taumelten.

Amalrus ging zu Boden und starb unter den trampelnden Hufen, sein Schulterknochen wurde von Prosperos Zweihandschwert entzweigehauen. Die Eindringlinge hatten die neunzehnhundert Ritter Conans in ihrer Überzahl verschlungen, aber um diesen kompakten Keil, der immer tiefer in die lockere Formation ihrer Feinde schnitt, wirbelten und schlugen die Ritter von Koth und Ophir vergeblich. Sie konnten den Keil nicht brechen.

Bogenschützen und Pikeniere, die die Infanterie von Koth erledigt hatten, die sich auf ihrer Flucht über die ganze Ebene zerstreute, kamen an den Rand des Kampfes, schossen ihre Pfeile aus kürzester Distanz ab, rannten hinein, um mit ihren Messern auf Sattelgurte und Pferdebäuche einzustechen, und stießen nach oben, um die Reiter auf ihren langen Piken aufzuspießen.

An der Spitze des Stahlkeils brüllte Conan seinen heidnischen Schlachtruf und schwang sein großes Schwert in glitzernden Bögen, die sich aus Stahlburgonetten oder Kettenhemden nichts machten. Er ritt geradewegs durch eine donnernde Wüste von Feinden, und die Ritter von Koth schlossen sich ihm von hinten an und schnitten ihn von seinen Kriegern ab. Wie ein Blitz schlug Conan zu und raste mit purer Kraft und Geschwindigkeit durch die Reihen, bis er zu Strabonus kam, der sich bleich zwischen seinen Palasttruppen befand. Jetzt stand die Schlacht auf Messers Schneide, denn mit seiner Überzahl hatte Strabonus noch die Möglichkeit, das Schicksal zu seinen Gunsten zu wenden.

Er schrie jedoch, als er sah, dass sein Erzfeind sich ihm schließlich bis auf Armeslänge genähert hatte, und schlug wild mit der Axt um sich. Sie prallte auf Conans Helm und schlug Funken, und der Cimmerier taumelte und schlug zurück. Die fünf Fuß lange Klinge zerschmetterte Strabonus' Helm und Schädel, und das Schlachtross des Königs bäumte sich schreiend auf und schleuderte einen schlaffen und ausgestreckten Leichnam aus dem Sattel. Ein lautes Wehklagen erhob sich aus dem Heer, das ins Stocken geriet und zurückwich. Trocero und seine Haustruppen schlugen verzweifelt zu, bahnten sich ihren

54

Weg zu Conan, und das große Banner von Koth fiel. Dann erhoben sich hinter den benommenen und geschlagenen Eindringlingen ein gewaltiges Geschrei und das Feuer eines riesigen Brandes. Die Verteidiger von Shamar hatten einen verzweifelten Ausfall unternommen, die Männer niedergemetzelt, die die Tore abschirmten, und tobten zwischen den Zelten der Belagerer, schlachteten die Lagerdiener ab, brannten die Pavillons nieder und zerstörten die Belagerungsmaschinen. Das war der Tropfen, der das Fass zum Überlaufen brachte. Die glänzende Armee schmolz auf der Flucht dahin, und ihre Angehörigen wurden von den wütenden Angreifern niedergemäht, während sie rannten.

Die Flüchtlinge rannten zum Fluss, aber die Besatzung der Flottille, schwer bedrängt von den Steinen und Pfeilen der wieder ermutigten Bürger, machte sich los und zog zum südlichen Ufer, womit sie ihre Kameraden ihrem Schicksal überließen. Viele von ihnen erreichten das Ufer, indem sie über die Kähne rannten, die als Brücke dienten, bis die Männer von Shamar diese losschnitten und sie vom Ufer trennten. Dann wurde der Kampf zu einem Gemetzel. Die Invasoren wurden in den Fluss getrieben, um in ihren Rüstungen zu ertrinken, oder am Ufer niedergemetzelt und kamen zu Tausenden um. Sie hatten keine Gnade versprochen; sie bekamen keine Gnade.

Vom Fuß der niedrigen Hügel bis zu den Ufern des Tybor war die Ebene mit Leichen übersät, und der Fluss, dessen Flut sich rot färbte, war voller Toter. Von den neunzehnhundert Rittern, die mit Conan nach Süden geritten waren, überlebten kaum fünfhundert, um mit ihren Narben zu prahlen, und das Gemetzel unter den Bogenschützen und Pikenieren war grauenhaft. Aber das große und strahlende Heer von Strabonus und Amalrus wurde ausgelöscht, und es gab weniger Flüchtlinge als Tote.

Während das Gemetzel am Fluss weiterging, spielte sich auf dem Wiesenland dahinter der letzte Akt eines grausamen Dramas ab. Unter denen, die die Brücke überquert hatten, bevor sie zerstört wurde, war Tsotha, der wie der Wind auf einem hageren, unheimlich aussehenden Ross ritt, dessen Galopp kein natürliches Pferd erreichen konnte. Indem er Freund und Feind rücksichtslos niederritt, erreichte er das Südufer, und dann zeigte ihm ein Blick zurück eine grimmige Gestalt auf einem großen schwarzen Hengst, die ihn verfolgte. Die Zurrgurte waren bereits durchgeschnitten, und die Lastkähne trieben auseinander, aber Conan kam rücksichtslos näher und sprang mit seinem Ross von Boot zu Boot, wie ein Mann von einer Eisscholle auf die nächste springen würde. Tsotha schrie einen Fluch, aber der große Hengst machte den letzten Sprung mit einem angestrengten Stöhnen und erreichte das südliche Ufer. Dann floh der Zauberer in das leere Wiesenland, und ihm folgte der König, der schnell ritt und das große Schwert schwang, das seine Spur mit purpurnen Tropfen besprizte.

Sie flohen weiter, der Gejagte und der Jäger, und der schwarze Hengst konnte keinen Fußbreit aufholen, obwohl er jeden Nerv und jede Sehne anspannte. Durch ein Land unter einem Sonnenuntergang aus trüben und trügerischen Schatten flohen sie, bis Bild und Klang des Gemetzels hinter ihnen verblassten. Dann erschien am Himmel ein Punkt, der sich beim Näherkommen zu einem riesigen Adler entwickelte. Er stürzte vom Himmel herab und raste auf den Kopf von Tsothas Ross zu, das schrie und sich aufbäumte und seinen Reiter abwarf.

Der alte Tsotha erhob sich und sah seinem Verfolger ins Gesicht, seine Augen die einer verrückten Schlange, sein Gesicht eine unmenschliche Maske. In jeder Hand hielt er etwas Schimmerndes, und Conan wusste, dass er dort den Tod hielt.

Der König stieg ab und schritt mit klirrender Rüstung und hoch erhobenem Schwert auf seinen Feind zu.

„Wir begegnen uns wieder, Zauberer!", grinste er wild.

„Bleib weg!", schrie Tsotha wie ein blutrünstiger Schakal. „Ich werde dir das Fleisch von den Knochen sprengen! Du kannst mich nicht besiegen – wenn du mich in Stücke hackst, werden sich die Fleisch- und Knochenstücke wieder vereinen und dich bis zu deinem Verderben verfolgen! Ich sehe die Hand von Pelias darin, aber ich trotze euch beiden! Ich bin Tsotha, Sohn von –"

Conan stürzte los, das Schwert aufblitzend, die Augen zu Schlitzen der Achtsamkeit verengt. Tsothas rechte Hand bewegte sich vor und zurück, und der König duckte sich schnell. Etwas raste an seinem behelmten Kopf vorbei und explodierte hinter ihm, wobei es den Sand mit einem höllischen Feuerblitz versengte. Bevor Tsotha die Kugel in seiner linken Hand werfen konnte, durchtrennte Conans Schwert seinen mageren Hals. Der Kopf des Zauberers schoss in einer geschwungenen Blutfontäne von seinen Schultern, und die Gestalt in der Robe taumelte und sackte wie betrunken zusammen. Doch die verrückten schwarzen Augen funkelten Conan an, ohne dass ihr wildes Licht nachließ, die Lippen krümmten sich furchtbar, und die Hände tasteten, als suchten sie nach dem abgetrennten Kopf. Dann schoss mit einem schnellen Flügelschlag etwas vom Himmel herab – der Adler, der Tsothas Pferd angegriffen hatte. Mit seinen mächtigen Klauen schnappte er den tropfenden Kopf und schwebte himmelwärts, und Conan stand sprachlos da, denn aus der Kehle des Adlers dröhnte menschliches Gelächter mit der Stimme des Zauberers Pelias.

Dann geschah etwas Grauenvolles, denn der kopflose Körper erhob sich aus dem Sand und taumelte auf erstarrenden Beinen in einer furchtbaren Flucht davon, die Hände blind ausgestreckt in Richtung des Punkts, der über den dämmrigen Himmel raste und verschwand. Conan stand da wie zu Stein verwandelt und sah zu, bis die schnell taumelnde Gestalt in der Dämmerung verblasste, die die Wiesen purpurn färbte.

„Crom!" Seine mächtigen Schultern zuckten. „Eine Seuche soll diese Zaubererfehden holen! Pelias hat mich gut behandelt, aber es ist nicht schlimm, wenn ich ihn nie wieder sehen muss. Gebt mir ein anständiges Schwert und einen anständigen Feind, um es ihm ins Fleisch zu treiben. Verdammt! Was würde ich nicht alles für einen Krug Wein geben!"

ENDE

Die Tochter des Frostriesen

(Götter des Nordens/Ymirs Tochter)

Geschrieben 1932
Erstmals veröffentlicht im *Fantasy Fan* Magazin, März 1934

Über die roten Schneewehen und die mit Kettenhemden bekleideten Körper hinweg starrten sich zwei Gestalten zornerfüllt an. Sie befanden sich inmitten völliger Einsamkeit. Über ihnen war der frostige Himmel, um sie herum erstreckte sich die weiße, grenzenlose Ebene, und zu ihren Füßen lagen die Toten. Vorsichtig bahnten sie sich ihren Weg zwischen den Leichen, so wie Geister durch die Trümmer einer toten Welt zu einem Rendezvous schwebten. In dieser bedrückenden Stille standen sie sich von Angesicht zu Angesicht gegenüber.

Beide waren große Männer, gebaut wie Tiger. Ihre Schilde hatten sie längst verloren, und ihre Panzer waren ramponiert und zerschrammt. Blut trocknete an ihren Kettenhemden, und ihre Schwerter waren rot gefärbt. Ihre gehörnten Helme zeigten die Spuren heftiger Schläge. Einer war bartlos und hatte eine schwarze Mähne. Die Locken und der Bart des anderen waren so rot wie das Blut auf dem sonnenbeschienenen Schnee.

„Mann", sagte er, „nenn mir deinen Namen, damit meine Brüder in Vanaheim wissen, wer der letzte von Wulfheres Bande war, der von Heimduls Schwert gefallen ist!"

„Nicht in Vanaheim", knurrte der schwarzhaarige Krieger, „sondern in Walhalla wirst du deinen Brüdern erzählen, dass du Conan von Cimmerien getroffen hast!"

Heimdul brüllte und sprang, und sein Schwert blitzte in einem tödlichen Bogen auf. Conan taumelte, und seine Sicht war von roten Funken erfüllt, als die singende Klinge auf seinen Helm prallte und in blaue Feuerfetzen zersprang. Doch während er schwankte, stieß er mit der ganzen Kraft seiner breiten Schultern seine eigene Klinge surrend nach vorne. Die scharfe Spitze schnitt durch Messingschuppen, Knochen und Herz, und der rothaarige Krieger starb zu Conans Füßen.

Der Cimmerier stand weiterhin aufrecht, doch ließ er sein Schwert sinken, als ihn plötzlich eine heftige Müdigkeit überkam. Der Glanz der Sonne auf dem Schnee schnitt ihm wie ein Messer in die Augen, und der Himmel schien zusammenzuschrumpfen und seltsam auseinanderzubrechen. Er wandte sich von der zertrampelten Fläche ab, auf der gelbbärtige Krieger mit rothaarigen Jägern in den Armen des Todes lagen, machte ein paar Schritte, und der Glanz der Schneefelder wurde plötzlich schwächer. Dennoch erfasste ihn eine rauschende Welle der Blindheit, und er sank in den Schnee, stützte sich auf einen gepanzerten Arm und versuchte, sich die Blindheit aus den Augen zu schütteln, ebenso wie ein Löwe seine Mähne schüttelt.

Ein silbriges Lachen durchbrach seinen Schwindel, woraufhin seine Sicht langsam aufklarte. Er sah sich um. Die ganze Landschaft hatte etwas Seltsames angenommen, das er weder einordnen noch definieren konnte – eine ungewohnte Färbung von Erde und Himmel. Aber er dachte nicht lange darüber nach. Denn vor ihm stand eine Frau, die sich wie ein Setzling im Wind bewegte. Ihr Körper war für seinen benommenen Blick wie Elfenbein, und bis auf einen leichten, hauchdünnen Schleier war sie nackt wie der Tag. Ihre schlanken, nackten Füße waren weißer als der Schnee, den sie verschmähten. Sie lachte auf den verwirrten Krieger herab. Ihr Lachen war süßer als das Plätschern silberner Springbrunnen und gleichzeitig giftig vor grausamem Spott.

„Wer bist du?", fragte der Cimmerier. „Woher kommst du?"

„Was spielt das für eine Rolle?" Ihre Stimme war musikalischer als eine Harfe mit silbernen Saiten, aber sie war auch von Grausamkeit geprägt.

„Ruf deine Männer herbei!", sagte er und ergriff sein Schwert. „Doch auch wenn meine Kraft mich im Stich lässt, werden sie mich nicht lebend ergreifen. Ich sehe, dass du zu den Vanir gehörst."

„Habe ich das gesagt?"

Sein Blick wanderte wieder zu ihren widerspenstigen Locken, die er auf den ersten Blick für rot gehalten hatte. Jetzt sah er, dass sie weder rot noch gelb waren, sondern eine herrliche Mischung beider Farben besaßen. Er blickte wie gebannt. Ihr Haar war wie Elfengold; die Sonne schien so blendend darauf, dass er es kaum ertragen konnte, dorthin zu schauen. Ihre Augen waren ebenfalls weder ganz blau noch ganz grau, sondern sie hatten wechselnde Farben mit tanzenden Lichtern und Farbwolken, die er nicht definieren konnte. Ihre vollen roten Lippen lächelten, und von ihren schlanken Füßen bis zum blendenden Scheitel ihres wogenden Haares war ihr elfenbeinfarbener Körper so perfekt wie der Traum eines Gottes. Conans Puls hämmerte in seinen Schläfen.

„Ich kann nicht sagen", sagte er, „ob du aus Vanaheim stammst und meine Feindin bist oder aus Asgard und meine Freundin bist. Weit bin ich gewandert, aber eine Frau wie dich habe ich noch nie gesehen. Deine Locken blenden mich mit ihrem Glanz. Noch nie habe ich solche Haare gesehen, nicht einmal bei den schönsten Töchtern der Asen. Bei Ymir –"

„Wer bist du, dass du bei Ymir schwörst?", spottete sie. „Was weißt du über die Götter von Eis und Schnee, der du aus dem Süden heraufgekommen bist, um Abenteuer unter einem fremden Volk zu erleben?"

„Bei den dunklen Göttern meiner eigenen Rasse!", schrie er vor Zorn. „Obwohl ich nicht zu den goldhaarigen Aesir gehöre, hat mich niemand jemals im Schwertkampf übertroffen! Heute habe ich vier Dutzend Männer fallen sehen, und ich allein habe das Schlachtfeld überlebt, auf dem Wulfheres Plünderer und die Wölfe von Bragi aufeinandertrafen. Sag mir eines, Frau, hast du das Aufblitzen von Kettenhemden über den Schneeebenen gesehen oder bewaffnete Männer, die sich über das Eis bewegten?"

„Ich habe den Raureif in der Sonne glitzern sehen", antwortete sie. „Ich habe den Wind über den ewigen Schnee hinweg flüstern hören."

Er schüttelte seufzend den Kopf.

„Niord hätte mit uns zusammenkommen sollen, bevor die Schlacht begann. Ich fürchte, er und seine Kämpfer sind in einen Hinterhalt geraten. Wulfhere und seine Krieger sind tot. Ich habe gedacht, dass es im Umkreis von vielen Meilen um diesen Ort kein Dorf gibt, denn der Krieg hat uns weit geführt, aber du kannst keine große Strecke über diesen Schnee zurückgelegt haben, so nackt wie du bist. Führe mich zu deinem Stamm, wenn du zu Asgard gehörst, denn ich bin geschwächt von den Schlägen, die ich abbekommen habe, und ermüdet von dem langen Kämpfen."

„Mein Dorf ist weiter weg, als du laufen kannst, Conan von Cimmerien", lachte sie. Sie breitete die Arme aus und schwang ihren Körper vor ihm, während ihr goldener Kopf sinnlich herab hing und ihre funkelnden Augen halb unter ihren langen, seidenen Wimpern verborgen waren. „Bin ich nicht schön, oh Mann?"

„Wie die Morgendämmerung, die nackt durch den Schnee läuft", murmelte er und seine Augen brannten wie die eines Wolfes.

„Warum stehst du dann nicht auf und folgst mir? Wer ist der starke Krieger, der vor mir niederfällt?" Sie sang mit einem beißenden, verletzenden Spott. „Leg dich hin, und stirb im Schnee mit den anderen Narren, Conan mit den schwarzen Haaren. Du bist nicht in der Lage, mir dorthin zu folgen, wohin ich dich führen will."

Mit einem Fluch erhob sich der Cimmerier auf die Beine, seine blauen Augen leuchtend, sein dunkles, narbiges Gesicht sich verzerrend. Wut erschütterte seine Seele, aber das Verlangen nach der höhnischen Gestalt vor ihm hämmerte in seinen Schläfen und trieb sein Blut wild durch seine Adern. Leidenschaft, so heftig wie eine körperliche Qual, durchflutete sein ganzes Wesen, sodass Erde und Himmel vor seinem schwindelerregenden Blick rot verschwammen. Durch den Wahnsinn, der über ihn hereinbrach, wurden Müdigkeit und Ohnmacht hinweggefegt.

Er sprach kein Wort, als er auf sie zufuhr, die Finger gespreizt, um ihr weiches Fleisch zu ergreifen. Mit einem kreischenden Lachen sprang sie zurück und rannte los, wobei sie ihn über ihre weiße Schulter hinweg auslachte. Mit einem leisen Knurren folgte Conan. Er hatte den Kampf vergessen, die gepanzerten Krieger vergessen, die in ihrem Blut lagen, Niord und die Plünderer vergessen, die es nicht geschafft hatten, zum Kampf zu kommen. Er dachte nur noch an die schlanke, weiße Gestalt, die vor ihm eher zu schweben als zu laufen schien.

Die Jagd führte sie über die blendend weiße Ebene hinweg. Das zertrampelte, rote Feld verschwand hinter ihm, doch Conan ging mit der stillen Hartnäckigkeit seiner Rasse immer weiter. Seine gepanzerten Füße durchbrachen die gefrorene Kruste. Er versank tief in den Schneeverwehungen und bahnte sich mit purer Kraft einen Weg durch sie. Das Mädchen hingegen tanzte durch das Schneelicht wie eine Feder, die über einem Teich schwebt. Ihre nackten Füße hinterließen kaum Abdrücke auf dem Raureif, der die Kruste bedeckte. Trotz des Feuers in seinen Adern schnitt die Kälte durch das Kettenhemd und die pelzgefütterte Tunika des Kriegers. Das Mädchen aber in ihrem hauchdünnen Schleier lief so leichthin, so fröhlich, als würde sie durch die Palmen- und Rosengärten von Poitain tanzen.

Immer weiter gab sie den Weg vor, und Conan folgte ihr. Dunkle Flüche kamen über die ausgedörrten Lippen des Cimmeriers. Die großen Adern in seinen Schläfen schwollen an und pochten, während seine Zähne knirschten.

„Du kannst mir nicht entkommen!", brüllte er. „Führe mich in eine Falle, und ich werde die Köpfe deiner Verwandten zu deinen Füßen stapeln! Versteck dich vor mir, und ich werde die Berge zerschmettern, um dich zu finden! Ich werde dir bis in die Hölle folgen!"

Ihr wahnsinniges Lachen hallte zu ihm zurück, während Schaum von den Lippen des Barbaren floss. Sie führte ihn immer tiefer in die Einöde, während sich das Land veränderte. Die weiten Ebenen wichen niedrigen Hügeln, die in zerklüfteten Gebirgszügen nach oben stiegen. Weit im Norden erhaschte er einen Blick auf hoch aufragende Berge, blau von der Ferne oder weiß von dem ewigen Schnee. Über diesen Bergen leuchteten die flackernden Strahlen der Borealis. Sie breiteten sich fächerförmig in den Himmel aus, frostige Klingen aus kaltem, flammendem Licht, die ihre Farbe änderten, wuchsen und heller wurden.

Über ihm glühte und knisterte der Himmel mit einem fremdartigen Leuchten und Schimmern. Der Schnee glänzte seltsam, mal frostig und blau, mal eisig und purpurrot, mal kalt und silbern. Durch dieses schimmernde, eisige Reich der Verzauberung stürzte Conan beharrlich weiter, in ein kristallines Labyrinth, in dem die einzige Realität der weiße Körper war, der außerhalb seiner Reichweite über den glitzernden Schnee tanzte – immer außerhalb seiner Reichweite.

Er wunderte sich nicht über die Seltsamkeit des Ganzen, nicht einmal, als zwei riesige Gestalten aufstanden, um ihm den Weg zu versperren. Die Schuppen ihrer Panzer waren weiß vom Raureif; ihre Helme und ihre Äxte waren mit Eis bedeckt. Schnee bedeckte ihre Locken, und in ihren Bärten steckten Eiszapfen. Ihre Augen waren kalt wie die Lichter, die über ihnen strömten.

„Brüder!", rief das Mädchen und tanzte zwischen ihnen. „Schaut, wer mir folgt! Ich habe euch einen Mann zum Töten mitgebracht! Nehmt sein Herz, damit wir es rauchend auf die Tafel unseres Vaters legen können!"

Die Riesen antworteten mit einem Gebrüll wie dem Knirschen von Eisbergen an einer gefrorenen Küste und hoben ihre leuchtenden Äxte, als der Cimmerier sich wie von Sinnen auf sie stürzte. Eine frostige Klinge blitzte vor seinen Augen auf und blendete ihn mit ihrem Glanz, und er erwiderte einen schrecklichen Hieb, der den Oberschenkel seines Gegners durchtrennte. Mit einem Stöhnen stürzte das Opfer, und in diesem Moment wurde Conan in den Schnee geschleudert. Seine linke Schulter war taub vom Schlag des Überlebenden, doch hatte die Kettenrüstung des Cimmeriers ihm knapp das Leben gerettet. Conan sah den verbleibenden Riesen hoch über sich aufragen wie einen aus Eis geschnitzten Koloss, der sich vor dem kalten, leuchtenden Himmel abzeichnete. Die Axt fiel, sank durch den Schnee und tief in die gefrorene Erde, als Conan sich zur Seite warf und aufsprang. Der Riese brüllte und riss seine Axt los, aber noch während er das tat, sauste Conans Schwert durch die Luft. Die Knie des Riesen beugten sich und er sank langsam in den Schnee, der sich durch das Blut, das aus seinem halb abgetrennten Hals strömte, purpurrot verfärbte.

Conan drehte sich um und sah das Mädchen in einiger Entfernung stehen, das ihn mit großen Augen entsetzt anstarrte, ohne jeglichen Spott mehr im Gesicht. Er schrie heftig auf, und die Blutstropfen flogen von seinem Schwert, während seine Hand vor der Intensität seines Zornes zitterte.

„Ruf den Rest deiner Brüder!", rief er. „Ich werde ihre Herzen den Wölfen geben! Du kannst mir nicht entkommen –"

Mit einem Schreckensschrei drehte sie sich um und rannte schnell los. Sie lachte dabei nicht und verspottete ihn auch nicht mehr über ihre weiße Schulter hinweg. Sie rannte um ihr Leben, und obwohl er all seine Kräfte anstrengte, bis seine Schläfen zu platzen drohten und der Schnee rot vor seinen Augen verschwamm, entfernte sie sich von ihm und entschwand im Hexenfeuer des Himmels. Schließlich war sie nur noch eine Gestalt, die nicht größer war als ein Kind, dann eine tanzende weiße Flamme auf dem Schnee, dann ein verschwommener Fleck in der Ferne. Aber er knirschte mit den Zähnen, bis ihm das Blut aus dem Zahnfleisch austrat, taumelte weiter und sah, wie der verschwommene Fleck wieder zu einer tanzenden weißen Flamme wurde und die Flamme zu einer Gestalt, groß wie ein Kind; und dann lief sie weniger als hundert Schritte vor ihm, und langsam wurde der Raum zwischen ihnen kleiner, Fuß für Fuß.

Sie rannte jetzt mit Anstrengung, ihre goldenen Locken frei hinter ihr her wehend. Er hörte das schnelle Keuchen ihres Atems und sah einen Anflug von Angst in dem Blick, den sie über ihre weiße Schulter warf. Die grimmige Ausdauer des Barbaren hatte ihm gute Dienste geleistet. Die Geschwindigkeit ihrer blitzenden weißen Beine ließ nach; sie schwankte in ihrem Gang. In seiner ungezähmten Seele loderten die Feuer der Hölle auf, die sie so sehr angefacht hatte. Mit einem unmenschlichen Brüllen näherte er sich ihr, während sie sich mit einem durchdringenden Schrei umdrehte und ihre Arme ausstreckte, um ihn abzuwehren.

Sein Schwert fiel in den Schnee, als er sie an sich drückte. Ihr geschmeidiger Körper beugte sich nach hinten, während sie mit verzweifelter Raserei mit seinen eisernen Armen kämpfte. Ihr goldenes Haar wehte um sein Gesicht und blendete ihn mit seinem Glanz. Das Gefühl, wie sich ihr schlanker Körper in seinen gepanzerten Armen drehte, trieb ihn in einen blinden Wahnsinn. Seine starken Finger drangen tief in ihr glattes Fleisch ein, und dieses Fleisch war kalt wie Eis. Es war, als würde er keine Frau aus menschlichem Fleisch und Blut umarmen, sondern eine Frau aus flammendem Eis. Sie wandte ihren goldenen Kopf zur Seite und versuchte, den heftigen Küssen zu entgehen, die ihre roten Lippen quetschten.

„Du bist kalt wie der Schnee", murmelte er benommen. „Ich werde dich mit dem Feuer in meinem eigenen Blut wärmen –"

Mit einem Schrei und einem verzweifelten Ruck löste sie sich aus seinen Armen, ihr einziges hauchdünnes Kleidungsstück in seinen Händen zurücklassend. Sie sprang zurück und sah ihn an, ihre goldenen Locken wild durcheinander, ihr weißer Busen wogend, und ihre schönen Augen vor Angst strahlend. Einen Moment lang stand er wie erstarrt da und war beeindruckt von ihrer schrecklichen Schönheit, als sie nackt vor dem Schnee posierte.

Und in diesem Moment warf sie ihre Arme zu den Lichtern, die am Himmel über ihr leuchteten, und schrie mit einer Stimme, die Conan für immer in den Ohren klingen sollte: „Ymir! Oh, mein Vater, rette mich!"

Conan machte einen Satz nach vorne, die Arme ausgebreitet, um sie zu ergreifen, worauf der ganze Himmel mit einem Krachen, als würde ein Eisberg brechen, in einem eisigen Feuer zersprang. Der Elfenbeinkörper des Mädchens war plötzlich von einer kalten blauen Flamme umhüllt, die so blendend war, dass der Cimmerier die Hände hob, um seine Augen vor der unerträglichen Helligkeit zu schützen. Für einen flüchtigen Augenblick waren der Himmel und die schneebedeckten Hügel in knisternde weiße Flammen, blaue Pfeile aus eisigem Licht und gefrorene, purpurrote Feuer getaucht. Dann taumelte Conan und schrie auf. Das Mädchen war weg. Der glühende Schnee lag leer und kahl dar. Hoch über seinem Kopf blitzten und spielten die Hexenlichter in einem frostigen Himmel, der verrückt geworden war, und zwischen den fernen blauen Bergen ertönte ein rollender Donner, als würde ein riesiger Kriegswagen hinter Rossen herjagen, deren hektische Hufe Blitze im Schnee schlugen und im Himmel Echos hervorriefen.

Dann taumelten plötzlich die Borealis, die schneebedeckten Hügel und der lodernde Himmel vor Conans Anblick. Tausende von Feuerbällen explodierten in Funkenschauern, und der Himmel selbst wurde zu einem gigantischen Rad, das Sterne regnen ließ, während es sich drehte. Unter seinen Füßen hoben sich die schneebedeckten Hügel wie eine Welle, und der Cimmerier sank im Schnee zusammen und lag regungslos da.

In einem kalten, dunklen Universum, dessen Sonne vor Äonen erloschen war, spürte

Conan die Bewegung von Leben, fremdartig und ungeahnt. Ein Erdbeben hatte ihn im Griff und schüttelte ihn hin und her, während es gleichzeitig seine Hände und Füße aufscheuerte, bis er vor Schmerz und Wut aufschrie und nach seinem Schwert griff.

„Er kommt zu sich, Horsa", sagte eine Stimme. „Schnell – wir müssen den Frost von seinen Gliedern reiben, wenn er jemals wieder ein Schwert führen will."

„Er öffnet seine linke Hand nicht", knurrte ein anderer. „Er hält etwas fest –"

Conan öffnete die Augen und starrte in die bärtigen Gesichter, die sich über ihn beugten. Er war von großen goldhaarigen Kriegern in Kettenhemden und Pelzen umgeben.

„Conan! Du lebst!"

„Bei Crom, Niord", keuchte der Cimmerier. „Bin ich am Leben, oder sind wir alle tot und in Walhalla?"

„Wir leben", grunzte der Aesir, beschäftigt mit Conans halb erfrorenen Füßen. „Wir mussten uns durch einen Hinterhalt kämpfen, sonst wären wir zu dir gestoßen, bevor die Schlacht begonnen hat. Die Leichen waren kaum erkaltet, als wir auf das Feld kamen. Wir haben dich nicht unter den Toten gefunden, also sind wir deiner Spur gefolgt. In Ymirs Namen, Conan, warum bist du in das Ödland des Nordens gewandert? Wir sind stundenlang deinen Spuren im Schnee gefolgt. Wäre ein Schneesturm aufgekommen und hätte sie versteckt, dann hätten wir dich nie gefunden, bei Ymir!"

„Schwöre nicht so oft bei Ymir", murmelte ein Krieger unbehaglich und warf einen Blick auf die fernen Berge. „Dies ist sein Land, und der Gott wohnt dort zwischen den Bergen, so heißt es in den Legenden."

„Ich habe eine Frau gesehen", antwortete Conan verschwommen. „Wir trafen Bragis Männer in der Ebene. Ich weiß nicht, wie lange wir gekämpft haben. Ich allein überlebte. Mir war schwindelig, und ich wurde halb ohnmächtig. Das Land lag wie ein Traum vor mir. Erst jetzt erscheinen mir alle Dinge wieder natürlich und vertraut. Die Frau erschien und verspottete mich. Sie war so wunderschön wie eine gefrorene Flamme aus der Hölle. Ein seltsamer Wahnsinn überkam mich, als ich sie ansah, sodass ich alles andere auf der Welt vergaß. Ich folgte ihr. Habt ihr nicht ihre Spuren gefunden? Oder die Riesen im Eispanzer, die ich getötet habe?"

Niord schüttelte den Kopf.

„Wir haben nur deine Spuren im Schnee gefunden, Conan."

„Dann könnte es sein, dass ich verrückt bin", sagte Conan benommen. „Dennoch seid selbst ihr für mich nicht realer als die goldlockige Hexe, die nackt vor mir durch den Schnee floh. Doch unter meinen Händen verschwand sie in eisigen Flammen."

„Er ist im Delirium", flüsterte ein Krieger.

„Das ist er nicht!", rief ein älterer Mann, dessen Augen wild und unheimlich waren. „Es war Atali, die Tochter von Ymir, dem Frostriesen! Sie kommt zu den Feldern der Toten und zeigt sich den Sterbenden! Ich selbst habe sie als Junge gesehen, als ich halb erschlagen auf dem blutigen Feld von Wolraven lag. Ich sah sie zwischen den Toten im Schnee umhergehen, ihr nackter Körper glänzend wie Elfenbein und ihr goldenes Haar unerträglich hell im Mondlicht. Ich lag da und heulte wie ein sterbender Hund, weil ich nicht hinter ihr herkriechen konnte. Sie lockt Männer von den Schlachtfeldern ins Ödland, um von ihren Brüdern, den Eisriesen, getötet zu werden, woraufhin diese die roten Herzen der Männer rauchend auf Ymirs Tafel legen. Der Cimmerier hat Atali, die Tochter des Frostriesen, gesehen!"

62

„Bah!", grunzte Horsa. „Der Geist des alten Gorm hat in seiner Jugend unter einer Schwertwunde an seinem Kopf gelitten. Conan ist durch den Zorn des Kampfes wahnsinnig geworden – schaut nur, wie sein Helm zerbeult ist! Jeder dieser Schläge hätte sein Gehirn verwirren können. Es war eine Halluzination, der er in die Wüste folgte. Er kommt aus dem Süden; was weiß er über Atali?"

„Du sprichst vielleicht die Wahrheit", murmelte Conan. „Es war alles fremdartig und seltsam – bei Crom!"

Er hielt inne und blickte auf den Gegenstand, der immer noch von seiner geballten linken Faust baumelte. Die anderen starrten ebenfalls stumm auf den Schleier, den er hochhielt – ein hauchdünnes Gespinst, das niemals an einem menschlichen Rocken gesponnen wurde.

ENDE

Der Gott in der Schale

Geschrieben 1932
Erstmals veröffentlicht in *Space Science Fiction*, September 1952

Arus, der Wächter, hielt seine Armbrust mit zitternden Händen und spürte feuchte Schweißperlen auf seiner Haut, als er auf die unansehnliche Leiche starrte, die vor ihm auf dem polierten Boden lag. Es ist nicht angenehm, dem Tod um Mitternacht an einem einsamen Ort zu begegnen.

Arus stand in einem weiten Korridor, der von riesigen Kerzen in Nischen entlang der Wände beleuchtet wurde. Diese Wände waren mit schwarzen Samttapeten behangen, und zwischen den Tapeten hingen Schilde und gekreuzte Waffen von fantastischer Machart. Hier und da standen auch Figuren seltsamer Götter – Abbilder, aus Stein oder seltenem Holz geschnitzt oder aus Bronze, Eisen oder Silber gegossen –, die sich im glänzenden schwarzen Mahagoniboden spiegelten.

Arus schauderte; er hatte sich nie an den Ort gewöhnt, obwohl er dort schon seit einigen Monaten als Wächter arbeitete. Es war ein fantastisches Etablissement, das große Museum und Antiquitätenhaus, das die Menschen Kallian Publicos Tempel nannten, mit seinen Raritäten aus aller Welt – und jetzt, in der Einsamkeit der Mitternacht, stand Arus in der großen stillen Halle und starrte auf die ausgestreckte Leiche, die einmal der reiche und mächtige Besitzer des Tempels gewesen war.

Sogar dem stumpfsinnigen Verstand des Wächters wurde klar, dass der Mann jetzt seltsam anders aussah als damals, als er in seinem goldenen Streitwagen den Palianweg entlangfuhr, arrogant und dominant, mit dunklen Augen, die vor magnetischer Vitalität funkelten. Männer, die Kallian Publico gehasst und gefürchtet hatten, hätten ihn jetzt kaum wiedererkannt, da er wie ein zerbrochenes Fass Fett dalag, sein reiches Gewand halb zerrissen und seine purpurne Tunika schief. Sein Gesicht war geschwärzt, seine Augen traten ihm fast aus dem Kopf, und seine Zunge hing schwarz aus seinem weit aufgerissenen Mund. Seine fetten Hände waren wie in einer Geste seltsamer Vergeblichkeit ausgestreckt. An den dicken Fingern glitzerten Edelsteine.

„Warum haben sie seine Ringe nicht mitgenommen?", murmelte der Wächter unbehaglich; dann zuckte er zusammen und starrte, während die kurzen Haare in seinem Nacken kribbelten. Durch die dunklen Seidenvorhänge, die eine der vielen Türen verdeckten, die in einen der vielen Flurr führten, kam eine Gestalt.

Arus sah einen großen, kräftig gebauten jungen Mann, nackt bis auf einen Lendenschurz und Sandalen, die hoch um seine Knöchel geschnallt waren. Seine Haut war braun gebrannt wie von der Sonne der Wüste, und Arus blickte nervös auf die breiten Schultern, die massive Brust und die schweren Arme. Ein einziger Blick auf die düsteren Gesichtszüge mit den breiten Augenbrauen verriet dem Wächter, dass der Mann kein Nemedier war. Unter einem Wust widerspenstigen schwarzen Haars glühten ein Paar gefährliche blaue Augen. An seinem Gürtel hing ein langes Schwert in einer Lederscheide.

Arus spürte, wie es ihm kalt den Rücken runterlief, und er fingerte angespannt an seiner Armbrust herum. Er war halb entschlossen, dem Fremden ohne Verhandlung einen Bolzen durch den Körper zu treiben, hatte aber auch Angst davor, was passieren könnte, wenn es ihm nicht gelang, ihn mit dem ersten Schuss zu töten.

Der Fremde betrachtete die Leiche auf dem Boden eher neugierig als überrascht.

„Warum hast du ihn getötet?", fragte Arus nervös.

Der andere schüttelte seinen zerzausten Kopf.

„Ich habe ihn nicht getötet", antwortete er und sprach Nemedisch mit einem barbarischem Akzent. „Wer ist er?"

„Kallian Publico", erwiderte Arus und wich zurück.

In den düsteren blauen Augen zeigte sich ein Anflug von Interesse.

„Der Besitzer des Hauses?"

„Aye." Arus hatte sich an die Wand geschlichen, und jetzt ergriff er ein dickes Samtseil, das dort baumelte, und riss kräftig daran. Von der Straße draußen ertönte das schrille Läuten der Glocke, die vor allen Geschäften und Einrichtungen hing, um die Wache herbeizurufen.

Der Fremde erschrak.

„Warum hast du das getan?", fragte er. „Damit rufst du den Wächter."

„Ich bin der Wächter, Schurke", antwortete Arus und nahm seinen Mut zusammen. „Bleib stehen, wo du bist; beweg dich nicht, sonst schieße ich einen Bolzen durch dich." Sein Finger lag auf dem Abzug seiner Armbrust, wobei die bösartige quadratische Spitze der Waffe genau auf die breite Brust des anderen zielte. Der Fremde runzelte die Stirn, und sein dunkles Gesicht verfinsterte sich. Er zeigte keine Angst, schien aber in Gedanken zu zögern, ob er dem Befehl gehorchen oder einen plötzlichen Ausbruch irgendwelcher Art riskieren sollte. Arus leckte sich die Lippen, und ihm gefror das Blut, als er deutlich sah, wie in den trüben Augen des Fremden Unentschlossenheit mit Mordlust rang.

Dann hörte er eine Tür aufspringen und ein Stimmengewirr, und er holte tief Luft vor erstaunter Dankbarkeit. Der Fremde war angespannt und starrte so besorgt wie ein aufgeschrecktes Jagdtier, als ein halbes Dutzend Männer die Halle betrat. Alle bis auf einen trugen die scharlachrote Tunika der numalischen Polizei, waren mit Stichschwertern umgürtet und trugen Hippen – langstielige Waffen, halb Pike, halb Axt.

„Was für ein Teufelswerk ist das?", rief der vorderste Mann, dessen kalte graue Augen und schmale, scharfe Gesichtszüge ihn ebenso wie seine Zivilkleidung von seinen stämmigen Gefährten unterschied.

„Bei Mitra, Demetrio!", rief Arus dankbar. „Das Glück ist heute Nacht ganz sicher auf meiner Seite. Ich hatte keine Hoffnung, dass die Wache so schnell auf das Herbeirufen reagieren würde – oder dass Ihr bei ihnen sein würdet!"

„Ich machte mit Dionus meine Runde", antwortete Demetrio. „Wir kamen gerade am Tempel vorbei, als die Wachglocke läutete. Aber wer ist das? Mitra! Der Meister des Tempels persönlich!"

„Kein anderer", antwortete Arus. „Und grausam ermordet. Es ist meine Pflicht, die ganze Nacht hindurch andauernd im Gebäude umherzugehen, denn wie Ihr wisst, sind hier ungeheure Reichtümer gelagert. Kallian Publico hatte reiche Gönner – Gelehrte, Prinzen und reiche Sammler von Raritäten. Nun, erst vor ein paar Minuten habe ich die Tür ausprobiert, die sich zum Portikus öffnet, und festgestellt, dass sie nur verriegelt ist. Die Tür ist mit einem Riegel versehen, der sowohl von innen als auch von außen funktioniert, und einem großen Schloss, das nur von außen bedient werden kann. Nur Kallian Publico hatte einen Schlüssel dafür, den Schlüssel, den Ihr jetzt an seinem Gürtel hängen seht.

Natürlich war mein Verdacht geweckt, denn Kallian Publico verschließt die Tür immer mit dem großen Schloss, wenn er den Tempel schließt; und ich hatte ihn nicht mehr zurückkehren sehen, seit er früher am Abend zu seiner Villa in den östlichen Vororten der Stadt aufgebrochen war. Ich habe einen Schlüssel, der den Riegel öffnet; ich ging hinein und fand die Leiche so liegen, wie Ihr sie seht. Ich habe sie nicht angerührt."

„Also", Demetrios scharfe Augen musterten den düsteren Fremden. „Und wer ist das?"

„Der Mörder, ohne Zweifel!", rief Arus. „Er kam von der Tür dort drüben. Er ist ein nördlicher Barbar irgendeiner Art – ein Hyperboreer oder ein Bossonier vielleicht."

„Wer bist du?", fragte Demetrio.

„Ich bin Conan", antwortete der Barbar. „Ich bin ein Cimmerier."

„Hast du diesen Mann getötet?"

Der Cimmerier schüttelte den Kopf.

„Antworte mir!", fauchte der Fragende.

Ein wütendes Funkeln stieg in die düsteren blauen Augen.

„Ich bin kein Hund", antwortete er verärgert.

„Oh, ein unverschämter Kerl!", höhnte Demetrios Begleiter, ein großer Mann, der das Abzeichen eines Polizeipräfekten trug. „Ein unabhängiger Köter! Einer dieser Bürger mit Rechten, was? Ich werde es ihm bald austreiben! Heh, du! Sag die Wahrheit! Warum hast du gemordet –"

„Einen Moment, Dionus", befahl Demetrio knapp. „Bursche, ich bin Vorsitzender des Inquisitionsrates der Stadt Numalia. Du solltest mir am besten sagen, warum du hier bist, und wenn du nicht der Mörder bist, dann beweise es."

Der Cimmerier zögerte. Er hatte keine Angst, war aber leicht verwirrt, wie es ein Barbar immer ist, wenn er mit den Merkmalen zivilisierter Systeme und Geflechte konfrontiert wird, deren Funktionsweise ihm so rätselhaft und geheimnisvoll erscheint.

„Während er darüber nachdenkt", plapperte Demetrio und wandte sich an Arus, „sag mir – hast du gesehen, wie Kallian Publico heute Abend den Tempel verlassen hat?"

„Nein, normalerweise ist er weg, wenn ich ankomme, um meinen Wachgang anzutreten. Aber die große Tür war verriegelt und verschlossen."

„Könnte er das Gebäude wieder betreten haben, ohne dass du ihn gesehen hast?"

„Nun, das ist möglich, aber kaum wahrscheinlich. Der Tempel ist groß, und ich brauche einige Minuten, um ihn vollständig abzugehen. Wäre er von seiner Villa zurückgekehrt, wäre er natürlich mit seinem Streitwagen gekommen, denn es ist ein weiter Weg – und wer hat je gehört, dass Kallian Publico anders gereist wäre? Selbst wenn ich auf der anderen Seite des Tempels gewesen wäre, hätte ich die Räder des Streitwagens auf dem Kopfsteinpflaster gehört, und ich habe nichts dergleichen gehört, noch habe ich Streitwagen gesehen, außer jenen, die immer in der Dämmerung die Straßen entlangfahren."

„Und die Tür war früher in der Nacht verschlossen?"

„Das kann ich schwören. Ich probiere alle Türen mehrmals in der Nacht aus. Die Tür war bis vor vielleicht einer halben Stunde von außen verschlossen – das war das letzte Mal, dass ich es probierte, bis ich feststellte, dass sie unverschlossen war."

„Du hast keine Schreie oder Kampfgeräusche gehört?"

„Nein. Aber das ist nicht merkwürdig. Die Wände des Tempels sind so dick, dass sie praktisch schalldicht sind – ein Effekt, der durch die schweren Vorhänge noch verstärkt wird."

„Warum all diese Mühe mit Fragen und Spekulationen?", beschwerte sich der stämmige Präfekt. „Es ist viel einfacher, einem Verdächtigen ein Geständnis abzuringen. Hier ist unser Mann, daran besteht kein Zweifel. Bringen wir ihn vor den Gerichtshof – ich werde eine Aussage von ihm bekommen, und wenn ich ihm dafür die Knochen zu Brei schlagen muss." Demetrio sah den Barbaren an.

„Hast du verstanden, was er gesagt hat?", fragte der Inquisitor. „Was hast du zu sagen?"

„Dass jeder, der mich berührt, bald seine Vorfahren in der Hölle begrüßen wird", knirschte der Cimmerier zwischen seinen mächtigen Zähnen, und in seinen Augen sprühten Flammen gefährlichen Zorns.

„Warum bist du hergekommen, wenn nicht, um diesen Mann zu töten?", fuhr Demetrio fort.

„Ich bin gekommen, um zu stehlen", antwortete der andere mürrisch.

„Um was zu stehlen?", hakte der Inquisitor nach.

„Essen", kam die Antwort nach kurzem Zögern.

„Das ist gelogen!", fauchte Demetrio. „Du wusstest, dass es hier kein Essen gibt. Lüg mich nicht an. Sag mir die Wahrheit oder –"

Der Cimmerier legte seine Hand auf den Schwertgriff, und die Geste war so bedrohlich wie das Hochziehen der Lefze eines Tigers, um seine Zähne zu fletschen.

„Heb dir deine Schikanen für die Narren auf, die dich fürchten", knurrte er, und blaues Feuer glimmte in seinen Augen. „Ich bin kein in der Stadt geborener Nemedier, der vor deinen angeheuerten Hunden zurückschreckt. Ich habe schon bessere Männer als dich für weniger getötet."

Dionus, der den Mund geöffnet hatte, um vor Zorn zu brüllen, schloss ihn plötzlich wieder. Die Wächter bewegten unsicher ihre Hippen und sahen Demetrio an, um Befehle zu erhalten. Sie waren sprachlos darüber, dass jemand der allmächtigen Polizei trotzte, und erwarteten einen Befehl, den Barbaren festzunehmen. Aber Demetrio gab ihn nicht. Er kannte – auch wenn die anderen zu dumm waren, um das zu wissen – die stählernen Muskeln und die blendende Schnelligkeit der Männer, die jenseits der Grenzen der Zivilisation aufgewachsen waren, wo das Leben ein ständiger Kampf ums Überleben war, und er hatte kein Verlangen, die barbarische Raserei des Cimmeriers zu entfesseln, wenn es sich vermeiden ließ. Außerdem quälte ihn ein Zweifel.

„Ich habe dich nicht beschuldigt, Kallian getötet zu haben", schnauzte er. „Aber du musst zugeben, dass der Anschein gegen dich spricht. Wie bist du in den Tempel gekommen?"

„Ich habe mich im Schatten des Lagerhauses versteckt, das hinter diesem Gebäude steht", antwortete Conan widerwillig. „Als dieser Hund –", er deutete mit dem Daumen auf Arus, „vorbeikam und um die Ecke bog, rannte ich schnell zur Mauer und kletterte darüber –"

„Eine Lüge!", unterbrach ihn Arus. „Kein Mensch könnte diese gerade Mauer erklimmen!"

„Hast du jemals einen Cimmerier eine steile Klippe erklimmen sehen?", fragte Demetrio ungeduldig. „Ich führe diese Untersuchung durch. Weiter, Conan."

„Die Ecke ist mit Schnitzereien verziert", sagte der Cimmerier. „Es war leicht zu klettern. Ich erreichte das Dach, bevor dieser Hund wieder um das Gebäude herumkam. Ich ging über das Dach, bis ich zu einer Falltür kam, die mit einem Eisenriegel gesichert war, der hindurchging und von innen verschlossen war. Ich war gezwungen, den Riegel mit meinem Schwert in zwei Teile zu hauen –"

Arus, der sich an die Dicke dieses Riegels erinnerte, schluckte unwillkürlich und ging weiter von dem Barbaren weg, der ihn geistesabwesend anstarrte und fortfuhr.

„Ich fürchtete, der Lärm könnte jemanden wecken, aber ich musste das Risiko eingehen. Ich ging durch die Falltür und kam in eine obere Kammer. Ich blieb dort nicht stehen, sondern kam direkt zur Treppe –"

„Woher wusstest du, wo die Treppe war?", schnauzte der Inquisitor. „Ich weiß, dass nur Kallians Diener und seine reichen Gönner jemals in diese oberen Räume durften."

Eine verbissene Sturheit verdunkelte Conans Augen, und er schwieg.

„Was hast du getan, nachdem du die Treppe erreicht hast?", verlangte Demetrio.

„Ich bin direkt hinuntergekommen", murmelte der Cimmerier. „Sie führte in die Kammer hinter jener mit Vorhängen verhangenen Tür. Als ich die Treppe hinunterkam, hörte ich das Geräusch einer sich öffnenden Tür. Als ich durch die Vorhänge blickte, sah ich diesen Hund über dem toten Mann stehen."

„Warum bist du aus deinem Versteck gekommen?"

„Es war dunkel, als ich den Wächter vor dem Tempel sah. Als ich ihn hier sah, dachte ich, er wäre auch ein Dieb. Erst als er am Glockenseil riss und seinen Bogen hob, wusste ich, dass er der Wächter war."

„Aber trotzdem", beharrte der Inquisitor, „warum hast du dich zu erkennen gegeben?"

„Ich dachte, er wäre vielleicht gekommen, um zu stehlen, was –" Der Cimmerier hielt plötzlich inne, als hätte er zu viel gesagt.

„– Für was du selbst hergekommen bist!", beendete Demetrio. „Du hast mir mehr erzählt, als du vorhattest! Du bist mit einem bestimmten Ziel hierhergekommen. Du hast nach eigenen Angaben nicht in den oberen Räumen verweilt, wo normalerweise die wertvollsten Güter gelagert werden. Du kanntest den Plan des Gebäudes – du wurdest von jemandem hierher geschickt, der den Tempel gut kennt, um etwas Besonderes zu stehlen!"

„Und um Kallian Publico zu töten!", rief Dionus. „Bei Mitra, wir haben ihn gefunden! Schnappt ihn euch, Männer! Wir werden noch vor dem Morgen ein Geständnis haben!"

Mit einem heidnischen Fluch sprang Conan zurück und zog sein Schwert mit einer Boshaftigkeit, die die scharfe Klinge summen ließ.

„Zurück, wenn euch euer Hundeleben lieb ist!", knurrte er, und seine blauen Augen blitzten. „Weil ihr es wagt, Ladenbesitzer zu foltern und Huren auszuziehen und zu schlagen, damit sie reden, glaubt ja nicht, dass ihr eure fetten Pfoten an einen Bergbewohner legen könnt! Ich werde einige von euch mit in die Hölle nehmen! Fummel mit deinem Bogen herum, Wächter – ich werde dir mit meiner Ferse die Eingeweide zerfetzen, bevor das Werk dieser Nacht vorbei ist!"

„Wartet!", warf Demetrio ein. „Ruf deine Hunde zurück, Dionus. Ich bin nicht überzeugt, dass er der Mörder ist. Du Narr", fügte er flüsternd hinzu, „warte, bis wir mehr Männer herbeirufen oder ihn dazu bringen können, sein Schwert niederzulegen." Demetrio wollte den Vorteil seines zivilisierten Verstandes nicht aufgeben, indem er die Dinge auf eine physische Ebene verlagerte, wo die wilde, tierische Grausamkeit des Barbaren die Verhältnisse sogar gegen ihn wenden könnte.

„Also gut", grunzte Dionus widerwillig. „Zieht euch zurück, Männer, aber behaltet ihn im Auge."

„Gib mir dein Schwert", sagte Demetrio.

„Nimm es, wenn du kannst", knurrte Conan. Demetrio zuckte mit den Schultern.

„Also gut. Aber versuche nicht zu fliehen. Vier Männer mit Armbrüsten bewachen das Haus von außen. Wir ziehen immer eine Sperre um ein Haus, bevor wir es betreten."

Der Barbar senkte seine Klinge, obwohl er die angespannte Wachsamkeit seiner Haltung nur ein wenig lockerte. Demetrio wandte sich wieder der Leiche zu.

„Erwürgt", murmelte er. „Warum ihn erwürgen, wenn ein Schwerthieb so viel schneller und sicherer ist? Diese Cimmerier sind ein blutrünstiges Volk, sozusagen mit einem Schwert in der Hand geboren; ich habe nie gehört, dass sie einen Menschen auf diese Weise getötet hätten."

„Vielleicht, um den Verdacht abzulenken", murmelte Dionus.

„Möglicherweise." Er betastete den Körper mit erfahrenen Händen. „Möglicherweise seit einer halben Stunde tot", murmelte er. „Wenn Conan die Wahrheit darüber sagt, wann er den Tempel betrat, hätte er kaum Zeit gehabt, den Mord zu begehen, bevor Arus eintrat. Aber er könnte lügen – er könnte schon früher eingebrochen sein."

„Ich bin über die Mauer geklettert, nachdem Arus die letzte Runde gemacht hatte", knurrte Conan.

„Das sagst du." Demetrio grübelte eine Weile über der Kehle des Toten, die buchstäblich zu einem Brei aus violettem Fleisch zerquetscht worden war. Der Kopf hing schief auf zersplitterten Wirbeln. Demetrio schüttelte zweifelnd den Kopf.

„Warum sollte ein Mörder ein biegsames Tau verwenden, das anscheinend dicker ist als der Arm eines Mannes?", murmelte er. „Und welch schrecklicher Druck wurde angewendet, um den schweren Hals des Mannes so zu brechen."

Er stand auf und ging zur nächsten Tür, die in den Korridor führte.

„Hier ist eine Büste, die von einem Ständer in der Nähe der Tür gestoßen wurde", sagte er, „und hier ist der polierte Boden zerkratzt, und die Vorhänge in der Türöffnung sind schief gezogen, so als hätte eine greifende Hand sie gepackt – vielleicht um Halt zu finden. Kallian Publico muss in diesem Raum angegriffen worden sein. Vielleicht hat er sich von dem Angreifer losgerissen oder den Kerl auf seiner Flucht mitgeschleift. Jedenfalls rannte er taumelnd in den Korridor, wo der Mörder ihm gefolgt sein und ihn erledigt haben muss."

„Und wenn dieser Heide nicht der Mörder ist, wo ist er dann?", wollte der Präfekt wissen.

„Ich habe den Cimmerier noch nicht entlastet", schnauzte der Inquisitor. „Aber wir werden diesen Raum untersuchen und –" Er blieb stehen, drehte sich um und lauschte. Von der Straße war plötzlich das Klappern von Streitwagenrädern zu hören, das sich rasch näherte und dann abrupt aufhörte.

„Dionus!", fauchte der Inquisitor. „Schick zwei Männer, um diesen Streitwagen zu finden. Bring den Kutscher hierher."

„Dem Geräusch nach“, sagte Arus, der mit allen Geräuschen der Straße vertraut war, „würde ich sagen, dass er vor Promeros Haus angehalten hat, gleich auf der anderen Seite des Ladens des Seidenhändlers.“

„Wer ist Promero?“, fragte Demetrio.

„Kallian Publicos erster Angestellter.“

„Bringt ihn mit dem Wagenlenker hierher“, schnauzte Demetrio. „Wir werden warten, bis sie kommen, bevor wir diesen Raum untersuchen.“

Zwei Wachen stampften davon. Demetrio betrachtete noch immer die Leiche; Dionus, Arus und die übrigen Polizisten beobachteten Conan, der mit dem Schwert in der Hand dastand wie eine bronzene Gestalt brütender Bedrohung. Bald hallten Sandalentritte von draußen wider, und die beiden Wachen traten ein, mit einem kräftig gebauten, dunkelhäutigen Mann mit dem Helm und der Tunika eines Wagenlenkers, mit einer Peitsche in der Hand; und einem kleinen, schüchtern wirkenden Individuum, typisch für jene Klasse, die aus den Reihen der Handwerker hervorgegangen ist und die rechten Hände reicher Kaufleute und Händler stellt.

Dieser wich mit einem Schrei von der ausgestreckten Masse auf dem Boden zurück.

„Oh, ich wusste, dass daraus etwas Böses entstehen würde!“

„Du bist Promero, der Schreiber, nehme ich an. Und du?“

„Enaro, Kallian Publicos Wagenlenker.“

„Du scheinst beim Anblick seiner Leiche nicht übermäßig bewegt zu sein“, bemerkte Demetrio.

„Warum sollte ich bewegt sein?“. Die dunklen Augen blitzten. „Jemand hat nur getan, was ich nicht wagte, aber unbedingt tun wollte.“

„Also!“, murmelte der Inquisitor. „Bist du ein freier Mann?“

Enaros Augen waren bitter, als er seine Tunika beiseite zog und das Brandzeichen des Schuldsklaven auf seiner Schulter zeigte.

„Wusstest du, dass dein Herr heute Abend hierher kommen würde?“

„Nein. Ich habe heute Abend wie üblich den Streitwagen für ihn zum Tempel gebracht. Er betrat ihn, und ich fuhr zu seiner Villa. Aber bevor wir zum Palianweg kamen, befahl er mir, umzukehren und ihn zurückzufahren. Er schien innerlich sehr aufgeregt zu sein.“

„Und hast du ihn zum Tempel zurückgefahren?“

„Nein. Er wies mich an, bei Promeros Haus anzuhalten. Dort entließ er mich und befahl mir, kurz nach Mitternacht dorthin zurückzukehren, um ihn abzuholen.“

„Wie spät war das?“

„Kurz nach Einbruch der Dunkelheit. Die Straßen waren fast menschenleer.“

„Was hast du dann getan?“

„Ich kehrte in die Sklavenunterkünfte zurück, wo ich blieb, bis es Zeit war, zu Promeros Haus zurückzukehren. Ich fuhr direkt dorthin, und Ihre Männer ergriffen mich, als ich mit Promero in seiner Tür sprach.“

„Du hast keine Ahnung, warum Kallian zu Promeros Haus ging?“

„Er sprach mit seinen Sklaven nicht über sein Geschäft.“

Demetrio wandte sich an Promero. „Was weißt du darüber?“

„Nichts.“ Die Zähne des Schreibers klapperten, als er sprach.

„Ist Kallian Publico zu deinem Haus gekommen, wie der Wagenlenker sagt?“

„Ja.“

„Wie lange ist er geblieben?"

„Nur ein paar Minuten. Dann ist er gegangen."

„Ist er von deinem Haus zum Tempel gekommen?"

„Ich weiß es nicht!" Die Stimme des Schreibers war schrill vor angespannten Nerven.

„Warum ist er zu deinem Haus gekommen?"

„Um – um mit mir über geschäftliche Angelegenheiten zu sprechen."

„Du lügst", schnauzte Demetrio. „Warum ist er zu dir nach Hause gekommen?"

„Ich weiß es nicht! Ich weiß gar nichts!" Promero wurde langsam hysterisch. „Ich hatte nichts damit zu tun –"

„Bring ihn zum Reden, Dionus", fauchte Demetrio, und Dionus grunzte und nickte einem seiner Männer zu, der mit einem wilden Grinsen auf die beiden Gefangenen zuging.

„Wisst ihr, wer ich bin?", knurrte er, streckte den Kopf nach vorne und starrte seine schrumpfende Beute herrisch an.

„Du bist Posthumo", antwortete der Wagenlenker mürrisch. „Du hast einem Mädchen im Gerichtshof das Auge ausgestochen, weil sie dir keine Informationen geben wollte, die ihren Liebhaber belasten."

„Ich bekomme immer, was ich will!", brüllte der Wachmann, wobei die Adern in seinem dicken Hals anschwollen, und sein Gesicht wurde rot, als er den jämmerlichen Schreiber am Kragen seiner Tunika packte und ihn verdrehte, sodass der Mann fast erwürgt wurde.

„Sprich lauter, du Ratte!", knurrte er. „Antworte dem Inquisitor."

„Oh Mitra, Gnade!", schrie der Wicht. „Ich schwöre, dass –"

Posthumo schlug ihm schrecklich zuerst auf die eine Seite des Gesichts und dann auf die andere und setzte das Verhör fort, indem er ihn zu Boden warf und mit bösartiger Zielgenauigkeit nach ihm trat.

„Gnade!", stöhnte das Opfer. „Ich werde es erzählen – ich werde alles erzählen –"

„Dann steh auf, du Köter!", brüllte Posthumo, anschwellend vor Selbstgefälligkeit. „Lieg nicht da rum und jammere."

Dionus warf einen schnellen Blick auf Conan, um zu sehen, ob er angemessen beeindruckt war. „Du siehst, was mit denen passiert, die der Polizei in die Quere kommen", sagte er.

Der Cimmerier spuckte mit einem höhnischen Grinsen grausamer Verachtung auf den stöhnenden Schreiber.

„Er ist ein Schwächling und ein Narr", knurrte er. „Wenn mich einer von euch berührt, zerplatzen seine Eingeweide auf dem Boden."

„Bist du bereit zu reden?", fragte Demetrio müde. Er fand diese Szenen ermüdend eintönig.

„Alles, was ich weiß", schluchzte der Schreiber, rappelte sich auf die Füße und winselte wie ein geschlagener Hund vor Schmerzen, „ist, dass Kallian kurz nach meiner Ankunft zu mir nach Hause kam – ich verließ den Tempel zur gleichen Zeit wie er – und seinen Streitwagen wegschickte. Er drohte mir mit Entlassung, wenn ich jemals davon sprechen würde. Ich bin ein armer Mann ohne Freunde oder Gunst. Ohne meine Position bei ihm würde ich verhungern."

„Was geht mich das an?", schnauzte Demetrio. „Wie lange blieb er in deinem Haus?"

„Bis vielleicht eine halbe Stunde vor Mitternacht. Dann ging er und sagte, er würde zum Tempel gehen und zurückkehren, nachdem er dort getan hätte, was er tun wollte."

„Was wollte er dort tun?"

Promero zögerte, die Geheimnisse seines gefürchteten Arbeitgebers preiszugeben, dann öffnete ein schaudernder Blick auf Posthumo, der boshaft grinste, während er seine riesige Faust ballte, schnell seine Lippen.

„Es gab etwas im Tempel, das er untersuchen wollte."

„Aber warum sollte er allein und mit so viel Heimlichkeit hierher kommen?"

„Weil es nicht sein Eigentum war. Es kam im Morgengrauen mit einer Karawane aus dem Süden an. Die Männer der Karawane wussten nichts davon, außer dass es ihnen von den Männern einer Karawane aus Stygien gebracht worden war und für Kalanthes von Hanumar, den Priester des Ibis, bestimmt war. Der Karawanenführer war von diesen anderen Männern dafür bezahlt worden, es direkt an Kalanthes zu liefern, aber er ist von Natur aus ein Schurke und wollte direkt nach Aquilonien weiterfahren, auf der Straße, an der Hanumar nicht liegt. Also fragte er, ob er es im Tempel lassen könne, bis Kalanthes es abholen lassen könne.

Kallian stimmte zu und sagte ihm, er selbst würde einen Boten schicken, um Kalanthes zu informieren. Aber nachdem die Männer gegangen waren und ich von dem Boten sprach, verbot mir Kallian, ihn zu schicken. Er saß da und grübelte über das, was die Männer zurückgelassen hatten. "

„Und was war das? "

„Eine Art Sarkophag, wie man ihn in alten stygischen Gräbern findet, aber dieser war rund, wie eine abgedeckte Metallschüssel. Er bestand aus etwas Kupferartigem, war aber viel härter, und er war mit Hieroglyphen verziert, wie man sie auf den älteren Menhiren im südlichen Stygien findet. Der Deckel war mit geschnitzten kupferartigen Bändern am Korpus befestigt. "

„Was war darin? "

„Die Männer der Karawane wussten es nicht. Sie sagten nur, dass die Männer, die es ihnen gaben, ihnen erzählten, es handele sich um eine unbezahlbare Reliquie, die in den Gräbern tief unter den Pyramiden gefunden und aufgrund der Liebe des Absenders zu dem Priester des Ibis an Kalanthes geschickt worden sei. Kallian Publico glaubte, dass es das Diadem der Riesenkönige enthielt, des Volkes, das in diesem dunklen Land lebte, bevor die Vorfahren der Stygier dorthin kamen. Er zeigte mir ein in den Deckel geschnitztes Muster, das, wie er schwor, die Form des Diadems hatte, das der Legende nach die Monsterkönige trugen.

Er beschloss, die Schale zu öffnen und zu sehen, was sie enthielt.

Er war wie ein Wahnsinniger, als er an das sagenumwobene Diadem dachte, das den Mythen zufolge mit seltsamen Juwelen besetzt war, die nur diesem alten Volk bekannt waren, und von denen ein einziger mehr wert ist als alle Juwelen der modernen Welt.

Ich warnte ihn davor. Aber er blieb, wie gesagt, in meinem Haus und kam kurz vor Mitternacht zum Tempel, sich im Schatten versteckend bis der Wächter auf die andere Seite des Gebäudes gegangen war, und ließ sich dann mit seinem Schlüssel, den er am Gürtel trug, hinein. Ich beobachtete ihn aus den Schatten des Seidenladens, sah ihn den Tempel betreten und kehrte dann in mein eigenes Haus zurück. Wenn das Diadem oder sonst etwas von großem Wert in der Schale war, hatte er vor, es irgendwo im Tempel zu verstecken und wieder hinauszuschleichen. Am nächsten Tag würde er dann einen großen Aufschrei erheben und sagen, dass Diebe in sein Haus eingebrochen und Kalanthes' Eigentum gestohlen hätten. Außer dem Wagenlenker und mir würde niemand von seinen Streifzügen wissen, und keiner von uns würde ihn verraten."

„Aber der Wächter?", wandte Demetrio ein.

„Kallian wollte nicht von ihm gesehen werden; er hatte vor, ihn als Komplizen der Diebe kreuzigen zu lassen", antwortete Promero. Arus schluckte und wurde blass, als ihm die Doppelzüngigkeit seines Arbeitgebers bewusst wurde.

„Wo ist dieser Sarkophag?", fragte Demetrio. Promero zeigte in eine Richtung, und der Inquisitor grunzte. „Soso! Genau der Raum, in dem Kallian angegriffen worden sein muss."

Promero wurde blass und drehte seine dünnen Hände.

„Warum sollte ein Mann in Stygien Kalanthes ein Geschenk schicken? Alte Götter und seltsame Mumien sind schon früher die Karawanenstraßen heraufgekommen, aber wer liebt den Priester von Ibis in Stygien so sehr, wo sie noch immer den Erddämon Set verehren, der sich in der Dunkelheit zwischen den Gräbern windet? Der Gott Ibis hat Set seit der ersten Morgendämmerung der Erde bekämpft, und Kalanthes hat sein ganzes Leben lang gegen Sets Priester gekämpft. Hier geht etwas Dunkles und Verborgenes vor sich."

„Zeig uns diesen Sarkophag", befahl Demetrio, und Promero ging zögernd voran. Alle folgten, einschließlich Conan, den das wachsame Auge der Wächter offensichtlich nicht kümmerte und der nur neugierig erschien. Sie gingen durch die zerrissenen Vorhänge und betraten den Raum, der etwas schwächer beleuchtet war als der Korridor. Türen auf beiden Seiten führten in andere Kammern, und die Wände waren mit phantastischen Bildern gesäumt, Göttern aus fremden Ländern und fernen Völkern. Und Promero schrie scharf auf.

„Seht! Die Schale! Sie ist offen – und leer!"

In der Mitte des Raumes stand ein seltsamer schwarzer Zylinder, fast vier Fuß hoch und an seiner breitesten Stelle, die auf halbem Weg zwischen Ober- und Unterseite lag, vielleicht drei Fuß im Durchmesser. Der schwere, geschnitzte Deckel lag auf dem Boden und daneben ein Hammer und ein Meißel. Demetrio schaute hinein, wunderte sich einen Augenblick über die schwachen Hieroglyphen und wandte sich dann an Conan.

„Ist es das, was du stehlen wolltest?"

Der Barbar schüttelte den Kopf.

„Wie sollte ich es wegtragen? Es ist zu groß für einen Mann."

„Die Bänder wurden mit diesem Meißel zerschnitten", grübelte Demetrio, „und zwar in Eile. Es gibt Spuren, wo Fehlschläge des Hammers das Metall verbeult haben. Wir können davon ausgehen, dass Kallian die Schale geöffnet hat. Jemand hat sich in der Nähe versteckt – möglicherweise in den Vorhängen im Türrahmen. Als Kallian die Schale geöffnet hatte, stürzte sich der Mörder auf ihn – oder er hätte Kallian töten und die Schale selbst öffnen können."

„Das ist ein grausiges Ding", schauderte der Angestellte. „Es ist zu alt, um heilig zu sein. Wer hat in einer vernünftigen Welt je Metall wie dieses gesehen? Es scheint weniger zerstörbar als aquilonischer Stahl, aber seht, wie es stellenweise korrodiert und zerfressen ist. Seht Euch die schwarzen Schimmelstücke an, die in den Rillen der Hieroglyphen haften; sie riechen wie Erde von weit unterhalb der Oberfläche. Und seht – hier auf dem Deckel!" Der Angestellte zeigte mit zitterndem Finger. „Was würdet Ihr sagen, was es ist?"

Demetrio beugte sich näher zu dem geschnitzten Muster.

„Ich würde sagen, es stellt eine Art Krone dar", schnauzte er.

„Nein!", rief Promero. „Ich habe Kallian gewarnt, aber er wollte mir nicht glauben! Es ist eine geschuppte Schlange, die sich zusammengerollt hat und ihren Schwanz im Maul hat. Es ist das Zeichen von Set, der alten Schlange, dem Gott der Stygier! Diese Schale ist zu alt für eine menschliche Welt – sie ist ein Relikt aus der Zeit, als Set in Menschengestalt auf der Erde wandelte! Das Geschlecht, das aus seinen Lenden hervorging, hat in solchen Behältnissen vielleicht die Gebeine seiner Könige beiseite gelegt!"

„Und du wirst sagen, dass diese vermodernden Knochen aufgestanden sind, Kallian Publico erwürgt haben und dann vielleicht weggelaufen sind", spottete Demetrio.

„Es war kein Mensch, der in dieser Schale zur Ruhe gebettet wurde", flüsterte der Schreiber mit weit aufgerissenen, starren Augen. „Welcher Mensch könnte darin liegen?"

Demetrio fluchte angewidert.

„Wenn Conan nicht der Mörder ist", fauchte er, „ist der Schlächter noch irgendwo in diesem Gebäude. Dionus und Arus, bleibt hier bei mir, und ihr drei Gefangenen bleibt auch hier. Der Rest von euch durchsucht das Gebäude. Der Mörder hätte nur entkommen können, wenn er weggekommen wäre, bevor Arus die Leiche gefunden hat – übrigens, so wie Conan es beim Betreten des Gebäudes gemacht hat, und in diesem Fall hätte der Barbar ihn gesehen, wenn er die Wahrheit sagt."

„Ich habe niemanden außer diesem Hund gesehen", knurrte Conan und deutete auf Arus.

„Natürlich nicht, denn du bist der Mörder", sagte Dionus. „Wir verschwenden Zeit, aber wir werden das Gebäude der Form halber durchsuchen. Und wenn wir niemanden finden, verspreche ich, dass du brennen wirst! Denk an das Gesetz, mein schwarzhaariger Wilder – du gehst in die Minen, weil du einen Bürgerlichen getötet hast, du hängst, weil du einen Händler getötet hast, und weil du einen reichen Mann ermordet hast, verbrennst du!"

Conan antwortete mit einem boshaften Anheben der Lippe und entblößte die Zähne, und die Männer begannen mit ihrer Suche. Die Zuhörer im Raum hörten, wie sie die Treppen hinauf und hinunter stampften, Gegenstände bewegten, Türen öffneten und sich durch die Räume anbrüllten.

„Conan", sagte Demetrio, „weißt du, was es bedeutet, wenn sie niemanden finden?"

„Ich habe ihn nicht getötet", knurrte der Cimmerier. „Wenn er versucht hätte, mich zu behindern, hätte ich ihm den Schädel gespalten. Aber ich habe ihn erst gesehen, als ich seine Leiche sah."

„Ich weiß, dass dich jemand heute Nacht hierher geschickt hat, zumindest um zu stehlen", sagte Demetrio. „Durch dein Schweigen beschuldigst du dich selbst auch dieses Mordes. Du solltest besser reden. Die bloße Tatsache, dass du hier bist, reicht aus, um dich für zehn Jahre in die Minen zu schicken, egal, ob du deine Schuld eingestehst oder nicht. Aber wenn du die ganze Geschichte erzählst, kannst du dich vielleicht vor dem Scheiterhaufen retten."

„Nun", antwortete der Barbar widerwillig, „ich bin hergekommen, um den zamorischen Diamantenkelch zu stehlen. Ein Mann gab mir einen Plan des Tempels und sagte mir, wo ich danach suchen sollte. Er wird in diesem Raum aufbewahrt –" Conan zeigte darauf – „in einer Nische im Boden unter einem kupfernen shemitischen Gott."

„Da spricht er die Wahrheit", sagte Promero. „Ich dachte, dass nicht einmal ein halbes Dutzend Männer auf der Welt das Geheimnis dieses Verstecks kennen."

„Und wenn du es beschafft hättest", fragte Dionus höhnisch, „hättest du es dann wirklich dem Mann gebracht, der dich angeheuert hat? Oder hättest du es für dich behalten?"

Erneut blitzte in den glühenden Augen Groll auf.

„Ich bin kein Hund", murmelte der Barbar. „Ich halte mein Wort."

„Wer hat dich hierher geschickt?", wollte Demetrio wissen, aber Conan schwieg mürrisch.

Die Wächter kamen von ihrer Suche zurück.

„In diesem Gebäude versteckt sich kein Mensch", knurrten sie. „Wir haben den Ort durchstöbert. Wir haben die Falltür im Dach gefunden, durch die der Barbar eingedrungen ist, und den Riegel, den er in zwei Hälften geschnitten hat. Ein Mann, der auf diese Weise entkommt, wäre von den Wachen gesehen worden, die wir um das Gebäude herum postiert haben, es sei denn, er wäre geflohen, bevor wir kamen. Außerdem hätte er Tische, Stühle oder Kisten aufeinanderstapeln müssen, um von unten dorthin zu gelangen, und das ist nicht geschehen. Warum konnte er nicht durch die Vordertür hinausgehen, kurz bevor Arus um das Gebäude herumkam?"

„Weil die Tür von innen verriegelt war und die einzigen Schlüssel, die diesen Riegel öffnen, diejenigen sind, die Arus gehören, und der eine, der noch immer am Gürtel von Kallian Publico hängt."

„Ich habe das Tau gefunden, das der Mörder benutzt hat", verkündete einer von ihnen. „Ein schwarzes Tau, dicker als ein Männerarm und seltsam befleckt."

„Wo ist es dann, Narr?", rief Dionus.

„In der Kammer neben dieser", antwortete der Wächter. „Es ist um eine Marmorsäule gewickelt, wo der Mörder es zweifellos vor Entdeckung sicher wähnte. Ich konnte es nicht erreichen. Aber es muss das richtige sein."

Er ging voran in einen Raum voller Marmorstatuen und zeigte auf eine hohe Säule, eine von mehreren, die eher als Zierde dienten, um die Statuen hervorzuheben, als nützlich zu sein. Und dann blieb er stehen und starrte.

„Es ist weg!", rief er.

„Es war nie da!", schnaubte Dionus.

„Bei Mitra, das war es!", schwor der Wächter. „Es war um die Säule gewickelt, direkt über diesen geschnitzten Blättern. Es ist so schattig dort oben in der Nähe der Decke, dass ich nicht viel darüber sagen konnte – aber es war da."

„Du bist betrunken", fauchte Demetrio und wandte sich ab. „Das ist zu hoch für einen Menschen, um es zu erreichen; und nur eine Schlange könnte diese glatte Säule hochklettern."

„Ein Cimmerier könnte das", murmelte einer der Männer.

„Möglich. Sagen wir, Conan hat Kallian erwürgt, das Tau um die Säule gebunden, den Korridor überquert und sich in dem Raum mit der Treppe versteckt. Wie hätte er es dann entfernen können, nachdem ihr es gesehen habt? Er ist unter uns seit Arus die Leiche gefunden hat. Nein, ich sage euch, Conan hat den Mord nicht begangen. Ich glaube, der wahre Mörder hat Kallian getötet, um das zu bekommen, was in der Schale war, und versteckt sich jetzt in einer geheimen Ecke des Tempels. Wenn wir ihn nicht finden können, müssen wir dem Barbaren die Schuld geben, um den Wunsch nach Gerechtigkeit zu befriedigen, aber – wo ist Promero?"

Sie waren zu dem schweigenden Körper im Korridor zurückgekehrt. Dionus brüllte drohend nach Promero, und der Schreiber kam plötzlich aus dem Raum, in dem die leere Schale stand. Er zitterte, und sein Gesicht war weiß.

„Was ist nun, Mann?", rief Demetrio gereizt.

„Ich habe ein Symbol auf dem Boden der Schale gefunden!", plapperte Promero. „Keine alte Hieroglyphe, sondern ein Symbol, das vor kurzem eingeritzt wurde! Das Zeichen von Thoth-amon, dem stygischen Zauberer, Kalanthes' Todfeind! Er fand es in einer grausigen Höhle unter den verwunschenen Pyramiden! Die Götter der alten Zeiten starben nicht wie die Menschen – sie fielen in einen langen Schlaf, und ihre Anbeter sperrten sie in Sarkophage, damit keine fremde Hand ihren Schlaf stören konnte. Thoth-amon schickte Kalanthes den Tod – Kallians Gier ließ ihn das Grauen entfesseln – und es lauert irgendwo in unserer Nähe – vielleicht schleicht es sich sogar jetzt schon an uns heran –"

„Du stammelnder Narr!", brüllte Dionus angewidert und schlug ihm heftig auf den Mund. Dionus war ein Materialist mit wenig Geduld für unheimliche Spekulationen.

„Nun, Demetrio", sagte er und wandte sich an den Inquisitor, „ich sehe keinen anderen Ausweg, als diesen Barbaren festzunehmen –"

Der Cimmerier schrie plötzlich auf, und sie drehten sich um. Er starrte auf die Tür einer Kammer, die an den Raum mit den Statuen angrenzte. „Seht!", rief er. „Ich habe in diesem Raum etwas sich bewegen sehen – ich habe es durch die Vorhänge gesehen. Etwas, das den Boden wie ein langer dunkler Schatten überquerte!"

„Pah!", schnaubte Posthumo. „Wir haben diesen Raum durchsucht –"

„Er hat etwas gesehen!" Promeros Stimme war schrill und überschlug sich vor hysterischer Aufregung. „Dieser Ort ist verflucht! Etwas kam aus dem Sarkophag und tötete Kallian Publico! Es versteckte sich vor euch, wo sich kein Mensch verstecken konnte, und jetzt ist es in diesem Raum! Mitra, beschütze uns vor den Mächten der Dunkelheit! Ich sage euch, es war eines von Sets Kindern in dieser grausigen Schale!" Er packte Dionus mit krallenartigen Fingern am Ärmel. „Ihr müsst diesen Raum noch einmal durchsuchen!"

Der Präfekt schüttelte ihn angewidert ab, und Posthumo wurde zu einem Anflug von Humor inspiriert.

„Du wirst ihn selbst durchsuchen, Schreiber!", sagte er, packte Promero an Hals und Gürtel und stieß den schreienden Wicht mit Gewalt zur Tür, wo er innehielt und ihn so heftig in den Raum schleuderte, dass der Schreiber fiel und halb betäubt liegen blieb.

„Genug davon", knurrte Dionus und beäugte den stummen Cimmerier. Der Präfekt hob seine Hand, Conans Augen begannen blau zu brennen, und eine Spannung knisterte in der Luft, als eine Unterbrechung kam. Ein Wachmann trat ein und zog eine schlanke, reich gekleidete Gestalt mit sich.

„Ich sah ihn an der Rückseite des Tempels herumschleichen", sagte der Wachmann und wartete auf ein Lob. Stattdessen erhielt er eine Schimpfkanonade, die ihm die Haare zu Berge stehen ließe

„Lass diesen Herrn frei, du stümperhafter Narr!", fluchte der Präfekt. „Kennst du Aztrias Petanius nicht, den Neffen des Stadtgouverneurs?"

Der beschämte Wächter trat zurück, und der geckenhafte junge Edelmann strich sich sorgfältig über seinen bestickten Ärmel.

„Spart euch eure Entschuldigungen, guter Dionus", lispelte er gekünstelt. „Alles in Erfüllung der Pflicht, ich weiß. Ich kam von einem späten Gelage zurück und ging spazieren, um mein Gehirn von den Weindämpfen zu befreien. Was haben wir hier? Bei Mitra, ist es Mord?"

„Mord, mein Herr", antwortete der Präfekt. „Aber wir haben einen Mann, der, obwohl Demetrio Zweifel daran zu haben scheint, zweifellos dafür auf den Scheiterhaufen kommen wird."

„Ein bösartig aussehender Rohling", murmelte der junge Aristokrat. „Wie kann jemand an seiner Schuld zweifeln? Ich habe noch nie zuvor ein so schurkisches Gesicht gesehen."

„Doch, das hast du, du duftender Hund", knurrte der Cimmerier, „als du mich angeheuert hast, um den zamorischen Kelch für dich zu stehlen. Gelage, was? Bäh! Du hast im Schatten darauf gewartet, dass ich dir den Kelch überreiche. Ich hätte deinen Namen nicht verraten, wenn du anständig für mich gesprochen hättest. Jetzt erzähl diesen Hunden, dass du mich die Mauer hochklettern sahst, nachdem der Wächter die letzte Runde gedreht hatte, damit sie wissen, dass ich keine Zeit hatte, dieses fette Schwein zu töten, bevor Arus hereinkam und die Leiche fand."

Demetrio sah Aztrias schnell an, der seine Farbe nicht änderte.

„Wenn das, was er sagt, wahr ist, mein Herr", sagte der Inquisitor, „entlastet ihn das vom Mord, und wir können die Sache mit dem versuchten Diebstahl leicht vertuschen. Er muss wegen Einbruchs zehn Jahre Zwangsarbeit verbüßen, aber wenn Ihr es sagt, werden wir seine Flucht arrangieren, und niemand außer uns wird jemals etwas davon erfahren. Ich verstehe das – Ihr wärt nicht der erste junge Edelmann, der auf solche Dinge zurückgreifen müsste, um Spielschulden und dergleichen zu bezahlen. Ihr könnt Euch auf unsere Verschwiegenheit verlassen."

Conan sah den jungen Edelmann erwartungsvoll an, aber Aztrias zuckte mit seinen schmalen Schultern und verbarg ein Gähnen mit einer zarten weißen Hand.

„Ich kenne ihn nicht", antwortete er. „Er ist verrückt, wenn er sagt, ich hätte ihn angeheuert. Lasst ihn bekommen, was ihm gebührt. Er hat einen starken Rücken, und die Plackerei in den Minen wird ihm gut tun."

Conans Augen blitzten auf, und er zuckte zusammen, als ob er gestochen worden wäre; die Wachen spannten sich an und hielten ihre Hippen fest, dann entspannten sie sich, als er plötzlich den Kopf senkte, so als ob er in mürrischer Resignation wäre, und nicht einmal Demetrio konnte erkennen, dass er sie unter seinen dichten schwarzen Brauen beobachtete, mit Augen, die Schlitze aus blauem Signalfeuer waren.

Er schlug mit keiner größeren Vorwarnung zu als eine zustoßende Kobra; sein Schwert blitzte im Kerzenlicht auf. Aztrias kreischte und sein Kopf flog in einem Blutregen von seinen Schultern, die Gesichtszüge zu einer weißen Maske des Grauens erstarrt. Katzengleich wirbelte Conan herum und stieß mörderisch nach Demetrios Leistengegend. Der instinktive Rückschlag des Inquisitors lenkte die Spitze kaum ab, die sich in seinen Oberschenkel bohrte, vom Knochen abprallte und durch die Außenseite des Beins pflügte. Demetrio sank stöhnend auf die Knie, entmutigt und von den Qualen übel.

Conan hatte nicht innegehalten. Die Hippe, die Dionus hochschleuderte, rettete den Schädel des Präfekten vor der pfeifenden Klinge, die sich leicht drehte, als sie den Schaft durchschnitt, und ihm das Ohr sauber vom Kopf schnitt. Die blendende Geschwindigkeit des Barbaren lähmte die Sinne der Polizisten und machte ihre Aktionen zu sinnlosen Gesten. Die Hälfte von ihnen war auf dem falschen Fuß erwischt und von seiner Schnelligkeit und Wildheit benommen gemacht worden, und sie wären am Boden gewesen, bevor sie eine Chance gehabt hätten, sich zu wehren, wenn Posthumo nicht, mehr durch Glück als durch Geschick, seine Arme um den Cimmerier geschlungen und dessen Schwertarm gefesselt hätte. Conans linke Hand sprang zum Kopf des Wächters, und Posthumo fiel zurück und krümmte sich schreiend auf dem Boden, wobei er eine klaffende rote Augenhöhle umklammerte, wo vorher ein Auge gewesen war.

Conan wich den wehenden Hippen aus, und sein Sprung trug ihn aus dem Ring seiner Feinde, dorthin, wo Arus stand und an seiner Armbrust herumfummelte. Ein wilder Tritt in den Bauch fällte ihn, grüngesichtig und würgend, und Conans Sandalenabsatz knirschte mitten im Mund des Wächters. Der Kerl schrie durch eine Ruine aus zersplitterten Zähnen und blies blutigen Schaum aus seinen zerfetzten Lippen.

Dann erstarrten alle vor dem seelenerschütternden Entsetzen eines Schreis, der aus dem Zimmer erklang, in das Posthumo Promero geschleudert hatte, und aus der mit Samt behangenen Tür kam der Schreiber taumelnd und blieb stehen, zitternd und lautlos schluchzend, während Tränen über sein teigiges Gesicht liefen und von seinen schlaffen, hängenden Lippen tropften, wie ein idiotisches Kleinkind weinend.

Alle blieben stehen und starrten ihn entsetzt an – Conan mit seinem tropfenden Schwert, die Polizisten mit ihren erhobenen Hippen, Demetrio, der auf dem Boden kauerte und versuchte, das Blut zu stillen, das aus der großen Wunde in seinem Oberschenkel spritzte, Dionus, der den blutenden Stumpf seines abgetrennten Ohrs umklammerte, Arus, der weinte und Bruchstücke seiner abgebrochenen Zähne ausspuckte – sogar Posthumo hörte auf zu heulen und blinzelte wimmernd durch den blutigen Nebel, der seine halbe Sicht verhüllte.

Promero kam taumelnd in den Korridor und fiel steif vor ihnen zu Boden. Er kreischte in einem unerträglich hohen Wahnsinnsgelächter und schrie schrill: „Der Gott hat einen langen Hals! Ha! ha! ha! Oh, einen langen, einen verflucht langen Hals!" Und dann versteifte er sich mit einer furchtbaren Erschütterung und lag da und grinste ausdruckslos an die schattige Decke.

„Er ist tot!", flüsterte Dionus voller Ehrfurcht und vergaß seine eigene Verletzung und den Barbaren, der mit seinem tropfenden Schwert so nah bei ihm stand. Er beugte sich über den Körper, dann richtete er sich auf, seine Augen flackernd. „Er ist nicht verwundet – in Mitras Namen, was ist in dieser Kammer?"

Dann überkam sie das Grauen, und sie rannten schreiend zur Außentür, drängten sich dort zu einem kratzenden, kreischenden Mob zusammen und brachen wie Wahnsinnige hindurch. Arus folgte ihnen, und der halbblinde Posthumo rappelte sich auf und stolperte blind hinter seinen Gefährten her, quiekend wie ein verwundetes Schwein und sie anflehend, ihn nicht zurückzulassen. Er fiel zwischen ihnen zu Boden, und sie schlugen ihn und trampelten auf ihm herum, schreiend vor Angst. Aber er kroch hinter ihnen her, und hinter ihm kam Demetrio. Der Inquisitor hatte die Tapferkeit, sich dem Unbekannten zu stellen, aber er war entmutigt und verwundet, und das Schwert, das ihn niedergestreckt hatte, war noch in seiner Nähe. Er packte seinen blutüberströmten Oberschenkel und humpelte hinter seinen Gefährten her. Polizisten, Wagenlenker und Wächter, verwundet oder unversehrt, stürmten schreiend auf die Straße, wo die Männer, die das Gebäude bewachten, in Panik gerieten und sich der Flucht anschlossen, ohne zu fragen, warum. Conan stand allein im großen Korridor, bis auf die Leichen auf dem Boden.

Der Barbar verlagerte den Griff seines Schwertes und schritt in die Kammer. Sie war mit reichen Seidentapeten behangen; seidene Kissen und Sofas lagen in sorgloser Fülle verstreut herum; und über einem schweren vergoldeten Wandschirm blickte ein Gesicht den Cimmerier an.

Conan starrte verwundert auf die kalte, klassische Schönheit dieses Gesichts, wie er sie noch nie bei Menschenkindern gesehen hatte. Weder Schwäche noch Gnade noch Grausamkeit noch Güte noch irgendein anderes menschliches Gefühl lagen in diesen Zügen. Sie hätten die Marmormaske eines Gottes sein können, von Meisterhand geschnitzt, wäre da nicht das unverkennbare Leben in ihnen gewesen – kaltes und seltsames Leben, wie es der Cimmerier nie kennengelernt hatte und nicht verstehen konnte. Er dachte flüchtig an die marmorne Vollkommenheit des Körpers, den der Wandschirm verbarg – er musste vollkommen sein, dachte er, da das Gesicht so unmenschlich schön war. Aber er konnte nur das gottgleiche Gesicht sehen, den fein geformten Kopf, der neugierig von einer Seite zur anderen schwankte. Die vollen Lippen öffneten sich und sprachen ein einziges Wort in einem reichen, lebendigen Ton, der wie die goldenen Glockenspiele in den im Dschungel verlorenen Tempeln von Khitai klang. Es war eine unbekannte Sprache, vergessen, bevor die Königreiche der Menschen entstanden, aber Conan wusste, dass es „Komm!" bedeutete.

Und der Cimmerier kam mit einem verzweifelten Sprung und einem summenden Schwerthieb. Der schöne Kopf rollte in einem Schwall dunklen Blutes von der Oberseite des Schirms und fiel ihm vor die Füße, und er wich zurück, aus Angst, ihn zu berühren. Dann lief es ihm kalt den Rücken runter, denn der Schirm bebte und hob sich von den Krämpfen von etwas hinter ihm. Conan hatte schon Dutzende von Menschen sterben sehen und hören, und noch nie hatte er einen Menschen im Todeskampf solche Geräusche machen hören. Es gab ein schlagendes, zappelndes Geräusch, als würde ein großes Tau heftig hin und her gerissen.

Endlich hörten die Bewegungen auf, und Conan blickte vorsichtig hinter den Schirm. Dann überkam den Cimmerier das ganze Grauen, und er floh, und er verlangsamte seine stürmische Flucht nicht, bis die Türme von Numalia hinter ihm in der Morgendämmerung verschwanden. Der Gedanke an Set war wie ein Albtraum, und an die Kinder von Set, die einst die Erde beherrschten und jetzt in ihren nächtlichen Höhlen tief unter den schwarzen Pyramiden schlafen. Hinter diesem vergoldeten Wandschirm hatte es keinen menschlichen Körper gegeben – nur die schimmernden, kopflosen Windungen einer gigantischen Schlange.

ENDE

Der Turm des Elefanten

Erstmals veröffentlicht in *Weird Tales*, März 1933

KAPITEL 1

Die Fackeln flackerten düster beim Gelage im Maul, wo die Diebe des Ostens nachts ihre Feste feierten. Im Maul konnten sie nach Lust und Laune zechen und brüllen, denn ehrliche Leute mieden die Viertel, und Wächter, die mit fleckigen Münzen gut bezahlt wurden, störten ihre Unterhaltung nicht. Betrunkene Krawallmacher stolperten brüllend durch die krummen, ungepflasterten Straßen mit ihren Abfallhaufen und schlammigen Pfützen. Stahl blitzte in den Schatten, wo Wölfe Jagd auf Wölfe machten, und aus der Dunkelheit erklangen das schrille Gelächter von Frauen und die Geräusche von Raufereien und Kämpfen. Fackellicht leckte grell aus zerbrochenen Fenstern und weit aufgerissenen Türen, und aus diesen Türen drangen abgestandene Gerüche von Wein und übel riechenden, verschwitzten Körpern, der Lärm von Trinkbechern und Fäusten, die auf grobe Tische hämmerten, und die Fetzen obszöner Lieder, die rauschten wie ein Schlag ins Gesicht.

In einer dieser Höhlen donnerte die Heiterkeit bis zum niedrigen, rauchgeschwärzten Dach, unter dem sich Schurken und Lumpen jedweder Art versammelt hatten – verstohlene Beutelschneider, lüstern blickende Entführer, flinke Diebe, großspurige Auftragsmörder mit ihren Dirnen, Frauen mit schriller Stimme in geschmackloser Pracht. Einheimische Schurken waren das dominierende Element – dunkelhäutige, dunkeläugige Zamorianer mit Dolchen im Gürtel und List im Herzen. Aber es gab dort auch Wölfe aus einem halben Dutzend fremder Nationen. Da war ein riesiger hyperboreischer Abtrünniger, schweigsam, gefährlich, mit einem Breitschwert an seinem großen, hageren Körper – denn Männer trugen ihren Stahl im Maul offen. Da war ein shemitischer Geldfälscher mit Hakennase und gelocktem blauschwarzem Bart. Da war ein brythunisches Mädchen mit kühnem Blick, das auf dem Schoß eines gelbbraunen Gundermann saß – eines wandernden Söldners, eines Deserteurs einer besiegten Armee. Und der fette, grobe Schurke, dessen derbe Scherze für all die Freudenrufe sorgten, war ein professioneller Kidnapper, der aus dem fernen Koth hergekommen war, um Zamorianern das Stehlen von Frauen beizubringen, die mit mehr Wissen über diese Kunst geboren wurden, als er jemals erlangen könnte.

Dieser Mann hielt in seiner Beschreibung der Reize eines beabsichtigten Opfers inne und stieß seine Schnauze in einen riesigen Krug schäumenden Biers. Dann blies er den Schaum von seinen fetten Lippen und sagte: „Bei Bel, Gott aller Diebe, ich werde euch zeigen, wie man Dirnen stiehlt: ich werde sie vor Tagesanbruch über die Grenze von Zamora bringen, und dort wird eine Karawane warten, um sie in Empfang zu nehmen. Dreihundert Silberstücke hat mir ein Graf von Ophir für eine elegante junge Brythunierin der besseren Klasse versprochen. Ich habe Wochen gebraucht, um als Bettler zwischen den Grenzstädten umherzuwandern und eine zu finden, von der ich wusste, dass sie zu mir passt. Und ist sie eine hübsche Bagage!"

Er warf einen sabbernden Kuss in die Luft.

„Ich kenne Herren in Shem, die das Geheimnis des Turmes des Elefanten für sie eintauschen würden", sagte er und wandte sich wieder seinem Bier zu.

Eine Berührung seines Tunikaärmels ließ ihn den Kopf drehen und aufgrund der Unterbrechung finster dreinblicken. Er sah einen großen, kräftig gebauten jungen Mann neben sich stehen. Diese Person war in dieser Höhle so fehl am Platz wie ein grauer Wolf unter räudigen Ratten in der Gosse. Seine billige Tunika konnte die harten, schlanken Linien seines kräftigen Körpers, die breiten, schweren Schultern, die massive Brust, die schmale Taille und die schweren Arme nicht verbergen. Seine Haut war braun von den Sonnen fremder Länder, seine Augen blau und glühend; ein Wust zerzausten schwarzen Haars krönte seine breite Stirn. An seinem Gürtel hing ein Schwert in einer abgenutzten Lederscheide.

Der Kothianer wich unwillkürlich zurück; denn der Mann gehörte keiner zivilisierten Rasse an, die er kannte.

„Du sprachst vom Turm des Elefanten", sagte der Fremde, wobei er Zamorisch mit einem fremden Akzent sprach. „Ich habe viel von diesem Turm gehört; was ist sein Geheimnis?"

Die Haltung des Kerls wirkte nicht bedrohlich, und der Mut des Kothianers wurde durch das Bier und die offensichtliche Zustimmung seines Publikums gestärkt. Er schwoll vor Selbstgefälligkeit an.

„Das Geheimnis des Turms des Elefanten?", rief er aus. „Jeder Narr weiß, dass der Priester Yara dort mit dem großen Juwel lebt, das die Menschen das Herz des Elefanten nennen. Dieses ist das Geheimnis seiner Magie."

Der Barbar verdaute dies eine Weile.

„Ich habe diesen Turm gesehen", sagte er. „Er steht in einem großen Garten oberhalb der Stadt und ist von hohen Mauern umgeben. Ich habe keine Wachen gesehen. Die Mauern wären leicht zu erklimmen. Warum hat noch niemand dieses geheime Juwel gestohlen?"

Der Kothianer starrte mit weit aufgerissenem Mund auf die Einfalt des anderen und brach dann in ein Brüllen spöttischer Heiterkeit aus, in das die anderen einstimmten.

„Hört euch diesen Heiden an!", brüllte er. „Er würde das Juwel von Yara stehlen! – Hör mir zu, Kumpel", sagte er und wandte sich bedeutungsvoll dem anderen zu, „ich nehme an, du bist eine Art Barbar aus dem Norden –"

„Ich bin ein Cimmerier", antwortete der Fremde in keinem freundlichen Ton. Die Antwort und die Art und Weise, wie sie gegeben wurde, bedeuteten dem Kothianer wenig; da er aus einem Königreich kam, das weit im Süden lag, an den Grenzen von Shem, wusste er nur vage von den nördlichen Völkern.

„Dann leih mir dein Ohr und lerne Weisheit, Kumpel", sagte er und zeigte mit seinem Trinkbecher auf den verunsicherten jungen Mann. „Wisse, dass es in Zamora und insbesondere in dieser Stadt mehr dreiste Diebe gibt als irgendwo sonst auf der Welt, sogar in Koth. Wenn ein Sterblicher den Edelstein hätte stehlen können, wäre er sicher schon vor langer Zeit geklaut worden. Du sprichst davon, die Mauern zu erklimmen, aber wenn du erst einmal oben bist, wirst du dich schnell wieder zurück wünschen. Aus einem sehr guten Grund gibt es nachts keine Wachen in den Gärten – zumindest keine menschlichen Wachen. Aber in der Wachkammer im unteren Teil des Turms sind bewaffnete Männer, und selbst wenn du an denen vorbeigelangst, die nachts durch die Gärten streifen, musst du immer noch an den Soldaten vorbei, denn der Edelstein wird irgendwo im Turm darüber aufbewahrt."

„Aber wenn ein Mann durch die Gärten gehen könnte", argumentierte der Cimmerier, „warum könnte er dann nicht durch den oberen Teil des Turms an den Edelstein gelangen und so den Soldaten aus dem Weg gehen?"

Wieder starrte ihn der Kothianer an.

„Hört ihn euch an!", rief er höhnisch. „Der Barbar ist ein Adler, der zum juwelenbesetzten Rand des Turms fliegen würde, der nur hundertfünfzig Fuß über der Erde liegt und dessen abgerundete Seiten glatter sind als poliertes Glas!"

Der Cimmerier sah sich verlegen um, als er das Lärmen des spöttischen Gelächters hörte, das diese Bemerkung auslöste. Er konnte darin keinen besonderen Humor erkennen und war zu neu in der Zivilisation, um ihre Unhöflichkeiten zu verstehen. Zivilisierte Menschen sind unhöflicher als Wilde, weil sie wissen, dass sie unhöflich sein können, ohne dass ihnen der Schädel gespalten wird, im Allgemeinen. Er war verwirrt und verärgert und wäre zweifellos beschämt davongeschlichen, aber der Kothianer beschloss, ihn weiter zu reizen.

„Komm, komm!", rief er. „Erzähl diesen armen Kerlen, die schon seit vor deiner Geburt Diebe waren, wie du den Edelstein stehlen würdest!"

„Es gibt immer einen Weg, wenn der Wunsch mit Mut gepaart ist", antwortete der Cimmerier kurz und gereizt.

Der Kothianer beschloss, dies als persönliche Beleidigung aufzufassen. Sein Gesicht wurde purpurrot vor Wut.

„Was!", brüllte er. „Du wagst es, uns unser Geschäft zu erklären und anzudeuten, dass wir Feiglinge sind? Geh weg; geh mir aus den Augen!" Und er stieß den Cimmerier heftig.

„Willst du mich verspotten und dann Hand an mich legen?", knirschte der Barbar, wobei rasch Wut in ihm aufflammte; und er erwiderte den Stoß mit einem Schlag mit der flachen Hand, der seinen Peiniger gegen den grob gehauenen Tisch zurückschleuderte. Bier spritzte über die Lippe des Buben, und der Kothianer schrie wütend auf und zog sein Schwert.

„Heidnischer Hund!", brüllte er. „Dafür werde ich dir dein Herz nehmen!" Stahl blitzte, und die Menge wich hastig zurück. Auf ihrer Flucht stießen sie die einzige Kerze um, und die Höhle war in Dunkelheit getaucht, durchbrochen vom Krachen umgestürzter Bänke, dem Trommeln fliehender Füße, Rufen, den Flüchen von Menschen, die übereinander stolperten, und einem einzigen schrillen Schmerzensschrei, der den Lärm wie ein Messer durchschnitt. Als wieder eine Kerze angezündet wurde, waren die meisten Gäste durch Türen und zerbrochene Fenster hinausgegangen, und der Rest kauerte sich hinter Stapeln von Weinfässern und unter Tischen zusammen. Der Barbar war verschwunden; die Mitte des Raumes war verlassen, bis auf den zerfetzten Körper des Kothianer. Mit dem unfehlbaren Instinkt des Barbaren hatte der Cimmerier seinen Gegner inmitten von Dunkelheit und Verwirrung getötet.

KAPITEL 2

Die grellen Lichter und das Trinkgelage verschwanden hinter dem Cimmerier. Er hatte seine zerrissene Tunika abgelegt und lief nackt bis auf einen Lendenschurz und seine hochgeschnallten Sandalen durch die Nacht. Er bewegte sich mit der geschmeidigen Leichtigkeit eines großen Tigers, und seine stählernen Muskeln spannten sich unter seiner braunen Haut.

Er hatte den Teil der Stadt betreten, der den Tempeln vorbehalten war. Rundherum glitzerten sie weiß im Sternenlicht – schneeweiße Marmorsäulen, goldene Kuppeln und silberne Bögen, Schreine von Zamoras unzähligen seltsamen Göttern. Er machte sich keine Gedanken über sie; er wusste, dass Zamoras Religion, wie alle Dinge eines zivilisierten, seit langem sesshaften Volkes, kompliziert und komplex war und in einem Labyrinth aus Formeln und Ritualen den größten Teil ihrer ursprünglichen Essenz verloren hatte. Er hatte stundenlang im Hof der Philosophen gehockt, den Argumenten der Theologen und Lehrer zugehört und war dann in einem Nebel der Verwirrung davongegangen, nur einer Sache sicher, nämlich dass sie alle nicht ganz richtig im Kopf waren.

Seine Götter waren einfach und verständlich; Crom war ihr Oberhaupt, und er lebte auf einem großen Berg, von wo er Verhängnis und Tod schickte. Es war sinnlos, Crom anzurufen, denn er war ein düsterer, wilder Gott, und er hasste Schwächlinge. Aber er gab einem Mann von Geburt an Mut und den Willen und die Macht, seine Feinde zu töten, was in den Augen des Cimmeriers alles war, was man von einem Gott erwarten konnte.

Seine in Sandalen steckenden Füße machten auf dem glänzenden Pflaster kein Geräusch. Kein Wächter kam vorbei, denn selbst die Diebe des Maul mieden die Tempel, wo man wusste, dass seltsame Verhängnisse über die Täter hereinbrachen. Vor sich sah er den Turm des Elefanten, der sich gegen den Himmel abzeichnete. Er grübelte und fragte sich, warum der Turm so genannt wurde. Niemand schien es zu wissen. Er hatte noch nie einen Elefanten gesehen, aber er verstand vage, dass es ein monströses Tier war, mit einem Schwanz vorn und hinten. Das hatte ihm ein wandernder Shemite erzählt, der geschworen hatte, er habe solche Tiere zu Tausenden im Land der Hyrkanier gesehen; aber alle Menschen wussten, was für Lügner die Männer von Shem waren. Jedenfalls gab es in Zamora keine Elefanten.

Der schimmernde Schaft des Turms erhob sich frostig zu den Sternen. Im Sonnenlicht leuchtete er so blendend, dass nur wenige sein grelles Licht ertragen konnten, und die Menschen sagten, er sei aus Silber gebaut. Er war rund, ein schlanker, perfekter Zylinder, hundertfünfzig Fuß hoch, und sein Rand glitzerte im Sternenlicht mit den großen Juwelen, die ihn überzogen. Der Turm stand zwischen den wehenden exotischen Bäumen eines Gartens, der hoch über dem allgemeinen Niveau der Stadt lag. Eine hohe Mauer umschloss diesen Garten, und außerhalb der Mauer befand sich eine niedrigere Ebene, die ebenfalls von einer Mauer umgeben war. Es strahlte kein Licht hervor; es schien keine Fenster im Turm zu geben – zumindest nicht oberhalb der Innenmauer. Nur die Edelsteine hoch oben funkelten frostig im Sternenlicht.

Das Gebüsch wuchs dicht außerhalb der unteren oder äußeren Mauer. Der Cimmerier schlich sich nah heran und blieb neben der Barriere stehen, um sie mit den Augen abzuschätzen. Sie war hoch, aber er konnte springen und die Mauerkrone mit den Fingern greifen. Dann wäre es ein Kinderspiel, sich hinauf und hinüber zu schwingen, und er zweifelte nicht daran, dass er die Innenmauer auf die gleiche Weise passieren konnte. Aber er zögerte beim Gedanken an die seltsamen Gefahren, die angeblich drinnen warteten. Diese Leute waren ihm fremd und geheimnisvoll; sie waren nicht von seiner Art – nicht einmal von gleichem Blut wie die westlicheren Brythunier, Nemedier, Kothianer und Aquilonier, deren zivilisierte Mysterien ihn in der Vergangenheit in Ehrfurcht versetzt hatten. Die Leute von Zamora waren sehr alt und, nach dem, was er von ihnen gesehen hatte, sehr böse.

Er dachte an Yara, den Hohepriester, der von diesem juwelenbesetzten Turm aus seltsame Schicksale schmiedete, und dem Cimmerier sträubten sich die Haare, als er sich an die Geschichte erinnerte, die ein betrunkener Page des Hofes erzählt hatte – wie Yara einem feindseligen Prinzen ins Gesicht gelacht und ihm einen glühenden, bösen Edelstein vorgehalten hatte, und wie blendende Strahlen von diesem unheiligen Edelstein ausgingen und den Prinzen einhüllten, der schrie und zu Boden fiel und zu einem verdorrten, geschwärzten Klumpen zusammenschrumpfte, der sich in eine schwarze Spinne verwandelte, die wild durch den Raum huschte, bis Yara seinen Absatz darauf setzte.

Yara verließ seinen Zauberturm nicht oft und immer nur, um irgendeinem Menschen oder einem Volk Böses anzutun. Der König von Zamora fürchtete ihn mehr als den Tod, weshalb er ständig betrunken war, denn diese Angst war mehr, als er nüchtern ertragen konnte. Yara war sehr alt – Jahrhunderte alt, sagten die Menschen und fügten hinzu, dass er ewig leben würde aufgrund der Magie seines Edelsteins, den die Menschen das Herz des Elefanten nannten, und zwar aus dem einfachen Grund, dass man seine Festung den Turm des Elefanten nannte.

Der Cimmerier, in diese Gedanken vertieft, drückte sich schnell an die Mauer. Im Garten ging jemand mit gemessenen Schritten vorbei. Der Lauscher hörte das Klirren von Stahl. Also schritt doch ein Wächter durch diese Gärten. Der Cimmerier wartete und erwartete, ihn bei der nächsten Runde wieder vorbeigehen zu hören, aber Stille lag über den geheimnisvollen Gärten.

Schließlich überkam ihn die Neugier. Er sprang leichtfüßig, packte die Mauer und schwang sich mit einem Arm nach oben. Er lag flach auf der breiten Mauerkrone und blickte in das offene Gelände zwischen den Mauern hinab. In seiner Nähe wuchs kein Gebüsch, obwohl er einige sorgfältig gestutzte Büsche in der Nähe der Innenmauer sah. Das Sternenlicht fiel auf den ebenen Rasen, und irgendwo plätscherte ein Brunnen.

Der Cimmerier ließ sich vorsichtig auf der Innenseite nieder, zog sein Schwert und starrte um sich. Er war ergriffen von der Unruhe eines Wilden, da er so ungeschützt im nackten Sternenlicht stand, und bewegte sich leichtfüßig um die Rundung der Mauer herum, sich an ihren Schatten schmiegend, bis er auf gleicher Höhe mit dem Gebüsch war, das er wahrgenommen hatte. Dann rannte er schnell darauf zu, duckte sich tief und stolperte beinahe über eine Gestalt, die zusammengekrümmt am Rand des Gebüschs lag.

Ein schneller Blick nach rechts und links zeigte ihm, dass zumindest kein Feind in Sicht war, und er bückte sich, um nachzusehen. Selbst im trüben Sternenlicht zeigten ihm seine scharfen Augen einen kräftig gebauten Mann in der versilberten Rüstung und dem Helm mit dem Wappen der zamorischen Königswache. Ein Schild und ein Speer lagen neben ihm, und eine genaue Untersuchung genügte, um festzustellen, dass er erwürgt worden war. Der Barbar blickte sich unbehaglich um. Er wusste, dass dieser Mann der Wächter sein musste, den er an seinem Versteck an der Mauer vorbeigehen gehört hatte. Es war nur kurze Zeit vergangen, und doch hatten in dieser Zeit unbekannte Hände aus der Dunkelheit nach ihm gegriffen und das Leben des Soldaten erstickt.

Als er in der Dunkelheit seine Augen anstrengte, sah er durch das Gebüsch er eine Andeutung einer Bewegung nahe der Mauer. Dorthin glitt er, sein Schwert umklammert. Er machte kein lauteres Geräusch als ein Panther, der sich durch die Nacht schleicht, und doch hörte ihn der Mann, den er verfolgte. Der Cimmerier erhaschte einen schwachen Blick auf eine riesige Masse dicht an der Mauer und war erleichtert, dass es wenigstens ein Mensch war; dann drehte sich der Kerl mit einem nach Panik klingenden Keuchen schnell um, setzte dazu an, mit greifenden Händen nach vorne zu stürzen, um dann zurückzuweichen, als die Klinge des Cimmeriers das Sternenlicht einfing. Einen angespannten Augenblick lang sprach keiner von beiden, sie waren auf alles gefasst.

„Du bist kein Soldat", zischte der Fremde schließlich. „Du bist ein Dieb wie ich."

„Und wer bist du?", fragte der Cimmerier mit misstrauischem Flüstern.

„Taurus von Nemedien."

Der Cimmerier senkte sein Schwert. „Ich habe von dir gehört. Die Menschen nennen dich einen Prinzen der Diebe."

Ein leises Lachen antwortete ihm. Taurus war so groß wie der Cimmerier und schwerer; er hatte einen dicken Bauch und war fett, aber jede seiner Bewegungen zeugte von einer subtilen, dynamischen Anziehungskraft, die sich in den scharfen Augen widerspiegelte, die selbst im Sternenlicht lebendig funkelten. Er war barfuß und trug eine Rolle von etwas, das wie ein dünnes, starkes Seil aussah, das in regelmäßigen Abständen geknotet war. „Wer bist du?", flüsterte er.

„Conan, ein Cimmerier", antwortete der andere. „Ich bin gekommen, um Yaras Juwel zu stehlen, das die Menschen das Herz des Elefanten nennen."

Conan spürte, wie der große Bauch des Mannes vor Lachen bebte, aber es war nicht spöttisch.

„Bei Bel, Gott der Diebe!", zischte Taurus. „Ich hatte gedacht, nur ich selbst hätte den Mut, diese Wilderei zu versuchen. Diese Zamorianer nennen sich selbst Diebe – pah! Conan, ich mag deinen Mut. Ich habe noch nie mit jemandem ein Abenteuer erlebt, aber bei Bel, wir werden es gemeinsam versuchen, wenn du dazu bereit bist."

„Dann bist du auch hinter dem Juwel her?"

„Was sonst? Ich habe meine Pläne seit Monaten geschmiedet, aber ich glaube, du hast aus einem plötzlichen Impuls heraus gehandelt, mein Freund."

„Du hast den Soldaten getötet?"

„Natürlich. Ich bin über die Mauer geglitten, als er auf der anderen Seite des Gartens war. Ich habe mich im Gebüsch versteckt; er hat mich gehört oder glaubte, etwas gehört zu haben. Als er herübergestolpert kam, war es überhaupt keine Mühe, hinter ihn zu kommen, ihn plötzlich am Hals zu packen und ihm das Leben zu nehmen. Er war wie die meisten Menschen, halb blind im Dunkeln. Ein guter Dieb sollte Augen wie eine Katze haben."

„Du hast einen Fehler gemacht", sagte Conan.

Taurus' Augen blitzten wütend.

„Ich? Ich, einen Fehler? Unmöglich!"

„Du hättest die Leiche ins Gebüsch schleifen sollen."

„Sagte der Novize zum Meister der Kunst. Sie werden die Wache erst nach Mitternacht ablösen. Sollte jetzt jemand kommen, um nach ihm zu suchen und seine Leiche finden, würden sie sofort zu Yara fliehen, die Nachricht herausbrüllen und uns Zeit geben, zu entkommen. Sollten sie sie nicht finden, würden sie weiter in den Büschen herumstochern und uns wie Ratten in einer Falle fangen."

„Du hast recht", stimmte Conan zu.

„Also. Nun pass auf. Wir verschwenden Zeit mit dieser verfluchten Diskussion. Es gibt keine Wachen im inneren Garten – menschliche Wachen, meine ich, obwohl es noch tödlichere Wachposten gibt. Ihre Anwesenheit war es, die mich so lange beschäftigt hat, aber ich habe schließlich einen Weg gefunden, sie zu umgehen."

„Was ist mit den Soldaten im unteren Teil des Turms?"

„Der alte Yara wohnt in den Kammern oben. Auf diesem Weg werden wir kommen – und gehen, hoffe ich. Frag mich nicht, wie. Ich habe einen Weg vorbereitet. Wir werden uns durch die Spitze des Turms schleichen und den alten Yara erwürgen, bevor er einen seiner verfluchten Zauber auf uns wirken kann. Zumindest werden wir es versuchen; es steht die Gefahr, in eine Spinne oder eine Kröte verwandelt zu werden, gegen jeden Reichtum und jede Macht der Welt. Alle guten Diebe müssen wissen, welche Risiken sie eingehen."

„Ich werde so weit gehen wie jeder andere Mann", sagte Conan und zog seine Sandalen aus.

„Dann folge mir." Und während er sich umdrehte, sprang Taurus hoch, hielt sich an der Wand fest und zog sich hoch. Die Geschmeidigkeit des Mannes war angesichts seiner Statur erstaunlich; er schien fast über die Kante der Mauer zu gleiten. Conan folgte ihm, und sie sprachen, flach auf der breiten Oberseite liegend, in vorsichtigem Flüsterton miteinander.

„Ich sehe kein Licht", murmelte Conan. Der untere Teil des Turms sah dem Teil sehr ähnlich, der von außerhalb des Gartens sichtbar war – ein perfekter, glänzender Zylinder ohne sichtbare Öffnungen.

„Es gibt geschickt konstruierte Türen und Fenster", antwortete Taurus, „aber sie sind geschlossen. Die Soldaten atmen Luft, die von oben kommt."

Der Garten war ein undeutlicher Schattenteich, in dem federartige Büsche und niedrige, sich ausbreitende Bäume dunkel im Sternenlicht wogten. Conans vorsichtige Seele spürte die Aura der lauernden Bedrohung, die darüber schwebte. Er spürte den stechenden Glanz unsichtbarer Augen und nahm einen subtilen Geruch wahr, der die kurzen Haare in seinem Nacken instinktiv aufstellte, so wie sie sich bei einem Jagdhund bei der Witterung eines alten Feindes aufstellen. „Folge mir", flüsterte Taurus, „bleib hinter mir, wenn dir dein Leben lieb ist."

Der Nemedier nahm etwas, das wie ein Kupferrohr aussah, aus seinem Gürtel und ließ sich sanft auf die Grasnarbe innerhalb der Mauer fallen. Conan war dicht hinter ihm, das Schwert bereit, aber Taurus drängte ihn zurück, dicht an die Mauer, und machte selbst keine Anstalten, vorzurücken. Seine ganze Haltung war von angespannter Erwartung geprägt, und sein Blick war, wie der von Conan, auf die schattige Masse des Gebüschs ein paar Meter entfernt gerichtet. Dieses Gebüsch wurde aufgewühlt, obwohl die Brise nachgelassen hatte. Dann blitzten zwei große Augen aus den wogenden Schatten, und hinter ihnen glitzerten andere Feuerfunken in der Dunkelheit.

„Löwen!", murmelte Conan.

„Aye. Tagsüber werden sie in unterirdischen Höhlen unter dem Turm gefangen gehalten. Deshalb gibt es in diesem Garten keine Wachen." Conan zählte rasch die Augen.

„Fünf in Sicht; vielleicht noch mehr in den Büschen. Sie werden gleich angreifen –"

„Sei still!", zischte Taurus und bewegte sich vorsichtig von der Wand weg, so als würde er auf Rasiermesser treten, und hob das schlanke Rohr hoch. Aus den Schatten erklang ein leises Grollen, und die flammenden Augen bewegten sich nach vorn. Conan konnte die großen, geifernden Kiefer spüren, die büscheligen Schwänze, die gegen die gelbbraunen Flanken peitschten. Die Spannung in der Luft steigerte sich – der Cimmerier umklammerte sein Schwert, erwartete den Angriff und das unaufhaltsame Herumwirbeln riesiger Körper. Dann führte Taurus die Mündung des Rohrs an seine Lippen und blies kräftig hinein. Ein langer Strahl gelblichen Pulvers schoss aus dem anderen Ende des Rohrs und quoll sofort in einer dicken grüngelben Wolke heraus, die sich über das Gebüsch legte und die stechenden Augen verdeckte.

Taurus rannte hastig zur Mauer zurück. Conan starrte verständnislos. Die dicke Wolke verbarg das Gebüsch, und kein Laut drang aus ihm heraus.

„Was ist das für ein Nebel?", fragte der Cimmerier unbehaglich.

„Tod!", zischte der Nemedier. „Wenn ein Wind aufkommt und ihn auf uns zurückbläst, müssen wir über die Mauer fliehen. Aber nein, der Wind ist still, und er löst sich jetzt auf. Warte, bis er ganz verschwindet. Ihn einzuatmen ist der Tod."

Im nächsten Moment hingen nur noch geisterhaft gelbliche Fetzen in der Luft; dann waren sie verschwunden, und Taurus winkte seinen Gefährten vorwärts. Sie schlichen sich in Richtung der Büsche, und Conan schnappte nach Luft. Im Schatten lagen ausgestreckt fünf große gelbbraune Gestalten, das Feuer ihrer grimmigen Augen für immer getrübt. Ein süßlicher, widerlicher Geruch lag in der Luft.

„Sie starben lautlos!", murmelte der Cimmerier. „Taurus, was war das für ein Pulver?"

„Es wurde aus dem schwarzen Lotus hergestellt, dessen Blüten in den verlorenen Dschungeln von Khitai wehen, wo nur die Priester von Yun mit den gelben Schädeln leben. Diese Blüten töten jeden, der sie riecht."

Conan kniete neben den großen Gestalten nieder und versicherte sich, dass sie tatsächlich außer Gefecht gesetzt waren. Er schüttelte den Kopf; die Magie der exotischen Länder war für die Barbaren des Nordens geheimnisvoll und schrecklich.

„Warum kannst du die Soldaten im Turm nicht auf die gleiche Weise töten?", fragte er.

„Weil das alles Pulver war, das ich besaß. Es zu beschaffen war eine Leistung, die an sich schon genügte, um mich unter den Dieben der Welt berühmt zu machen. Ich stahl es aus einer Karawane, die nach Stygien unterwegs war, und hob es in seinem Beutel aus Goldstoff aus den Windungen der großen Schlange, die es bewachte, ohne sie aufzuwecken. Aber komm, in Bels Namen! Sollen wir die Nacht mit Palaver verschwenden?"

Sie glitten durch das Gebüsch zum glänzenden Fuß des Turms, und dort wickelte Taurus nach einer Geste, die zum Schweigen aufforderte, seine verknotete Kordel ab, an deren einem Ende ein starker Stahlhaken hing. Conan durchschaute seinen Plan und stellte keine Fragen, als der Nemedier die Leine ein Stück unterhalb des Hakens packte und begann, sie über seinem Kopf zu schwingen. Conan legte sein Ohr an die glatte Wand und lauschte, konnte aber nichts hören. Offensichtlich ahnten die Soldaten im Inneren nichts von der Anwesenheit der Eindringlinge, die nicht mehr Geräusche gemacht hatten als der Nachtwind, der durch die Bäume wehte. Aber der Barbar fühlte eine seltsame Nervosität; vielleicht war es der Löwengeruch, der alles überschattete.

Taurus warf die Leine mit einer sanften, reißenden Bewegung seines mächtigen Arms. Der Haken krümmte sich auf eine eigentümliche, schwer zu beschreibende Weise nach oben und innen und verschwand über dem juwelenbesetzten Rand. Er hatte sich offenbar fest verankert, denn vorsichtiges Rucken und dann kräftiges Ziehen führten nicht zu einem Abrutschen oder Nachgeben.

„Glück beim ersten Wurf", murmelte Taurus. „Ich –"

Es war Conans wilder Instinkt, der ihn plötzlich herumwirbeln ließ; denn der Tod, der ihnen drohte, machte kein Geräusch. Ein flüchtiger Blick zeigte dem Cimmerier die riesige gelbbraune Gestalt, die sich aufrecht vor den Sternen aufbäumte und ihn für den Todesstoß überragte. Kein zivilisierter Mensch hätte sich auch nur halb so schnell bewegen können wie der Barbar. Sein Schwert blitzte frostig im Sternenlicht mit jeder Unze verzweifelter Nervenstärke und Muskelkraft dahinter, und Mensch und Tier gingen gemeinsam zu Boden.

Taurus fluchte leise und beugte sich über die Masse und sah, wie sich die Glieder seines Gefährten bewegten, als er versuchte, sich unter der großen Last herauszuziehen, die schlaff auf ihm lag. Ein Blick zeigte dem erschrockenen Nemedier, dass der Löwe tot und sein schräger Schädel in zwei Hälften gespalten war. Er packte den Kadaver, und mit seiner Hilfe stieß Conan ihn beiseite und rappelte sich auf, immer noch sein tropfendes Schwert umklammernd.

„Bist du verletzt, Mann?", keuchte Taurus, immer noch verblüfft über die atemberaubende Schnelligkeit dieser heiklen Episode.

„Nein, bei Crom!", antwortete der Barbar. „Aber so knapp bin ich in meinem Leben noch nie davongekommen. Warum brüllte das verfluchte Tier nicht, als es angriff?"

„Alles ist seltsam in diesem Garten", sagte Taurus. „Die Löwen schlagen lautlos zu – und das tun auch andere Tode. Aber komm – bei diesem Töten hat es kaum ein Geräusch gegeben, aber die Soldaten hätten es hören können, wenn sie nicht schlafen oder betrunken sind. Das Tier war in einem anderen Teil des Gartens und entkam dem Tod der Blumen, aber sicherlich gibt es keine weiteren. Wir müssen dieses Seil hochklettern – es ist nicht nötig, einen Cimmerier zu fragen, ob er das kann."

„Wenn es mein Gewicht tragen kann", grunzte Conan und reinigte sein Schwert im Gras.

„Es wird dreimal so viel wie mein eigenes tragen", antwortete Taurus. „Es wurde aus den Locken toter Frauen geflochten, die ich um Mitternacht aus ihren Gräbern geholt und in den tödlichen Wein des Upas-Baumes getaucht habe, um ihm Stärke zu verleihen. Ich gehe zuerst – dann folge mir dicht auf den Fersen."

Der Nemedier packte das Seil, krümmte ein Knie darum und begann den Aufstieg; er stieg wie eine Katze hoch, was die scheinbare Unbeholfenheit seiner Gestalt Lügen strafte. Der Cimmerier folgte ihm. Das Seil schwankte und drehte sich um sich selbst, aber das hinderte die Kletterer nicht; beide hatten schon schwierigere Kletterpartien bewältigt. Der mit Juwelen besetzte Rand glitzerte hoch über ihnen und ragte aus der Senkrechten heraus – was den Aufstieg erheblich erleichterte.

Lautlos stiegen sie immer höher und höher, während sich die Lichter der Stadt beim Klettern in immer größerer Entfernung vor ihren Augen ausbreiteten und die Sterne über ihnen immer mehr durch das Glitzern der Juwelen am Rand getrübt wurden. Dann streckte Taurus eine Hand aus, packte unmittelbar den Rand und zog sich hoch und hinüber. Conan verharrte einen Moment am äußersten Rand, fasziniert von den großen, frostigen Juwelen, deren Glanz seine Augen blendete – Diamanten, Rubine, Smaragde, Saphire, Türkise, Mondsteine, dicht wie Sterne in das schimmernde Silber eingefasst. Aus der Ferne schien ihr unterschiedliches Glitzern zu einem pulsierenden weißen Glanz zu verschmelzen; aber jetzt, aus nächster Nähe, schimmerten sie in einer Million Regenbogenfarben und Lichtern und hypnotisierten ihn mit ihrem Funkeln.

„Hier gibt es ein sagenhaftes Vermögen, Taurus", flüsterte er; aber der Nemedier antwortete ungeduldig. „Komm! Wenn wir das Herz erbeuten, werden diese und alle anderen Dinge uns gehören."

Conan kletterte über den funkelnden Rand. Die Turmspitze befand sich einige Fuß unter dem mit Edelsteinen besetzten Felsvorsprung. Sie war flach und bestand aus einer dunkelblauen Substanz, die mit Gold besetzt war, das das Sternenlicht einfing, sodass das Ganze wie ein umfangreicher Saphir aussah, der mit glänzendem Goldstaub gesprenkelt war. Gegenüber der Stelle, an die sie gelangt waren, schien sich eine Art Kammer auf dem Dach zu befinden. Sie bestand aus demselben silbrigen Material wie die Wände des Turms und war mit Mustern aus kleineren Edelsteinen verziert; ihre einzige Tür war aus Gold, ihre Oberfläche in Schuppen geschnitten und mit Juwelen überzogen, die wie Eis schimmerten.

Conan warf einen Blick auf das pulsierende Meer aus Lichtern, das sich weit unter ihnen ausbreitete, und blickte dann zu Taurus. Der Nemedier zog seine Schnur ein und rollte sie auf. Er zeigte Conan, wo der Haken hängen geblieben war – ein Bruchteil eines Zolls der Spitze war unter einem großen, flammenden Juwel an der Innenseite des Randes versunken.

„Das Glück war wieder auf unserer Seite", murmelte er. „Man könnte meinen, dass unser gemeinsames Gewicht diesen Stein herausgerissen hätte. Folge mir; jetzt beginnen die wahren Gefahren des Unterfangens. Wir sind in der Höhle der Schlange und wissen nicht, wo sie sich versteckt."

Wie schleichende Tiger schlichen sie über den dunkel schimmernden Boden und blieben vor der funkelnden Tür stehen. Mit geschickter und vorsichtiger Hand versuchte Taurus, sie zu öffnen. Sie gab ohne Widerstand nach, und die Gefährten schauten hinein, während sie auf alles gefasst waren. Über die Schulter des Nemediers hinweg erhaschte Conan einen Blick auf eine glitzernde Kammer, deren Wände, Decke und Boden mit großen weißen Juwelen übersät waren, die sie hell erleuchteten und ihre einzige Beleuchtung zu sein schienen. Sie schien ohne Leben zu sein.

„Bevor wir uns unsere einzige Fluchtmöglichkeit abschneiden", zischte Taurus, „geh zum Rand und sieh dich nach allen Seiten um; wenn du in den Gärten Soldaten oder irgendetwas Verdächtiges siehst, kehre zurück und berichte mir. Ich werde in dieser Kammer auf dich warten."

Conan erkannte wenig Sinn darin, und ein schwacher Verdacht gegenüber seinem Gefährten erfasste seine argwöhnische Seele, aber er tat, was Taurus verlangte. Als er sich abwandte, schlüpfte der Nemedier durch die Tür und zog sie hinter sich zu. Conan schlich am Rand des Turms entlang und kehrte zu seinem Ausgangspunkt zurück, ohne irgendeine verdächtige Bewegung in dem vage wehenden Blättermeer unter ihm bemerkt zu haben. Er wandte sich der Tür zu – plötzlich ertönte aus der Kammer ein erstickter Schrei.

Der Cimmerier sprang wie elektrisiert nach vorne – die glänzende Tür schwang auf und dahinter stand Taurus, eingerahmt von einem kalten Lichtschein. Er schwankte, und seine Lippen öffneten sich, aber nur ein trockenes Röcheln drang aus seiner Kehle. Er klammerte sich an die goldene Tür, taumelte auf das Dach hinaus und fiel kopfüber hin, wobei er sich an die Kehle griff. Die Tür schwang hinter ihm zu.

Conan, kauernd wie ein in die Enge getriebener Panther, hatte in dem kurzen Augenblick, in dem die Tür halb geöffnet war, hinter dem geschundenen Nemedier nichts in dem Raum sehen können – es sei denn, es war keine Lichttäuschung, die es so aussehen ließ, als huschte ein Schatten über die glänzende Tür. Nichts folgte Taurus auf das Dach, und Conan beugte sich über den Mann.

Der Nemedier starrte mit geweiteten, glasigen Augen nach oben, die irgendwie eine schreckliche Verwirrung ausdrückten. Seine Hände krallten sich um seine Kehle, seine Lippen sabberten und gurgelten; dann erstarrte er plötzlich, und der verblüffte Cimmerier wusste, dass er tot war. Und er fühlte, dass Taurus gestorben war, ohne zu wissen, welche Art des Todes ihn ereilt hatte. Conan starrte fassungslos auf die kryptische goldene Tür. In diesem leeren Raum mit seinen glitzernden, juwelenbesetzten Wänden war der Tod zum Prinzen der Diebe gekommen, ebenso schnell und geheimnisvoll, wie er den Löwen in den Gärten darunter das Verderben gebracht hatte.

Behutsam ließ der Barbar seine Hände über den halbnackten Körper des Mannes gleiten und suchte nach einer Wunde. Aber die einzigen Spuren von Gewalt befanden sich zwischen seinen Schultern, hoch oben in der Nähe der Basis seines Stiernackens – drei kleine Wunden, die aussahen, als wären drei Nägel tief in das Fleisch getrieben und wieder herausgezogen worden. Die Ränder dieser Wunden waren schwarz, und ein schwacher Geruch wie von Verwesung war deutlich zu spüren. Giftpfeile?, dachte Conan – aber in diesem Fall müssten die Geschosse noch in den Wunden stecken.

Vorsichtig schlich er sich zur goldenen Tür, stieß sie auf und schaute hinein. Die Kammer war leer, getaucht in das kalte, pulsierende Leuchten der unzähligen Juwelen. Genau in der Mitte der Decke bemerkte er beiläufig eine merkwürdige Form – ein schwarzes achteckiges Muster, in dessen Mitte vier Edelsteine mit einer roten Flamme glitzerten, die sich vom weißen Feuer der anderen Juwelen unterschied. Auf der anderen Seite des Raumes befand sich eine weitere Tür, wie die, in der er stand, nur dass sie nicht mit dem Schuppenmuster verziert war. War der Tod aus dieser Tür gekommen? Und war er, nachdem er sein Opfer niedergestreckt hatte, auf demselben Weg zurückgekehrt?

Der Cimmerier schloss die Tür hinter sich und betrat die Kammer. Seine nackten Füße machten auf dem Kristallboden kein Geräusch. Es gab keine Stühle oder Tische in der Kammer, nur drei oder vier seidene Sofas, mit Gold bestickt und mit seltsamen Schlangenmustern versehen, und mehrere mit Silber eingefasste Mahagonitruhen. Einige waren mit schweren goldenen Schlössern verschlossen; andere standen offen, ihre geschnitzten Deckel aufgeklappt und den erstaunten Augen des Cimmeriers in einem sorglosen Prachtspektakel Berge von Juwelen enthüllend. Conan fluchte leise; in dieser Nacht hatte er bereits mehr Reichtümer erblickt, als er sich je auf der Welt hätte träumen lassen, und ihm wurde schwindelig bei dem Gedanken, wie viel das Juwel, nach dem er suchte, wohl wert sein musste.

Er stand nun in der Mitte des Raumes, ging gebückt vorwärts, streckte vorsichtig den Kopf vor, das Schwert voran, als ihn erneut ein lautloser Tod angriff. Ein fliegender Schatten, der über den glänzenden Boden huschte, war seine einzige Warnung, und sein instinktiver Sprung zur Seite war das Einzige, was ihm das Leben rettete. Er erhaschte einen flüchtigen Blick auf ein haariges, schwarzes Ungeheuer, das mit klirrenden, schäumenden Reißzähnen an ihm vorbeischwang, und etwas spritzte auf seine nackte Schulter, das wie Tropfen flüssigen Höllenfeuers brannte. Er sprang zurück, das Schwert erhoben, und sah, wie das Grauen auf den Boden fiel, sich umdrehte und mit entsetzlicher Geschwindigkeit auf ihn zu huschte – eine gigantische schwarze Spinne, wie sie Menschen nur in Albträumen sehen.

Sie war so groß wie ein Schwein, und ihre acht dicken, haarigen Beine trieben ihren ogerhaften Körper in halsbrecherischer Geschwindigkeit über den Boden; ihre vier bösartig glänzenden Augen leuchteten mit einer schrecklichen Intelligenz, und von ihren Reißzähnen tropfte Gift, von dem Conan wusste, dass es schnellen Tod bringen würde, wenn man das Brennen auf seiner Schulter nahm, auf die nur ein paar Tropfen herabgespritzt waren, als das Ding zuschlug und ihm verfehlte. Dies war der Mörder, der von seinem Platz in der Mitte der Decke an einem Faden seines Netzes auf den Hals des Nemediers gefallen war. Wie dumm von ihnen, nicht zu vermuten, dass die oberen Kammern ebenso bewacht sein würden wie die unteren!

Diese Gedanken blitzten kurz in Conans Kopf auf, als das Monster losrannte. Er sprang hoch, und es raste unter ihm hindurch, drehte sich um und stürmte zurück. Diesmal wich er seinem Ansturm mit einem seitlichen Sprung aus und schlug zurück wie eine Katze. Sein Schwert trennte eines der haarigen Beine ab, und wieder konnte er sich nur knapp retten, als die Monstrosität mit einem teuflischen Klicken der Reißzähne auf ihn losging. Aber das Wesen verfolgte ihn nicht weiter; es drehte sich um, huschte über den Kristallboden und lief die Wand zur Decke hinauf, wo es einen Augenblick in die Hocke ging und ihn mit seinen teuflischen roten Augen anstarrte. Dann schoss es ohne Vorwarnung durch die Luft und hinterließ einen Strang schleimigen, grauen Zeugs.

Conan trat zurück, um dem rasenden Körper auszuweichen – dann duckte er sich panisch, gerade rechtzeitig, um nicht von dem fliegenden Spinnennetz gefangen genommen zu werden. Er erkannte die Absicht des Monsters und sprang zur Tür, aber es war schneller, und ein klebriger Strang, der über die Tür geworfen wurde, machte ihn zu seinem Gefangenen. Er wagte nicht, zu versuchen, ihn mit seinem Schwert zu zerschneiden; er wusste, das Zeug würde an der Klinge haften bleiben, und bevor er es abschütteln könnte, würde das Untier seine Fänge in seinen Rücken schlagen.

Dann begann ein verzweifeltes Spiel, bei dem der Verstand und die Schnelligkeit des Mannes gegen die teuflische Geschicklichkeit und Geschwindigkeit der Riesenspinne antraten. Sie huschte nicht mehr in einem direkten Angriff über den Boden oder schwang ihren Körper durch die Luft auf ihn zu. Sie raste an der Decke und den Wänden herum und versuchte, ihn in den langen Schleifen klebriger grauer Spinnweben zu fangen, die sie mit teuflischer Genauigkeit schleuderte. Diese Fäden waren so dick wie Seile, und Conan wusste, dass seine verzweifelte Kraft nicht ausreichen würde, sich loszureißen, bevor das Monster zuschlug, sobald sie sich um ihn gewickelt hatten.

Überall im Raum ging dieses teuflische Spiel weiter, in völliger Stille, abgesehen vom schnellen Atmen des Mannes, dem leisen Scharren seiner nackten Füße auf dem glänzenden Boden und dem Kastagnettenrasseln der Reißzähne der Monstrosität. Die grauen Fäden lagen in Windungen auf dem Boden; sie waren an den Wänden entlang geschlungen; sie bedeckten die Schmucktruhen und seidenen Sofas und hingen in düsteren Girlanden von der mit Juwelen geschmückten Decke. Conans stahlharte Augen- und Muskelschnelligkeit hatte ihn unversehrt gehalten, obwohl die klebrigen Schlingen so nah an ihm vorbeigeflogen waren, dass sie seine nackte Haut zerkratzten. Er wusste, dass er ihnen nicht ewig ausweichen konnte; er musste nicht nur auf die von der Decke herabhängenden Stränge achten, sondern auch den Boden im Auge behalten, damit er nicht über die dort liegenden Windungen stolperte. Früher oder später würde sich eine klebrige Schlinge wie eine Python um ihn winden, und dann würde er, eingewickelt wie ein Kokon, der Gnade des Monsters ausgeliefert sein.

Die Spinne raste über den Boden der Kammer, das graue Seil wehte hinter ihr her. Conan sprang hoch und überwand ein Sofa – mit einer schnellen Drehung rannte das Ungeheuer die Wand hinauf, und der Strang, der wie ein lebendiges Wesen vom Boden sprang, peitschte um den Knöchel des Cimmeriers. Er fing sich beim Fallen mit den Händen und zerrte verzweifelt an dem Netz, das ihn wie eine biegsame Schraubzwinge oder die Windungen einer Python festhielt. Der haarige Teufel raste die Wand hinunter, um seine Gefangennahme zu vollenden. In Raserei geraten, schnappte sich Conan eine Juwelentruhe und schleuderte sie mit aller Kraft. Das war eine Bewegung, mit der das Monster nicht gerechnet hatte. Das massive Geschoss traf genau die Mitte der verzweigten schwarzen Beine und krachte mit einem gedämpften, widerwärtigen Knirschen gegen die Wand. Blut und grünlicher Schleim spritzten, und die zerschmetterte Masse fiel mit der aufgeplatzten Juwelentruhe zu Boden. Der zerquetschte schwarze Körper lag inmitten des flammenden Chaos aus Juwelen, die ihn überfluteten; die haarigen Beine bewegten sich ziellos, die sterbenden Augen glitzerten rot zwischen den funkelnden Edelsteinen.

Conan starrte umher, aber kein weiterer Schrecken erschien, und er machte sich daran, sich aus dem Netz zu befreien. Die Substanz klebte hartnäckig an seinem Knöchel und seinen Händen, aber schließlich war er frei, und er nahm sein Schwert und bahnte sich seinen Weg zwischen den grauen Windungen und Schlaufen hindurch zur inneren Tür. Welche Schrecken darin lauerten, wusste er nicht. Das Blut des Cimmeriers war in Wallung, und da er schon so weit gekommen war und so viele Gefahren überstanden hatte, war er entschlossen, das Abenteuer bis zum grausamen Ende durchzustehen, was auch immer das sein mochte. Und er spürte, dass der Edelstein, den er suchte, nicht unter den vielen war, die so achtlos in der glänzenden Kammer verstreut waren.

Er zog die Schlaufen ab, die die innere Tür verklebten, und stellte fest, dass sie, wie die andere, nicht verschlossen war. Er fragte sich, ob die Soldaten unten seine Anwesenheit noch immer nicht bemerkt hatten. Nun, er war hoch über ihren Köpfen, und wenn man den Geschichten Glauben schenken durfte, waren sie an seltsame Geräusche im Turm über ihnen gewöhnt – unheimliche Geräusche und Schreie der Qual und des Entsetzens.

Yara ging ihm nicht aus dem Kopf, und er fühlte sich nicht ganz wohl, als er die goldene Tür öffnete. Aber er sah nur eine Reihe silberner Stufen, die nach unten führten, schwach beleuchtet auf eine Weise, die er nicht feststellen konnte. Er ging schweigend die Stufen hinunter und umklammerte dabei sein Schwert. Er hörte kein Geräusch und kam bald zu einer Elfenbeintür, die mit Blutsteinen besetzt war. Er lauschte, aber von drinnen kam kein Geräusch; nur dünne Rauchschwaden trieben träge unter der Tür hervor und trugen einen seltsamen exotischen Geruch mit sich, der dem Cimmerier unbekannt war. Unter ihm wand sich die silberne Treppe nach unten, um in der Dunkelheit zu verschwinden, und aus diesem schattigen Schacht drang kein Geräusch herauf; er hatte das unheimliche Gefühl, allein in einem Turm zu sein, der nur von Geistern und Phantomen bewohnt wurde.

KAPITEL 3

Vorsichtig drückte er gegen die Elfenbeintür, und sie schwang lautlos nach innen. Auf der schimmernden Schwelle starrte Conan wie ein Wolf in einer fremden Umgebung, bereit, sofort zu kämpfen oder zu fliehen. Er blickte in eine große Kammer mit einer gewölbten goldenen Decke; die Wände waren aus grünem Jade, der Boden aus Elfenbein, teilweise mit dicken Teppichen bedeckt. Rauch und exotischer Weihrauchduft stiegen aus einer Kohlenpfanne auf einem goldenen Dreibein auf, und dahinter saß ein Götzenbild auf einer Art Marmorsofa. Conan starrte entsetzt; das Bild hatte den Körper eines Mannes, nackt und grün gefärbt; aber der Kopf war gemacht aus Albtraum und Wahnsinn. Zu groß für den menschlichen Körper, hatte er keine menschlichen Merkmale. Conan starrte auf die weit ausgestellten Ohren, den gekräuselten Rüssel; auf beiden Seiten davon ragten weiße Stoßzähne mit runden goldenen Kugeln an den Spitzen. Die Augen waren wie im Schlaf geschlossen.

Dies war also der Grund für den Namen, der Turm des Elefanten, denn der Kopf des Dings ähnelte sehr dem der Tiere, die der shemitische Wanderer beschrieben hatte. Dies war Yaras Gott; wo sollte dann der Edelstein sein, wenn nicht in dem Götzenbild verborgen, da der Stein das Herz des Elefanten genannt wurde?

Als Conan vortrat und seine Augen auf das reglose Götzenbild gerichtet hielt, öffneten sich die Augen des Dings plötzlich! Der Cimmerier erstarrte. Es war kein Bild – es war ein Lebewesen, und er war in seiner Kammer gefangen!

Dass er nicht sofort in einem Ausbruch mörderischer Raserei explodierte, ist eine Tatsache, die das Maß seines Entsetzens zeigt, das ihn an Ort und Stelle lähmte. Ein zivilisierter Mensch in seiner Position hätte zweifelhafte Zuflucht in der Schlussfolgerung gesucht, dass er verrückt war; der Cimmerier dachte nicht daran, an seinen Sinnen zu zweifeln. Er wusste, dass er einem Dämon der Älteren Welt Auge in Auge gegenüberstand, und diese Erkenntnis raubte ihm alle seine Fähigkeiten außer dem Sehen.

Der Rüssel des Grauens wurde angehoben und tastete forschend umher, die topasfarbenen Augen starrten blicklos, und Conan wusste, dass das Monster blind war. Bei diesem Gedanken tauten seine gefrorenen Nerven auf, und er begann, sich lautlos zur Tür zurückzuziehen. Doch das Wesen hörte. Der empfindliche Rüssel streckte sich ihm entgegen, und Conans Entsetzen ließ ihn erneut erstarren, als das Wesen sprach, mit einer seltsamen, stammelnden Stimme, die nie ihre Tonart oder Klangfarbe änderte. Der Cimmerier wusste, dass diese Kiefer weder für menschliche Sprache gebaut noch dafür gedacht waren.

„Wer ist hier? Bist du gekommen, um mich wieder zu quälen, Yara? Wirst du nie fertig? Oh, Yag-kosha, nimmt die Qual kein Ende?"

Tränen rollten aus den blicklosen Augen, und Conans Blick wanderte zu den Gliedmaßen, die auf dem Marmorsofa ausgestreckt lagen. Und er wusste, dass das Monster sich nicht erheben würde, um ihn anzugreifen. Er kannte die Spuren der Folterbank und das sengende Brandmal der Flamme, und so hartherzig er auch war, so erschrak er vor den vernichtenden Missbildungen, die einst, wie sein Verstand ihm sagte, so schöne Glieder gewesen waren wie seine eigenen. Und plötzlich wichen alle Furcht und Abscheu von ihm und wurden durch großes Mitleid ersetzt. Was dieses Monster war, konnte Conan nicht wissen, aber die Beweise seiner Leiden waren so schrecklich und erbärmlich, dass den Cimmerier eine seltsame, schmerzliche Traurigkeit überkam, von der er nicht wusste warum. Er fühlte nur, dass er einer kosmischen Tragödie gegenüberstand, und er schrumpfte vor Scham, als ob die Schuld einer ganzen Rasse auf ihm lastete.

„Ich bin nicht Yara", sagte er. „Ich bin nur ein Dieb. Ich werde dir nichts tun."

„Komm näher, damit ich dich berühren kann", stammelte das Geschöpf, und Conan kam furchtlos näher, während sein Schwert vergessen in seiner Hand hing. Der empfindliche Rüssel kam heraus und tastete sein Gesicht und seine Schultern ab, so wie ein Blinder tastet, und seine Berührung war so leicht wie die Hand eines Mädchens.

„Du gehörst nicht zu Yaras Teufelsrasse", seufzte das Wesen. „Die reine, dürre Wildheit der Ödlande kennzeichnet dich. Ich kenne dein Volk von früher, wo ich es vor langer, langer Zeit unter einem anderen Namen kannte, als eine andere Welt ihre juwelenbesetzten Türme zu den Sternen erhob. An deinen Fingern klebt Blut."

„Eine Spinne in der Kammer oben und ein Löwe im Garten", murmelte Conan.

„Du hast heute Nacht auch einen Mann erschlagen", antwortete der andere. „Und im Turm oben ist Tod. Ich fühle; ich weiß es."

„Aye", murmelte Conan. „Der Prinz aller Diebe liegt dort tot, gestorben durch den Biss eines Ungeziefers."

„So – und so!" Die seltsame, unmenschliche Stimme erhob sich zu einer Art leisem Gesang. „Ein Mord in der Taverne und ein Mord auf der Straße – ich weiß, ich fühle. Und der dritte wird den Zauber bewirken, von dem nicht einmal Yara träumt – oh, Zauber der Erlösung, grüne Götter von Yag!"

Wieder fielen Tränen, als der gequälte Körper im Griff verschiedener Emotionen hin und her geschaukelt wurde. Conan sah verwirrt zu.

Dann hörten die Krämpfe auf; die sanften, blinden Augen richteten sich auf den Cimmerier, der Rüssel winkte.

„Oh Mann, höre zu", sagte das seltsame Wesen. „Ich bin widerlich und monströs für dich, nicht wahr? Nay, antworte nicht; ich weiß es. Aber du würdest mir genauso seltsam vorkommen, könnte ich dich sehen. Es gibt viele Welten außer dieser Erde, und das Leben nimmt viele Formen an. Ich bin weder Gott noch Dämon, sondern Fleisch und Blut wie du, obwohl die Substanz teilweise anders ist und die Gestalt in einer anderen Gussform gegossen wurde.

Ich bin sehr alt, oh Mensch der wüsten Länder; vor langer, langer Zeit kam ich mit anderen aus meiner Welt auf diesen Planeten, vom grünen Planeten Yag, der ewig am äußeren Rand dieses Universums kreist. Wir fegten auf mächtigen Flügeln durch den Raum, die uns schneller als das Licht durch den Kosmos trieben, weil wir gegen die Könige von Yag gekämpft hatten und besiegt und verstoßen worden waren. Aber wir konnten nie zurückkehren, denn auf der Erde verdorrten unsere Flügel von unseren Schultern. Hier lebten wir abseits vom irdischen Leben. Wir kämpften gegen die seltsamen und schrecklichen Lebensformen, die damals die Erde bevölkerten, sodass man uns fürchtete und wir in den dunklen Dschungeln des Ostens, wo wir lebten, nicht behelligt wurden.

Wir sahen Menschen aus dem Affen heranwachsen und die leuchtenden Städte Valusia, Kamelia, Commoria und ihre Schwestern erbauen. Wir sahen sie vor den Vorstößen der heidnischen Atlanter, Pikten und Lemurier taumeln. Wir sahen, wie die Meere anstiegen und Atlantis und Lemuria, die Inseln der Pikten und die leuchtenden Städte der Zivilisation verschlangen. Wir sahen, wie die Überlebenden des Piktenreichs und von Atlantis ihre Steinzeitreiche errichteten und, in blutige Kriege verstrickt, in den Ruin gingen. Wir sahen, wie die Pikten in abgrundtiefe Wildheit versanken und die Atlanter wieder in das Affentum. Wir sahen, wie neue Wilde in Eroberungswellen vom Polarkreis nach Süden zogen, um eine neue Zivilisation aufzubauen, mit neuen Königreichen namens Nemedien, Koth, Aquilonien und ihren Schwestern. Wir sahen, wie dein Volk unter einem neuen Namen aus den Dschungeln der Affen aufstieg, die einst Atlanter gewesen waren. Wir sahen, wie die Nachkommen der Lemurier, die die Katastrophe überlebt hatten, wieder aus der Wildheit aufstiegen und als Hyrkanier nach Westen zogen. Und wir sahen, wie diese Rasse der Teufel, Überlebende der alten Zivilisation, die vor dem Untergang von Atlantis existierte, erneut zu Kultur und Macht gelangte – dieses verfluchte Königreich Zamora.

All dies sahen wir, ohne das unveränderliche kosmische Gesetz zu unterstützen oder zu behindern, und einer nach dem anderen starben wir; denn wir von Yag sind nicht unsterblich, obwohl unser Leben wie das Leben von Planeten und Sternbildern ist. Schließlich war ich allein übrig und träumte zwischen den zerstörten Tempeln des im Dschungel verlorenen Khitai, von einer alten gelbhäutigen Rasse als Gott verehrt, von alten Zeiten. Dann kam Yara, bewandert in dunklem Wissen, das in den Tagen der Barbarei weitergegeben wurde, seitdem Atlantis unterging.

Zuerst saß er zu meinen Füßen und lernte Weisheit. Aber er war nicht zufrieden mit dem, was ich ihn lehrte, denn es war weiße Magie, und er wünschte sich böses Wissen, um Könige zu versklaven und einen teuflischen Ehrgeiz zu befriedigen. Ich wollte ihm keines der schwarzen Geheimnisse beibringen, die ich im Laufe der Äonen ohne meinen Willen erlangt hatte.

Aber seine Weisheit war größer, als ich vermutet hatte. Mit List, die er in den dunklen Gräbern des dunklen Stygien erlangt hatte, brachte er mich dazu, ein Geheimnis preiszugeben, das ich nicht enthüllen wollte. Und indem er meine eigene Macht gegen mich richtete, versklavte er mich. Ach, Götter von Yag, mein Kelch ist seit jener Stunde bitter!

Er brachte mich aus den verlorenen Dschungeln von Khitai hinaus, wo die grauen Affen zu den Flöten der gelben Priester tanzten und Opfergaben aus Obst und Wein meine zerbrochenen Altäre überhäuften. Ich war kein Gott mehr für freundliche Dschungelbewohner – ich war der Sklave eines Teufels in Menschengestalt."

Wieder stahlen sich Tränen aus den blinden Augen.

„Er sperrte mich in diesen Turm, den ich auf seinen Befehl in einer einzigen Nacht für ihn erbaute. Mit Feuer und Folterbamk beherrschte er mich und mit seltsamen, überirdischen Folterungen, die du nicht verstehen würdest. In Agonie hätte ich mir schon vor langer Zeit das Leben genommen, wenn ich gekonnt hätte. Aber er ließ mich am Leben – verstümmelt, geblendet und gebrochen –, um seinen üblen Befehlen zu gehorchen. Und dreihundert Jahre lang habe ich seinen Befehlen von diesem Marmorsofa aus gehorcht, meine Seele mit kosmischen Sünden geschwärzt und meine Weisheit mit Verbrechen befleckt, weil ich keine andere Wahl hatte. Doch hat er mir nicht alle meine alten Geheimnisse entrissen, und mein letztes Geschenk wird die Zauberei des Blutes und des Juwels sein.

Denn ich fühle, wie das Ende der Zeit naht. Du bist die Hand des Schicksals. Ich flehe dich an, nimm den Edelstein, den du auf jenem Altar findest."

Conan wandte sich dem angegebenen Altar aus Gold und Elfenbein zu und nahm einen großen runden Edelstein, klar wie purpurfarbener Kristall; und er wusste, dass dies das Herz des Elefanten war.

„Nun zur großen Magie, der mächtigen Magie, wie sie die Erde noch nie zuvor gesehen hat und in Millionen von Jahrtausenden nie wieder sehen wird. Bei meinem Lebensblut beschwöre ich sie, bei Blut, das auf der grünen Brust von Yag geboren wurde, der in der großen blauen Weite des Weltraums träumt.

Nimm dein Schwert, Mann, und schneide mir das Herz heraus; dann drücke es, damit das Blut über den roten Stein fließt. Dann geh diese Stufen hinunter und betritt die Ebenholzkammer, in der Yara eingehüllt in Lotusträume des Bösen sitzt. Sprich seinen Namen, und er wird erwachen. Dann lege diesen Edelstein vor ihn und sage: ‚Yag-kosha gibt dir ein letztes Geschenk und eine letzte Verzauberung.' Dann verlasse schnell den Turm; fürchte dich nicht, dein Weg wird frei sein. Das Leben der Menschen ist nicht das Leben von Yag, noch ist der Tod der Menschen der Tod von Yag. Lass mich frei sein aus diesem Käfig aus gebrochenem, blindem Fleisch, und ich werde wieder Yogah von Yag sein, vom Morgen gekrönt und strahlend, mit Flügeln zum Fliegen, Füßen zum Tanzen, Augen zum Sehen und Händen zum Zerbrechen."

Unsicher näherte sich Conan, und Yag-kosha oder Yogah zeigte ihm, so als ob er seine Unsicherheit spürte, wo er zuschlagen sollte. Conan biss die Zähne zusammen und stieß das Schwert tief hinein. Blut strömte über die Klinge und seine Hand, und das Monster zuckte krampfhaft zusammen und lag dann völlig reglos da. In der Gewissheit, dass alles Leben erloschen war, zumindest das Leben, wie er es verstand, machte sich Conan an seine grausige Aufgabe und brachte rasch etwas hervor, von dem er fühlte, dass es das Herz des seltsamen Wesens sein musste, obwohl es sich merkwürdig von allen unterschied, die er je gesehen hatte. Das pulsierende Organ über den lodernden Edelstein haltend, drückte er es mit beiden Händen zusammen, und ein Blutregen fiel auf den Stein hinab. Zu seiner Überraschung lief das Blut nicht ab, sondern sickerte in den Edelstein hinein, so wie Wasser von einem Schwamm aufgesogen wird.

Während er den Edelstein behutsam hielt, verließ er die phantastische Kammer und gelangte zu den silbernen Stufen. Er blickte nicht zurück; er spürte instinktiv, dass in dem Körper auf dem Marmorsofa eine Transmutation vor sich ging, und er spürte außerdem, dass es sich um eine solcher Art handelte, die von menschlichen Augen nicht mitangesehen werden sollte.

Er schloss die Elfenbeintür hinter sich und stieg ohne Zögern die silbernen Stufen hinab. Es kam ihm nicht in den Sinn, die ihm gegebenen Anweisungen zu ignorieren. Er blieb vor einer Ebenholztür stehen, in deren Mitte sich ein grinsender silberner Totenkopf befand, und stieß sie auf. Er blickte in eine Kammer aus Ebenholz und Jett und sah auf einem schwarzen Seidensofa eine große, hagere Gestalt liegen. Yara, der Priester und Zauberer, lag vor ihm, seine Augen geöffnet und von den Dämpfen des gelben Lotus geweitet, und er starrte in die Ferne, als so ob er auf Untiefen und nächtliche Abgründe jenseits des menschlichen Gesichtsfeldes starrte.

„Yara!", sagte Conan wie ein Richter, der das Urteil verkündet. „Wach auf!"

Die Augen klärten sich augenblicklich und wurden kalt und grausam wie die eines Geiers. Die große, in Seide gekleidete Gestalt richtete sich auf und überragte den Cimmerier hager.

„Hund!" Sein Zischen klang wie die Stimme einer Kobra. „Was tust du hier?"

Conan legte den Edelstein auf den Ebenholztisch.

„Derjenige, der diesen Edelstein geschickt hat, hat mich gebeten zu sagen: ‚Yag-kosha gibt dir ein letztes Geschenk und eine letzte Verzauberung.'"

Yara wich zurück, sein dunkles Gesicht war aschfahl. Der Edelstein war nicht mehr kristallklar; seine trüben Tiefen pulsierten und pochten, und seltsame rauchige Wellen wechselnder Farbe zogen über seine glatte Oberfläche. Wie hypnotisch angezogen, beugte sich Yara über den Tisch, ergriff den Edelstein mit seinen Händen und starrte in seine schattigen Tiefen, so als wäre es ein Magnet, der die schaudernde Seele aus seinem Körper zog. Und als Conan hinsah, dachte er, seine Augen spielten ihm Streiche. Denn als Yara von seiner Couch aufgestanden war, war ihm der Priester gigantisch groß erschienen; doch jetzt sah er, dass Yaras Kopf kaum bis zu seiner Schulter reichte. Er blinzelte verwirrt und zweifelte zum ersten Mal in dieser Nacht an seinen eigenen Sinnen. Dann erkannte er erschrocken, dass der Priester in seiner Gestalt schrumpfte – vor seinen Augen kleiner wurde.

Er beobachtete dies mit einem distanzierten Gefühl, so wie ein Mann einem Theaterstück zuschauen würde; versunken in ein Gefühl überwältigender Unwirklichkeit, war sich der Cimmerier seiner eigenen Identität nicht mehr sicher; er wusste nur, dass er den äußeren Beweis des unsichtbaren Spiels gewaltiger außerirdischer Kräfte betrachtete, die jenseits seines Verständnisses lagen.

Nun war Yara nicht größer als ein Kind; nun lag er wie ein Kleinkind ausgestreckt auf dem Tisch und hielt immer noch den Edelstein in der Hand. Und jetzt erkannte der Zauberer plötzlich sein Schicksal, sprang auf und ließ den Edelstein los. Aber er schrumpfte immer noch, und Conan sah eine winzige, zwergartige Gestalt, die wild auf der Ebenholztischplatte umherrannte, mit winzigen Armen fuchtelte und mit einer Stimme kreischte, die wie das Quieken eines Insekts klang.

Nun war er so geschrumpft, dass der große Edelstein wie ein Hügel über ihm aufragte, und Conan sah, wie er seine Augen mit den Händen bedeckte, so als wolle er sie vor dem grellen Licht schützen, während er wie ein Verrückter umhertaumelte. Conan spürte, dass eine unsichtbare magnetische Kraft Yara zu dem Edelstein zog. Dreimal rannte er wie wild in einem immer enger werdenden Kreis darum herum, dreimal versuchte er, sich umzudrehen und über den Tisch zu rennen; dann riss der Priester mit einem Schrei, der schwach in den Ohren des Beobachters widerhallte, die Arme hoch und rannte geradewegs auf die lodernde Kugel zu.

Conan beugte sich vor und sah, wie Yara die glatte, geschwungene Oberfläche hinaufkletterte, auf unmögliche Weise, wie ein Mann, der einen gläsernen Berg besteigt. Nun stand der Priester oben, immer noch mit wild hin und her schlenkernden Armen, und rief grausige Namen an, die nur die Götter kennen. Und plötzlich sank er in das Herz des Juwels hinein, so wie ein Mann ins Meer sinkt, und Conan sah die rauchigen Wellen über seinem Kopf zusammenbrechen. Nun sah er ihn im purpurnen Herzen des Juwels, wieder einmal kristallklar, so wie ein Mann eine Szene in weiter Ferne sieht, winzig aufgrund der großen Entfernung. Und in das Herz trat eine grüne, glänzende geflügelte Gestalt mit dem Körper eines Mannes und dem Kopf eines Elefanten – nicht länger blind oder verkrüppelt. Yara warf seine Arme hoch und floh, so wie ein Wahnsinniger flieht, und ihm auf den Fersen folgte der Rächer. Dann verschwand das große Juwel wie eine zerplatzende Seifenblase in einem Regenbogen aus schillerndem Glanz, und die Tischplatte aus Ebenholz lag kahl und verlassen da – so kahl, wie Conan irgendwie wusste, wie die Marmorcouch in der Kammer darüber, wo der Körper dieses seltsamen transkosmischen Wesens namens Yag-kosha und Yogah gelegen hatte.

Der Cimmerier drehte sich um und floh aus der Kammer, die silbernen Stufen hinunter. Er war so verwirrt, dass es ihm nicht in den Sinn kam, den Turm auf demselben Weg zu verlassen, auf dem er ihn betreten hatte. Er rannte diesen gewundenen, schattigen silbernen Schacht hinunter und gelangte in eine große Kammer am Fuß der glänzenden Treppe. Dort blieb er einen Augenblick stehen; er war in den Raum der Soldaten gekommen. Er sah das Glitzern ihrer silbernen Brustpanzer, den Schimmer ihrer juwelenbesetzten Schwertgriffe. Sie saßen zusammengesunken am Bankettisch, ihre dunklen Federn düster über ihren hängenden, behelmten Köpfen wehend; sie lagen zwischen ihren Würfeln und umgefallenen Kelchen auf dem weinbefleckten Lapislazuliboden. Und er wusste, dass sie tot waren. Das Versprechen war gegeben, das Wort gehalten worden; ob Zauberei oder Magie oder der fallende Schatten großer grüner Flügel die Feierlichkeiten zum Stillstand gebracht hatten, konnte Conan nicht wissen, aber sein Weg war frei. Und eine silberne Tür stand offen, eingerahmt vom Weiß der Morgendämmerung.

Der Cimmerier betrat die wogenden grünen Gärten, und als der Morgenwind ihn mit dem kühlen Duft üppiger Pflanzen umwehte, zuckte er zusammen wie ein Mann, der aus einem Traum erwacht. Unsicher drehte er sich um und starrte auf den geheimnisvollen Turm, den er gerade verlassen hatte. War er verhext und verzaubert worden? Hatte er all das, was geschehen zu sein schien, nur geträumt? Als er hinschaute, sah er, wie der glänzende Turm in der purpurnen Morgendämmerung schwankte, sein juwelenbesetzter Rand im zunehmenden Licht funkelnd, und in glänzende Scherben zerbrach.

ENDE

Der Schwarze Fremde

Geschrieben in den 1930er Jahren
Erstmals veröffentlicht in *Fantasy Magazine*, März 1953

I. – DIE BEMALTEN MÄNNER

Einen Moment war die Lichtung leer, im nächsten stand ein Mann vorsichtig am Rand der Büsche. Kein Geräusch hatte die grauen Eichhörnchen vor seiner Ankunft gewarnt. Aber die bunten Vögel, die im Sonnenschein der offenen Fläche umherflatterten, erschraken bei seinem plötzlichen Auftauchen und erhoben sich in einer lärmenden Wolke. Der Mann runzelte die Stirn und blickte schnell dorthin zurück, wo er hergekommen war, so als fürchtete er, ihr Flug hätte seine Position jemandem Unsichtbarem verraten. Dann schritt er über die Lichtung und setzte seine Füße vorsichtig auf. Trotz seines massiven, muskulösen Körperbaus bewegte er sich mit der geschmeidigen Sicherheit eines Panthers.

Er war nackt bis auf einen Lappen, der um seine Lenden gewickelt war, und seine Gliedmaßen waren übersät mit Kratzern von Dornen und mit getrocknetem Schlamm verkrustet. Um seinen muskulösen linken Arm war ein braun verkrusteter Verband geknotet. Unter seiner verfilzten schwarzen Mähne war sein Gesicht eingefallen und hager, und seine Augen brannten wie die eines verwundeten Panthers. Er hinkte leicht, als er dem dunklen Pfad folgte, der über die offene Fläche führte.

Auf halbem Weg über die Lichtung blieb er abrupt stehen und wirbelte wie eine Katze herum, den Blick zurück in die Richtung, aus der er gekommen war, während ein langgezogener Ruf durch den Wald schallte. Einem anderen Mann wäre es bloß wie das Heulen eines Wolfes vorgekommen. Aber dieser Mann wusste, dass es kein Wolf war. Er war ein Cimmerier und verstand die Stimmen der Wildnis, so wie ein Stadtmensch die Stimmen seiner Freunde versteht.

In seinen blutunterlaufenen Augen brannte roter Zorn, als er sich noch einmal umdrehte und den Pfad entlangeilte, der, nachdem er die Lichtung verließ, am Rand eines dichten Dickichts entlangführte, das sich in einem dichten Klumpen Grün zwischen den Bäumen und Büschen erhob. Ein massiver Baumstamm, tief in der grasbewachsenen Erde eingebettet, verlief parallel zum Rand des Dickichts und lag zwischen diesem und dem Pfad. Als der Cimmerier diesen Baumstamm sah, blieb er stehen und blickte über die Lichtung zurück. Für das normale Auge gab es keine Anzeichen dafür, dass er vorbeigekommen war; doch für seine in der Wildnis geschärften Augen und damit auch für die ebenso scharfen Augen seiner Verfolger waren Beweise sichtbar. Er knurrte stumm, und in seinen Augen wuchs die rote Wut – die berserkerhafte Wut eines gejagten Tiers, das bereit ist, sich umzudrehen, wenn es in die Enge getrieben wurde.

Er lief den Pfad relativ sorglos entlang und zertrat hier und da einen Grashalm unter seinem Fuß. Dann, als er das andere Ende des großen Baumstamms erreicht hatte, sprang er darauf, drehte sich um und lief leichtfüßig daran entlang zurück. Die Rinde war längst von den Elementen abgenutzt. Er hinterließ kein Zeichen, das den schärfsten Waldaugen gezeigt hätte, dass er seiner Spur gefolgt war. Als er den dichtesten Punkt des Dickichts erreichte, verschwand er wie ein Schatten darin, und kaum ein Zittern eines Blattes verriet sein Passieren.

Die Minuten zogen sich dahin. Die grauen Eichhörnchen schnatterten wieder auf den Zweigen – dann legten sie ihre Körper flach hin und waren plötzlich stumm. Wieder tauchte jemand auf der Lichtung auf. So lautlos wie der erste Mann erschienen war, tauchten drei weitere Männer am östlichen Rand der Lichtung auf. Es waren dunkelhäutige Männer von kleiner Statur mit muskulöser Brust und Armen. Sie trugen mit Perlen besetzte Lendenschürzen aus Wildleder, und in jede schwarze Mähne war eine Adlerfeder gesteckt. Sie waren mit scheußlichen Mustern bemalt und schwer bewaffnet.

Sie hatten die Lichtung sorgfältig untersucht, bevor sie sich im Freien zeigten, denn sie bewegten sich ohne Zögern aus den Büschen, in dichter Reihe, so leise wie Leoparde, und bückten sich, um auf den Pfad zu starren. Sie folgten der Spur des Cimmeriers, aber das war selbst für diese menschlichen Bluthunde keine leichte Aufgabe. Sie bewegten sich langsam über die Lichtung, und dann versteifte sich einer, grunzte und zeigte mit seinem breitklingigen Speer auf einen zerquetschten Grashalm, wo der Pfad wieder in den Wald führte. Alle blieben sofort stehen, und ihre schwarzen Knopfaugen suchten die Mauern des Waldes ab. Aber ihre Beute war gut versteckt; sie sahen nichts, was ihren Verdacht geweckt hätte, und bald bewegten sie sich schneller weiter und folgten den schwachen Spuren, die darauf hinzuweisen schienen, dass ihre Beute aus Schwäche oder Verzweiflung unvorsichtiger wurde.

Sie hatten gerade die Stelle passiert, wo sich das Dickicht am nächsten an den alten Pfad drängte, als der Cimmerier auf den Pfad hinter ihnen sprang und sein Messer zwischen die Schultern des letzten Mannes stieß. Der Angriff war so schnell und unerwartet, dass der Pikte keine Chance hatte, sich zu retten. Die Klinge steckte in seinem Herzen, bevor er wusste, dass er in Gefahr war. Die anderen beiden wirbelten mit der blitzschnellen, stahlharten Schnelligkeit von Wilden herum, doch noch während sein Messer zustach, versetzte ihnen der Cimmerier mit der Streitaxt in seiner rechten Hand einen gewaltigen Hieb. Der zweite Pikte war gerade dabei, sich umzudrehen, als sich die Axt senkte. Sie spaltete seinen Schädel bis zu den Zähnen.

Der verbleibende Pikte, der an der scharlachroten Spitze seiner Adlerfeder als Häuptling zu erkennen war, ging wild zum Angriff über. Er stach gerade zur Brust des Cimmeriers, als der Totschläger seine Axt aus dem Kopf des Toten riss. Der Cimmerier schleuderte den Körper gegen den Häuptling und ließ einen Angriff folgen, der so wütend und verzweifelt war wie der Angriff eines verwundeten Tigers. Der Pikte, der unter dem Aufprall der Leiche taumelte, unternahm keinen Versuch, die tropfende Axt abzuwehren; der Instinkt zu töten überlagerte sogar den Instinkt zu leben, und er stieß seinen Speer wild zu der breiten Brust seines Feindes. Der Cimmerier hatte den Vorteil einer überlegenen Intelligenz, und er hatte in jeder Hand eine Waffe. Die Axt, in ihrem abwärts gerichteten Schwung gebremst, schlug den Speer beiseite, und das Messer in der linken Hand des Cimmeriers schnitt nach oben in den bemalten Bauch hinein.

Ein schreckliches Heulen entrang sich den Lippen des Pikten, als er zusammensackte und ausgeweidet wurde – ein Schrei nicht aus Angst oder Schmerz, sondern aus verblüffter, bestialischer Wut, das Todesgeschrei eines Panthers. Es wurde von einem wilden Chor von Schreien in einiger Entfernung östlich der Lichtung beantwortet. Der Cimmerier zuckte krampfhaft zusammen, wirbelte herum, duckte sich wie ein wildes Tier in Bedrängnis, die Zähne gefletscht, sich den Schweiß aus dem Gesicht schüttelnd. Blut rann unter dem Verband an seinem Unterarm herab.

Mit einem keuchenden, unverständlichen Fluch drehte er sich um und floh nach Westen. Er suchte jetzt nicht nach einem Weg, sondern rannte mit der ganzen Geschwindigkeit seiner langen Beine und rief das tiefe und nahezu unerschöpfliche Reservoir an Ausdauer ab, das den Ausgleich der Natur für eine barbarische Existenz darstellt. Hinter ihm war es eine Weile still im Wald, dann brach an der Stelle, die er gerade verlassen hatte, ein dämonisches Heulen aus, und er wusste, dass seine Verfolger die Leichen seiner Opfer gefunden hatten. Er hatte keine Luft, um die Blutstropfen zu verfluchen, die immer wieder aus seiner frisch geöffneten Wunde auf den Boden tropften und eine Spur hinterließen, der ein Kind hätte folgen können. Er hatte gedacht, dass diese drei Pikten vielleicht alle waren, die ihn von der Kriegspartei, die ihm über hundert Meilen lang gefolgt war, noch immer verfolgte. Aber er hätte wissen müssen, dass diese menschlichen Wölfe niemals von einer Blutspur abließen.

Der Wald war wieder still, und das bedeutete, dass sie hinter ihm herjagten, während er seinen Weg durch die verräterischen Blutstropfen markierte, die er nicht aufhalten konnte.

Ein Wind aus dem Westen wehte ihm ins Gesicht, beladen mit einer salzigen Feuchtigkeit, die er wiedererkannte. Er fühlte ein stumpfsinniges Erstaunen. Wenn er so nah am Meer war, hatte die lange Jagd noch länger gedauert, als er gedacht hatte. Aber sie war fast vorüber. Sogar seine wölfische Vitalität schwand unter der schrecklichen Belastung. Er rang nach Luft und spürte einen stechenden Schmerz in seiner Seite. Seine Beine zitterten vor Müdigkeit, und das lahme Bein schmerzte wie ein Messerschnitt in den Sehnen, jedes Mal, wenn er den Fuß auf die Erde setzte. Er war den Instinkten der Wildnis gefolgt, die ihn hervorgebracht hatten, hatte jeden Nerv und jede Sehne angespannt und jede Art von Scharfsinnigkeit und Geschicklichkeit ausgeschöpft, um zu überleben. Jetzt, in seiner Not, gehorchte er einem anderen Instinkt und suchte nach einer Stelle, an der er sich in die Enge treiben lassen und sein Leben zu einem blutigen Preis verkaufen konnte.

Er verließ den Weg nicht, um sich in die verworrenen Tiefen auf beiden Seiten zu begeben. Er wusste, dass es vergeblich war, zu hoffen, seinen Verfolgern jetzt noch zu entkommen. Er rannte den Pfad weiter hinunter, während das Blut immer lauter in seinen Ohren pochte und jeder Atemzug, den er machte, ein quälendes, trockenes Schlucken war. Hinter ihm brach ein wildes Bellen aus, ein Zeichen dafür, dass sie ihm dicht auf den Fersen waren und erwarteten, ihre Beute schnell einzuholen. Sie würden jetzt so schnell wie ausgehungerte Wölfe kommen und bei jedem Sprung heulen.

Plötzlich brach er aus dem Dickicht der Bäume hervor und sah den Boden vor sich ansteigen und den alten Pfad sich zwischen schroffen Felsblöcken über Felsvorsprünge winden. Alles verschwamm vor ihm in einem schwindelerregenden roten Nebel, aber er war zu einem Hügel gekommen, einem schroffen Felsen, der sich abrupt aus dem Wald um seinen Fuß herum erhob. Und der dunkle Pfad wand sich bis zu einem breiten Felsvorsprung in der Nähe des Gipfels hinauf.

Dieser Felsvorsprung wäre ein ebenso guter Ort zum Sterben wie jeder andere. Er humpelte den Pfad hinauf, an den steileren Stellen auf Händen und Knien, das Messer zwischen den Zähnen. Er hatte den Felsvorsprung noch nicht erreicht, als etwa vierzig bemalte Wilde zwischen den Bäumen hervorbrachen und wie Wölfe heulten.

Beim Anblick ihrer Beute steigerten sich ihre Schreie zu einem teuflischen Crescendo, und sie rannten zum Fuß des Felsens, wobei sie Pfeile abschossen, während sie kamen. Die Pfeile regneten um den Mann herum, der beharrlich nach oben kletterte, und einer blieb in der Wade seines Beines stecken. Ohne innezuhalten, riss er ihn heraus und warf ihn beiseite, ohne auf die weniger präzisen Geschosse zu achten, die auf den Felsen um ihn herum zersplitterten. Grimmig zog er sich über den Rand des Felsvorsprungs und drehte sich um, wobei er seine Axt und sein Messer in die Hände nahm. Er lag da und starrte seine Verfolger über den Rand an, wobei nur sein Haarschopf und seine glühenden Augen zu sehen waren. Seine Brust hob und senkte sich, während er in großen, schaudernden Atemzügen die Luft einsog, und er biss die Zähne zusammen, um einer Neigung zur Übelkeit zu widerstehen.

Nur ein paar Pfeile pfiffen ihm entgegen. Die Horde wusste, dass ihre Beute in die Enge getrieben war. Die Krieger kamen heulend näher und sprangen mit Kriegsäxten in der Hand flink über die Felsen am Fuße des Hügels. Der erste, der den Fels erreichte, war ein muskulöser Krieger, dessen Adlerfeder als Zeichen seiner Häuptlingswürde scharlachrot gefärbt war. Er hielt kurz inne, einen Fuß auf dem ansteigenden Pfad, den Pfeil angelegt und halb zurückgezogen, den Kopf zurückgeworfen und die Lippen zu einem Jubelschrei geöffnet. Aber der Pfeil wurde nie losgelassen. Er erstarrte bis zur Bewegungslosigkeit, und die Blutgier in seinen schwarzen Augen wich einem Ausdruck erschrocken Erkennens. Mit einem Schrei zog er sich zurück und breitete die Arme aus, um den Ansturm seiner heulenden Krieger zu bremsen. Der Mann, der über ihnen auf dem Felsvorsprung hockte, verstand die piktische Sprache, aber er war zu weit weg, um die Bedeutung der abgehackten Sätze zu verstehen, die der Häuptling mit den purpurnen Federn den Kriegern entgegenschleuderte.

Doch alle hörten auf zu jaulen und starrten stumm nach oben – nicht auf den Mann auf dem Felsvorsprung, wie es ihm schien, sondern auf den Hügel selbst. Dann entspannten sie ohne weiteres Zögern ihre Bögen und steckten sie in die Wildlederetuis an ihren Gürteln, drehten sich um und trabten über die offene Fläche, um ohne einen Blick zurück im Wald zu verschwinden.

Der Cimmerier starrte erstaunt. Er kannte die Natur der Pikten zu gut, um die Endgültigkeit ihres Aufbruchs nicht zu erkennen. Er wusste, dass sie nicht zurückkehren würden. Sie waren auf dem Weg zu ihren Dörfern, hundert Meilen östlich.

Aber er konnte es nicht verstehen. Was war an seinem Zufluchtsort, das einen piktischen Kriegstrupp dazu bringen würde, eine Jagd aufzugeben, der er so lange mit der Leidenschaft hungriger Wölfe gefolgt war?

Er wusste, dass es heilige Orte gab, Orte, die von den verschiedenen Clans als heilige Stätten betrachtet wurden, und dass ein Flüchtling, der in einem dieser Heiligtümer Zuflucht suchte, vor dem Clan, der ihn errichtet hatte, sicher war. Aber die verschiedenen Stämme respektierten selten die Heiligtümer anderer Stämme; und die Männer, die ihn verfolgt hatten, hatten in dieser Region sicherlich keine eigenen heiligen Stätten. Es waren die Männer des Adlers, deren Dörfer weit im Osten lagen, angrenzend an das Land der Wolfs-Pikten. Es waren die Wölfe, die ihn bei einem Raubzug gegen die aquilonischen Siedlungen am Donnerfluss gefangen genommen hatten, und sie hatten ihn den Adlern im Austausch für einen gefangenen Wolfshäuptling übergeben. Die Adlermänner hatten eine Blutschuld gegen den riesigen Cimmerier, und jetzt war diese noch größer, denn seine

Flucht hatte das Leben eines bekannten Kriegshäuptlings gekostet. Deshalb waren sie ihm so unerbittlich gefolgt, über breite Flüsse und Hügel und durch die langen Meilen düsterer Wälder, die Jagdgründe feindlicher Stämme. Und jetzt kehrten die Überlebenden dieser langen Jagd um, als ihr Feind bis zur Erschöpfung getrieben war und in der Falle saß. Er schüttelte den Kopf, unfähig, es zu verstehen.

Er erhob sich vorsichtig, benommen von der langen Plackerei und kaum in der Lage zu realisieren, dass es vorbei war. Seine Glieder waren steif, seine Wunden schmerzten. Er spuckte trocken und fluchte, rieb sich mit dem Rücken seines dicken Handgelenks die brennenden, blutunterlaufenen Augen. Er blinzelte und musterte seine Umgebung. Unter ihm wogte und waberte die grüne Wildnis in einer festen Masse dahin, und über ihrem westlichen Rand war ein stahlblauer Dunst, von dem er wusste, dass er über dem Ozean hing. Der Wind bewegte seine schwarze Mähne, und der salzige Geruch der Atmosphäre belebte ihn. Er weitete seine enorme Brust und sog sie in sich auf.

Dann drehte er sich steif und schmerzerfüllt um, knurrte über den Stich in seiner blutenden Wade und untersuchte den Felsvorsprung, auf dem er stand. Dahinter erhob sich eine steile Felsklippe bis zum Gipfel des Felsens, etwa zehn Meter über ihm. Eine schmale, leiterartige Treppe mit Handgriffen war in den Fels gehauen. Und ein paar Fuß von ihre Absatz entfernt war ein Spalt in der Wand, breit und hoch genug, dass ein Mann hindurchgehen konnte.

Er humpelte zu dem Spalt, spähte hinein und grunzte. Die Sonne, die hoch über dem westlichen Wald stand, schien schräg in den Spalt und enthüllte eine tunnelartige Höhle dahinter. Sie ließ einen enthüllenden Strahl auf dem Bogen ruhen, an dem dieser Tunnel endete. In diesem Bogen befand sich eine schwere, eisenbeschlagene Eichentür!

Das war unglaublich. Dieses Land war eine heulende Wildnis. Der Cimmerier wusste, dass diese Westküste tausend Meilen lang kahl und unbewohnt war, abgesehen von den Dörfern der wilden Seeland-Stämme, die noch weniger zivilisiert waren als ihre im Wald lebenden Brüder.

Die nächsten Außenposten der Zivilisation waren die Grenzsiedlungen entlang des Donnerflusses, Hunderte von Meilen östlich. Der Cimmerier wusste, dass er der einzige Weiße war, der jemals die Wildnis zwischen diesem Fluss und der Küste durchquert hatte. Doch diese Tür war kein Werk der Pikten.

Da es unerklärlich war, war es ein verdächtiges Objekt, und er näherte sich ihm misstrauisch, Axt und Messer bereit. Dann, als sich seine blutunterlaufenen Augen mehr an die sanfte Düsternis gewöhnten, die zu beiden Seiten des schmalen Sonnenstrahls lauerte, bemerkte er etwas anderes – dicke, eisenbeschlagene Truhen, die entlang der Wände aufgereiht waren. Ein Aufblitzen des Verstehens trat in seine Augen. Er beugte sich über eine, aber der Deckel widerstand seinen Bemühungen. Er hob seine Axt, um das alte Schloss zu zertrümmern, überlegte es sich dann anders und humpelte auf die gewölbte Tür zu. Seine Haltung war jetzt selbstbewusster, seine Waffen hingen an seinen Seiten. Er drückte gegen die kunstvoll geschnitzte Tür, und sie schwang ohne Widerstand nach innen.

Dann änderte sich seine Haltung wieder, mit blitzartiger Plötzlichkeit; er wich mit einem erschrockenen Fluch zurück, Messer und Axt blitzten auf, als sie in Verteidigungspositionen sprangen. Einen Augenblick lang verharrte er dort, so wie eine Statue wilder Bedrohung, seinen massiven Hals reckend, um durch die Tür zu spähen. In der großen natürlichen Kammer, in die er blickte, war es dunkler, aber ein schwacher

Schimmer ging von dem großen Juwel aus, das auf einem winzigen Elfenbeinsockel in der Mitte des großen Ebenholztisches stand, um den herum jene stummen Gestalten saßen, deren Erscheinen den Eindringling so erschreckt hatte.

Sie bewegten sich nicht; sie drehten ihre Köpfe nicht nach ihm.

„Nun", sagte er barsch, „seid ihr alle betrunken?"

Es kam keine Antwort. Er war kein Mann, der sich leicht verlegen machen ließ, aber jetzt war er beunruhigt.

„Ihr könntet mir ein Glas von dem Wein anbieten, den ihr da trinkt", knurrte er, wobei seine natürliche Trotzigkeit durch die Unannehmlichkeit der Situation geweckt wurde. „Bei Crom, ihr zeigt verdammt wenig Höflichkeit gegenüber einem Mann, der zu eurer eigenen Bruderschaft gehört. Wollt ihr –" Seine Stimme verstummte, und schweigend stand er da und starrte eine Weile auf diese bizarren Gestalten, die so still um den großen Ebenholztisch saßen.

„Sie sind nicht betrunken", murmelte er plötzlich. „Sie trinken nicht einmal. Was für ein Teufelsspiel ist das?"

Er trat über die Schwelle und kämpfte sofort um sein Leben gegen die mörderischen, unsichtbaren Finger, die seine Kehle umklammerten.

II. – MÄNNER AUS DEM MEER

Belesa bewegte mit einer zierlichen Zehe gedankenverloren eine Muschel und verglich ihre zarten rosa Ränder im Geiste mit dem ersten rosa Dunst, der über den nebligen Stränden aufstieg. Es war nicht mehr Morgendämmerung, aber die Sonne war noch nicht lange aufgegangen, und die leichten, perlgrauen Wolken, die über dem Wasser trieben, hatten sich noch nicht verzogen.

Belesa hob ihren wunderschön geformten Kopf und starrte auf eine Aussicht, die ihr fremd und abstoßend, aber in jedem Detail auf eine eintönige Weise vertraut war. Von ihren zierlichen Füßen aus lief der gelbbraune Sand auf die sanft plätschernden Wellen zu, die sich nach Westen erstreckten und im blauen Dunst des Horizonts verloren. Sie stand an der südlichen Biegung der weiten Bucht, und südlich von ihr stieg das Land zu dem niedrigen Grat an, der in dieser Bucht ein Horn bildete. Von diesem Grat aus, das wusste sie, konnte man nach Süden über das kahle Wasser blicken – in unendliche Weiten, die ebenso absolut waren wie der Blick nach Westen und Norden.

Sie blickte lustlos landwärts und musterte geistesabwesend die Festung, die im vergangenen Jahr ihr Zuhause gewesen war. Vor einem trüben perlmutt- und himmelblauen Morgenhimmel wehte die goldene und scharlachrote Flagge ihres Hauses – eine Flagge, die in ihrer jugendlichen Brust keine Begeisterung weckte, obwohl sie triumphierend über vielen blutigen Feldern im fernen Süden geweht hatte. Sie erkannte die Gestalten von Männern, die in den Gärten und auf den Feldern schufteten, die sich in der Nähe der Festung aneinanderreihten und vor dem düsteren Wall des Waldes zurückzuweichen schienen, der den offenen Gürtel im Osten säumte und sich nach Norden und Süden erstreckte, so weit sie sehen konnte. Sie fürchtete diesen Wald, und diese Angst teilte jeder in dieser winzigen Siedlung. Und es war keine unbegründete Angst

– der Tod lauerte in diesen flüsternden Tiefen, ein schneller und schrecklicher Tod, ein langsamer und grauenhafter Tod, verborgen, bemalt, unermüdlich, unerbittlich.

Sie seufzte und bewegte sich lustlos auf das Wasser zu, ohne ein festes Ziel vor Augen. Die schleppenden Tage waren alle eintönig, und die Welt der Städte und Höfe und der Fröhlichkeit erschien nicht nur Tausende von Meilen, sondern lange Zeitalter entfernt. Wieder suchte sie vergeblich nach dem Grund, der einen Grafen von Zingara dazu gebracht hatte, mit seinen Gefolgsleuten an diese wilde Küste zu fliehen, tausend Meilen von dem Land entfernt, das ihn geboren hatte, und die Burg seiner Vorfahren gegen eine Hütte aus Baumstämmen einzutauschen.

Ihre Augen wurden weicher, als sie das leichte Getrappel kleiner nackter Füße über den Sand hörte. Ein junges Mädchen kam über den niedrigen Sandkamm gerannt, völlig nackt, ihr zarter Körper tropfend, und ihr flachsblondes Haar klebte nass an ihrem kleinen Kopf. Ihre wehmütigen Augen waren vor Aufregung weit aufgerissen.

„Lady Belesa!", rief sie und gab die Sprache aus Zingara mit einem sanften ophirischen Akzent wieder. „Oh, Lady Belesa!"

Atemlos von ihrem Herumrennen stammelte sie und machte unzusammenhängende Gesten mit ihren Händen. Belesa lächelte und legte einen Arm um das Kind, ohne sich darum zu kümmern, dass ihr seidenes Kleid den feuchten, warmen Körper berührte. In ihrem einsamen, isolierten Leben schenkte Belesa dem bemitleidenswerten Waisenkind, das sie einem brutalen Herrn entrissen hatte, dem sie auf dieser langen Reise von den südlichen Küsten her begegnet war, die Zärtlichkeit eines von Natur aus liebevollen Wesens.

„Was willst du mir damit sagen, Tina? Hol mal Luft, Kind."

„Ein Schiff!", rief das Mädchen und zeigte nach Süden. „Ich schwamm in einem Becken, das die Flut im Sand hinterlassen hatte, auf der anderen Seite des Bergrückens, und ich sah es! Ein Schiff, das aus dem Süden heraufsegelt!"

Sie zog schüchtern an Belesas Hand, ihr schlanker Körper zitterte, und Belesa spürte, wie ihr Herz beim bloßen Gedanken an einen unbekannten Besucher schneller schlug. Sie hatten kein einziges Segel gesehen, seit sie an dieser öden Küste angekommen waren.

Tina huschte vor ihr über den gelben Sand und umging die winzigen Tümpel, die die Ebbe in seichten Vertiefungen hinterlassen hatte. Sie erklommen den niedrigen, welligen Grat, und Tina verharrte dort, eine schlanke weiße Gestalt vor dem aufklarenden Himmel, ihr nasses, flachsblondes Haar um ihr schmales Gesicht wehend, einen zarten, zitternden Arm ausgestreckt.

„Seht, Mylady!"

Belesa hatte es bereits gesehen – ein sich bauschendes weißes Segel, gefüllt mit dem auffrischenden Südwind, der ein paar Meilen von der Landspitze entfernt die Küste entlangwehte. Ihr Herz setzte einen Schlag aus. Eine kleine Sache kann in farblosen und isolierten Leben eine große Rolle spielen; aber Belesa hatte eine Vorahnung seltsamer und gewalttätiger Ereignisse. Sie hatte das Gefühl, dass es kein Zufall war, dass dieses Segelschiff diese einsame Küste entlangsegelte. Im Norden gab es keine Hafenstadt, auch wenn man bis an die äußersten Eisküsten segelte; und der nächste Hafen im Süden war tausend Meilen entfernt. Was brachte diesen Fremden in die einsame Korvela-Bucht?

Tina drückte sich eng an ihre Herrin, und ihre schmalen Gesichtszüge waren von Besorgnis gezeichnet.

„Wer kann es sein, Mylady?", stammelte sie, und der Wind peitschte Farbe in ihre blassen Wangen. „Ist es der Mann, den der Graf fürchtet?"

Belesa sah auf sie herab, ihre Stirn war dunkel.

„Warum sagst du das, Kind? Woher weißt du, dass mein Onkel irgendjemanden fürchtet?"

„Das muss er", erwiderte Tina naiv, „sonst wäre er nie hierhergekommen, um sich an diesem einsamen Ort zu verstecken. Seht, Mylady, wie schnell es kommt!"

„Wir müssen los und meinen Onkel informieren", murmelte Belesa. „Die Fischerboote sind noch nicht ausgelaufen, und keiner der Männer hat das Segel gesehen. Hol deine Kleider, Tina. Beeil dich!"

Das Kind huschte den niedrigen Abhang hinunter zum Teich, in dem es gebadet hatte, als es das Boot erblickte, und schnappte sich die Pantoffeln, die Tunika und den Gürtel, die es im Sand liegen gelassen hatte. Sie sprang zurück den Grat hinauf und hüpfte abenteuerlich hin und her, während sie mitten im Lauf ihre knappen Kleidungsstücke anzog.

Belesa, die besorgt das sich nähernde Segel beobachtete, ergriff ihre Hand, und sie eilten zum Fort.

Wenige Augenblicke, nachdem sie das Tor der Holzpalisade, die das Gebäude umgab, durchschritten hatten, erschreckte das schrille Schmettern der Trompete die Arbeiter in den Gärten und die Männer, die gerade die Türen des Bootshauses öffneten, um die Fischerboote auf ihren Rollen ans Wasser zu schieben.

Jeder Mann außerhalb der Festung ließ sein Werkzeug fallen oder gab auf, was immer er gerade tat, und rannte zum Palisadenzaun, ohne innezuhalten, um nach der Ursache des Alarms zu suchen. Die verstreuten Reihen der fliehenden Männer versammelten sich am geöffneten Tor, und jeder Kopf drehte sich über die Schulter, um ängstlich auf die dunkle Waldgrenze im Osten zu blicken. Keiner blickte aufs Meer.

Sie drängten sich durch das Tor und riefen den Wachen, die auf dem Wehrgang unter den aufragenden Spitzen der aufrecht stehenden Palisadenstämme patrouillierten, Fragen zu.

„Was ist los? Warum werden wir gerufen? Kommen die Pikten?"

Als Antwort wies ein schweigsamer Soldat in abgenutztem Leder und rostigem Stahl nach Süden. Von seinem Aussichtspunkt aus war das Segel nun sichtbar. Männer begannen, auf die Plattformen zu klettern und starrten aufs Meer.

Auf einem kleinen Aussichtsturm auf dem Dach des Herrenhauses, das wie die anderen Gebäude aus Baumstämmen gebaut war, beobachtete Graf Valenso das heranrollende Segel, als es die Spitze des südlichen Horns umrundete. Der Graf war ein schlanker, drahtiger Mann mittlerer Größe und im späten mittleren Alter. Er hatte einen dunklen, ernsten Gesichtsausdruck. Beinkleider und Wams waren aus schwarzer Seide, die einzige Farbe an seinem Kostüm waren die Juwelen, die auf seinem Schwertgriff funkelten, und der weinfarbene Umhang, den er sich lässig über die Schulter geworfen hatte. Er zwirbelte nervös seinen dünnen schwarzen Schnurrbart und richtete seine düsteren Augen auf seinen Seneschall – ein Mann mit ledernen Gesichtszügen in Stahl und Satin.

„Was hältst du davon, Galbro?"

„Eine Karacke", antwortete der Seneschall. „Es ist eine Karacke, getrimmt und getakelt wie ein Schiff der Barachan-Piraten – schaut dorthin!"

Ein Chor von Rufen unter ihnen wiederholte seinen Ausruf; das Schiff hatte die Spitze passiert und schwenkte schräg nach innen über die Bucht. Und alle sahen die Flagge, die plötzlich aus dem Masttop erschien – eine schwarze Flagge mit einem scharlachroten Totenkopf, der in der Sonne schimmerte. Die Leute innerhalb der Palisade starrten wild auf dieses furchterregende Emblem; dann richteten sich alle Augen auf den Turm, wo der Herr der Festung düster dastand, sein Mantel im Wind um ihn herum peitschend.

„Es ist ganz klar eine Barachan", grunzte Galbro. „Und wenn ich nicht verrückt bin, ist es Stroms Rote Hand. Was macht er an dieser nackten Küste?"

„Er kann nichts Gutes mit uns im Sinn haben", knurrte der Graf. Ein Blick nach unten zeigte ihm, dass die massiven Tore geschlossen waren und dass der Hauptmann seiner Soldaten, glänzend in Stahl gekleidet, seine Männer zu ihren Posten dirigierte, einige zu den Plattformen, andere zu den Schießscharten des Turms. Er sammelte seine Hauptmacht entlang der Westmauer, in deren Mitte sich das Tor befand.

Valenso waren hundert Männer ins Exil gefolgt: Soldaten, Vasallen und Leibeigene. Von diesen waren etwa vierzig Soldaten, die Helme und Kettenhemden trugen und mit Schwertern, Äxten und Armbrüsten bewaffnet waren. Der Rest waren Arbeiter, die bis auf Hemden aus gehärtetem Leder keine Rüstung trugen, aber sie waren muskulöse Kerle und geübt im Umgang mit ihren Jagdbögen, Waldbeil und Saufedern. Sie nahmen ihre Plätze ein und blickten ihren Erzfeinden finster entgegen. Die Piraten der Barachan-Inseln, eines winzigen Archipels vor der Südwestküste Zingaras, hatten über ein Jahrhundert lang die Menschen auf dem Festland gejagt. Die Männer auf der Palisade hielten ihre Bögen oder Sauspeere fest und starrten düster auf die Karacke, die in Küstennähe schwankte und deren Messing in der Sonne blitzte. Sie konnten die Gestalten auf dem Deck sehen und die munteren Schreie der Seeleute hören. Stahl blitzte an der Reling.

Der Graf hatte den Turm verlassen, seine Nichte und ihren eifrigen Schützling vor sich herscheuchend, und nachdem er Helm und Kürass angelegt hatte, begab er sich zur Palisade, um die Verteidigung zu leiten. Seine Untertanen beobachteten ihn mit mürrischem Fatalismus. Sie wollten ihr Leben so teuer wie möglich verkaufen, aber trotz ihrer starken Position hatten sie kaum Hoffnung auf einen Sieg. Sie waren bedrückt von der Überzeugung, dass ihr Untergang bevorstand. Ein Jahr an dieser nackten Küste, mit der brütenden Bedrohung dieses von Teufeln heimgesuchten Waldes, die für immer hinter ihnen lauerte, hatte ihre Seelen mit düsteren Vorahnungen überschattet. Ihre Frauen standen schweigend in den Türen ihrer Hütten, die innerhalb der Palisaden errichtet worden waren, und beruhigten das Geschrei ihrer Kinder.

Belesa und Tina sahen gespannt von einem oberen Fenster im Herrenhaus zu, und Belesa spürte, wie der angespannte kleine Körper des Kindes in der Beuge ihres schützenden Arms zitterte.

„Sie werden in der Nähe des Bootshauses ankern", murmelte Belesa. „Ja! Da geht ihr Anker nieder, hundert Meter vor der Küste. Zittere nicht so, Kind! Sie können das Fort nicht einnehmen. Vielleicht wollen sie nur frisches Wasser und Vorräte. Vielleicht hat sie ein Sturm in diese Meere geweht."

„Sie kommen in langen Booten an Land!", rief das Kind. „Oh, meine Herrin, ich habe Angst! Es sind große Männer in Rüstung! Seht, wie die Sonne Feuer aus ihren Piken und Burgonetten schlägt! Werden sie uns aufessen?"

Belesa brach trotz ihrer Besorgnis in Gelächter aus.

„Natürlich nicht! Wer hat dir diese Idee in den Kopf gesetzt?"

„Zingelito hat mir erzählt, dass die Barachaner Frauen essen."

„Er hat dich geärgert. Die Barachaner sind grausam, aber sie sind nicht schlimmer als die zingaranischen Abtrünnigen, die sich selbst Freibeuter nennen. Zingelito war einst ein Freibeuter."

„Er war grausam", murmelte das Kind. „Ich bin froh, dass die Pikten ihm den Kopf abgeschnitten haben."

„Still, Kind." Belesa schauderte leicht. „So darfst du nicht sprechen. Sieh mal, die Piraten haben das Ufer erreicht. Sie stehen am Strand, und einer von ihnen kommt auf das Fort zu. Das muss Strom sein."

„Ahoi, das Fort dort!", rief er mit einer Stimme, die so böig war wie der Wind. „Ich komme unter einer Waffenstillstandsflagge!"

Der behelmte Kopf des Grafen erschien über den Spitzen der Palisade; sein strenges, von Stahl umrahmtes Gesicht musterte den Piraten düster. Strom war gerade in Hörweite stehen geblieben. Er war ein großer Mann, barhäuptig, und sein gelbbraunes Haar wehte im Wind. Von allen Seefahrern, die die Barachan heimsuchten, war keiner so berühmt für seine Teufelei wie er.

„Sprich!", befahl Valenso. „Ich habe wenig Lust, mich mit jemandem von deiner Sorte zu unterhalten."

Strom lachte mit den Lippen, nicht mit den Augen.

„Als mir Eure Galeone letztes Jahr in dem Sturm vor den Trallibes entwischte, hätte ich nie gedacht, Euch an der piktischen Küste wiederzusehen, Valenso!", sagte er. „Obwohl ich mich damals fragte, was Euer Ziel sein könnte. Bei Mitra, hätte ich es gewusst, wäre ich Euch damals gefolgt! Ich erlebte vor Kurzem die Überraschung meines Lebens, als ich Euren scharlachroten Falken über einer Festung wehen sah, wo ich nichts als kahlen Strand zu sehen glaubte. Ihr habt ihn natürlich gefunden?"

„Was gefunden?", schnauzte der Graf ungeduldig.

„Versucht nicht, mir etwas vorzutäuschen!" Die stürmische Natur des Piraten zeigte sich kurz in einem Anflug von Ungeduld. „Ich weiß, warum Ihr hierhergekommen seid – und ich bin aus demselben Grund gekommen. Ich habe nicht vor, mich aufhalten zu lassen. Wo ist Euer Schiff?"

„Das geht dich nichts an."

„Ihr habt keines", behauptete der Pirat selbstbewusst. „Ich sehe Teile von den Masten einer Galeone in dieser Palisade. Es muss irgendwie zerstört worden sein, nachdem Ihr hier gelandet seid. Wenn Ihr ein Schiff gehabt hätten, wärt Ihr schon vor langer Zeit mit Eurer Beute davongesegelt."

„Wovon redest du, verdammt noch mal?", schrie der Graf. „Meine Beute? Bin ich ein Barachan, der niederbrennt und plündert? Selbst wenn, was sollte ich an dieser nackten Küste plündern?"

„Das, was Ihr finden wolltet", antwortete der Pirat kühl. „Dasselbe, wonach ich suche – und was ich haben will. Aber ich werde umgänglich sein – gebt mir einfach die Beute, und ich gehe meines Weges und lasse Euch in Ruhe."

„Du musst verrückt sein", knurrte Valenso. „Ich bin hergekommen, um Einsamkeit und Abgeschiedenheit zu finden, und das habe ich genossen, bis du aus dem Meer gekrochen bist, du gelbköpfiger Hund. Verschwinde! Ich habe nicht um eine Unterredung gebeten, und ich bin dieses leere Gerede leid. Nimm deine Schurken, und geh deines Weges."

„Wenn ich gehe, werde ich diese Bruchbude in Schutt und Asche legen!", brüllte der Pirat in einem Wutanfall. „Zum letzten Mal – gebt mir die Beute im Austausch für Euer Leben! Ich habe euch hier eingekesselt und hundertfünfzig Männer, die bereit sind, euch auf mein Wort hin die Kehlen durchzuschneiden."

Als Antwort machte der Graf eine schnelle Handbewegung unterhalb der Spitzen der Palisade. Fast augenblicklich schoss ein boshaft summender Pfeil durch eine Schießscharte und zersplitterte auf Stroms Brustpanzer. Der Pirat schrie wild auf, sprang zurück und rannte zum Strand, während überall um ihn herum Pfeile pfiffen. Seine Männer brüllten und kamen wie eine Welle heran, ihre Klingen in der Sonne glänzend.

„Verflucht seist du, Hund!", tobte der Graf und schlug den Bogenschützen mit seiner eisernen Faust nieder. „Warum hast du ihm nicht über dem Halskragen die Kehle durchbohrt? Macht eure Bögen bereit, Männer – da kommen sie!"

Aber Strom hatte seine Männer erreicht und ihren stürmischen Ansturm aufgehalten. Die Piraten breiteten sich in einer langen Linie aus, die die Enden der Westmauer überlappte, und rückten vorsichtig vor, wobei sie ihre Pfeile abschossen, während sie kamen. Ihre Waffe war der Langbogen, und ihr Bogenschießen war dem der Zingaraner überlegen. Aber letztere waren durch ihre Barriere geschützt. Die langen Pfeile wölbten sich über die Palisade und zitterten aufrecht in die Erde. Einer traf das Fensterbrett, über das Belesa zusah, und entlockte Tina einen Angstschrei, die zurückwich und ihre aufgerissenen Augen auf den boshaft vibrierenden Pfeil richtete.

Die Zingaraner schickten ihrerseits ihre Bolzen und Jagdpfeile zurück, wobei sie ohne übermäßige Eile zielten und schossen. Die Frauen hatten die Kinder in ihre Hütten getrieben und warteten nun stoisch auf das Schicksal, das die Götter für sie bereithielten. Die Barachaner waren für ihre wilde und stürmische Kampfweise bekannt, aber sie waren ebenso vorsichtig wie wild und hatten nicht vor, ihre Kräfte in direkten Angriffen auf die Wälle zu vergeuden. Sie behielten ihre weit ausgebreitete Formation bei, krochen vorwärts und nutzten jede natürliche Vertiefung und jedes bisschen Vegetation aus – was nicht viel war, denn der Boden war auf allen Seiten der Festung gegen die Bedrohung durch piktische Überfälle geräumt worden.

Einige Körper lagen ausgestreckt auf dem sandigen Boden, ihre Rückenteile glänzten in der Sonne, aus ihren Achselhöhlen oder Hälsen ragten die Schäfte von Kriegspfeilen. Aber die Piraten waren so schnell wie Katzen, wechselten ständig ihre Position und waren durch ihre leichte Rüstung geschützt. Ihr ständiges Flächenfeuer war eine fortwährende Bedrohung für die Männer im Palisadenzaun. Dennoch war es offensichtlich, dass, solange die Schlacht ein Austausch der Bogenschützen blieb, die Vorteile bei den geschützten Zingaranern liegen mussten.

Aber unten am Bootshaus am Strand waren Männer mit Äxten bei der Arbeit. Der Graf fluchte hitzig, als er die Verwüstung sah, die sie in seinen Booten anrichteten, die mühsam aus Brettern gebaut worden waren, die aus massiven Baumstämmen gesägt worden waren.

„Sie bauen eine Schutzwand, verflucht seien sie!", tobte er. „Jetzt ein Ausfall, bevor sie ihn vollenden – während sie verstreut sind –" Galbro schüttelte den Kopf und warf einen Blick auf die einfach geschützten Gefolgsleute mit ihren plumpen Piken.

„Ihre Pfeile würden uns durchlöchern, und im Nahkampf wären wir ihnen nicht gewachsen. Wir müssen hinter unseren Mauern bleiben und uns auf unsere Bogenschützen verlassen."

„Gut", knurrte Valenso. „Wenn wir sie außerhalb unserer Mauern halten können."

Bald wurde die Absicht der Piraten allen klar, als eine Gruppe von etwa dreißig Männern vorrückte und einen großen Schild aus den Planken der Boote und dem Holz des Bootshauses vor sich her schob. Sie hatten einen Ochsenkarren gefunden und den Schild auf die Räder montiert, große massive Eichenscheiben. Als sie ihn schwerfällig vor sich herrollten, verbarg er sie vor den Augen der Verteidiger, abgesehen von flüchtigen Blicken auf ihre sich bewegenden Füße. Er rollte auf das Tor zu, und die verstreute Reihe der Bogenschützen näherte sich ihm und feuerte im Laufen.

„Schießt!", schrie Valenso und wurde fuchsteufelswild. „Haltet sie auf, bevor sie das Tor erreichen!"

Ein Pfeilhagel pfiff über die Palisade und bohrte sich harmlos in das dichte Holz. Ein spöttischer Schrei antwortete auf die Salve. Pfeile fanden jetzt Schießscharten, als der Rest der Piraten näher kam, und ein Soldat taumelte und fiel keuchend und würgend vom Wehrgang, mit einem gefiederten Schaft in der Kehle.

„Schießt auf ihre Füße!", schrie Valenso; und dann – „Vierzig Männer mit Piken und Äxten ans Tor! Der Rest hält die Mauer!" Bolzen schnitten in den Sand vor dem sich bewegenden Schild. Ein blutrünstiges Heulen verkündete, dass einer sein Ziel unter der Kante gefunden hatte, und ein Mann taumelte in Sicht, fluchend und hüpfend, während er versuchte, den Bolzen herauszuziehen, der seinen Fuß aufgespießt hatte. Im Nu war er von einem Dutzend Jagdpfeilen durchbohrt.

Aber mit einem tiefen Schrei wurde die Schutzwand an die Wand gestoßen, und ein schwerer, mit Eisen bewehrter Baumstamm, der durch eine Öffnung in der Mitte des Schildes gestoßen wurde, begann auf das Tor zu donnern, angetrieben von Armen mit muskulösen Muskeln und unterstützt von blutrünstiger Wut. Das massive Tor ächzte und schwankte, während von der Palisadenwand ein stetiger Bolzenhagel prasselte, von denen einige ihr Ziel trafen. Doch die wilden Männer des Meeres brannten vor Kampfeslust.

Mit tiefen Schreien schwangen sie den Rammbock, und von allen Seiten kamen die anderen heran, trotzten dem schwächer gewordenen Feuer der Mauern und schossen selbst schnell und heftig.

Fluchend wie ein Wahnsinniger sprang der Graf von der Mauer und rannte zum Tor, sein Schwert ziehend. Ein Haufen verzweifelter Soldaten schloss sich ihm an, ihre Speere umklammernd. Jeden Moment würde das Tor einstürzen, und sie mussten die Lücke mit ihren lebenden Körpern schließen.

Dann ertönte ein neuer Laut im Lärm des Handgemenges. Es war eine Trompete, die schrill vom Schiff dröhnte. Auf der Saling fuchtelte eine Gestalt mit den Armen und gestikulierte wild.

Dieses Geräusch drang an Stroms Ohren, obwohl er seine Kraft in den schwingenden Rammbock steckte. Er gebrauchte seine mächtigen Muskeln und widerstand dem Ruck der anderen Arme, indem er seine Beine anspannte, um die Ramme während ihres Rückwärtsschwungs zu stoppen. Er drehte den Kopf, während ihm Schweiß vom Gesicht tropfte.

„Wartet!", brüllte er. „Wartet, verdammt! Hört!"

In der Stille, die auf das Gebrüll folgte, war deutlich das Schmettern der Trompete zu hören und eine Stimme, die den Leuten innerhalb der Palisade etwas Unverständliches zurief.

Aber Strom verstand, denn seine Stimme erhob sich erneut zu einem profanen Befehl. Die Ramme wurde losgelassen, und die Schutzwand begann sich ebenso schnell vom Tor zurückzuziehen, wie sie vorgerückt war.

„Seht!", rief Tina an ihrem Fenster und sprang in ihrer wilden Aufregung auf und ab. „Sie rennen! Alle! Sie rennen zum Strand! Seht! Sie haben den Schild gerade außer Reichweite zurückgelassen! Sie springen in die Boote und rudern zum Schiff! Oh, meine Herrin, haben wir gewonnen?"

„Ich glaube nicht!" Belesa starrte aufs Meer. „Sieh nur!"

Sie warf die Vorhänge beiseite und lehnte sich aus dem Fenster. Ihre klare, junge Stimme übertönte die erstaunten Rufe der Verteidiger, die ihre Köpfe in die Richtung drehten, in die sie zeigte. Sie stießen einen tiefen Schrei aus, als sie ein weiteres Schiff majestätisch um die südliche Spitze kreisen sahen. Während sie hinsahen, hisste es die königliche goldene Flagge von Zingara.

Stroms Piraten schwärmten an den Seiten ihrer Karacke hoch und lichteten den Anker. Bevor das Fremde die Bucht zur Hälfte überquert hatte, verschwand die Rote Hand um die Spitze des Nordhorns.

III. – DIE ANKUNFT DES SCHWARZEN MANNES

„Raus, schnell!", fauchte der Graf und riss an den Gitterstäben des Tores. „Zerstört diese Schutzwand, bevor diese Fremden an Land gehen können!"

„Aber Strom ist geflohen", protestierte Galbro, „und das Schiff dort drüben ist zingaranisch."

„Tut, was ich befehle!", brüllte Valenso. „Meine Feinde sind nicht alle Fremde! Raus, Hunde! Dreißig von euch, mit Äxten, und macht aus dieser Schutzwand Brennholz. Bringt die Räder in den Palisadenzaun."

Dreißig Axtmänner rannten zum Strand hinunter, muskulöse Männer in ärmellosen Tuniken, deren Äxte in der Sonne glänzten. Das Verhalten ihres Herrn hatte eine mögliche Gefahr durch das herannahende Schiff angedeutet, und ihre Eile war von Panik erfüllt. Die Leute im Fort hörten deutlich, wie das Holz unter ihren fliegenden Äxten zersplitterte, und die Axtmänner rasten über den Sand zurück und zogen die großen Eichenräder mit sich, bevor das zingaranische Schiff dort vor Anker ging, wo das Piratenschiff gelegen hatte.

„Warum öffnet der Graf nicht das Tor und geht ihnen entgegen?", fragte sich Tina. „Hat er Angst, dass der Mann, den er fürchtet, auf diesem Schiff sein könnte?"

„Was meinst du, Tina?", fragte Belesa unbehaglich. Der Graf hatte nie einen Grund für diese selbst gewählte Verbannung genannt. Er war nicht der Typ, der vor einem Feind davonlief, obwohl er viele hatte. Aber diese Überzeugung von Tina war beunruhigend; fast unheimlich.

Tina schien ihre Frage nicht gehört zu haben.

„Die Axtmänner sind wieder im Palisadenzaun", sagte sie. „Das Tor ist wieder geschlossen und verriegelt. Die Männer stehen noch immer an der Mauer. Wenn dieses

Schiff Strom gejagt hat, warum hat es ihn dann nicht verfolgt? Aber es ist kein Kriegsschiff. Es ist eine Karacke, wie das andere. Schau, ein Boot kommt an Land. Ich sehe einen Mann im Bug, in einen dunklen Mantel gehüllt."

Als das Boot auf Grund gelaufen war, kam dieser Mann gemächlich den Sand heraufgetrabt, gefolgt von drei anderen. Er war ein großer, drahtiger Mann, in schwarze Seide und polierten Stahl gekleidet.

„Halt!", brüllte der Graf. „Ich werde allein mit eurem Anführer verhandeln!"

Der größere Fremde nahm seinen Morion ab und verbeugte sich ausladend. Seine Gefährten blieben stehen, zogen ihre weiten Mäntel um sich, und hinter ihnen lehnten sich die Matrosen auf ihre Ruder und starrten auf die Flagge, die über der Palisade wehte.

Als er in Reichweite des Tores war: „Aber sicherlich", sagte er, „sollte es auf diesen nackten Meeren keinen Argwohn zwischen ehrenwerten Herren geben!"

Valenso starrte ihn misstrauisch an. Der Fremde war dunkel, hatte ein schmales, raubtierhaftes Gesicht und einen dünnen schwarzen Schnurrbart. Ein Bündel Schnüre war um seinen Hals gerafft, und auch an seinen Handgelenken waren Schnüre.

„Ich kenne Euch", sagte Valenso langsam. „Ihr seid der Schwarze Zarono, der Freibeuter."

Wieder verbeugte sich der Fremde mit würdevoller Eleganz.

„Und niemand konnte den roten Falken der Korzettas übersehen!"

„Es scheint, diese Küste ist zum Treffpunkt aller Schurken der südlichen Meere geworden", knurrte Valenso. „Was wünscht Ihr?"

„Kommt, kommt, Sir!", protestierte Zarono. „Das ist ein unhöflicher Gruß an jemanden, der Euch gerade einen Dienst erwiesen hat. Hat dieser argossische Hund Strom nicht gerade an Euer Tor gedonnert? Und hat er nicht die Segel gesetzt, als er mich um die Landzunge herumkommen sah?"

„Stimmt", grunzte der Graf widerwillig. „Obwohl es zwischen einem Piraten und einem Abtrünnigen kaum einen Unterschied gibt."

Zarono lachte ohne Groll und zwirbelte seinen Schnurrbart.

„Ihr seid sehr direkt in Eurer Sprache, mein Herr. Aber ich möchte nur die Erlaubnis, in Eurer Bucht vor Anker zu gehen, meine Männer in Euren Wäldern nach Fleisch und Wasser suchen zu lassen und vielleicht selbst ein Glas Wein an Eurem Tisch zu trinken."

„Ich sehe nicht, wie ich euch daran hindern kann", knurrte Valenso. „Aber versteht das, Zarono: kein Mann Eurer Mannschaft kommt in diese Palisade. Wenn einer näher als 30 Meter kommt, wird er sofort einen Pfeil durch seinen Magen bekommen. Und ich befehle euch, meinen Gärten oder dem Vieh in den Pferchen keinen Schaden zuzufügen. Drei Ochsen könnt ihr für Frischfleisch haben, aber nicht mehr. Und wir können diese Festung gegen Eure Grobiane halten, falls Ihr anderer Meinung seid."

„Ihr habt sie gegen Strom nicht sehr erfolgreich gehalten", bemerkte der Freibeuter mit einem spöttischen Lächeln.

„Ihr werdet kein Holz zum Bau von Schutzschilden finden, es sei denn, ihr fällt Bäume oder tragt es von eurem eigenen Schiff ab", versicherte der Graf grimmig. „Und Eure Männer sind keine Barachan-Bogenschützen; sie sind keine besseren Bogenschützen als meine. Außerdem wäre die kleine Beute, die ihr in dieser Burg finden würdet, den Preis nicht wert."

„Wer spricht von Beute und Krieg?", protestierte Zarono. „Nay, meine Männer sehnen sich danach, sich an Land die Beine zu vertreten, und sie sind vom Kauen von gesalzenem Schweinefleisch dem Skorbut nahe. Ich garantiere ihr gutes Benehmen. Dürfen sie an Land kommen?"

Valenso signalisierte widerwillig seine Zustimmung, und Zarono verbeugte sich ein wenig sarkastisch und zog sich mit einem so gemessenen und würdevollen Schritt zurück, als würde er den polierten Kristallboden des königlichen Hofes von Kordava betreten, wo er tatsächlich, wenn das Gerücht nicht log, einst eine vertraute Gestalt gewesen war.

„Keiner darf den Palisadenzaun verlassen", befahl Valenso Galbro. „Ich traue diesem abtrünnigen Hund nicht. Dass er Strom von unserem Tor vertrieben hat, ist keine Garantie dafür, dass er uns nicht die Kehle durchschneidet."

Galbro nickte. Er war sich der Feindschaft zwischen den Piraten und den zingaranischen Freibeutern durchaus bewusst. Die Piraten waren hauptsächlich argossische Seeleute, die zu Gesetzlosen geworden waren; zu der alten Fehde zwischen Argos und Zingara kam im Fall der Freibeuter noch die Rivalität gegensätzlicher Interessen hinzu. Beide Arten machten Jagd auf die Schifffahrt und die Küstenstädte; und sie machten sich gegenseitig mit gleicher Gier zu Opfern.

Also rührte sich niemand von der Palisade, als die Freibeuter an Land kamen, dunkelgesichtige Männer in flammender Seide und poliertem Stahl, mit Schals um den Kopf und goldenen Creolen in den Ohren. Sie kampierten am Strand, etwa einhundertsiebzig an der Zahl, und Valenso bemerkte, dass Zarono an beiden Punkten Wachposten postierte. Sie belästigten die Gärten nicht, und nur die drei Rinder, die Valenso von der Palisade ausgerufen hatte, wurden hinausgetrieben und geschlachtet. Am Strand wurden Feuer entzündet, und ein geflochtenes Fass Bier wurde an Land gebracht und angestochen.

Andere Fässer wurden mit Wasser aus der Quelle gefüllt, die ein kurzes Stück südlich des Forts entsprang, und die Männer begannen, mit Armbrüsten in den Händen in Richtung Wald zu marschieren. Als Valenso dies sah, rief er Zarono zu, der im Lager auf und ab ging: „Lasst Eure Männer nicht in den Wald gehen. Nehmt einen weiteren Ochsen aus den Pferchen, wenn ihr nicht genug Fleisch habt. Wenn sie in den Wald trampeln, könnten sie den Pikten zum Opfer fallen.

Ganze Stämme der bemalten Teufel leben im Wald. Kurz nach unserer Landung schlugen wir einen Angriff zurück, und seitdem wurden sechs meiner Männer im Wald ermordet, zu der einen oder anderen Zeit. Im Moment herrscht Frieden zwischen uns, aber er hängt am seidenen Faden. Riskiert nicht, sie aufzuwiegeln."

Zarono warf einen erschrockenen Blick auf die tiefen Wälder, so als ob er erwartete, dort Horden wilder Gestalten zu sehen. Dann verbeugte er sich und sagte: „Ich danke Euch für die Warnung, mein Herr." Und er rief seinen Männern zu, zurückzukommen, mit einer krächzenden Stimme, die in einem seltsamen Kontrast zu seinem höfischen Akzent stand, wenn er den Grafen ansprach.

Wenn Zarono den Vorhang aus Blättern hätte durchdringen können, wäre er noch besorgter gewesen, wenn er die unheimliche Gestalt hätte sehen können, die dort lauerte und die Fremden mit unergründlichen schwarzen Augen beobachtete – ein schrecklich bemalter Krieger, nackt bis auf einen Lendenschurz aus Rehleder, mit einer Tukanfeder über seinem linken Ohr.

Als der Abend hereinbrach, kroch ein dünner grauer Schleier vom Meeresrand herauf und bedeckte den Himmel. Die Sonne versank in einem Purpurmeer und berührte die Spitzen der schwarzen Wellen mit Blut. Nebel kroch aus dem Meer und schwappte an die Füße des Waldes, in rauchigen Wölkchen um die Palisadenwand wirbelnd. Die Feuer am Strand leuchteten mattrot durch den Nebel, und der Gesang der Piraten schien gedämpft und weit weg. Sie hatten alte Segeltücher von der Karacke mitgebracht und sich Unterstände entlang des Strandes gebaut, wo noch immer Rindfleisch briet, und das Bier, das ihr Kapitän ihnen spendiert hatte, wurde sparsam verteilt.

Das große Tor war geschlossen und verriegelt. Soldaten stapften stur über die Plattformen der Palisaden, die Pike auf der Schulter, Feuchtigkeitsperlen auf ihren Stahlkappen glitzernd. Sie warfen einen unbehaglichen Blick auf die Feuer am Strand, starrten mit großer Beständigkeit in Richtung des Waldes, der jetzt eine vage dunkle Linie im kriechenden Nebel war. Das Gelände war leblos, ein kahler, dunkler Raum. Kerzen schimmerten schwach durch die Ritzen der Hütten, und Licht strömte aus den Fenstern des Herrenhauses. Es herrschte Stille bis auf die Schritte der Wachen, das Tropfen des Wassers von den Dachrinnen und das ferne Singen der Freibeuter. Ein schwaches Echo dieses Gesangs drang in die große Halle, wo Valenso mit seinem ungebetenen Gast beim Wein saß.

„Eure Männer sind bei guter Laune, Sir", grunzte der Graf.

„Sie sind froh, wieder Sand unter ihren Füßen zu spüren", antwortete Zarono. „Es war eine ermüdende Reise – ja, eine lange, harte Jagd." Er hob seinen Kelch galant zu dem nicht reagierenden Mädchen, das rechts von seinem Gastgeber saß, und trank feierlich. Gleichgültige Diener standen an den Wänden, Soldaten mit Piken und Helmen, Diener in Satinmänteln. Valensos Haushalt in diesem wilden Land war ein schattenhaftes Spiegelbild des Hofes, den er in Kordava geführt hatte.

Das Herrenhaus, wie er es unbedingt nennen wollte, war ein Wunder für diese Küste. Hundert Männer hatten monatelang Tag und Nacht daran gearbeitet. Die Holzwände an der Außenseite waren ohne jegliche Verzierung, aber innen war es eine möglichst genaue Kopie von Schloss Korzetta. Die Balken, aus denen die Wände der Halle bestanden, waren mit schweren, mit Gold verzierten Seidentapeten bedeckt. Gebeizte und polierte Schiffsbalken bildeten die Balken der hohen Decke. Der Boden war mit reichen Teppichen bedeckt. Die breite Treppe, die von der Halle nach oben führte, war ebenfalls mit Teppich ausgelegt, und ihre massive Balustrade war einst die Reling einer Galeone gewesen.

Ein Feuer im breiten Steinkamin vertrieb die Feuchtigkeit der Nacht. Kerzen in dem großen silbernen Kandelaber in der Mitte der breiten Mahagonitafel erhellten die Halle und warfen lange Schatten auf die Treppe. Graf Valenso saß am Kopfende des Tisches und leitete eine Gesellschaft, die aus seiner Nichte, seinem Piratengast, Galbro und dem Hauptmann der Wache bestand. Die geringe Anzahl der Gäste betonte die Proportionen des riesigen Tisches, an dem locker fünfzig Gäste hätten sitzen können.

„Ihr seid Strom gefolgt?", fragte Valenso. „Ihr habt ihn so weit in die Ferne getrieben?"

„Ich bin Strom gefolgt", lachte Zarono, „aber er ist nicht vor mir geflohen. Strom ist nicht der Mann, der vor irgendjemandem flieht. Nein, er kam, um etwas zu suchen; etwas, das auch ich begehre."

„Was könnte einen Piraten oder Freibeuter in dieses nackte Land locken?", murmelte Valenso und starrte in den funkelnden Inhalt seines Kelches.

„Was könnte einen Grafen von Kordava locken?", erwiderte Zarono, und ein gieriges Licht brannte einen Augenblick in seinen Augen.

„Die Fäulnis eines königlichen Hofes könnte einen Ehrenmann krank machen", bemerkte Valenso.

„Ehrenhafte Korzettas haben seine Fäulnis mehrere Generationen lang mit Gelassenheit ertragen", sagte Zarono unverblümt. „Mein Herr, gebt meiner Neugier nach – warum habt Ihr Eure Ländereien verkauft, Eure Galeone mit der Einrichtung Eures Schlosses beladen und seid über den Horizont gesegelt, ohne dass der König und die Adligen von Zingara davon wussten? Und warum habt Ihr Euch hier niedergelassen, wenn Euer Schwert und Euer Name Euch einen Platz in jedem zivilisierten Land verschaffen könnten?"

Valenso spielte mit der goldenen Siegelkette um seinen Hals.

„Warum ich Zingara verlassen habe", sagte er, „das ist meine eigene Angelegenheit. Aber es war der Zufall, der mich hier stranden ließ. Ich hatte mein ganzes Volk an Land gebracht und einen Großteil der Einrichtung, die Ihr erwähnt habt, in der Absicht, eine vorübergehende Behausung zu errichten. Aber mein Schiff, das dort draußen in der Bucht vor Anker lag, wurde gegen die Klippen der Nordspitze getrieben und von einem plötzlichen Sturm aus dem Westen zerstört. Solche Stürme sind zu bestimmten Jahreszeiten recht häufig. Danach blieb mir nichts anderes übrig, als zu bleiben und das Beste daraus zu machen."

„Dann würdet Ihr in die Zivilisation zurückkehren, wenn Ihr könntet?"

„Nicht nach Kordava. Aber vielleicht in ein fernes Land – nach Vendhya oder Khitai –"

„Findet Ihr es hier nicht langweilig, Mylady?", fragte Zarono und wandte sich zum ersten Mal direkt an Belesa.

Der Hunger darauf, ein neues Gesicht zu sehen und eine neue Stimme zu hören, hatte das Mädchen an diesem Abend in die große Halle geführt. Aber jetzt wünschte sie, sie wäre mit Tina in ihrem Zimmer geblieben. Die Bedeutung des Blicks, den Zarono ihr zuwarf, war unverkennbar. Seine Rede war anständig und formell, sein Gesichtsausdruck nüchtern und respektvoll; aber es war nur eine Maske, durch die der gewalttätige und finstere Geist des Mannes schimmerte. Er konnte das brennende Verlangen nicht aus seinen Augen verbannen, als er die aristokratische junge Schönheit in ihrem tief ausgeschnittenen Satinkleid und dem juwelenbesetzten Gürtel ansah.

„Hier gibt es wenig Abwechslung", antwortete sie leise.

„Wenn Ihr ein Schiff hättet", fragte Zarono seinen Gastgeber unverblümt, „würdet Ihr diese Siedlung verlassen?"

„Vielleicht", gab der Graf zu.

„Ich habe ein Schiff", sagte Zarono. „Wenn wir eine Einigung erzielen könnten –"

„Was für eine Einigung?" Valenso hob den Kopf und starrte seinen Gast misstrauisch an.

„Teilen und zwar gleichmäßig", sagte Zarono und legte seine Hand mit weit gespreizten Fingern auf die Tafel. Die Geste erinnerte seltsamerweise an eine große Spinne. Aber die Finger zitterten vor seltsamer Anspannung, und die Augen des Freibeuters glühten in einem neuen Licht.

„Was teilen?" Valenso starrte ihn sichtlich verwirrt an. „Das Gold, das ich mitgebracht habe, ging in meinem Schiff unter und wurde, anders als das zerbrochene Holz, nicht an Land gespült."

„Das nicht!" Zarono machte eine ungeduldige Geste. „Lasst uns aufrichtig sein, mein Herr. Könnt Ihr behaupten, es sei der Zufall gewesen, der Euch an diesem bestimmten Ort landen ließ, mit tausend Meilen Küste, aus denen Ihr wählen konntet?"

„Das muss ich nicht behaupten", antwortete Valenso kalt. „Der Kapitän meines Schiffes war ein gewisser Zingelito, ein ehemaliger Freibeuter. Er war an dieser Küste entlang gesegelt und überredete mich, hier anzulegen. Er sagte mir, er hätte einen Grund, den er mir später verraten würde. Aber diesen Grund verriet er nie, denn am Tag nach unserer Landung verschwand er im Wald, und sein kopfloser Körper wurde später von einer Jagdgesellschaft gefunden. Offensichtlich wurde er von den Pikten überfallen und erschlagen."

Zarono starrte Valenso eine Weile unverwandt an.

„Versenkt mich", sagte er schließlich, „ich glaube Euch, mein Herr. Ein Korzetta hat kein Talent zum Lügen, ungeachtet seiner sonstigen Fertigkeiten. Und ich werde Euch einen Vorschlag machen. Ich gebe zu, als ich dort draußen in der Bucht vor Anker ging, hatte ich andere Pläne im Sinn. Angenommen, Ihr hättet den Schatz bereits gesichert, wollte ich dieses Fort strategisch einnehmen und Euch allen die Kehlen durchschneiden. Aber die Umstände haben mich dazu gebracht, meine Meinung zu ändern –" Er warf Belesa einen Blick zu, der ihr die Farbe ins Gesicht trieb und sie empört den Kopf heben ließ.

„Ich habe ein Schiff, um Euch aus dem Exil zu bringen", sagte der Freibeuter, „mit Eurem Haushalt und Euren Gefolgsleuten, die Ihr auswählt. Der Rest kann für sich selbst sorgen."

Die Diener entlang der Mauern warfen sich gegenseitig unbehagliche Seitenblicke zu. Zarono fuhr fort, zu schonungslos zynisch, um seine Absichten zu verbergen.

„Aber zuerst müsst Ihr mir helfen, den Schatz zu heben, für den ich tausend Meilen gesegelt bin."

„Welchen Schatz, in Mitras Namen?", verlangte der Graf wütend zu wissen. „Jetzt plappert Ihr wie dieser Hund Strom."

„Habt Ihr jemals vom Blutigen Tranicos gehört, dem größten der Barachan-Piraten?", fragte Zarono.

„Wer nicht? Er war es, der die Inselburg des verbannten Prinzen Tothmekri von Stygia stürmte, die Menschen dem Schwert überantwortete und den Schatz davontrug, den der Prinz mitgebracht hatte, als er aus Khemi floh."

„Aye! Und die Geschichte dieses Schatzes brachte die Männer der Roten Bruderschaft dazu, wie Geier nach Aas auszuschwärmen – Piraten, Freibeuter, sogar die schwarzen Korsaren aus dem Süden. Aus Angst vor Verrat durch seine Kapitäne floh er mit einem Schiff nach Norden und verschwand aus dem Wissen der Menschen. Das war vor fast hundert Jahren.

Aber die Geschichte hält sich hartnäckig, dass ein Mann diese letzte Reise überlebte und zu den Barachans zurückkehrte, nur um von einem zingaranischen Kriegsschiff gefangen genommen zu werden. Bevor er gehängt wurde, erzählte er seine Geschichte und zeichnete mit seinem eigenen Blut eine Karte auf Pergament, die er irgendwie aus der

Reichweite seiner Entführer schmuggelte. Dies war die Geschichte, die er erzählte: Tranicos war weit abseits der Schifffahrtsrouten gesegelt, bis er zu einer Bucht an einer einsamen Küste kam, und dort ankerte er. Er ging an Land und nahm seinen Schatz und elf seiner vertrauenswürdigsten Kapitäne mit, die ihn auf seinem Schiff begleitet hatten. Auf seinen Befehl hin segelte das Schiff los, um in einer Woche zurückzukehren und ihren Admiral und seine Kapitäne abzuholen. In der Zwischenzeit wollte Tranicos den Schatz irgendwo in der Nähe der Bucht verstecken. Das Schiff kehrte zur vereinbarten Zeit zurück, aber von Tranicos und seinen elf Kapitänen fehlte jede Spur, außer der primitiven Behausung, die sie am Strand errichtet hatten.

Diese war zerstört worden, und es waren Spuren nackter Füße zu sehen, aber keine Anzeichen dafür, dass es zu Kämpfen gekommen war. Auch vom Schatz fehlte jede Spur oder ein Hinweis darauf, wo er versteckt war. Die Piraten stürzten sich in den Wald, um nach ihrem Anführer und seinen Kapitänen zu suchen, wurden jedoch von wilden Pikten angegriffen und zu ihrem Schiff zurückgetrieben. In ihrer Verzweiflung lichteten sie die Anker und segelten davon, aber bevor sie die Barachans erreichen konnten, zerstörte ein schrecklicher Sturm das Schiff, und nur dieser eine Mann überlebte.

Das ist die Geschichte des Schatzes von Tranicos, nach dem die Menschen fast ein Jahrhundert lang vergeblich gesucht haben. Dass die Karte existiert, ist bekannt, aber ihr Verbleib ist ein Rätsel geblieben.

Ich habe einen flüchtigen Blick auf diese Karte erhascht. Strom und Zingelito waren bei mir und ein Nemedier, der mit den Barachanern segelte. Wir sahen sie in einer Hütte in einer gewissen zingaranischen Hafenstadt, wo wir uns verkleidet herumtrieben. Jemand stieß die Lampe um und jemand heulte im Dunkeln, und als wir das Licht wieder anmachten, war der alte Geizhals, dem die Karte gehörte, mit einem Dolch im Herzen tot, und die Karte war weg, und die Nachtwache polterte mit ihren Piken die Straße hinunter, um dem Lärm nachzugehen. Wir zerstreuten uns, und jeder ging seines Weges.

Danach beobachteten Strom und ich jahrelang einander, jeder in der Annahme, der andere hätte die Karte. Nun, wie sich herausstellte, hatte keiner von beiden sie, aber vor kurzem erfuhr ich, dass Strom nach Norden aufgebrochen war, also folgte ich ihm. Ihr habt das Ende dieser Verfolgungsjagd gesehen.

Ich habe nur einen flüchtigen Blick auf die Karte geworfen, als sie auf dem Tisch des alten Geizhalses lag, und konnte nichts darüber sagen. Aber Stroms Handlungen zeigen, dass er weiß, dass dies die Bucht ist, in der Tranicos vor Anker lag. Ich glaube, dass sie den Schatz irgendwo in diesem Wald versteckten und auf ihrer Rückkehr von den Pikten angegriffen und getötet wurden. Die Pikten haben den Schatz nicht bekommen. Die Menschen haben an dieser Küste ein wenig Handel getrieben, ohne etwas von dem Schatz zu wissen, und im Besitz der Küstenstämme wurden nie goldene Ornamente oder seltene Juwelen gesehen.

Das ist mein Vorschlag: lasst uns unsere Kräfte bündeln. Strom ist irgendwo in Reichweite. Er ist geflohen, weil er befürchtete, zwischen uns eingeklemmt zu werden, aber er wird zurückkehren. Aber als Verbündete können wir ihn auslachen. Wir können von der Festung aus operieren und genug Männer hier lassen, um sie zu halten, falls er angreift. Ich glaube, der Schatz ist in der Nähe versteckt. Zwölf Männer hätten ihn nicht weit bringen können. Wir werden ihn finden, ihn auf mein Schiff laden und zu einem ausländischen Hafen segeln, wo ich meine Vergangenheit mit Gold verschleiern kann. Ich habe dieses

Leben satt. Ich möchte in ein zivilisiertes Land zurückkehren und wie ein Adliger leben, mit Reichtümern und Sklaven und einem Schloss – und einer Frau von edlem Blut."

„Und?", fragte der Graf mit vor Misstrauen zusammengekniffenen Augen.

„Gebt mir Eure Nichte zur Frau", forderte der Freibeuter unverblümt.

Belesa schrie spitz auf und sprang auf. Valenso erhob sich ebenfalls, bleich vor Wut, und seine Finger verkrampften sich um seinen Kelch, als ob er erwäge, ihn nach seinem Gast zu schleudern. Zarono rührte sich nicht; er saß still da, einen Arm auf dem Tisch und die Finger wie Krallen gebogen. Seine Augen glühten vor Leidenschaft und tiefer Bedrohung.

„Ihr wagt es!", stieß Valenso hervor.

„Ihr scheint zu vergessen, dass Ihr von Eurem hohen Stand herabgefallen seid, Graf Valenso", knurrte Zarono. „Wir sind nicht am Hof der Kordavaner, mein Herr. An dieser nackten Küste wird Adel an der Stärke der Männer und Waffen gemessen. Und danach bewerte ich Euch. Fremde betreten Schloss Korzetta, und das Vermögen der Korzettas liegt auf dem Meeresgrund. Ihr werdet hier als Verbannter sterben, wenn ich Euch nicht die Nutzung meines Schiffes gewähre.

Ihr werdet keinen Grund haben, die Vereinigung unserer Häuser zu bereuen. Mit einem neuen Namen und einem neuen Vermögen werdet Ihr feststellen, dass der Schwarze Zarono seinen Platz unter den Aristokraten der Welt einnehmen und ein Schwiegersohn werden kann, für den sich nicht einmal ein Korzetta schämen muss."

„Ihr seid verrückt, daran zu denken!", rief der Graf heftig. „Ihr – wer ist das?"

Das Getrappel weicher Pantoffeln lenkte seine Aufmerksamkeit ab. Tina kam hastig in die Halle, zögerte, als sie sah, dass der Graf sie wütend ansah, knickste tief und ging um den Tisch herum, um ihre kleinen Hände in Belesas Finger zu stecken. Sie keuchte leicht, ihre Pantoffeln waren feucht, und ihr flachsblondes Haar klebte an ihrem Kopf.

„Tina!", rief Belesa besorgt. „Wo warst du? Ich dachte, du wärst in deinem Zimmer gewesen, vor Stunden."

„Das war ich", antwortete das Kind atemlos, „aber ich habe die Korallenkette vermisst, die Ihr mir gegeben habt –" Sie hielt sie hoch, ein unbedeutendes Schmuckstück, das ihr aber mehr bedeutete als alle ihre anderen Besitztümer, weil es Belesas erstes Geschenk an sie gewesen war. „Ich hatte Angst, Ihr würdet mich nicht gehen lassen, wenn Ihr es wüsstet – die Frau eines Soldaten hat mir aus dem Palisadenzaun und wieder zurück geholfen – bitte, Mylady, zwingt mich nicht, zu verraten, wer sie ist, denn ich habe es versprochen. Ich habe meine Kette neben dem Teich gefunden, in dem ich heute Morgen gebadet habe. Bitte bestraft mich, wenn ich etwas falsch gemacht habe."

„Tina!", stöhnte Belesa und drückte das Kind an sich. „Ich werde dich nicht bestrafen. Aber du hättest nicht außerhalb des Palisadenzauns gehen sollen, da diese Freibeuter am Strand lagern und immer die Gefahr besteht, dass Pikten herumschleichen. Ich bringe dich in dein Zimmer und ziehe dir die feuchten Kleider aus –"

„Ja, meine Herrin", murmelte Tina, „aber zuerst möchte ich euch von dem schwarzen Mann erzählen –"

„Was?" Die überraschende Unterbrechung war ein Schrei, der über Valensos Lippen entrang. Sein Kelch fiel scheppernd zu Boden, als er sich mit beiden Händen am Tisch festhielt. Wenn ihn ein Blitz getroffen hätte, hätte sich die Haltung des Burgherrn nicht

118

subtiler oder schrecklicher verändert haben können. Sein Gesicht war leichenblass, seine Augen traten ihm fast aus dem Kopf.

„Was hast du gesagt?", keuchte er und starrte das Kind wild an, das verwirrt zu Belesa zurückwich. „Was hast du gesagt, Mädchen?"

„Ein schwarzer Mann, mein Herr", stammelte sie, während Belesa, Zarono und die Diener ihn erstaunt anstarrten. „Als ich zum Teich hinunterging, um meine Halskette zu holen, sah ich ihn. Es war ein seltsames Stöhnen im Wind, und das Meer wimmerte wie ein ängstliches Wesen, und dann kam er. Ich hatte Angst und versteckte mich hinter einem kleinen Sandkamm. Er kam vom Meer in einem seltsamen schwarzen Boot, das von blauem Feuer umspielt war, aber es gab keine Fackel. Er zog sein Boot auf den Sand unterhalb der Südspitze und schritt auf den Wald zu, wobei er im Nebel wie ein Riese aussah – ein großer, hochgewachsener Mann, schwarz wie ein Kuschite –"

Valenso taumelte, als hätte er einen tödlichen Schlag erhalten. Er griff sich an die Kehle und zerriss in seinem Gewaltausbruch die goldene Kette. Mit dem Gesicht eines Wahnsinnigen taumelte er um den Tisch herum und riss das schreiende Kind aus Belesas Armen.

„Du kleine Schlampe", keuchte er. „Du lügst! Du hast mich im Schlaf murmeln gehört und diese Lüge erzählt, um mich zu quälen! Sag, dass du lügst, bevor ich dir die Haut vom Rücken reiße!"

„Onkel!", rief Belesa empört und verwirrt und versuchte, Tina aus seinem Griff zu befreien. „Bist du verrückt? Was hast du vor?"

Mit einem Knurren riss er ihre Hand von seinem Arm und wirbelte sie taumelnd in die Arme von Galbro, der sie mit einem lüsternen Blick empfing, den er kaum zu verbergen versuchte.

„Gnade, mein Herr!", schluchzte Tina. „Ich habe nicht gelogen!"

„Ich sagte, du hast gelogen!", brüllte Valenso. „Gebbrelo!"

Der stumpfsinnige Diener packte das zitternde Kind und entkleidete es mit einem brutalen Ruck, der ihm die knappen Kleidungsstücke vom Leib riss. Er drehte sich um, legte seine schlanken Arme über seine Schultern und hob seine sich windenden Füße vom Boden.

„Onkel!", kreischte Belesa und wand sich vergeblich in Galbros lüsternem Griff. „Du bist verrückt! Du kannst nicht – oh, du kannst nicht –!" Die Stimme blieb ihr im Hals stecken, als Valenso eine mit Juwelen besetzte Reitpeitsche ergriff und sie mit einer wilden Wucht auf den zerbrechlichen Körper des Kindes niedersausen ließ, die einen roten Striemen auf seinen nackten Schultern hinterließ.

Belesa stöhnte, übel von der Qual in Tinas Schrei. Die Welt war plötzlich verrückt geworden. Wie in einem Albtraum sah sie die stumpfsinnigen Gesichter der Soldaten und Diener, Tiergesichter, die Gesichter von Ochsen, die weder Mitleid noch Sympathie ausdrückten. Zaronos leicht höhnisches Gesicht war Teil des Albtraums. Nichts in diesem purpurnen Nebel war real, außer Tinas nacktem weißen Körper, der von den Schultern bis zu den Knien mit roten Striemen übersät war; kein Laut war real, außer den scharfen Schmerzensschreien des Kindes und dem schnaufenden Keuchen Valensos, als er mit den starrenden Augen eines Wahnsinnigen um sich schlug und schrie: „Du lügst! Du lügst! Verflucht seist du, du lügst! Gib deine Schuld zu, oder ich werde deinen störrischen Körper häuten! Er kann mir nicht hierher gefolgt sein –"

„Oh, habt Gnade, mein Herr!" schrie das Kind und krümmte sich vergeblich auf dem Rücken des muskulösen Dieners, zu verzweifelt vor Angst und Schmerz, um den Verstand zu haben, sich durch eine Lüge zu retten. Blut rann in purpurnen Tropfen über ihre zitternden Schenkel. „Ich habe ihn gesehen! Ich lüge nicht! Gnade! Bitte! Ahhhh!"

„Du Narr! Du Narr!", schrie Belesa, fast außer sich. „Siehst du nicht, dass sie die Wahrheit sagt? Oh, du Bestie! Bestie! Bestie!"

Plötzlich schien ein Rest von Vernunft in das Gehirn von Graf Valenso Korzetta zurückzukehren. Er ließ die Peitsche fallen, taumelte zurück und fiel gegen den Tisch, wo er sich blind an dessen Kante festhielt. Er zitterte wie bei einem Fieberanfall. Sein Haar klebte in feuchten Strähnen an seiner Stirn, und Schweiß tropfte von seinem bleichen Gesicht, das wie eine geschnitzte Maske der Angst aussah. Tina, die von Gebbrelo befreit wurde, rutschte als wimmernder Haufen zu Boden. Belesa riss sich von Galbro los, stürzte schluchzend auf sie zu, fiel auf die Knie und nahm das bemitleidenswerte Waisenkind in die Arme. Sie setzte gegenüber ihrem Onkel ein schreckliches Gesicht auf, um die ganzen Phiolen ihres Zorns über ihn auszugießen – doch er sah sie nicht an. Er schien sie und sein Opfer vergessen zu haben. In einem Taumel der Ungläubigkeit hörte sie ihn zu dem Freibeuter sagen: „Ich nehme dein Angebot an, Zarono; in Mitras Namen, lass uns diesen verfluchten Schatz finden und von dieser verdammten Küste verschwinden!"

Da sank das Feuer ihrer Wut zu kranker Asche. In fassungslosem Schweigen hob sie das schluchzende Kind in ihre Arme und trug es die Treppe hinauf. Ein Blick zurück zeigte Valenso, der eher hockte als am Tisch saß und Wein aus einem riesigen Kelch trank, den er mit beiden zitternden Händen umklammerte, während Zarono wie ein düsterer Raubvogel über ihm aufragte – verblüfft über die Wendung der Ereignisse, aber schnell dabei, die schockierende Veränderung auszunutzen, die über den Grafen gekommen war. Er sprach mit leiser, entschiedener Stimme, und Valenso nickte stumm zustimmend, wie jemand, der kaum darauf achtet, was gesagt wird. Galbro stand zurückhaltend im Schatten, das Kinn zwischen Zeigefinger und Daumen geklemmt, und die Diener an den Wänden warfen sich verstohlene Blicke zu, verblüfft über den Zusammenbruch ihres Herrn.

Oben in ihrem Zimmer legte Belesa das halb ohnmächtige Mädchen auf das Bett und machte sich daran, die Striemen und Schnitte auf seiner zarten Haut zu waschen und beruhigende Salben aufzutragen. Tina gab sich in völliger Unterwerfung den Händen ihrer Herrin hin und stöhnte leise. Belesa hatte das Gefühl, als sei ihre Welt zusammengebrochen. Sie war krank und verwirrt, überreizt, ihre Nerven zitternd von dem brutalen Schock dessen, was sie erlebt hatte. Angst und Hass auf ihren Onkel wuchsen in ihrer Seele. Sie hatte ihn nie geliebt; er war hart und anscheinend ohne natürliche Zuneigung, besitzergreifend und gierig. Aber sie hatte ihn für gerecht und furchtlos gehalten. Ekel schüttelte sie bei der Erinnerung an seine starrenden Augen und sein blutleeres Gesicht. Es war eine schreckliche Angst, die diesen Wahnsinn ausgelöst hatte; und wegen dieser Angst hatte Valenso das einzige Geschöpf, das sie lieben und schätzen konnte, brutal behandelt; wegen dieser Angst verkaufte er sie, seine Nichte, an einen berüchtigten Gesetzlosen. Was steckte hinter diesem Wahnsinn? Wer war der schwarze Mann, den Tina gesehen hatte?

Das Kind murmelte im Halbwahn.

„Ich habe nicht gelogen, Mylady! Ganz bestimmt nicht! Es war ein schwarzer Mann in einem schwarzen Boot, das wie blaues Feuer auf dem Wasser brannte! Ein großer Mann,

120

schwarz wie ein Neger und in einen schwarzen Umhang gehüllt! Ich hatte Angst, als ich ihn sah, und mir gefror das Blut in den Adern. Er ließ sein Boot auf dem Sand zurück und ging in den Wald. Warum hat mich der Graf ausgepeitscht, weil ich ihn gesehen habe?"

„Ruhig, Tina", beruhigte Belesa. „Bleib ruhig liegen. Der Schmerz wird bald vergehen."

Die Tür öffnete sich hinter ihr, und sie wirbelte herum und schnappte sich einen juwelenbesetzten Dolch. Der Graf stand in der Tür, und ihr lief es kalt den Rücken runter bei diesem Anblick. Er sah um Jahre älter aus; sein Gesicht war grau und eingefallen, und seine Augen starrten auf eine Weise, die ihr Angst einjagte. Sie war ihm nie nahe gewesen; jetzt fühlte sie sich, als ob eine Kluft sie trennte. Er war nicht ihr Onkel, der da stand, sondern ein Fremder, der gekommen war, um sie zu bedrohen.

Sie hob den Dolch.

„Wenn du sie noch einmal berührst", flüsterte sie mit trockenen Lippen, „schwöre ich bei Mitra, dass ich dir diese Klinge in die Brust stoßen werde." Er hörte ihr nicht zu.

„Ich habe eine starke Wache um das Anwesen postiert", sagte er. „Zarono bringt seine Männer morgen in die Palisaden. Er wird nicht segeln, bis er den Schatz gefunden hat. Wenn er ihn findet, werden wir sofort zu einem noch nicht festgelegten Hafen segeln."

„Und du wirst mich an ihn verkaufen?", flüsterte sie. „In Mitras Namen –"

Er richtete einen düsteren Blick auf sie, aus dem alle Erwägungen außer seinem eigenen Interesse verdrängt waren. Sie schreckte davor zurück, als sie darin die rasende Grausamkeit sah, die den Mann in seiner geheimnisvollen Angst gepackt hatte.

„Du wirst tun, was ich befehle", sagte er plötzlich, und in seiner Stimme lag nicht mehr menschliches Gefühl als in dem Klang von Feuerstein auf Stahl. Und er drehte sich um und verließ das Zimmer. Von einem plötzlichen Anflug von Entsetzen geblendet, fiel Belesa ohnmächtig neben das Sofa, auf dem Tina lag.

IV. – EINE SCHWARZE TROMMEL DRÖHNEND

Belesa wusste nicht, wie lange sie niedergeschlagen und bewusstlos dalag. Als erstes bemerkte sie Tinas Arme um sich und das Schluchzen des Kindes in ihrem Ohr. Mechanisch richtete sie sich auf und zog das Mädchen in ihre Arme; und sie saß da, mit trockenen Augen, und starrte blicklos auf die flackernde Kerze. Im Schloss war kein Laut zu hören. Der Gesang der Piraten am Strand hatte aufgehört. Dumpf, fast unpersönlich dachte sie über ihr Problem nach.

Valenso war verrückt, die Geschichte mit dem mysteriösen schwarzen Mann machte ihn wahnsinnig. Er wollte die Siedlung verlassen und mit Zarono fliehen, um diesem Fremden zu entkommen. So viel war klar. Ebenso klar war die Tatsache, dass er bereit war, sie für diese Fluchtmöglichkeit zu opfern. In der Dunkelheit des Geistes, die sie umgab, sah sie keinen Lichtschimmer. Die Diener waren stumpfsinnige oder gefühllose Bestien, ihre Frauen dumm und apathisch. Sie würden es weder wagen noch sich darum kümmern, ihr zu helfen. Sie war völlig hilflos.

Tina hob ihr tränenüberströmtes Gesicht, als lausche sie einer inneren Stimme. Das kindliche Verständnis für Belesas innerste Gedanken war fast unheimlich, ebenso wie ihre Erkenntnis des unaufhaltsamen Schicksals und der einzigen Alternative, die den Schwachen blieb.

„Wir müssen gehen, meine Herrin!", flüsterte sie. „Zarono wird Euch nicht haben. Lasst uns weit weg in den Wald gehen. Wir werden gehen, bis wir nicht mehr können, und dann werden wir uns hinlegen und gemeinsam sterben."

Die tragische Stärke, die die letzte Zuflucht der Schwachen ist, drang in Belesas Seele ein. Es war die einzige Fluchtmöglichkeit vor den Schatten, die sich seit jenem Tag, als sie aus Zingara geflohen waren, um sie geschlossen hatten.

„Wir werden gehen, Kind."

Sie stand auf und tastete nach einem Umhang, als ein Ausruf von Tina sie aufschreckte. Das Mädchen war aufgestanden, einen Finger auf die Lippen gepresst, ihre Augen weit aufgerissen und vor Angst glänzend.

„Was ist los, Tina?" Der erschrockene Gesichtsausdruck des Kindes veranlasste Belesa, ihre Stimme zu einem Flüstern zu senken, und eine namenlose Besorgnis überkam sie.

„Jemand draußen im Flur", flüsterte Tina und umklammerte krampfhaft ihren Arm. „Er blieb an unserer Tür stehen und ging dann weiter, zum Zimmer des Grafen am anderen Ende."

„Deine Ohren sind feiner als meine", murmelte Belesa. „Aber das ist nichts Seltsames. Es war vielleicht der Graf selbst oder Galbro."

Sie setze sich in Bewegung, um die Tür zu öffnen, aber Tina schlang wild die Arme um ihren Hals, und Belesa spürte, wie ihr Herz wild schlug.

„Nein, nein, Mylady! Macht die Tür nicht auf! Ich habe Angst! Ich weiß nicht, warum, aber ich habe das Gefühl, dass etwas Böses in unserer Nähe herumschleicht!"

Beeindruckt tätschelte Belesa sie beruhigend und streckte eine Hand nach der goldenen Scheibe aus, die das winzige Guckloch in der Mitte der Tür verdeckte.

„Er kommt zurück!", schauderte das Mädchen. „Ich höre ihn!"

Auch Belesa hörte etwas – ein seltsames, verstohlenes Geräusch, von dem sie mit einem Schauer namenloser Angst erkannte, dass es nicht der Schritt eines ihr bekannten Menschen war. Und auch nicht der Schritt von Zarono oder irgendeinem Mann in Stiefeln. Konnte es der Freibeuter sein, der auf nackten, verstohlenen Füßen den Flur entlang glitt, um seinen Gastgeber im Schlaf zu töten? Sie dachte an die Soldaten, die unten Wache hielten. Wenn der Freibeuter die Nacht im Herrenhaus verbracht hatte, würde ein Soldat vor seiner Zimmertür postiert sein. Aber wer schlich da den Flur entlang? Außer ihr, Tina und dem Grafen schlief niemand oben, außer Galbro.

Mit einer schnellen Bewegung löschte sie die Kerze, damit sie nicht durch das Loch in der Tür schien, und schob die goldene Scheibe beiseite. Alle Lichter im Flur, der normalerweise von Kerzen beleuchtet wurde, waren aus. Jemand bewegte sich den dunklen Flur entlang. Sie spürte eher, als dass sie sah, dass eine undeutliche Gestalt an ihrer Tür vorbeiging, aber sie konnte anhand ihrer Form nichts erkennen, außer dass sie menschenähnlich war. Doch eine kalte Welle des Schreckens überkam sie; also kauerte sie sich stumm zusammen, unfähig zu dem Schrei, der hinter ihren Lippen gefror. Es war nicht die Angst, die ihr Onkel ihr jetzt einflößte, oder Furcht wie die Angst vor Zarono oder dem düsteren Wald. Es war blinde, unvernünftige Angst, die eine eisige Hand auf ihre Seele legte und ihre Zunge am Gaumen gefrieren ließ.

Die Gestalt ging weiter zum Treppenabsatz, wo sie sich für einen Moment gegen das schwache Glühen abzeichnete, das von unten heraufkam, und als sie dieses vage schwarze Bild vor dem Rot erblickte, fiel sie fast in Ohnmacht. Sie kauerte dort in der Dunkelheit und wartete auf den Aufschrei, der verkünden würde, dass die Soldaten in der großen Halle den Eindringling gesehen hatten. Aber das Herrenhaus blieb still; irgendwo heulte schrill ein Wind. Das war alles.

Belesas Hände waren schweißnass, als sie versuchte, die Kerze wieder anzuzünden. Sie war immer noch vor Entsetzen geschockt, obwohl sie nicht genau sagen konnte, was an dieser schwarzen Gestalt, die sich in dem roten Glühen abzeichnete, diese rasende Abscheu in ihrer Seele ausgelöst hatte. Sie hatte eine menschenähnliche Gestalt, aber die Umrisse waren seltsam fremdartig – abnormal – obwohl sie diese Abnormalität nicht klar definieren konnte. Aber sie wusste, dass es kein Mensch war, den sie gesehen hatte, und sie wusste, dass der Anblick sie all ihrer neu gewonnenen Entschlossenheit beraubt hatte. Sie war demoralisiert, unfähig zu handeln.

Die Kerze flammte auf und tauchte Tinas weißes Gesicht in das gelbe Glühen.

„Es war der schwarze Mann!", flüsterte Tina. „Ich weiß es! Mir gefror das Blut in den Adern, genau wie damals, als ich ihn am Strand sah. Unten sind Soldaten; warum haben sie ihn nicht gesehen? Sollen wir gehen und den Grafen informieren?"

Belesa schüttelte den Kopf. Sie wollte die Szene, die sich bei Tinas erster Erwähnung des schwarzen Mannes abgespielt hatte, nicht wiederholen. Jedenfalls getraute sie sich nicht, sich in diesen dunklen Flur hinauszuwagen.

„Wir können es nicht wagen, in den Wald zu gehen!", schauderte Tina. „Er wird dort lauern –"

Belesa fragte das Mädchen nicht, woher sie wusste, dass der schwarze Mann im Wald sein würde; es war das logische Versteck für jedes böse Wesen, ob Mensch oder Teufel. Und sie wusste, dass Tina recht hatte; sie wagten es nicht, das Fort jetzt zu verlassen. Ihre Entschlossenheit, die angesichts des sicheren Todes nicht ins Wanken geraten war, wich bei dem Gedanken, diese düsteren Wälder zu durchqueren, während dieses schwarze, schlurfende Wesen frei herumlief. Hilflos setzte sie sich hin und vergrub ihr Gesicht in ihren Händen.

Tina schlief bald auf der Couch ein und wimmerte gelegentlich im Schlaf. Tränen glitzerten auf ihren langen Wimpern. Sie bewegte ihren schmerzenden Körper unbehaglich in ihrem unruhigen Schlaf. Gegen Morgengrauen wurde Belesa sich einer stickigen Atmosphäre bewusst. Sie hörte ein leises Donnergrollen irgendwo in Meeresrichtung. Sie löschte die Kerze, die bis zur Fassung heruntergebrannt war, und ging zu einem Fenster, von dem aus sie sowohl das Meer als auch einen Waldgürtel hinter der Festung sehen konnte.

Der Nebel hatte sich verzogen, aber draußen auf dem Meer erhob sich eine dunkle Masse vom Horizont. Daraus zuckten Blitze, und der leise Donner grollte. Ein Rumpeln antwortete aus den schwarzen Wäldern. Erschrocken drehte sie sich um und starrte auf den Wald, einen düsteren schwarzen Wall. Ein seltsames rhythmisches Pulsieren drang an ihr Ohr – ein dröhnendes Echo, das nicht das Rollen einer piktischen Trommel war.

„Die Trommel!", schluchzte Tina und öffnete und schloss in ihrem Schlaf krampfhaft ihre Finger. „Der schwarze Mann – der auf eine schwarze Trommel schlägt – in den schwarzen Wäldern! Oh, rette uns –!"

Belesa schauderte. Entlang des östlichen Horizonts verlief eine dünne weiße Linie, die die Morgendämmerung ankündigte. Doch die schwarze Wolke am westlichen Rand wand sich und bauschte sich, schwoll an und dehnte sich aus. Sie starrte erstaunt, denn Stürme waren zu dieser Jahreszeit an dieser Küste praktisch unbekannt, und sie hatte noch nie eine Wolke wie diese gesehen.

Sie strömte in großen, brodelnden, schwarzen Massen, durchzogen von Feuer, über den Weltrand. Sie rollte und bauschte sich mit dem Wind in ihrem Bauch. Ihr Donnern ließ die Luft vibrieren. Und ein anderes Geräusch vermischte sich furchterregend mit dem Nachhall des Donners – die Stimme des Windes, die vor seinem Aufkommen umher raste. Der tintenschwarze Horizont wurde von den Blitzen zerrissen und zuckte; weit auf dem Meer sah sie die weiß geschäumten Wellen vor dem Wind rasen. Sie hörte sein dröhnendes Brüllen, das lauter wurde, als es sich dem Ufer näherte. Doch noch wehte kein Wind über dem Land. Die Luft war heiß und atemlos. Der Kontrast hatte etwas Unwirkliches an sich: draußen Wind und Donner und Chaos, die ins Landesinnere zogen, aber hier erstickende Stille. Irgendwo unter ihr schlug ein Fensterladen zu, erschreckend in der angespannten Stille, und eine Frauenstimme erhob sich, schrill vor Schreck. Aber die meisten Leute in der Festung schienen zu schlafen und nichts von dem nahenden Hurrikan zu bemerken.

Sie merkte, dass sie immer noch diesen geheimnisvollen dröhnenden Trommelschlag hörte, und starrte in Richtung des schwarzen Waldes, wobei es ihr kalt den Rücken runterlief. Sie konnte nichts sehen, aber ein dunkler Instinkt oder eine Intuition ließ sie sich eine schwarze, abscheuliche Gestalt vorstellen, die unter schwarzen Zweigen hockte und einen namenlosen Zauberspruch auf etwas aussprach, das wie eine Trommel klang –

Verzweifelt schüttelte sie die grausige Überzeugung ab und blickte seewärts, als ein Blitz den Himmel spaltete. Eingerahmt von seinem grellen Licht sah sie die Masten von Zaronos Schiff; sie sah die Zelte der Freibeuter am Strand, die Sandbänke der Südspitze und die Felsklippen der Nordspitze so deutlich wie in der Mittagssonne. Immer lauter wurde das Brüllen des Windes, und jetzt war das Herrenhaus erwacht. Füße kamen die Treppe heraufgepoltert, und Zaronos Stimme schrie, erfüllt von Schreck.

Türen schlugen zu, und Valenso antwortete ihm, indem er schrie, um über das Brüllen der Elemente hinweg gehört zu werden.

„Warum habt Ihr mich nicht vor einem Sturm aus dem Westen gewarnt?", heulte der Freibeuter. „Wenn die Anker nicht halten –"

„Zu dieser Jahreszeit ist noch nie ein Sturm aus dem Westen gekommen! ", kreischte Valenso, der im Nachthemd aus seinem Zimmer stürzte, sein Gesicht kreidebleich und seine Haare steif zu Berge stehend. „Das ist das Werk von –" Seine Worte gingen unter, als er wie verrückt die Leiter hinaufraste, die zum Aussichtsturm führte, gefolgt von dem fluchenden Freibeuter.

Belesa kauerte ehrfürchtig und taub an ihrem Fenster. Der Wind wurde immer lauter, bis er alle anderen Geräusche übertönte – alle außer diesem wahnsinnigen Dröhnen, das sich jetzt wie ein unmenschlicher Triumphgesang erhob. Er brauste an die Küste heran und trieb eine schäumende, meilenlange weiße Welle vor sich her – und dann brach an dieser Küste Hölle und Zerstörung aus. Der Regen fiel in reißenden Strömen und fegte mit blinder Raserei über die Strände. Der Wind schlug wie ein Donnerschlag ein und ließ die Balken der Festung erzittern. Die Brandung toste über den Sand und ertränkte die Kohlen der Feuer, die die Seeleute entfacht hatten. Im grellen Licht der Blitze sah Belesa durch den Vorhang des peitschenden Regens die Zelte der Piraten in Fetzen gerissen und weggespült, sah die Männer selbst auf das Fort zu taumeln, von der Wut der Sturzflut und des Sturms fast bis auf den Sand gedrückt.

124

Und im blauen Licht sah sie Zaronos Schiff, das von seiner Verankerung losgerissen und kopfüber gegen die zerklüfteten Klippen getrieben wurde, die hoch aufragten, um es zu empfangen...

V. – EIN MANN AUS DER WILDNIS

Der Sturm hatte seine Wut verloren. Die Morgendämmerung brach an einem klaren, blauen, regengetränkten Himmel an. Als die Sonne in einem Glanz frischen Goldes aufging, erhoben sich in leuchtenden Farben Vögel in einem anschwellenden Chor aus den Bäumen, auf deren breiten Blättern Wasserperlen wie Diamanten funkelten und in der sanften Morgenbrise zitterten.

An einem kleinen Bach, der sich über den Sand schlängelte und ins Meer mündete, bückte sich hinter einem Saum aus Bäumen und Büschen verborgen ein Mann, um sich Hände und Gesicht zu waschen. Er nahm seine Waschungen nach der Art seiner Rasse vor, kräftig grunzend und wie ein Büffel planschend. Doch mitten in diesem Planschen hob er plötzlich den Kopf, sein gelbbraunes Haar tropfend und Wasser in Rinnsalen über seine muskulösen Schultern laufend. Er kauerte sich für den Bruchteil einer Sekunde in eine lauschende Haltung, dann war er mit einer einzigen Bewegung auf den Füßen und blickte landeinwärts, das Schwert in der Hand. Und da erstarrte er und blickte mit weit aufgerissenem Mund.

Ein Mann, so groß wie er selbst, schritt über den Sand auf ihn zu, ohne sich zu verstecken; und die Augen des Piraten weiteten sich, als er die eng sitzenden Seidenhosen, die hohen Stiefel mit ausgestelltem Schaft, den Mantel mit weitem Rock und die Kopfbedeckung von vor hundert Jahren betrachtete. Der Fremde hielt ein breites Entermesser in der Hand, und sein Näherkommen war zielstrebig.

Der Pirat wurde blass, als in seinen Augen das Erkennen aufblitzte.

„Du!", stieß er ungläubig aus. „Bei Mitra! Du!"

Flüche strömten von seinen Lippen, als er sein Entermesser hochhob. Die Vögel erhoben sich in einem flammenden Schauer aus den Bäumen, als das Klirren von Stahl ihren Gesang unterbrach. Blaue Funken sprühten von den hackenden Klingen, und der Sand knirschte und mahlte unter den stampfenden Stiefelabsätzen. Dann endete das Klirren des Stahls in einem hackenden Knirschen, und ein Mann fiel mit einem erstickten Keuchen auf die Knie. Der Schwertgriff entglitt seiner kraftlosen Hand, und er rutschte der Länge nach auf dem Sande aus, der sich von seinem Blut rötete. Mit letzter Kraft tastete er nach seinem Gürtel, zog etwas heraus, versuchte, es zum Mund zu führen, versteifte sich dann krampfhaft und erschlaffte.

Der Sieger bückte sich und riss die erstarrenden Finger rücksichtslos von dem Gegenstand los, den sie in ihrem verzweifelten Griff zerknüllten.

Zarono und Valenso standen am Strand und starrten auf das Treibholz, das ihre Männer sammelten – Masten, Maststücke, abgebrochene Balken. Der Sturm hatte Zaronos Schiff so heftig gegen die niedrigen Klippen geschleudert, dass das meiste Bergungsgut nur noch aus Zündhölzern bestand. Etwas weiter hinter ihnen stand Belesa und lauschte ihrem Gespräch, einen Arm um Tina gelegt. Das Mädchen war blass und lustlos, gleichgültig gegenüber dem, was das Schicksal für sie bereithielt. Sie hörte, was die Männer sagten, aber ohne großes Interesse. Sie war erschüttert von der Erkenntnis, dass sie nur eine Schachfigur in dem Spiel war, wie auch immer es ausgehen würde – ob es nun ein elendes Leben an dieser trostlosen Küste oder eine irgendwie bewirkte Rückkehr in ein zivilisiertes Land sein würde.

Zarono fluchte giftig, aber Valenso schien benommen.

„Dies ist nicht die Jahreszeit für Stürme aus dem Westen", murmelte er und starrte mit hageren Augen die Männer an, die das Wrack an den Strand zogen. „Es war kein Zufall, der diesen Sturm aus der Tiefe heraufbeschworen hat, um das Schiff zu zertrümmern, in dem ich fliehen wollte. Fliehen? Ich bin gefangen wie eine Ratte in der Falle, so wie es beabsichtigt war. Nay, wir sind alle gefangene Ratten –"

„Ich weiß nicht, wovon Ihr redet", knurrte Zarono und zerrte heftig an seinem Schnurrbart. „Ich konnte Euch keine vernünftigen Worte mehr entlocken, seit diese flachsblonde Schlampe Euch gestern Abend mit ihrer wilden Geschichte von schwarzen Männern, die aus dem Meer kommen, verärgert hat. Aber ich weiß, dass ich mein Leben nicht an dieser verfluchten Küste verbringen werde. Zehn meiner Männer sind auf dem Schiff zur Hölle gefahren, aber ich habe noch hundertsechzig übrig. Ihr habt hundert. In Eurem Fort gibt es Werkzeuge, und in dem Wald dort drüben gibt es jede Menge Bäume. Wir werden ein Schiff bauen. Ich werde Männer damit beauftragen, Bäume zu fällen, sobald sie dieses Treibgut aus der Reichweite der Wellen gezogen haben."

„Es wird Monate dauern", murmelte Valenso.

„Nun, gibt es eine bessere Möglichkeit, unsere Zeit zu verbringen? Wir sind hier – und wenn wir kein Schiff bauen, kommen wir nie wieder weg. Wir müssen eine Art Sägewerk bauen, aber ich bin noch nie auf etwas gestoßen, das mich lange aufgehalten hat. Ich hoffe, der Sturm hat Strom in Stücke gerissen – den argossischen Hund! Während wir das Schiff bauen, werden wir nach der Beute des alten Tranicos jagen."

„Wir werden Euer Schiff nie fertigstellen", sagte Valenso düster.

„Ihr fürchtet die Pikten? Wir haben genug Männer, um ihnen zu trotzen."

„Ich spreche nicht von den Pikten. Ich spreche von einem schwarzen Mann."

Zarono wandte sich wütend zu ihm um. „Würdet Ihr vernünftig reden? Wer ist dieser verfluchte schwarze Mann?"

„In der Tat verflucht", sagte Valenso und starrte aufs Meer. „Ein Schatten meiner eigenen rotbefleckten Vergangenheit hat sich erhoben, um mich in die Hölle zu jagen. Seinetwegen floh ich aus Zingara, in der Hoffnung, meine Spur im großen Ozean zu verwischen. Aber ich hätte wissen müssen, dass er mich schließlich aufspüren würde."

„Wenn so ein Mann an Land kam, musste er sich im Wald verstecken", knurrte Zarono. „Wir werden den Wald absuchen und ihn aufspüren."

Valenso lachte barsch. „Suche nach einem Schatten, der vor einer Wolke dahintreibt, die den Mond verbirgt; taste im Dunkeln nach einer Kobra; folge einem Nebel, der sich um Mitternacht aus dem Sumpf schleicht."

Zarono warf ihm einen unsicheren Blick zu, offensichtlich an seinem Verstand zweifelnd.

„Wer ist dieser Mann? Schluss mit der Zweideutigkeit."

„Der Schatten meiner eigenen wahnsinnigen Grausamkeit und meines Ehrgeizes; ein Grauen kam aus den verlorenen Zeitaltern; kein Mensch aus sterblichem Fleisch und Blut, sondern –"

„Segel in Sicht!", brüllte der Ausguck an der Nordspitze. Zarono drehte sich um und seine Stimme durchschnitt den Wind.

„Erkennt ihr sie?"

„Ja!", kam die Antwort schwach zurück. „Es ist die Rote Hand!"

Zarono fluchte wie ein Wilder.

„Strom! Der Teufel beschützt seine eigenen Leute! Wie konnte er diesen Schlag überstehen?" Die Stimme des Freibeuters wurde zu einem Schrei, der den Strand hinauf und hinunter hallte. „Zurück zum Fort, ihr Hunde!"

Bevor sich die Rote Hand, die etwas ramponiert aussah, um die Spitze herum schob, war der Strand menschenleer, während die Palisade vor Helmen und mit Tüchern umwickelten Köpfen strotzte. Die Freibeuter akzeptierten das Bündnis mit der Anpassungsfähigkeit von Abenteurern, die Handlanger mit der Apathie von Leibeigenen.

Zarono knirschte mit den Zähnen, als ein Langboot gemächlich auf den Strand einschwenkte und er den gelbbraunen Kopf seines Rivalen am Bug erblickte. Das Boot strandete, und Strom schritt allein auf das Fort zu.

In einiger Entfernung blieb er stehen und schrie mit einem Stiergebrüll, das in der Morgenstille deutlich zu hören war. „Ahoi, das Fort! Ich will verhandeln!"

„Nun, warum zum Teufel tust du es nicht?", knurrte Zarono.

„Als ich mich das letzte Mal unter einer weißen Fahne näherte, brach ein Pfeil in meinem Brustpanzer!", brüllte der Pirat. „Ich will ein Versprechen, dass es nicht wieder passiert!"

„Du hast mein Versprechen!", rief Zarono sarkastisch.

„Verdammt sei dein Versprechen, du zingaranischer Hund! Ich will Valensos Wort."

Der Graf hatte ein gewisses Maß an Würde bewahrt. Seine Stimme klang autoritärer, als er antwortete: „Geh weiter, aber halte deine Männer zurück. Du wirst nicht beschossen."

„Das reicht mir", sagte Strom sofort. „Was auch immer die Sünden eines Korzetta sein mögen, wenn er sein Wort gegeben hat, könnt ihr ihm vertrauen." Er schritt vorwärts und blieb unter dem Tor stehen, während er über das hasserfüllte Gesicht lachte, das Zarono ihm entgegenstreckte.

„Nun, Zarono", spottete er, „Du bist ein Schiff ärmer als damals, als ich dich das letzte Mal sah! Aber ihr Zingaraner wart nie Seeleute."

„Wie hast du dein Schiff gerettet, du messantischer Gossenabschaum?", knurrte der Freibeuter.

„Einige Meilen nördlich gibt es eine Bucht, die durch einen hochgebirgigen Landarm geschützt ist, der die Kraft des Sturms gebrochen hat", antwortete Strom. „Ich lag dahinter vor Anker. Meine Anker schleiften, aber sie hielten mich vom Ufer fern."

Zarono runzelte die Stirn. Valenso sagte nichts. Er hatte von dieser Bucht nichts gewusst. Er hatte sein Reich kaum erkundet. Angst vor den Pikten und mangelnde Neugier hatten ihn und seine Männer in der Nähe der Festung gehalten. Die Zingaraner waren von Natur aus weder Entdecker noch Kolonialisten.

„Ich bin gekommen, um einen Handel zu machen", sagte Strom unbekümmert.

„Wir haben nichts, um mit dir zu handeln, außer Schwerthieben", knurrte Zarono.

„Ich glaube doch", grinste Strom mit schmalen Lippen. „Ihr habt eure Karten aufgedeckt, als ihr Galacus, meinen ersten Maat, ermordet und ausgeraubt habt. Bis heute Morgen dachte ich, Valenso hätte Tranicos' Schatz. Aber wenn einer von euch ihn gehabt hätte, hättet ihr euch nicht die Mühe gemacht, mir zu folgen und meinen Maat zu töten, um die Karte zu bekommen."

„Die Karte?", stieß Zarono hervor und versteifte sich.

„Oh, verstellt euch nicht!", lachte Strom, aber Wut flammte blau in seinen Augen auf. „Ich weiß, dass ihr sie habt. Pikten tragen keine Stiefel!"

„Aber –", begann der Graf verblüfft, verstummte aber, als Zarono ihn anstieß.

„Und wenn wir die Karte haben", sagte Zarono, „was kannst du dann tauschen, das wir brauchen könnten?"

„Lass mich in die Festung kommen", schlug Strom vor. „Dort können wir reden."

Er war nicht so offensichtlich, dass er die Männer ansah, die von der Mauer aus zu ihnen hinüberstarrten, aber seine beiden Zuhörer verstanden. Und die Männer auch. Strom hatte ein Schiff. Diese Tatsache würde bei jedem Feilschen oder jeder Schlacht eine Rolle spielen. Aber es würde nur eine bestimmte Anzahl an Menschen transportieren, egal wer das Kommando hatte; wer auch immer damit davonsegelte, es würden einige zurückbleiben. Eine Welle angespannter Spekulationen lief durch die schweigende Menge an der Palisade.

„Deine Männer werden bleiben, wo sie sind", warnte Zarono und deutete sowohl auf das Boot, das am Strand angelegt hatte, als auch auf das Schiff, das draußen in der Bucht vor Anker lag.

„Aye. Aber glaubt ja nicht, ihr könnt mich gefangen nehmen und als Geisel halten!" Er lachte grimmig. „Ich will Valensos Wort, dass ich das Fort innerhalb einer Stunde lebend und unverletzt verlassen darf, ob wir uns nun einigen oder nicht."

„Du hast mein Versprechen", antwortete der Graf.

„Also gut. Öffnet das Tor, und reden wir offen darüber."

Das Tor öffnete und schloss sich, die Anführer verschwanden aus dem Blickfeld, und die einfachen Männer beider Parteien nahmen ihre stille gegenseitige Bewachung wieder auf: die Männer auf der Palisade und die Männer, die neben ihrem Boot hockten, mit einem breiten Sandstreifen dazwischen; und jenseits eines Streifens blauen Wassers die Karacke, an deren Reling überall Stahlkappen glänzten.

Auf der breiten Treppe über der großen Halle kauerten Belesa und Tina, ignoriert von den Männern unten. Diese saßen um den breiten Tisch herum: Valenso, Galbro, Zarono und Strom. Bis auf sie war die Halle leer.

Strom trank einen Schluck Wein und stellte den leeren Kelch auf den Tisch. Die Offenheit, die sein rauhes Gesicht suggerierte, wurde durch die tanzenden Lichter der Grausamkeit und des Verräters Lügen gestraft. Aber er sprach unverblümt genug.

„Wir alle wollen den Schatz, den der alte Tranicos irgendwo in der Nähe dieser Bucht versteckt hat", sagte er abrupt. „Jeder hat etwas, das die anderen brauchen. Valenso hat Arbeiter, Vorräte und eine Palisade, die uns vor den Pikten schützt. Du, Zarono, hast meine Karte. Ich habe ein Schiff."

„Was ich gerne wissen würde", bemerkte Zarono, „ist Folgendes: wenn du diese Karte all die Jahre hattest, warum bist du dann nicht früher für die Beute hergekommen?"

„Ich hatte sie nicht. Es war dieser Hund, Zingelito, der den alten Geizhals im Dunkeln erstochen und die Karte gestohlen hat. Aber er hatte weder Schiff noch Mannschaft, und er brauchte mehr als ein Jahr, um sie zu bekommen. Als er für den Schatz herkam, verhinderten die Pikten seine Landung, und seine Männer meuterten und zwangen ihn, nach Zingara zurückzusegeln. Einer von ihnen stahl ihm die Karte und verkaufte sie mir kürzlich."

„Deshalb hat Zingelito die Bucht erkannt", murmelte Valenso.

„Hat Euch dieser Hund hierhergeführt, Graf? Ich hätte es mir denken können. Wo ist er?"

„Zweifellos in der Hölle, denn er war einst ein Freibeuter. Die Pikten haben ihn erschlagen, offensichtlich, als er im Wald nach dem Schatz suchte."

„Gut!", lobte Strom freudig. „Nun, ich weiß nicht, woher ihr wusstet, dass mein Maat die Karte bei sich trug. Ich vertraute ihm, und die Männer vertrauten ihm mehr als mir, also ließ ich ihn die Karte behalten. Aber heute Morgen wanderte er mit einigen anderen ins Landesinnere, wurde von ihnen getrennt, und wir fanden ihn mit dem Schwert erschlagen in Strandnähe, und die Karte war verschwunden. Die Männer wollten mich schon des Mordes beschuldigen, aber ich zeigte den Narren die Spuren, die sein Mörder hinterlassen hatte, und bewies ihnen, dass meine Füße nicht dazu passen würden. Und ich wusste, dass es keiner von der Mannschaft war, weil keiner von ihnen Stiefel trägt, die solche Spuren hinterlassen. Und Pikten tragen überhaupt keine Stiefel. Also musste es ein Zingaraner sein.

Nun, ihr habt die Karte, aber ihr habt nicht den Schatz. Wenn ihr ihn gehabt hätten, hättet ihr mich nicht in die Palisade gelassen. Ich habe euch in dieser Festung eingesperrt. Ihr können nicht hinausgehen, um nach der Beute zu suchen, und selbst wenn ihr sie bekämt, hättet ihr kein Schiff, mit dem ihr fliehen könntet.

Hier ist mein Vorschlag: Zarono, gib mir die Karte. Und du, Valenso, gibst mir frisches Fleisch und andere Vorräte. Meine Männer sind nach der langen Reise dem Skorbut nahe. Im Gegenzug nehme ich euch drei Männer, die Lady Belesa und ihr Mädchen mit und setze euch in Reichweite eines Hafens in Zingara an Land – oder ich setze Zarono in der Nähe eines Treffpunkts für Freibeuter an Land, wenn er das vorzieht, da ihn in Zingara zweifellos eine Schlinge erwartet. Und um den Handel abzuschließen, gebe ich jedem von euch einen ansehnlichen Anteil am Schatz."

Der Freibeuter zupfte nachdenklich an seinem Schnurrbart. Er wusste, dass Strom einen solchen Pakt nicht einhalten würde, wenn er geschlossen würde. Keinesfalls dachte Zarono daran, seinem Vorschlag zuzustimmen. Aber eine kategorische Ablehnung würde die Angelegenheit in einen Waffengang treiben. Er suchte in seinem flinken Gehirn nach einem Plan, um den Piraten zu überlisten. Er wollte Stroms Schiff ebenso sehnlich wie den verlorenen Schatz.

„Was hindert uns daran, dich gefangen zu halten und deine Männer zu zwingen, uns dein Schiff im Austausch für dich zu geben?", fragte er.

Strom lachte ihn aus.

„Hältst du mich für einen Narren? Meine Männer haben den Befehl, die Anker zu lichten und von hier fortzusegeln, wenn ich nicht innerhalb einer Stunde wieder auftauche oder wenn sie Verrat vermuten. Sie würden euch das Schiff nicht geben, wenn ihr mir am Strand die Haut abziehen würdet. Außerdem habe ich das Wort des Grafen."

„Mein Versprechen ist keine Kleinigkeit", sagte Valenso düster. „Hört mit den Drohungen, Zarono."

Zarono antwortete nicht, sein Geist war ganz mit dem Problem beschäftigt, Stroms Schiff in seinen Besitz zu bringen; die Verhandlungen fortzusetzen, ohne zu verraten, dass er die Karte nicht hatte. Er fragte sich, wer in Mitras Namen die verfluchte Karte hatte.

„Lass mich meine Männer mit auf dein Schiff nehmen, wenn wir losfahren", sagte er. „Ich kann meine treuen Gefolgsleute nicht im Stich lassen –"

Strom schnaubte.

„Warum fragst du nicht nach meinem Entermesser, um mir die Kehle aufzuschlitzen? Lass deine Getreuen im Stich – pah! Du würdest deinen Bruder dem Teufel überlassen, wenn du etwas damit gewinnen könntest. Nein! Du wirst nicht genug Männer an Bord bringen, um dir eine Chance zu geben, zu meutern und mein Schiff zu übernehmen."

„Gib uns einen Tag, um darüber nachzudenken", drängte Zarono und kämpfte um Zeit. Stroms schwere Faust schlug auf den Tisch und ließ den Wein in den Gläsern tanzen.

„Nein, bei Mitra! Gebt mir meine Antwort sofort!"

Zarono war auf den Beinen, während seine schwarze Wut seine List überwältigte.

„Du Barachan-Hund! Ich gebe dir deine Antwort – in deine Eingeweide –" Er riss seinen Umhang beiseite und schnappte nach dem Schwertgriff. Strom erhob sich brüllend, sein Stuhl fiel rückwärts auf den Boden. Valenso sprang auf und breitete die Arme zwischen ihnen aus, als sie sich über die Tafel hinweg gegenüberstanden, die Münder eng zusammengepreßt, die Klingen halb gezogen, die Gesichter verzerrt.

„Meine Herren, genug damit! Zarono, er hat mein Ehrenwort –"

„Die widerwärtigen Unholde zerkauen Euer Ehrenwort!", knurrte Zarono.

„Stellt Euch nicht zwischen uns, mein Herr", knurrte der Pirat, seine Stimme belegt von Mordlust. „Euer Wort war, dass ich nicht hinterlistig behandelt werden sollte. Es wird nicht als Bruch Eures Versprechens betrachtet, wenn dieser Hund und ich die Schwerter in einem gleichberechtigten Spiel kreuzen."

„Gut gesprochen, Strom!" Es war eine tiefe, kraftvolle Stimme hinter ihnen, vibrierend vor grimmiger Belustigung. Alle drehten sich um und starrten mit offenem Mund. Oben auf der Treppe sprang Belesa mit einem unwillkürlichen Ausruf auf.

Ein Mann trat hinter den Vorhängen hervor, die eine Zimmertür verdeckten, und ging ohne Hast oder Zögern auf den Tisch zu. Augenblicklich dominierte er die Gruppe, und alle spürten, dass die Situation subtil mit einer neuen, dynamischen Atmosphäre aufgeladen war.

Der Fremde war so groß wie die Freibeuter und kräftiger gebaut als sie beide, doch trotz seiner Größe bewegte er sich mit pantherhafter Geschmeidigkeit in seinen Stiefeln mit hohem, ausgestelltem Schaft. Seine Schenkel steckten in eng anliegenden Kniehosen aus weißer Seide, sein himmelblauer Mantel mit weitem Rock war geöffnet und enthüllte ein weißes Seidenhemd mit offenem Kragen darunter und die scharlachrote Schärpe, die seine Taille umgürtete. Der Mantel hatte silberne, eichelförmige Knöpfe und war mit goldbearbeiteten Manschetten und Taschenklappen sowie einem Satinkragen geschmückt. Ein lackierter Hut vervollständigte ein Kostüm, das seit fast hundert Jahren veraltet war. Ein schwerer Entersäbel hing an der Hüfte des Trägers.

„Conan!", riefen beide Freibeuter gleichzeitig, und Valenso und Galbro hielten bei diesem Namen den Atem an.

130

„Wer sonst?" Der Riese schritt auf den Tisch zu und lachte sarkastisch über ihr Erstaunen.

„Was – was macht du hier?", stotterte der Seneschall. „Wie kommst du hierher, uneingeladen und unangekündigt?"

„Ich bin über die Palisade auf der Ostseite geklettert, während ihr Narren am Tor gestritten habt", antwortete Conan. „Jeder Mann in der Festung hat seinen Hals nach Westen gereckt. Ich betrat das Herrenhaus, während Strom durch das Tor eingelassen wurde. Seitdem bin ich in dieser Kammer dort und habe gelauscht."

„Ich dachte, du wärst tot", sagte Zarono langsam. „Vor drei Jahren wurde der zerschmetterte Rumpf deines Schiffes vor einer Riffküste gesichtet, und man hörte in der Öffentlichkeit nichts mehr von dir."

„Ich bin nicht mit meiner Mannschaft ertrunken", antwortete Conan. „Um mich zu ertränken, braucht es einen größeren Ozean als diesen."

Oben auf der Treppe klammerte sich Tina in ihrer Aufregung an Belesa und starrte mit allen Augen durch die Balustraden.

„Conan! Mylady, es ist Conan! Schaut! Oh, schaut!"

Belesa schaute; es war, als würde sie einer legendären Figur in Fleisch und Blut begegnen. Wer von allen Seefahrern kannte nicht die wilden, blutigen Geschichten von Conan, dem wilden Vagabunden, der einst Kapitän der Barachan-Piraten und eine der größten Plagen der See gewesen war? Eine große Anzahl an Balladen feierte seine grausamen und kühnen Heldentaten. Der Mann konnte nicht ignoriert werden; unwiderstehlich war er in die Szene hineingestapft, um ein weiteres, dominantes Element in der verworrenen Handlung zu bilden. Und inmitten ihrer verängstigten Faszination löste Belesas weiblicher Instinkt Spekulationen über Conans Haltung ihr gegenüber aus – würde sie Stroms brutaler Gleichgültigkeit oder Zaronos gewalttätigem Verlangen ähneln?

Valenso erholte sich gerade von dem Schock, einen Fremden in seiner eigenen Halle anzutreffen. Er wusste, dass Conan ein Cimmerier war, geboren und aufgewachsen in den Ödländern des hohen Nordens, und daher nicht den physischen Beschränkungen unterworfen war, die zivilisierte Menschen beherrschten. Es war nicht so merkwürdig, dass er unentdeckt in die Festung eindringen konnte, aber Valenso zuckte zusammen bei dem Gedanken, dass andere Barbaren diese Leistung nachahmen könnten – die dunklen, schweigsamen Pikten zum Beispiel.

„Was willst du hier?", fragte er. „Kommst du vom Meer?"

„Ich kam aus den Wäldern." Der Cimmerier drehte seinen Kopf nach Osten.

„Du hast bei den Pikten gelebt?", fragte Valenso kalt.

Ein kurzzeitiger Zorn flackerte blau in den Augen des Riesen auf. „Selbst ein Zingaraner sollte wissen, dass es niemals Frieden zwischen Pikten und Cimmeriern gegeben hat und nie geben wird", erwiderte er mit einem Fluch. „Unsere Fehde mit ihnen ist älter als die Welt. Wenn Ihr das zu einem meiner wilderen Brüder gesagt hättet, hättet Ihr einen gespaltenen Kopf gehabt. Aber ich habe lange genug unter euch zivilisierten Menschen gelebt, um eure Unwissenheit und euren Mangel an Höflichkeit zu verstehen – die Ungehobeltheit, die zu einem Mann gehört, der aus einer tausend Meilen entfernten Wildnis an eurer Tür auftaucht. Vergessen wir das." Er wandte sich an die beiden Freibeuter, die dastanden und ihn düster anstarrten.

„Nach dem, was ich mitbekommen habe", sagte er, „schließe ich, dass es Uneinigkeit über eine Karte gibt!"

„Das geht dich nichts an", knurrte Strom.

„Tut es das?" Conan grinste boshaft und zog einen zerknüllten Gegenstand aus seiner Tasche – ein quadratisches Pergament, das mit purpurnen Linien markiert war.

Strom starrte ihn heftig an und wurde blass.

„Meine Karte!", rief er. „Wo hast du sie her?"

„Von deinem Kumpel Galacus, als ich ihn getötet habe", antwortete Conan mit grimmiger Freude.

„Du Hund!", tobte Strom und wandte sich Zarono zu. „Du hattest die Karte nie! Du hast gelogen –"

„Ich habe nicht gesagt, dass ich sie habe", knurrte Zarono. „Du hast dich selbst getäuscht. Sei kein Narr. Conan ist allein. Wenn er eine Mannschaft hätte, hätte er uns bereits die Kehle durchgeschnitten. Wir werden ihm die Karte abnehmen –"

„Du wirst sie nie anfassen!" Conan lachte grimmig.

Beide Männer sprangen ihn fluchend an. Er trat zurück, zerknüllte das Pergament und warf es in die glühenden Kohlen des Kamins. Mit einem unverständlichen Brüllen stürzte Strom auf ihn zu und bekam einen Schlag unters Ohr, der ihn halb bewusstlos auf den Boden fallen ließ. Zarono zog sein Schwert, doch bevor er zustoßen konnte, schlug Conans Entermesser es ihm aus der Hand.

Zarono taumelte gegen den Tisch, mit einem höllischen Zorn in seinen Augen. Strom richtete sich auf, seine Augen waren glasig, Blut tropfte aus seinem gequetschten Ohr.

Conan beugte sich leicht über den Tisch, sein ausgestrecktes Entermesser berührte gerade die Brust von Graf Valenso.

„Ruft nicht nach Euren Soldaten, Graf", sagte der Cimmerier leise. „Kein Laut von Euch – und auch nicht von dir, Hundegesicht!" Sein Name für Galbro, der nicht die Absicht zeigte, seinem Zorn zu trotzen. „Die Karte ist zu Asche verbrannt, und es wird nichts nützen, Blut zu vergießen. Setzt euch alle."

Strom zögerte, machte eine unvollendete Geste in Richtung seines Schwertgriffs, zuckte dann mit den Schultern und sank mürrisch in einen Stuhl. Die anderen folgten seinem Beispiel. Conan blieb stehen und überragte den Tisch, während seine Feinde ihn mit bitteren, hasserfüllten Augen beobachteten.

„Ihr wart am Verhandeln", sagte er. „Das ist alles, wozu ich hergekommen bin."

„Und was hast du einzutauschen?", höhnte Zarono.

„Den Schatz von Tranicos!"

„Was?" Alle vier Männer standen auf und lehnten sich zu ihm vor.

„Setzt euch!", brüllte er und schlug mit seiner breiten Klinge auf den Tisch. Sie sanken zurück, angespannt und weiß vor Aufregung. Er grinste in großer Freude über das Aufsehen, das seine Worte verursacht hatten.

„Ja! Ich habe ihn gefunden, bevor ich die Karte bekam. Deshalb habe ich die Karte verbrannt. Ich brauche sie nicht. Und jetzt wird ihn niemand mehr finden, es sei denn, ich zeige ihm, wo er ist." Sie starrten ihn mit Mordlust in den Augen an.

„Du lügst", sagte Zarono ohne Überzeugung. „Eine Lüge hast du uns schon erzählt. Du sagtest, du kämst aus den Wäldern, und außerdem sagst du, du hättest nicht bei den Pikten gelebt. Alle wissen, dass dieses Land eine Wildnis ist, die nur von Wilden bewohnt wird. Die nächsten Außenposten der Zivilisation sind die aquilonischen Siedlungen am Donnerfluss, Hunderte von Meilen östlich."

„Von dort komme ich", antwortete Conan ungerührt. „Ich glaube, ich bin der erste Weiße, der die piktische Wildnis durchquert hat. Ich überquerte den Donnerfluss, um einem Räubertrupp zu folgen, der die Grenze geplündert hatte. Ich folgte ihnen tief in die Wildnis und tötete ihren Häuptling, wurde aber während des Handgemenges von einem Stein aus einer Schleuder bewusstlos geschlagen, und die Hunde nahmen mich lebend gefangen. Es waren Wolfsmenschen, aber sie verkauften mich an den Adlerclan im Tausch gegen einen ihrer Häuptlinge, den die Adler gefangen genommen hatten. Die Adler trugen mich fast hundert Meilen nach Westen, um mich in ihrem Hauptdorf zu verbrennen, aber ich tötete ihren Kriegshäuptling und drei oder vier andere eines Nachts und brach aus.

Ich konnte nicht umkehren. Sie waren hinter mir her und trieben mich weiter nach Westen. Vor ein paar Tagen schüttelte ich sie ab, und, bei Crom, der Ort, an dem ich Zuflucht suchte, stellte sich als die Schatzkammer des alten Tranicos heraus! Ich habe alles gefunden: Truhen mit Kleidungsstücken und Waffen – daher habe ich diese Kleider und diese Klinge –, Haufen von Münzen und Edelsteinen und Goldschmuck und inmitten von alledem die Juwelen von Tothmekri, die wie gefrorenes Sternenlicht glitzern! Und der alte Tranicos und seine elf Kapitäne sitzen um einen Ebenholztisch herum und starren auf die Tafel, so wie sie seit hundert Jahren starren!"

„Was?"

„Aye!", lachte er. „Tranicos starb inmitten seines Schatzes und alle mit ihm! Ihre Körper sind weder verwest noch verschrumpelt. Sie sitzen da in ihren hohen Stiefeln und Röcken und lackierten Hüten, mit ihren Weingläsern in ihren steifen Händen, genau wie sie seit einem Jahrhundert da sitzen!"

„Das ist eine ungute Sache!", murmelte Strom unbehaglich, aber Zarono knurrte: „Was kümmert es uns? Es ist der Schatz, den wir wollen. Fahr fort, Conan."

Conan setzte sich an die Tafel, füllte einen Kelch und trank ihn aus, bevor er antwortete.

„Der erste Wein, den ich getrunken habe, seit ich Conawaga verlassen habe, bei Crom! Diese verfluchten Adler jagten mich so dicht durch den Wald, dass ich kaum Zeit hatte, die Nüsse und Wurzeln zu mampfen, die ich fand. Manchmal fing ich Frösche und aß sie roh, weil ich mich nicht traute, ein Feuer anzuzünden."

Seine ungeduldigen Zuhörer teilten ihm profan mit, dass sie sich nicht für seine Abenteuer vor der Schatzsuche interessierten. Er grinste bitter und fuhr fort: „Nun, nachdem ich über den Schatz gestolpert war, legte ich mich hin und ruhte mich ein paar Tage aus, baute Fallen, um Kaninchen zu fangen, und ließ meine Wunden heilen. Ich sah Rauch am westlichen Himmel, dachte aber, es sei irgendein piktisches Dorf am Strand. Ich lag in der Nähe, aber wie es der Zufall wollte, war die Beute an einem Ort versteckt, den die Pikten meiden. Falls mich jemand ausspioniert hatte, zeigten sie sich nicht.

Letzte Nacht brach ich nach Westen auf, um den Strand einige Meilen nördlich der Stelle zu erreichen, an der ich den Rauch gesehen hatte. Ich war nicht weit vom Ufer entfernt, als der Sturm aufzog. Ich suchte Schutz unter dem Lee eines Felsens und wartete, bis er sich verzogen hatte. Dann kletterte ich auf einen Baum, um nach Pikten zu schauen, und von dort aus sah ich deine Karacke vor Anker liegen, Strom, und deine Männer an Land kommen. Ich war auf dem Weg zu deinem Lager am Strand, als ich Galacus traf. Ich stieß ihm ein Schwert durch den Leib, weil es eine alte Fehde zwischen uns gab. Ich hätte nicht gewusst, dass er eine Karte hatte, wenn er nicht versucht hätte, sie zu essen, bevor er starb.

Ich erkannte sie natürlich als das, was sie war, und überlegte, was ich damit anfangen könnte, als der Rest von euch Hunden herbeikam und die Leiche fand. Ich lag in einem Dickicht, keine zehn Meter von euch entfernt, während du mit deinen Männern über die Sache strittst. Ich kam zu dem Schluss, dass die Zeit noch nicht reif für mich war, mich zu zeigen!"

Er lachte über die Wut und die Verlegenheit, die sich in Stroms Gesicht zeigten.

„Nun, während ich da lag und eurem Gerede zuhörte, bekam ich eine Vorstellung von der Situation und erfuhr aus den Dingen, die du fallen ließt, dass Zarono und Valenso ein paar Meilen südlich des Strandes waren. Als ich dich also sagen hörte, dass Zarono den Mord begangen und die Karte genommen haben musste, und dass du vorhattest, mit ihm zu verhandeln, um eine Gelegenheit zu finden, ihn zu ermorden und die Karte zurückzubekommen –"

„Hund!", knurrte Zarono.

Strom war bleich, lachte aber freudlos.

„Denkst du, ich würde fair mit einem verräterischen Hund wie dir umgehen? – Weiter, Conan."

Der Cimmerier grinste. Es war offensichtlich, dass er absichtlich das Feuer des Hasses zwischen den beiden Männern schürte.

„Nicht viel, außerdem. Ich bin direkt durch den Wald gekommen, während du an der Küste entlang gekreuzt bist, und habe das Fort vor dir erreicht. Deine Vermutung, dass der Sturm Zaronos Schiff zerstört hatte, war gut – aber du kanntest ja auch die Form dieser Bucht.

Nun, das ist die Geschichte. Ich habe den Schatz, Strom hat ein Schiff. Valenso hat Vorräte. Bei Crom, Zarono, ich sehe nicht, wo du in das Schema passt, aber um Streit zu vermeiden, werde ich dich mit einbeziehen. Mein Vorschlag ist ganz einfach.

Wir teilen den Schatz unter vier auf. Strom und ich segeln mit unseren Anteilen an Bord der Roten Hand davon. Du und Valenso, nehmt euren Besitz und bleibt die Herren der Wildnis, oder baut ein Schiff aus Baumstämmen, wie ihr wollt."

Valenso erbleichte und Zarono fluchte, während Strom ruhig grinste.

„Bist du so dumm, allein mit Strom an Bord der Roten Hand zu gehen?", knurrte Zarono. „Er wird dir die Kehle durchschneiden, bevor du außer Sichtweite des Landes bist!"

Conan lachte mit echter Freude. „Das ist wie das Problem mit dem Schaf, dem Wolf und dem Kohl", gab er zu. „Wie bringen wir sie über den Fluss, ohne dass sie sich gegenseitig auffressen?"

„Und das spricht deinen cimmerischen Sinn für Humor an", beschwerte sich Zarono.

„Ich werde nicht hier bleiben!", rief Valenso mit einem wilden Glitzern in seinen dunklen Augen. „Schatz hin oder her, ich muss gehen!"

Conan warf ihm mit zusammengekniffenen Augen einen Blick zu, der Spekulation beinhaltete.

„Also gut", sagte er, „wie wäre es mit diesem Plan: wir teilen die Beute auf, wie ich vorgeschlagen habe. Dann segelt Strom mit Zarono, Valenso und den von ihm

134

ausgewählten Mitgliedern des Haushalts des Grafen davon und überlässt mir das Kommando über das Fort und die übrigen Männer von Valenso und Zarono. Ich werde mein eigenes Schiff bauen."

Zarono sah leicht unwohl aus.

„Ich habe die Wahl, hier im Exil zu bleiben oder meine Mannschaft im Stich zu lassen und allein auf die Rote Hand zu gehen, um mir die Kehle durchschneiden zu lassen?"

Conans Lachen hallte stürmisch durch die Halle, und er schlug Zarono fröhlich auf den Rücken, ohne auf die schwarze Mordlust im Blick des Freibeuters zu achten.

„So ist es, Zarono!", sagte er. „Bleib hier, während Strom und ich wegsegeln, oder segle mit Strom weg und lasse deine Männer bei mir."

„Ich hätte lieber Zarono", sagte Strom offen. „Du würdest meine eigenen Männer gegen mich aufbringen, Conan, und mir die Kehle durchschneiden, bevor ich die Barachans erreiche."

Schweiß tropfte von Zaronos bleichem Gesicht.

„Weder ich, der Graf, noch seine Nichte werden jemals lebend das Land erreichen, wenn wir mit diesem Teufel segeln", sagte er. „In dieser Halle seid ihr beide in meiner Gewalt. Meine Männer umringen sie. Was hindert mich daran, euch beide niederzumetzeln?"

„Nichts", gab Conan fröhlich zu. „Außer der Tatsache, dass Stroms Männer in diesem Fall wegsegeln und euch an dieser Küste stranden lassen werden, wo die Pikten euch allen sofort die Kehlen durchschneiden werden; und der Tatsache, dass ihr ohne mich nie den Schatz finden werdet; und der Tatsache, dass ich dir den Schädel bis zum Kinn spalten werde, wenn du versuchst, deine Männer herbeizurufen."

Conan lachte, als er das sagte, so als wäre es eine skurrile Situation, aber selbst Belesa spürte, dass er meinte, was er sagte. Sein nacktes Entermesser lag auf seinen Knien, und Zaronos Schwert war unter dem Tisch, außerhalb der Reichweite des Freibeuters. Galbro war kein Kämpfer, und Valenso schien unfähig, Entscheidungen zu treffen oder zu handeln.

„Aye!", sagte Strom mit einem Fluch. „Du würdest feststellen, dass wir beide keine leichte Beute wären. Ich bin mit Conans Vorschlag einverstanden. Was sagst du dazu?"

„Ich muss diese Küste verlassen!", flüsterte Valenso und starrte ausdruckslos. „Ich muss mich beeilen – ich muss gehen – weit gehen – schnell!"

Strom runzelte die Stirn, war verwirrt über das seltsame Benehmen des Grafen und wandte sich mit boshaftem Grinsen an Zarono: „Und du, Zarono?"

„Was soll ich sagen?", knurrte Zarono. „Lass mich meine drei Offiziere und vierzig Männer an Bord der Roten Hand bringen, und der Handel ist beschlossen."

„Die Offiziere und dreißig Männer!"

Es gab kein Händeschütteln oder zeremonielles Weintrinken, um den Pakt zu besiegeln. Die beiden Kapitäne starrten sich wie hungrige Wölfe an. Der Graf zupfte sich mit zitternder Hand den Schnurrbart, in seine eigenen düsteren Gedanken versunken. Conan streckte sich wie eine große Katze, trank Wein und grinste die Versammlung an, aber es war das finstere Grinsen eines lauernden Tigers. Belesa spürte die mörderischen Absichten, die dort herrschten, die verräterischen Absichten, die die Gedanken eines jeden Mannes beherrschten. Keiner hatte die Absicht, seinen Teil des Pakts einzuhalten, Valenso vielleicht ausgenommen. Jeder der Freibeuter beabsichtigte, sowohl das Schiff als auch den gesamten Schatz zu besitzen. Keiner würde sich mit weniger zufrieden geben. Aber wie? Was ging in jedem der listigen Köpfe vor? Belesa fühlte sich von der Atmosphäre des Hasses und des Verrats bedrückt und erstickt. Der Cimmerier war trotz all seiner wilden Offenheit nicht weniger subtil als die anderen – und sogar noch erbitterter. Seine Beherrschung der Situation war nicht nur körperlicher Natur, obwohl seine riesigen Schultern und massiven Gliedmaßen selbst für die weite Halle zu groß schienen. Der Mann hatte eine eiserne Vitalität, die sogar die harte Kraft der anderen Freibeuter in den Schatten stellte.

„Führe uns zum Schatz!", forderte Zarono.

„Wartet einen Moment", antwortete Conan. „Wir müssen unsere Kräfte im Gleichgewicht halten, damit keiner den anderen übervorteilen kann. Wir werden es folgendermaßen handhaben: Stroms Männer werden an Land gehen, alle bis auf ein halbes Dutzend oder so, und am Strand lagern. Zaronos Männer werden aus der Festung kommen und ebenfalls am Strand lagern, in Sichtweite von ihnen. Dann kann jede Mannschaft die andere im Auge behalten, um sicherzustellen, dass niemand hinter uns herschleicht, der hinter dem Schatz her ist, um uns aufzulauern. Diejenigen, die an Bord der Roten Hand zurückbleiben, werden sie in die Bucht bringen, außer Reichweite beider Parteien. Valensos Männer werden in der Festung bleiben, aber das Tor offen lassen. Kommt Ihr mit uns, Graf?"

„In diesen Wald gehen?" Valenso schauderte und zog seinen Umhang um die Schultern. „Nicht für alles Gold von Tranicos!"

„In Ordnung. Es werden etwa dreißig Männer benötigt, um die Beute zu tragen. Wir werden fünfzehn von jeder Mannschaft nehmen und so bald wie möglich aufbrechen."

Belesa, die jede Einzelheit des Dramas, das sich unter ihr abspielte, aufmerksam verfolgte, sah, wie Zarono und Strom sich verstohlene Blicke zuwarfen, dann schnell den Blick senkten und ihre Gläser hoben, um die finstere Absicht in ihren Augen zu verbergen. Belesa erkannte die fatale Schwäche in Conans Plan und fragte sich, wie er sie übersehen hatte. Vielleicht war er auf arrogante Weise zu sehr von seiner persönlichen Stärke überzeugt. Aber sie wusste, dass er diesen Wald nie lebend verlassen würde. Sobald der Schatz in ihrer Hand war, würden die anderen lange genug ein Schurkenbündnis bilden, um sich des Mannes zu entledigen, den beide hassten. Sie schauderte und starrte den Mann, von dem sie wusste, dass er dem Untergang geweiht war, morbide an. Es war seltsam, diesen mächtigen Kämpfer dort sitzen zu sehen, lachend und Wein schlürfend, in voller Blüte und Kraft, und zu wissen, dass er bereits zu einem blutigen Tod verdammt war.

Die ganze Situation war voller dunkler und blutiger Vorzeichen. Zarono würde Strom austricksen und töten, wenn er könnte, und sie wusste, dass Strom Zarono bereits zum Tode verurteilt hatte, und zweifellos auch ihren Onkel und sie selbst. Wenn Zarono die letzte Schlacht der grausamen Geister gewann, waren ihre Leben sicher – aber wenn sie den Freibeuter ansah, wie er da saß und an seinem Schnurrbart kaute, mit all der nackten Bösartigkeit seiner Natur in seinem dunklen Gesicht, konnte sie sich nicht entscheiden, was abscheulicher war – der Tod oder Zarono.

„Wie weit ist es?", wollte Strom wissen.

„Wenn wir innerhalb einer Stunde aufbrechen, können wir vor Mitternacht zurück sein", antwortete Conan. Er leerte sein Glas, stand auf, rückte seinen Gürtel zurecht und blickte den Grafen an.

136

„Valenso", sagte er, „seid Ihr verrückt, einen Pikten in seiner Jagdbemalung zu töten?"

Valenso erschrak.

„Was meinst du?"

„Wollt Ihr damit sagen, dass Ihr nicht wisst, dass Eure Männer letzte Nacht im Wald einen piktischen Jäger getötet haben?"

Der Graf schüttelte den Kopf.

„Keiner meiner Männer war letzte Nacht im Wald."

„Nun, jemand war da", grunzte der Cimmerier und kramte in seiner Tasche herum. „Ich sah seinen Kopf an einen Baum am Waldrand geschlagen. Er war nicht für den Krieg bemalt. Ich fand keine Stiefelspuren, woraus ich schloss, dass er vor dem Sturm dort angeschlagen worden war. Aber es gab jede Menge anderer Spuren – Mokassinspuren auf dem nassen Boden. Pikten waren dort und haben diesen Kopf gesehen. Sie gehörten zu einem anderen Clan, sonst hätten sie ihn abgenommen. Wenn sie zufällig mit dem Clan, zu dem der Tote gehörte, in Frieden leben, werden sie sich auf den Weg zu seinem Dorf machen, um es seinem Stamm zu sagen."

„Vielleicht haben sie ihn getötet", schlug Valenso vor.

„Nein, haben sie nicht. Aber sie wissen, wer es getan hat, aus demselben Grund, aus dem ich es weiß. Diese Kette war um den Stumpf des abgetrennten Halses geknotet. Ihr müsst völlig verrückt gewesen sein, Euer Werk auf diese Weise zu identifizieren."

Er zog etwas hervor und warf es vor dem Grafen auf den Tisch, der keuchend aufsprang, während seine Hand an seine Kehle flog. Es war die goldene Siegelkette, die er gewöhnlich um den Hals trug.

„Ich habe das Korzetta-Siegel erkannt", sagte Conan. „Die Anwesenheit dieser Kette würde jedem Pikten sagen, dass es das Werk eines Ausländers war." Valenso antwortete nicht. Er saß da und starrte die Kette wie eine giftige Schlange an.

Conan sah ihn finster an und blickte fragend zu den anderen. Zarono machte eine schnelle Geste, um anzudeuten, dass der Graf nicht ganz richtig im Kopf war.

Conan steckte sein Entermesser in die Scheide und setzte seinen lackierten Hut auf.

„Also gut, lasst uns gehen."

Die Kapitäne stürzten ihren Wein hinunter und erhoben sich, wobei sie an ihren Schwertgriffen rüttelten. Zarono legte eine Hand auf Valensos Arm und schüttelte ihn leicht. Der Graf erschrak und starrte um sich, dann folgte er den anderen hinaus, so wie ein Mann in Benommenheit, die Kette an seinen Fingern baumelnd. Aber nicht alle verließen die Halle.

Belesa und Tina, die auf der Treppe vergessen worden waren und zwischen den Geländerpfosten hindurchspähten, sahen, wie Galbro hinter die anderen zurückfiel und herumlungerte, bis sich die schwere Tür hinter ihnen schloss. Dann eilte er zum Kamin und kratzte vorsichtig an den glimmenden Kohlen. Er sank auf die Knie und beäugte etwas aus der Nähe für eine lange Zeit. Dann richtete er sich auf und schlich mit verstohlener Miene durch eine andere Tür aus der Halle.

„Was hat Galbro im Feuer gefunden?", flüsterte Tina.

Belesa schüttelte den Kopf, dann stand sie, ihrer Neugier folgend, auf und ging in die leere Halle hinunter. Einen Augenblick später kniete sie dort, wo der Seneschall gekniet hatte, und sie sah, was er gesehen hatte.

Es war der verkohlte Rest der Karte, die Conan ins Feuer geworfen hatte. Sie war kurz davor, bei der ersten Berührung zu zerbröckeln, aber schwache Linien und Schriftstücke waren noch darauf zu erkennen. Sie konnte die Schrift nicht lesen, aber sie konnte die Umrisse von etwas erkennen, das wie die Abbildung eines Hügels oder Felsens aussah, umgeben von Markierungen, die offensichtlich dichte Bäume darstellten. Sie konnte nichts damit anfangen, aber aufgrund von Galbros Gesten glaubte sie, dass er darin eine Szene oder ein topografisches Merkmal erkannte, das ihm vertraut war. Sie wusste, dass der Seneschall weiter ins Landesinnere vorgedrungen war als jeder andere Mann der Siedlung.

VI. – DIE PLÜNDERUNG DER TOTEN

Belesa kam die Treppe herunter und hielt inne, als sie Graf Valenso am Tisch sitzen sah, der die zerbrochene Kette in seinen Händen drehte. Sie sah ihn ohne Zuneigung und mit mehr als nur ein wenig Angst an. Die Veränderung, die mit ihm vorgegangen war, war entsetzlich; er schien in seiner eigenen düsteren Welt gefangen zu sein, mit einer Angst, die ihm alle menschlichen Eigenschaften austrieb.

Die Festung stand seltsam still in der Mittagshitze, die auf den Sturm der Morgendämmerung gefolgt war. Die Stimmen der Menschen innerhalb des Palisadenzauns klangen gedämpft, dumpf. Die gleiche schläfrige Stille herrschte am Strand draußen, wo die rivalisierenden Mannschaften in bewaffnetem Misstrauen herumlagen, getrennt durch ein paar hundert Meter nackten Sandes. Weit draußen in der Bucht lag die Rote Hand mit einer Handvoll Männer an Bord vor Anker, bereit, sie beim geringsten Anzeichen von Verrat außer Reichweite zu reißen. Die Karacke war Stroms Trumpfkarte, seine beste Garantie gegen die Betrügereien seiner Gefährten.

Conan hatte geschickt geplant, um die Möglichkeit eines Hinterhalts im Wald durch eine der beiden Parteien auszuschließen. Aber soweit Belesa sehen konnte, hatte er es völlig versäumt, sich gegen den Verrat seiner Gefährten zu schützen. Er war in den Wäldern verschwunden, die beiden Kapitäne und ihre dreißig Männer anführend, und das zingaranische Mädchen war überzeugt, dass sie ihn nie wieder lebend sehen würde.

Bald sprach sie, und ihre Stimme klang angespannt und hart in ihren eigenen Ohren.

„Der Barbar hat die Kapitäne in den Wald geführt. Wenn sie das Gold in ihren Händen haben, werden sie ihn töten. Aber was dann, wenn sie mit dem Schatz zurückkehren? Sollen wir an Bord des Schiffes gehen? Können wir Strom vertrauen?"

Valenso schüttelte geistesabwesend den Kopf.

„Strom würde uns alle ermorden, um unseren Anteil an der Beute zu bekommen. Aber Zarono hat mir seine Absichten heimlich zugeflüstert. Wir werden nicht an Bord der Roten Hand gehen, außer als ihre Herren. Zarono wird dafür sorgen, dass die Nacht über die Schatztruppe hereinbricht, sodass sie gezwungen sind, im Wald zu lagern. Er wird einen Weg finden, Strom und seine Männer im Schlaf zu töten. Dann werden die Freibeuter heimlich zum Strand kommen. Kurz vor Tagesanbruch werde ich einige meiner Fischer heimlich vom Fort aus losschicken, um zum Schiff hinauszuschwimmen und es zu kapern. Daran hat Strom nie gedacht, und Conan auch nicht. Zarono und seine Männer werden aus dem Wald kommen und mit den am Strand lagernden Freibeutern im Dunkeln über die Piraten herfallen, während ich meine Soldaten vom Fort aus anführe, um die Flucht zu vollenden. Ohne ihren Kapitän werden sie demoralisiert und zahlenmäßig unterlegen sein und eine leichte Beute für Zarono und mich werden. Dann werden wir mit dem ganzen Schatz in Stroms Schiff segeln."

„Und was ist mit mir?", fragte sie mit trockenen Lippen.

„Ich habe dich Zarono versprochen", antwortete er barsch. „Bloß für mein Versprechen würde er uns nicht aussetzen."

„Ich werde ihn nie heiraten", sagte sie hilflos.

„Das wirst du", antwortete er düster und ohne den geringsten Anflug von Mitgefühl. Er hob die Kette, sodass sie das Sonnenlicht einfing, das schräg durch ein Fenster fiel. „Ich muss sie in den Sand fallen gelassen haben", murmelte er. „Er war so nah dran – am Strand –"

„Du hast sie nicht am Strand fallen lassen", sagte Belesa mit einer Stimme, die ebenso bar jeder Gnade war wie seine eigene; ihre Seele schien zu Stein geworden. „Du hast sie dir aus Versehen von der Kehle gerissen, letzte Nacht in dieser Halle, als du Tina ausgepeitscht hast. Ich habe sie auf dem Boden glänzen sehen, bevor ich die Halle verlassen habe."

Er sah auf, sein Gesicht grau vor schrecklicher Angst.

Sie lachte bitter, als sie die stumme Frage in seinen geweiteten Augen spürte.

„Ja! Der schwarze Mann! Er war hier! In dieser Halle! Er muss die Kette auf dem Boden gefunden haben. Die Wachen haben ihn nicht gesehen. Aber gestern Abend war er an deiner Tür. Ich habe ihn gesehen, wie er den oberen Flur entlang getapst ist."

Für einen Moment dachte sie, er würde vor lauter Angst tot umfallen. Er sank in seinen Stuhl zurück, die Kette glitt aus seinen gefühllosen Fingern und klirrte auf dem Tisch.

„Im Herrenhaus!", flüsterte er. „Ich dachte, Riegel und Stangen und bewaffnete Wachen könnten ihn draußen halten, ich Narr! Ich kann mich genauso wenig vor ihm schützen, wie ich ihm entkommen kann! An meiner Tür! An meiner Tür!" Der Gedanke überwältigte ihn mit Entsetzen. „Warum ist er nicht hereingekommen?", kreischte er und riss an der Spitze seines Kragens, so als würde sie ihn erwürgen. „Warum hat er es nicht beendet? Ich habe davon geträumt, wie ich in meinem dunklen Zimmer aufwachte und ihn über mir hocken sah und das blaue Höllenfeuer um seinen gehörnten Kopf spielte! Warum –"

Der Anfall ging vorüber und ließ ihn schwach und zitternd zurück.

„Ich verstehe!", keuchte er. „Er spielt mit mir wie eine Katze mit einer Maus. Mich letzte Nacht in meinem Zimmer zu töten, wäre zu einfach, zu barmherzig gewesen. Also zerstörte er das Schiff, in dem ich ihm hätte entkommen können, und er erschlug diesen elenden Pikten und ließ meine Kette bei ihm zurück, damit die Wilden glauben konnten, ich hätte ihn getötet – sie haben diese Kette oft an meinem Hals gesehen.

Aber warum? Welche raffinierte Teufelei hat er im Sinn, welche hinterhältigen Absichten kann kein menschlicher Verstand begreifen oder verstehen?"

„Wer ist dieser schwarze Mann?", fragte Belesa, und kalte Angst lief ihr über den Rücken.

„Ein Dämon, der durch meine Gier und Lust freigesetzt wurde, um mich bis in alle Ewigkeit zu plagen!", flüsterte er. Er breitete seine langen, dünnen Finger auf dem Tisch vor sich aus und starrte sie mit leeren, unheimlich leuchtenden Augen an, die sie gar nicht zu sehen schienen, sondern durch sie hindurch und weit darüber hinaus in ein düsteres Verderben blickten.

„In meiner Jugend hatte ich einen Feind am Hof", sagte er, so als spräche er mehr zu sich selbst als zu ihr. „Ein mächtiger Mann, der zwischen mir und meinem Ehrgeiz stand. In meiner Gier nach Reichtum und Macht suchte ich Hilfe bei den Menschen der schwarzen Künste – einem schwarzen Magier, der auf meinen Wunsch hin einen Dämon aus den Tiefen der Existenz erweckte und ihn in die Gestalt eines Menschen kleidete. Er zerschmetterte und tötete meinen Feind; ich wurde groß und reich, und niemand konnte mir standhalten. Doch ich dachte, ich könnte meinen Dämon um den Preis betrügen, den ein Sterblicher zahlen muss, der das schwarze Volk zu seinem Befehl ruft.

Mit seinen grimmigen Künsten täuschte der Magier das seelenlose, hilflose Kind der Dunkelheit und sperrte es in die Hölle, wo es vergeblich heulte – vermutlich für alle Ewigkeit. Doch weil der Zauberer dem Dämon die Gestalt eines Menschen gegeben hatte, konnte er die Verbindung, die ihn mit der materiellen Welt verband, nie lösen und die kosmischen Korridore, durch die er Zugang zu diesem Planeten erlangt hatte, nie vollständig schließen. Vor einem Jahr erfuhr ich in Kordava, dass der Zauberer, nun ein alter Mann, in seiner Burg erschlagen worden war. Seine Kehle trug Spuren von Dämonenfingern. Da wusste ich, dass der Schwarze aus der Hölle entkommen war, in der ihn der Zauberer gefesselt hatte, und dass er Rache an mir nehmen würde. Eines Nachts sah ich sein dämonisches Gesicht aus den Schatten meiner Schlosshalle grinsend –

Es war nicht sein materieller Körper, sondern sein Geist, der mich heimsuchen sollte – sein Geist, der mir nicht über die stürmischen Gewässer folgen konnte. Bevor er Kordava leibhaftig erreichen konnte, segelte ich los, um weite Meere zwischen mich und ihn zu bringen. Er hat seine Grenzen. Um mir über die Meere zu folgen, muss er in seinem menschenähnlichen Fleischeskörper bleiben. Doch dieser Körper ist kein menschlicher. Ich glaube, er kann durch Feuer getötet werden, obwohl der Magier, der ihn erweckte, machtlos war, ihn zu töten – dieses sind die Grenzen der Macht der Zauberer.

Aber der Schwarze ist zu listig, um gefangen oder getötet zu werden. Wenn er sich verbirgt, kann ihn niemand finden. Er schleicht wie ein Schatten durch die Nacht und achtet nicht auf Riegel und Gitter. Er blendet die Augen der Wächter mit Schlaf. Er kann Stürme heraufbeschwören und die Schlangen der Tiefe und die Unholde der Nacht befehligen. Ich hoffte, meine Spur in der blauen, wogenden Einöde zu verwischen – doch er hat mich aufgespürt, um seine grimmige Strafe einzufordern."

Die unheimlichen Augen leuchteten blass auf, als er über die mit Wandteppichen geschmückten Wände hinaus in ferne, unsichtbare Horizonte blickte.

„Ich werde ihn noch austricksen", flüsterte er. „Lass ihn noch heute Nacht mit seinem Angriff warten – die Morgendämmerung wird mich mit einem Schiff unter meinen Fersen finden, und wieder werde ich einen Ozean zwischen mich und seine Rache werfen."

„Höllenfeuer!"

Conan blieb abrupt stehen und starrte nach oben. Hinter ihm blieben die Seeleute stehen – zwei dichte Gruppen, Bögen in den Händen und misstrauisch in ihrer Haltung. Sie folgten einem alten Pfad piktischer Jäger, der genau nach Osten führte, und obwohl sie nur etwa dreißig Meter weit gekommen waren, war der Strand nicht mehr zu sehen.

„Was ist los?", fragte Strom misstrauisch. „Warum hältst du an?"

„Bist du blind? Schau dahin!"

Von dem dicken Ast eines Baumes, der über den Pfad ragte, grinste ein Kopf auf sie herab – ein dunkel bemaltes Gesicht, umrahmt von dichtem schwarzem Haar, über dessen linkem Ohr eine Tukanfeder hing.

„Ich habe den Kopf heruntergeholt und im Gebüsch versteckt", knurrte Conan und musterte den Wald um sie herum. „Welcher Narr könnte ihn da wieder hochgesteckt haben? Es sieht aus, als hätte jemand mit aller Macht versucht, die Pikten zur Siedlung hinab zu bringen."

Die Männer warfen sich finstere Blicke zu, ein neues Element des Misstrauens wuchs in den ohnehin schon brodelnden Kessel. Conan kletterte auf den Baum, sicherte sich den Kopf und trug ihn ins Gebüsch, wo er ihn in einen Bach warf und ihn sinken sah.

„Die Pikten, deren Spuren an diesem Baum zu finden sind, waren keine Tukane", knurrte er und kehrte durch das Dickicht zurück. „Ich bin oft genug an diesen Küsten entlanggesegelt, um etwas über die Seeland-Stämme zu wissen. Wenn ich die Abdrücke ihrer Mokassins richtig deute, waren es Kormorane. Ich hoffe, sie führen Krieg mit den Tukanen. Wenn Frieden herrscht, werden sie direkt auf das Tukandorf zusteuern, und dort wird die Hölle losbrechen. Ich weiß nicht, wie weit das Dorf entfernt ist – aber sobald sie von diesem Mord erfahren, werden sie wie ausgehungerte Wölfe durch den Wald stürmen. Das ist die schlimmste Beleidigung für einen Pikten – einen Mann ohne Kriegsbemalung zu töten und seinen Kopf in einen Baum zu stecken, damit die Geier ihn fressen können. Verdammt seltsame Dinge passieren an dieser Küste. Aber so ist es immer, wenn zivilisierte Menschen in die Wildnis kommen. Alle sind vollkommen verrückt. Kommt weiter!"

Männer lockerten ihre Klingen in ihren Scheiden und ihre Schäfte in ihren Köchern, während sie tiefer in den Wald vordrangen. Als Männer des Meeres, die an die wogenden Weiten des grauen Wassers gewöhnt waren, fühlten sie sich unwohl angesichts der grünen, geheimnisvollen Wände aus Bäumen und Schlingpflanzen, die sie einschlossen. Der Pfad wand und schlängelte sich, bis die meisten von ihnen schnell die Orientierung verloren und nicht einmal wussten, in welcher Richtung der Strand lag.

Conan war aus einem anderen Grund beunruhigt. Er suchte den Weg ab und grunzte schließlich: „Jemand ist hier vor Kurzem vorbeigekommen – nicht mehr als eine Stunde vor uns. Jemand in Stiefeln, ohne Waldkenntnisse. War er der Narr, der den Kopf des Pikten gefunden und wieder in den Baum gesteckt hat? Nein, er kann es nicht gewesen sein. Ich habe seine Spuren unter dem Baum nicht gefunden. Aber wer war es? Ich habe dort keine Spuren gefunden, außer denen der Pikten, die ich schon gesehen hatte. Und wer ist dieser Kerl, der uns vorauseilt? Hat einer von euch Mistkerlen aus irgendeinem Grund einen Mann vor uns hergeschickt?"

Sowohl Strom als auch Zarono wiesen jedwede solche Tat lautstark zurück und starrten sich mit gegenseitiger Skepsis an. Keiner der beiden Männer konnte die Zeichen erkennen, auf die Conan hinwies; die schwachen Abdrücke, die er auf dem graslosen, ausgetretenen Pfad sah, waren für ihre ungeübten Augen unsichtbar.

Conan beschleunigte seine Schritte, und sie eilten ihm nach. Neue Kohlen des Verdachts heizten das schwelende Feuer des Misstrauens an. Plötzlich bog der Pfad nach Norden ab, und Conan verließ ihn und bahnte sich seinen Weg durch die dichten Bäume in südöstlicher Richtung. Strom warf Zarono einen verunsicherten Blick zu. Dies könnte sie zu einer Änderung ihrer Pläne zwingen. Wenige hundert Meter vom Pfad entfernt hatten sich beide hoffnungslos verirrt und waren überzeugt, den Weg nicht wiederfinden zu können. Sie wurden von der Angst erschüttert, dass der Cimmerier doch eine Streitmacht unter seinem Kommando hatte und sie in einen Hinterhalt führte.

Dieses Misstrauen wuchs, je weiter sie vorrückten, und hatte beinahe panische Ausmaße angenommen, als sie aus dem dichten Wald traten und direkt vor sich einen dürren Felsen sahen, der aus dem Waldboden ragte. Ein schwacher Pfad führte von Osten her aus dem Wald, verlief zwischen Felsbrocken hindurch und schlängelte sich über eine Leiter aus Steinplatten den Fels hinauf zu einem flachen Felsvorsprung nahe dem Gipfel. Conan blieb stehen, eine bizarre Gestalt in seiner Piratenkleidung.

„Diesem Pfad bin ich gefolgt, als ich vor den Adler-Pikten floh", sagte er. „Er führt hinauf zu einer Höhle hinter diesem Felsvorsprung. In dieser Höhle liegen die Leichen von Tranicos und seinen Kapitänen sowie der Schatz, den er Tothmekri geraubt hat. Doch ein Wort, bevor wir zu ihm hinaufgehen: wenn ihr mich hier tötet, findet ihr nie wieder den Weg zurück, dem wir vom Strand aus gefolgt sind. Ich kenne euch Seefahrer. Ihr seid hilflos in den tiefen Wäldern. Natürlich liegt der Strand genau im Westen, aber wenn ihr euch mit der Beute beladen durch das Dickicht schlagen müsst, werdet ihr nicht Stunden, sondern Tage brauchen. Und ich glaube nicht, dass diese Wälder für Weiße sehr sicher sein werden, wenn die Tukane von ihrem Jäger erfahren."

Er lachte über das scheußliche, freudlose Grinsen, mit dem sie seine Erkenntnis ihrer Absichten ihm gegenüber begrüßten. Und er verstand auch den Gedanken, der jedem von ihnen durch den Kopf ging: der Barbar sollte ihnen die Beute sichern und sie zurück zum Strandpfad führen, bevor sie ihn töteten.

„Alle von euch bleiben hier bis auf Strom und Zarono", sagte Conan. „Wir drei sind genug, um den Schatz aus der Höhle zu holen."

Strom grinste freudlos.

„Allein mit dir und Zarono da hochgehen? Hältst du mich für dumm? Wenigstens einer kommt mit!" Und er bestimmte seinen Bootsmann, einen muskulösen, hartgesichtigen Riesen, nackt bis zu seinem breiten Ledergürtel hinab, mit goldenen Creolen in den Ohren und einem karmesinroten Schal um den Kopf geknotet.

„Und mein Scharfrichter kommt mit mir!", knurrte Zarono. Er winkte einem hageren Seeräuber mit einem Gesicht wie einem pergamentbedeckten Schädel zu, der einen zweihändigen Krummsäbel offen über der knochigen Schulter trug. Conan zuckte mit den Schultern.

„Sehr gut. Folgt mir."

Sie waren ihm dicht auf den Fersen, als er den gewundenen Pfad hinaufschritt und den Felsvorsprung erklomm. Sie drängten sich an ihn, als er durch den Spalt in der Wand dahinter ging, und ihr Atem stockte gierig zwischen den Zähnen, als er ihre Aufmerksamkeit auf die eisenbeschlagenen Truhen zu beiden Seiten der kurzen tunnelartigen Höhle lenkte.

„Eine reiche Ladung dort", sagte er beiläufig. „Seide, Spitzen, Gewänder, Schmuck, Waffen – die Beute der südlichen Meere. Doch der wahre Schatz liegt hinter dieser Tür."

Die massive Tür stand halb offen. Conan runzelte die Stirn. Er erinnerte sich, die Tür geschlossen zu haben, bevor er die Höhle verließ. Doch er sagte seinen eifrigen Gefährten nichts davon, als er zur Seite trat, damit sie hindurchschauen konnten.

Sie blickten in eine weite Höhle, erleuchtet von einem seltsamen blauen Schein, der durch einen rauchigen, nebelartigen Dunst schimmerte. Ein großer Ebenholztisch stand inmitten der Höhle, und auf einem geschnitzten Stuhl mit hoher Rückenlehne und breiten Armlehnen, der einst im Schloss eines zingaranischen Barons gestanden haben mochte, saß eine gigantische Gestalt, sagenhaft und phantastisch – dort saß der Blutige Tranicos, den mächtigen Kopf auf die Brust gesenkt, mit einer muskulösen Hand noch immer einen juwelenbesetzten Kelch umklammernd, in dem noch immer Wein funkelte; Tranicos, mit seinem lackierten Hut, seinem goldbestickten Mantel mit juwelenbesetzten Knöpfen, die im blauen Feuer funkelten, seinen ausgestellten Stiefeln und dem goldbesetzten Wehrgehänge, das ein juwelenbesetztes Schwert in einer goldenen Scheide hielt.

Und am Tisch aufgereiht, jeder mit dem Kinn auf seinem spitzenbesetzten Helmbusch ruhend, saßen die elf Kapitäne. Das blaue Feuer spielte unheimlich auf ihnen und auf ihrem riesigen Admiral, als es aus dem gewaltigen Juwel auf dem winzigen Elfenbeinsockel strömte und die Haufen fantastisch geschliffener Edelsteine, die vor dem Ort von Tranicos glänzten, in eisiges Feuer hüllte – die Beute von Khemi, die Juwelen von Tothmekri! Steine, deren Wert höher war als der aller anderen bekannten Juwelen der Welt zusammen!

Die Gesichter von Zarono und Strom waren im blauen Schein bleich; über ihre Schultern starrten ihre Männer dümmlich.

„Geht hinein, und holt sie euch", lud Conan ein und trat zur Seite, und Zarono und Strom drängten sich gierig an ihm vorbei und schubsten sich in ihrer Eile gegenseitig. Ihre Anhänger folgten ihnen dicht auf den Fersen. Zarono stieß die Tür weit auf – und blieb mit einem Fuß auf der Schwelle stehen, als er eine Gestalt auf dem Boden erblickte, die zuvor durch die halb geschlossene Tür verborgen gewesen war. Es war ein Mann, verkrümmt und verrenkt, den Kopf zwischen die Schultern gezogen, das weiße Gesicht zu einem Grinsen tödlicher Qual verzerrt, seine eigene Kehle mit krallenartigen Fingern umklammernd.

„Galbro!", rief Zarono. „Tot! Was –" Mit einem plötzlichen Argwohn streckte er den Kopf über die Schwelle, hinein in den bläulichen Nebel, der die innere Höhle erfüllte. Und er schrie erstickt: „Da ist Tod in dem Rauch!"

Noch während er schrie, warf sich Conan mit seinem ganzen Gewicht gegen die vier Männer, die sich im Türrahmen drängten, und schleuderte sie taumelnd – aber nicht kopfüber – in die nebelverhangene Höhle, so wie er es geplant hatte. Sie zuckten beim Anblick des Toten zurück, erkannten die Falle und seinen heftigen Stoß, der sie zwar umwarf, aber nicht das gewünschte Ergebnis brachte. Strom und Zarono lagen halb über der Schwelle auf den Knien, der Bootsmann stürzte über ihre Beine, und der Scharfrichter prallte gegen die Wand. Bevor Conan seinen rücksichtslosen Plan in die Tat umsetzen und die gefallenen Männer in die Höhle treten und ihnen die Tür zuhalten konnte, bis der giftige Nebel seine tödliche Wirkung entfaltet hatte, musste er sich umdrehen und sich gegen den schäumenden Angriff des Scharfrichters verteidigen, der als Erster sein Gleichgewicht und seinen Verstand wiedererlangte.

Der Freibeuter verfehlte einen gewaltigen Hieb mit seinem Henkersschwert, als der Cimmerier sich duckte, und die große Klinge prallte gegen die Steinwand und sprühte blaue Funken. Im nächsten Moment rollte sein totenkopfähnlicher Kopf unter Conans Entermesser auf den Höhlenboden.

In den Sekundenbruchteilen, die diese schnelle Aktion verschlang, kam der Bootsmann wieder auf die Beine und stürzte sich auf den Cimmerier, wobei er mit seinem Entermesser Schläge auf ihn niederprasseln ließ, die einen schwächeren Mann überwältigt hätten. Entermesser traf auf Entermesser mit einem Erklingen von Stahl, das in der engen Höhle ohrenbetäubend dröhnte. Die beiden Kapitäne rollten würgend und keuchend über die Schwelle zurück, mit purpurrotem Gesicht und zu nah daran, erwürgt worden zu sein, um zu schreien. Conan verdoppelte seine Anstrengungen, um seinen Gegner zu besiegen und seine Rivalen niederzumähen, bevor sie sich von der Wirkung des Giftes erholen konnten. Der Bootsmann blutete bei jedem Schritt, als er von dem wilden Ansturm zurückgedrängt wurde, und begann verzweifelt nach seinen Gefährten zu brüllen. Doch bevor Conan den letzten Schlag ausführen konnte, kamen die beiden Häuptlinge, keuchend, aber mordlustig, mit Schwertern in den Händen auf ihn zu, nach ihren Männern krächzend.

Der Cimmerier wich zurück und sprang auf den Felsvorsprung. Er fühlte sich allen drei Männern gewachsen, obwohl jeder von ihnen ein berühmter Schwertkämpfer war, doch er wollte nicht von den Mannschaften in die Enge getrieben werden, die beim Lärm des Kampfes den Weg heraufstürmen würden.

Diese kamen jedoch nicht so schnell, wie er erwartet hatte. Sie waren verblüfft über die Geräusche und gedämpften Rufe, die aus der Höhle über ihnen drangen, doch niemand wagte es, den Pfad hinaufzugehen, aus Angst vor einem Schwertstoß in den Rücken. Jede Gruppe stand einander angespannt gegenüber, die Waffen umklammernd, unfähig zu einer Entscheidung. Als sie den Cimmerier auf dem Felsvorsprung hervorspringen sahen, zögerten sie noch immer. Während sie mit eingelegten Pfeilen dastanden, rannte er die in den Felsspalt eingelassene Leiter aus Handgriffen hinauf und warf sich auf den Gipfel des Felsens, außer Sichtweite.

Die Kapitäne stürmten tobend und mit gezückten Schwertern auf den Felsvorsprung, und als ihre Männer sahen, dass ihre Anführer nicht im Schwertkampf miteinander waren, hörten sie auf, sich gegenseitig zu bedrohen, und starrten verblüfft.

„Hund!", schrie Zarono. „Du wolltest uns vergiften! Verräter!"

Conan verhöhnte sie von oben.

„Na, was habt ihr denn erwartet? Ihr zwei wolltet mir die Kehle durchschneiden, sobald ich die Beute für euch bekommen hatte. Wäre dieser Narr Galbro nicht gewesen, hätte ich euch vier in die Falle gelockt und euren Männern erklärt, wie ihr achtlos in euer Verderben gerannt seid."

„Und wenn wir beide tot wären, hättest du mein Schiff und die ganze Beute mitgenommen!", schäumte Strom.

„Aye! Und die besten Männer jeder Mannschaft! Ich wollte schon seit Monaten zurück auf das Meer, und das war eine gute Gelegenheit!

Es waren Galbros Fußspuren, die ich auf dem Weg gesehen habe. Ich frage mich, wie der Narr von dieser Höhle erfahren hat oder wie er die Beute allein wegschaffen wollte."

„Hätten wir seine Leiche nicht gesehen, wären wir in diese Todesfalle getappt", murmelte Zarono, sein dunkles Gesicht immer noch aschfahl. „Dieser blaue Rauch war wie unsichtbare Finger, die mir die Kehle zudrückten."

„Also, was werdet ihr tun?", rief ihr Peiniger sarkastisch.

„Was sollen wir tun?", fragte Zarono Strom. „Die Schatzhöhle ist von diesem giftigen Nebel erfüllt, doch aus irgendeinem Grund dringt er nicht über die Schwelle."

„Ihr könnt den Schatz nicht holen", versicherte Conan ihnen zufrieden von seinem Horst aus. Dieser Rauch wird euch erwürgen. Mich hätte er fast erwischt, als ich hineintrat. Hört zu, ich erzähle euch eine Geschichte, die die Pikten in ihren Hütten erzählen, wenn die Feuer herunterbrennen! Einst, vor langer Zeit, kamen zwölf fremde Männer aus dem Meer und fanden eine Höhle und füllten sie mit Gold und Juwelen. Doch ein piktischer Schamane zauberte, und die Erde bebte, und Rauch stieg aus der Erde auf und erwürgte sie, während sie beim Wein saßen. Der Rauch, welcher der Rauch des Höllenfeuers war, wurde durch die Magie des Zauberers in der Höhle eingeschlossen. Die Geschichte wurde von Stamm zu Stamm erzählt, und alle Clans mieden den verfluchten Ort.

Als ich dort hineinkroch, um den Adler-Pikten zu entkommen, erkannte ich, dass die alte Legende wahr war und sich auf den alten Tranicos und seine Männer bezog. Ein Erdbeben ließ den Felsboden der Höhle erbeben, während er und seine Hauptleute beim Wein saßen, und ließ den Nebel aus den Tiefen der Erde aufsteigen – zweifellos aus der Hölle, wie die Pikten sagen. Der Tod bewacht den Schatz des alten Tranicos!"

„Bringt die Männer herauf!", schäumte Strom. „Wir klettern hoch und hauen ihn nieder!"

„Sei kein Narr", knurrte Zarono. „Glaubst du, irgendein Mann auf Erden könnte diese Griffe mit seinem Schwert zwischen den Zähnen erklimmen? Wir werden die Männer hier oben haben, um ihn mit Pfeilen zu beschießen, wenn er es wagt, sich zu zeigen. Aber die Edelsteine werden wir schon noch bekommen. Er hatte einen Plan, wie er die Beute erbeuten wollte, sonst hätte er nicht dreißig Mann mitgebracht, um sie zurückzubringen. Wenn er sie bekommen konnte, können wir das auch. Wir biegen eine Entermesserklinge zu einem Haken, binden sie an ein Seil, werfen sie um das Tischbein und schleifen sie zur Tür."

„Gut gedacht, Zarono!", ertönte Conans spöttische Stimme. „Genau das hatte ich mir vorgestellt. Aber wie findet ihr den Weg zurück zum Strandpfad? Es wird lange dunkel sein, bevor ihr den Strand erreicht, wenn ihr euch euren Weg durch den Wald ertasten müsst, und ich werde euch folgen und euch einen nach dem anderen im Dunkeln töten."

„Das ist keine leere Prahlerei", murmelte Strom. „Er kann sich im Dunkeln so geschickt und lautlos bewegen und zuschlagen wie ein Geist. Wenn er uns durch den Wald zurück jagt, werden es nur wenige von uns erleben, den Strand zu sehen."

„Dann töten wir ihn hier", sagte Zarono mit zusammengebissenen Zähnen. „Einige von uns werden auf ihn schießen, während die anderen den Felsen erklimmen. Wenn er nicht von Pfeilen getroffen wird, werden einige von uns ihn mit unseren Schwertern erreichen. Hört! Warum lacht er?"

„Toten Männern beim Planen zuzuhören", erklang Conans grimmig-belustigte Stimme.

„Hört nicht auf ihn", blickte Zarono finster und rief den Männern unten zu, sich ihm und Strom auf dem Felsvorsprung anzuschließen.

Die Matrosen stiegen den schrägen Pfad hinauf, und einer begann eine Frage zu rufen. Gleichzeitig ertönte ein Summen wie von einer wütenden Biene, das in einem scharfen Knall endete. Der Freibeuter keuchte, und Blut strömte aus seinem offenen Mund. Er sank auf die Knie und umklammerte den schwarzen Pfeil, der in seiner Brust zitterte. Ein alarmierter Schrei erhob sich von seinen Gefährten.

„Was ist los?", rief Strom.

„Pikten!", brüllte ein Pirat, hob seinen Bogen und schoss blindlings. Neben ihm stöhnte ein Mann und ging mit einem Pfeil in der Kehle zu Boden.

„In Deckung, ihr Narren!", kreischte Zarono. Von seinem Aussichtspunkt aus erblickte er bemalte Gestalten, sich im Gebüsch bewegend. Einer der Männer auf dem gewundenen Pfad fiel sterbend zurück. Die übrigen kletterten hastig hinunter zwischen die Felsbrocken am Fuße des Felsens. Sie suchten ungeschickt Deckung, da sie diese Art des Kampfes nicht gewohnt waren. Pfeile blitzten aus den Büschen und zersplitterten an den Felsbrocken. Die Männer auf dem Felsvorsprung lagen der Länge nach da.

„Wir sitzen in der Falle!" Stroms Gesicht war bleich. Obwohl er mit einem Deck unter den Füßen mutig genug war, stellte dieser stille, wilde Kampf seine gnadenlosen Nerven auf die Probe.

„Conan sagte, sie fürchteten diesen Felsen", sagte Zarono. „Wenn die Nacht hereinbricht, müssen die Männer hier hinaufklettern. Wir werden den Felsen halten. Die Pikten werden uns nicht überfallen."

„Aye!", spottete Conan über ihnen. „Sie werden nicht auf den Felsen klettern, um euch zu erreichen, das stimmt. Sie werden ihn nur umzingeln und euch hier festhalten, bis ihr alle verdurstet und verhungert."

„Er spricht die Wahrheit", sagte Zarono hilflos. „Was sollen wir tun?"

„Einen Waffenstillstand mit ihm schließen", murmelte Strom. „Wenn uns jemand aus dieser Klemme befreien kann, dann er. Es bleibt noch Zeit, ihm später die Kehle durchzuschneiden." Er erhob die Stimme und rief: „Conan, lass uns unsere Fehde für den Moment vergessen. Du steckst genauso in der Klemme wie wir. Komm herunter, und hilf uns heraus."

„Wie kommst du darauf?", erwiderte der Cimmerier. „Ich muss nur warten, bis es dunkel wird, dann die andere Seite dieses Felsens hinunterklettern und im Wald verschwinden. Ich kann durch die Linie kriechen, die die Pikten um diesen Hügel gezogen haben, und zur Festung zurückkehren, um euch alle von den Wilden erschlagen zu melden – was bald der Wahrheit entsprechen wird!"

Zarono und Strom starrten sich bleich und schweigend an.

„Aber das werde ich nicht tun!", brüllte Conan. „Nicht, weil ich euch Hunde lieb hätte, sondern weil ein Weißer keine Weißen, nicht einmal seine Feinde, den Pikten überlässt."

Der zerzauste schwarze Kopf des Cimmeriers erschien über dem Gipfel des Felsens.

„Jetzt hört genau zu: das ist nur eine kleine Truppe da unten. Ich habe sie vorhin lachend durchs Unterholz schleichen sehen. Wären es viele gewesen, wäre jeder Mann am Fuße des Felsens längst tot. Ich glaube, das ist eine Truppe flinker junger Männer, die dem Hauptkriegstrupp vorausgeschickt wurde, um uns vom Strand abzuschneiden. Ich bin sicher, dass eine große Kriegstruppe von irgendwoher auf uns zukommt.

Sie haben eine Absperrung um die Westseite des Felsens errichtet, aber ich glaube nicht, dass es auf der Ostseite welche gibt. Ich gehe von dort hinunter, in den Wald und arbeite mich herum bis hinter sie. In der Zwischenzeit kriecht ihr den Pfad entlang und gesellt euch zu euren Männern zwischen die Felsen. Sagt ihnen, sie sollen ihre Bögen spannen und ihre Schwerter ziehen. Sobald ihr mich schreien hört, stürmt ihr zu den Bäumen auf der Westseite der Lichtung."

„Was ist mit dem Schatz?"

„Zum Teufel mit dem Schatz! Wir können von Glück reden, wenn wir hier mit dem Kopf auf unseren Schultern herauskommen."

Der schwarzmähnige Kopf verschwand. Sie lauschten auf Geräusche, die darauf hindeuteten, dass Conan zur fast steilen Ostwand gekrochen war und sich nach unten arbeitete, doch sie hörten nichts. Auch im Wald war kein Laut zu hören. Keine Pfeile prallten mehr an den Felsen ab, hinter denen die Seeleute versteckt waren. Doch alle wussten, dass wilde schwarze Augen mit mörderischer Geduld beobachteten. Vorsichtig machten sich Strom, Zarono und der Bootsmann auf den gewundenen Pfad. Sie waren auf halbem Weg, als die schwarzen Pfeile um sie herum zu flüstern begannen. Der Bootsmann stöhnte und stürzte kraftlos den Hang hinunter, mitten ins Herz getroffen. Pfeile zitterten an den Helmen und Brustpanzern der Kapitäne, als sie in rasender Eile den steilen Pfad hinunterstürzten. Sie erreichten eilig den Fuß des Pfades und blieben keuchend zwischen den Felsbrocken liegen, atemlos fluchend.

„Ist das wieder eine von Conans Listen?", fragte sich Zarono profan.

„Wir können ihm in dieser Sache vertrauen", behauptete Strom. „Diese Barbaren leben nach ihrem eigenen Ehrenkodex, und Conan würde niemals Männer seiner Hautfarbe im Stich lassen, damit sie von Menschen einer anderen Rasse abgeschlachtet werden. Er wird uns gegen die Pikten helfen, auch wenn er uns selbst ermorden will – horch!"

Ein markerschütternder Schrei zerriss die Stille. Er kam aus den Wäldern im Westen, und gleichzeitig schoss ein Gegenstand aus den Bäumen, schlug auf und rollte hüpfend auf die Felsen zu – ein abgetrennter menschlicher Kopf, das grausam bemalte Gesicht zu Todesangst erstarrt.

„Conans Signal!", brüllte Strom, und die verzweifelten Freibeuter erhoben sich wie eine Welle von den Felsen und stürmten kopfüber auf den Wald zu.

Pfeile sausten aus den Büschen, doch ihr Flug war überhastet und ziellos; nur drei Männer fielen. Dann stürzten die wilden Männer des Meeres durch den Laubwald und fielen über die nackten, bemalten Gestalten her, die sich vor ihnen aus der Dunkelheit erhoben. Es folgte ein mörderischer Moment des Keuchens, wilder Anstrengung, Nahkampf, Entermesser, die auf Streitäxte einschlugen, Stiefel, die nackte Körper niedertrampelten, und dann rasselten nackte Füße durch das Gebüsch in halsbrecherischer Flucht, als die Überlebenden dieses kurzen Blutbads vom Kampf abließen und sieben reglose, bemalte Gestalten auf den blutbefleckten Blättern zurückließen, die den Boden bedeckten. Weiter hinten im Dickicht ertönte ein Schlagen und Stechen, dann verstummte es, und Conan trat in Sichtweite. Sein Lackhut war verschwunden, sein Mantel zerrissen, sein Entermesser tropfte in seiner Hand.

„Was jetzt?", keuchte Zarono. Er wusste, dass der Angriff nur deshalb erfolgreich gewesen war, weil Conans unerwarteter Angriff in den Rücken der Pikten die bemalten Männer demoralisiert und sie daran gehindert hatte, vor dem Ansturm zurückzuweichen. Doch er brach in Flüche aus, als Conan seinen Entermesser durch einen Freibeuter stieß, der sich mit zerschmetterter Hüfte am Boden krümmte.

„Wir können ihn nicht mitnehmen", grunzte Conan. „Es wäre unfreundlich, ihn den Pikten lebend zurückzulassen. Kommt schon!"

Sie drängten sich dicht an seine Fersen, als er durch die Bäume trottete. Allein hätten sie stundenlang geschwitzt und wären durch das Dickicht gestolpert, bevor sie den Strandpfad gefunden hätten – wenn sie ihn überhaupt gefunden hätten. Der Cimmerier führte sie so zielsicher, so als wäre er einem gebahnten Weg gefolgt, und die Wanderer schrien hysterisch auf, als sie plötzlich auf den Weg stießen, der nach Westen führte.

„Narr!" Conan schlug einem Piraten, der gerade losrannte, auf die Schulter und schleuderte ihn zurück zu seinen Gefährten. „Du wirst dein Herz zum Platzen bringen und innerhalb von tausend Metern umfallen. Wir sind meilenweit vom Strand entfernt. Geht es langsam an. Die letzte Meile müssen wir vielleicht sprinten. Spart euch etwas Luft dafür. Jetzt kommt schon!"

Er machte sich in gleichmäßigem Trab auf den Weg; die Seeleute folgten ihm und passten ihr Tempo seinem an.

Die Sonne berührte die Wellen des westlichen Ozeans. Tina stand am Fenster, von dem aus Belesa den Sturm beobachtet hatte.

„Die untergehende Sonne färbt den Ozean blutrot", sagte sie. „Das Segel der Karacke ist ein weißer Fleck auf dem purpurnen Wasser. Die Wälder sind bereits von Schatten verdunkelt."

„Was ist mit den Seeleuten am Strand?", fragte Belesa träge. Sie lehnte sich auf einem Sofa zurück, die Augen geschlossen, die Hände hinter dem Kopf verschränkt.

„Beide Lager bereiten ihr Abendessen vor", sagte Tina. „Sie sammeln Treibholz und machen Feuer. Ich höre sie einander zurufen – was ist das?"

Die plötzliche Anspannung in der Stimme des Mädchens ließ Belesa auf dem Sofa aufsitzen. Tina umklammerte das Fensterbrett, ihr Gesicht bleich.

„Hört! Ein Heulen, weit weg, so wie viele Wölfe!"

„Wölfe?" Belesa sprang auf, Angst umklammerte ihr Herz. „Wölfe jagen zu dieser Jahreszeit nicht im Rudel –"

„Oh, seht!", kreischte das Mädchen und zeigte auf etwas. „Männer rennen aus dem Wald!"

Augenblicklich war Belesa neben ihr und starrte mit großen Augen auf die Gestalten, die in der Ferne klein aus dem Wald strömten.

„Die Matrosen!", keuchte sie. „Mit leeren Händen! Ich sehe Zarono – Strom –"

„Wo ist Conan?", flüsterte das Mädchen.

Belesa schüttelte den Kopf.

„Hört! Oh, hört!", wimmerte das Kind und klammerte sich an sie. „Die Pikten!"

Alle in der Festung konnten es jetzt hören – ein gewaltiges Heulen wahnsinnigen Jubels und Blutdurstes aus den Tiefen des dunklen Waldes.

Dieses Geräusch spornte die keuchenden Männer an, die auf die Palisade zutaumelten.

„Beeilt euch!", keuchte Strom, sein Gesicht war von erschöpfter Anstrengung gezeichnet. „Sie sind uns fast auf den Fersen. Mein Schiff –"

„Es ist zu weit draußen, als dass wir es erreichen könnten", keuchte Zarono. „Rauf zur Palisade! Seht, die Männer, die am Strand lagern, haben uns gesehen!"

Er fuchtelte in atemloser Pantomime mit den Armen, doch die Männer am Strand verstanden ihn und erkannten die Bedeutung dieses wilden Geheuls, das zu einem triumphierenden Crescendo anschwoll. Die Matrosen ließen ihre Feuer und Kochtöpfe stehen und flohen zum Palisadentor. Sie strömten gerade hindurch, als die Flüchtlinge aus dem Wald um die Südecke bogen und durch das Tor taumelten, ein wogender, verzweifelter Mob, halb tot vor Erschöpfung. Das Tor wurde in rasender Eile zugeschlagen, und die Matrosen begannen, den Wehrgang zu erklimmen, um sich den dort bereits befindlichen Soldaten anzuschließen.

Belesa stellte sich Zarono entgegen. „Wo ist Conan?" Der Freibeuter deutete mit dem Daumen auf den sich verdunkelnden Wald; seine Brust hob und senkte sich; Schweiß rann ihm übers Gesicht. „Ihre Späher waren uns schon auf den Fersen, bevor wir den Strand erreichten. Er hielt inne, um ein paar zu töten und uns Zeit zur Flucht zu geben."

Er taumelte davon, um seinen Platz auf dem Wehrgang einzunehmen, den Strom bereits bestiegen hatte. Valenso stand dort, eine düstere, in einen Umhang gehüllte Gestalt, seltsam still und distanziert. Er wirkte wie verhext.

„Seht!", rief ein Pirat über das ohrenbetäubende Heulen der noch unsichtbaren Horde hinweg.

Ein Mann tauchte aus dem Wald auf und rannte flink über den offenen Gürtel.

„Conan!" Zarono grinste wölfisch. „Wir sind sicher im Palisadenzaun; wir wissen, wo der Schatz ist. Kein Grund, warum wir ihn nicht jetzt mit Pfeilen beschießen sollten."

„Nay!" Strom packte ihn am Arm. „Wir werden sein Schwert brauchen! Sieh nur!"

Hinter dem flinken Cimmerier brach eine wilde Horde heulend aus dem Wald hervor – nackte Pikten, Hunderte und Aberhunderte. Ihre Pfeile prasselten auf den Cimmerier ein. Nach wenigen Schritten erreichte Conan die Ostmauer der Palisade, sprang hoch, packte die Spitzen der Baumstämme und hievte sich mit dem Entermesser zwischen den Zähnen hinauf. Giftig bohrten sich Pfeile in die Baumstämme, wo eben noch sein Körper gewesen hatte. Sein prächtiger Mantel war verschwunden, sein weißes Seidenhemd zerrissen und blutbefleckt.

„Haltet sie auf!", brüllte er, als seine Füße drinnen den Boden berührten. „Wenn sie die Mauer erklimmen, sind wir erledigt!"

Piraten, Freibeuter und Soldaten reagierten augenblicklich, und ein Sturm aus Pfeilen und Kampfhandlungen fegte über die heranstürmende Horde hinweg.

Conan sah Belesa, an deren Hand sich Tina klammerte, und seine Worte waren anschaulich.

„Geht in das Herrenhaus", befahl er abschließend. „Ihre Pfeile werden sich über die Mauer wölben – was habe ich euch gesagt?" Als ein schwarzer Pfeil in die Erde zu Belesas Füßen schnitt und wie ein Schlangenkopf zitterte, griff Conan nach einem Langbogen und sprang zum Wehrgang. „Einige von euch, macht Fackeln bereit!", brüllte er über den zunehmenden Lärm der Schlacht hinweg. „Wir können sie nicht im Dunkeln bekämpfen!"

Die Sonne war in einem Meer aus Blut versunken; draußen in der Bucht hatten die Männer an Bord der Karacke die Ankerkette durchgeschnitten, und die Rote Hand verschwand rasch am purpurnen Horizont.

VII. – MÄNNER DER WÄLDER

Die Nacht war hereingebrochen, doch Fackeln strömten über den Strand und hüllten die verrückte Szene in grelles Licht. Nackte, bemalte Männer wimmelten am Strand; wie Wellen kamen sie gegen die Palisade, gefletschte Zähne und glühende Augen im über die Mauer geworfenen Schein der Fackeln funkelnd. Tukanfedern wehten in schwarzen Mähnen, und die Federn des Kormorans und des Seefalken. Einige

Krieger, die wildesten und barbarischsten von allen, trugen Haifischzähne in ihren wirren Locken.

Die Seeland-Stämme hatten sich die Küste rauf und runter in alle Richtungen versammelt, um ihr Land von den weißhäutigen Eindringlingen zu befreien. Sie stürmten gegen die Palisade, trieben einen Sturm von Pfeilen vor sich her und kämpften gegen die Spitzen der Schäfte und Bolzen, die aus dem Palisadenzaun heraus ihre Körper zerfetzten. Manchmal kamen sie der Mauer so nahe, dass sie mit ihren Streitäxten auf das Tor einschlugen und ihre Speere durch die Schießscharten stießen. Doch jedes Mal ebbte die Flut ab, ohne über die Palisaden zu fließen, und ließ eine Ansammlung von Toten zurück. Bei dieser Art von Kampf waren die Freibeuter der Meere am stärksten; ihre Pfeile und Bolzen rissen Löcher in die angreifende Horde, ihre Entermesser schlugen die wilden Männer von den Palisaden, die sie zu erklimmen versuchten.

Doch immer wieder kehrten die Männer der Wälder mit all der hartnäckigen Wildheit, die in ihren wilden Herzen geweckt worden war, zum Angriff zurück.

„Sie sind wie tollwütige Hunde!", keuchte Zarono und hackte auf die dunklen Hände ein, die nach den Palisadenspitzen griffen, die dunklen Gesichter, die ihn anknurrten.

„Wenn wir die Festung bis zum Morgengrauen halten können, verlieren sie den Mut", grunzte Conan und spaltete mit professioneller Präzision einen gefiederten Schädel. „Sie werden keine lange Belagerung durchhalten. Seht, sie ziehen sich zurück."

Der Angriff ging zurück, und die Männer auf der Mauer schüttelten sich den Schweiß aus den Augen, zählten ihre Toten und griffen erneut nach den blutigen Griffen ihrer Schwerter. Wie blutrünstige Wölfe, die widerwillig von einer in die Enge getriebenen Beute vertrieben werden, schlichen die Pikten hinter den Ring aus Fackeln zurück. Nur die Leichen der Erschlagenen lagen vor der Palisade.

„Sind sie weg?" Strom schüttelte seine nassen, gelbbraunen Locken zurück. Das Entermesser in seiner Faust war eingekerbt und rot, sein muskulöser nackter Arm war mit Blut bespritzt.

„Sie sind immer noch da draußen", Conan nickte in Richtung der äußeren Dunkelheit, die den Fackelkreis umgab und durch ihr Licht noch intensiver wurde. Er erhaschte flüchtige Bewegungen in den Schatten; Glitzern von Augen und den matten Glanz von Stahl.

Sie haben sich jedoch ein wenig zurückgezogen", sagte er. „Stellt Wachen auf die Mauer, und lasst den Rest trinken und essen. Es ist nach Mitternacht. Wir kämpfen seit Stunden ohne große Pause."

Die Anführer kletterten von den Plattformen herunter und riefen ihre Männer von den Mauern. In der Mitte jeder Mauer im Osten, Westen, Norden und Süden wurde eine Wache postiert, und eine Gruppe bewaffneter Männer blieb am Tor zurück. Die Pikten mussten, um die Mauer zu erreichen, einen weiten, von Fackeln erleuchteten Platz überqueren, und die Verteidiger konnten ihre Positionen lange vor den Angreifern wieder einnehmen.

„Wo ist Valenso?", fragte Conan und nagte an einem riesigen Rinderknochen, während er neben dem Feuer stand, das die Männer in der Mitte des Geländes angezündet hatten. Piraten, Freibeuter und Handlanger vermischten sich untereinander, verschlangen das Fleisch und das Bier, das die Frauen ihnen brachten, und ließen ihre Wunden verbinden.

„Er ist vor einer Stunde verschwunden", grunzte Strom. „Er kämpfte neben mir auf der Mauer, als er plötzlich stehen blieb und in die Dunkelheit starrte, so als sähe er einen Geist. ,Schaut!', hat er gekrächzt. ,Der schwarze Teufel! Ich sehe ihn! Da draußen in der Nacht!'. Nun, ich könnte schwören, dass ich eine Gestalt in den Schatten sah, die zu groß für einen Pikten war. Aber es war nur ein flüchtiger Blick, und dann war sie verschwunden. Doch Valenso sprang von dem Wehrgang herunter und taumelte in das Herrenhaus wie ein Mann mit einer tödlichen Wunde. Ich habe ihn seitdem nicht mehr gesehen."

„Er hat wahrscheinlich einen Waldteufel gesehen", sagte Conan ruhig. „Die Pikten sagen, diese Küste ist voller solcher Wesen. Wovor ich mehr Angst habe, sind Feuerpfeile. Die Pikten werden wahrscheinlich jeden Moment anfangen, sie abzuschießen. Was ist das? Es klang wie ein Hilferuf?"

Als die Kampfpause eintrat, waren Belesa und Tina zu ihrem Fenster geschlichen, von dem sie die Gefahr fliegender Pfeile vertrieben hatte. Schweigend beobachteten sie, wie sich die Männer um das Feuer versammelten.

„Es sind nicht genug Männer auf dem Palisadenzaun", sagte Tina. Trotz ihrer Übelkeit beim Anblick der Leichen, die um den Palisadenzaun herumlagen, musste Belesa lachen.

„Denkst du, du weißt mehr über Kriege und Belagerungen als die Freibeuter?", tadelte sie sanft.

„Es sollten mehr Männer auf den Mauern sein", beharrte das Kind zitternd. „Angenommen, der schwarze Mann käme zurück?"

Belesa schauderte bei dem Gedanken.

„Ich habe Angst", murmelte Tina. „Ich hoffe, Strom und Zarono werden getötet."

„Und Conan nicht?", fragte Belesa neugierig.

„Conan würde uns nichts antun", sagte das Kind zuversichtlich. „Er lebt nach seinem barbarischen Ehrenkodex, aber sie sind Männer, die jede Ehre verloren haben."

„Du bist für dein Alter sehr weise, Tina", sagte Belesa mit dem vagen Unbehagen, das die Frühreife des Mädchens oft in ihr hervorrief.

„Seht!" Tina versteifte sich. „Der Wachposten ist von der Südmauer verschwunden! Ich habe ihn gerade eben noch auf der Plattform gesehen; jetzt ist er verschwunden."

Von ihrem Fenster aus waren die Palisadenspitzen der Südmauer gerade noch über den schrägen Dächern einer Reihe von Hütten zu sehen, die fast auf der gesamten Länge parallel zu dieser Mauer verliefen. Eine Art offener Korridor, drei oder vier Meter breit, wurde von der Palisadenmauer und der Rückseite der Hütten eingerahmt, die in einer geschlossenen Reihe gebaut waren. Diese Hütten wurden von den Leibeigenen bewohnt.

„Wo könnte der Wachposten hingegangen sein?", flüsterte Tina unbehaglich.

Belesa beobachtete ein Ende der Hüttenreihe, das nicht weit von einer Seitentür des Herrenhauses entfernt war. Sie hätte schwören können, dass sie eine schattenhafte Gestalt hinter den Hütten hervorschlüpfen und an der Tür verschwinden sah. War das der verschwundene Wachposten? Warum hatte er die Mauer verlassen, und warum sollte er sich so unauffällig in das Herrenhaus schleichen? Sie glaubte nicht, dass es der Wachposten war, den sie gesehen hatte, und eine namenlose Angst ließ ihr das Blut in den Adern gefrieren.

„Wo ist der Graf, Tina?", fragte sie.

„In der großen Halle, Mylady. Er sitzt allein am Tisch, in seinen Mantel gehüllt und trinkt Wein, mit einem Gesicht grau wie der Tod."

„Geh, und erzähl ihm, was wir gesehen haben. Ich werde von diesem Fenster aus Wache halten, damit die Pikten sich nicht an die unbewachte Mauer schleichen."

Tina huschte davon. Belesa hörte, wie ihre Füße in Pantoffeln den Korridor entlangtrampelten und die Treppe hinuntergingen. Dann erklang plötzlich ein Schrei von so ergreifender Angst, dass Belesas Herz vor Schreck fast stehen blieb. Sie war aus dem Zimmer und flog den Korridor hinunter, bevor sie merkte, dass ihre Glieder sich bewegten. Sie rannte die Treppe hinunter – und blieb stehen, so als wäre sie zu Stein geworden.

Sie schrie nicht so, wie Tina geschrien hatte. Sie war nicht zu Geräuschen oder Bewegungen in der Lage. Sie sah Tina, war sich der Realität kleiner Hände bewusst, die sie verzweifelt packten. Aber das waren die einzigen vernünftigen Realitäten in einer Szene aus schwarzem Albtraum, Wahnsinn und Tod, beherrscht von dem monströsen, anthropomorphen Schatten, der schreckliche Arme vor einem grellen, höllisch glühenden Licht ausbreitete.

Draußen im Palisadenzaun schüttelte Strom bei Conans Frage den Kopf. „Ich habe nichts gehört."

„Ich habe!" Conans wilde Instinkte wurden geweckt; er war angespannt, seine Augen glühten. „Es kam von der Südmauer, hinter diesen Hütten!"

Er zog sein Entermesser und schritt auf den Palisadenzaun zu. Von der Anlage aus waren die Mauer im Süden und der dort postierte Wachposten nicht sichtbar, da sie hinter den Hütten verborgen waren. Strom folgte ihm, beeindruckt von der Art des Cimmeriers.

An der Öffnung des freien Raums zwischen den Hütten und der Mauer blieb Conan vorsichtig stehen. Der Raum war schwach beleuchtet durch Fackeln, die an beiden Ecken des Palisadenzauns flackerten. Und etwa in der Mitte dieses natürlichen Korridors lag eine zusammengesunkene Gestalt auf dem Boden.

„Bracus!", fluchte Strom, rannte vorwärts und ließ sich neben der Gestalt auf ein Knie fallen. „Bei Mitra, ihm ist die Kehle von Ohr zu Ohr durchgeschnitten worden!"

Conan ließ einen schnellen Blick durch den Raum schweifen und fand ihn leer vor, bis auf sich selbst, Strom und den Toten. Er spähte durch eine Schießscharte. Kein lebender Mann bewegte sich im Lichtkreis der Fackeln außerhalb des Forts.

„Wer könnte das getan haben?", fragte er sich.

„Zarono!" Strom sprang auf und spie Zorn wie eine Wildkatze, sein Haar gesträubt, sein Gesicht verzerrt. „Er hat seine Diebe dazu gebracht, meinen Männern in den Rücken zu stechen! Er plant, mich durch Verrat auszulöschen! Teufel! Ich bin innen und außen geplagt!"

„Warte!" Conan streckte eine zurückhaltende Hand aus. „Ich glaube nicht, dass Zarono –"

Aber der wütende Pirat riss sich los und rannte um das Ende der Hüttenreihe herum, während er Gotteslästerungen ausstieß. Conan rannte ihm fluchend hinterher. Strom ging direkt auf das Feuer zu, an dem Zaronos große, schlanke Gestalt zu sehen war, während der Piratenchef einen Krug Bier trank.

Sein Erstaunen war maßlos, als ihm der Krug heftig aus der Hand gerissen wurde, Schaum auf seinem Brustpanzer verspritzte und er herumgerissen wurde und dem vor Erregung verzerrten Gesicht des Piratenkapitäns gegenüberstand.

„Du mordlustiger Hund!", brüllte Strom. „Wirst du meine Männer hinter meinem Rücken töten, während sie ebenso um deine dreckige Haut wie um meine kämpfen?"

Conan eilte auf sie zu, und überall hörten die Männer auf zu essen und zu trinken und starrten erstaunt.

„Was meinst du?", stotterte Zarono.

„Du hast deine Männer dazu gebracht, die meinen auf ihren Posten zu erstechen!", schrie der wütende Barachan.

„Du lügst!" Schwelender Hass flammte plötzlich auf.

Mit einem unverständlichen Geheul hob Strom sein Entermesser und hieb auf den Kopf des Freibeuters ein. Zarono fing den Schlag mit seinem gepanzerten linken Arm ab, und Funken sprühten, als er zurücktaumelte und sein eigenes Schwert herausriss.

Im Nu kämpften die Kapitäne wie Wahnsinnige, ihre Klingen flammten und blitzten im Feuerschein. Ihre Mannschaften reagierten sofort und blindwütig. Ein tiefes Brüllen erhob sich, als Piraten und Freibeuter ihre Schwerter zogen und sich aufeinander stürzten. Die Männer auf den Mauern verließen ihre Posten und sprangen mit Klingen in der Hand nach innerhalb der Palisade. Im Nu war das Gelände ein Schlachtfeld, wo sich verknotete, sich windende Gruppen von Männern in blinder Raserei schlugen und töteten. Einige der Soldaten und Leibeigenen wurden in das Handgemenge hineingezogen, und die Soldaten am Tor drehten sich um und starrten erstaunt hinunter, wobei sie den Feind vergaßen, der draußen lauerte.

Alles war so schnell geschehen – schwelende Gemüter explodierten in einer plötzlichen Schlacht –, dass überall im Gelände Männer kämpften, bevor Conan die wütenden Anführer erreichen konnte. Er ignorierte ihre Schwerter und riss sie mit solcher Gewalt auseinander, dass sie rückwärts taumelten und Zarono stolperte und kopfüber hinfiel.

„Ihr verfluchten Narren, wollt ihr unser aller Leben wegwerfen?"

Strom schäumte vor Wut, und Zarono brüllte um Hilfe. Ein Freibeuter rannte von hinten auf Conan zu und hieb nach seinem Kopf. Der Cimmerier drehte sich halb um und packte seinen Arm, wobei er den Hieb mitten in der Luft abwehrte.

„Seht her, ihr Narren!", brüllte er und zeigte mit seinem Schwert.

Etwas in seinem Ton erregte die Aufmerksamkeit des kampfeswütigen Mobs; Männer erstarrten an Ort und Stelle, mit erhobenen Schwertern, Zarono auf einem Knie, und drehten ihre Köpfe, um zu starren. Conan zeigte auf einen Soldaten auf dem Wehrgang. Der Mann war taumelnd, die Arme in die Luft greifend, würgend, als er zu schreien versuchte. Plötzlich stürzte er kopfüber zu Boden, und alle sahen den schwarzen Pfeil zwischen seinen Schultern stecken.

Ein Alarmruf erhob sich aus dem Gelände. Auf den Ruf folgte ein Lärm markerschütternder Schreie, das Aufprallen von Äxten auf das Tor. Brennende Pfeile schossen über die Mauer und blieben in Baumstämmen stecken, und dünne Wölkchen blauen Rauchs stiegen auf. Dann kamen hinter den Hütten entlang der Südmauer schnelle und verstohlene Gestalten hervor, die über das Gelände rannten.

„Die Pikten sind drinnen!", brüllte Conan.

Auf seinen Ausruf folgte Chaos. Die Freibeuter beendeten ihre Fehde, einige wandten sich den Wilden zu, andere sprangen zur Mauer. Wilde strömten hinter den Hütten hervor und strömten über das Gelände; ihre Äxte blitzten gegen die Entermesser der Matrosen.

Zarono rappelte sich gerade auf, als ein bemalter Wilder von hinten auf ihn losging und ihm mit einer Streitaxt den Schädel einschlug.

Conan kämpfte, mit einer Gruppe Matrosen hinter ihm, im Inneren des Palisadenzauns gegen die Pikten, und Strom kletterte mit den meisten seiner Männer auf die Wehrgänge und schlug auf die dunklen Gestalten ein, die bereits über die Mauer strömten. Die Pikten, die sich unbemerkt herangeschlichen und das Fort umzingelt hatten, während die Verteidiger untereinander kämpften, griffen von allen Seiten an. Valensos Soldaten drängten sich am Tor zusammen und versuchten, es gegen einen heulenden Schwarm jubelnder Dämonen zu halten.

Immer mehr Wilde strömten hinter den Hütten hervor, nachdem sie die ungeschützte Südmauer erklommen hatten. Strom und seine Piraten wurden von der anderen Seite der Palisade zurückgeschlagen, und im Nu wimmelte es in der Anlage von nackten Kriegern. Sie rissen die Verteidiger wie Wölfe nieder; die Schlacht verwandelte sich in wirbelnde Strudel bemalter Figuren, die um kleine Gruppen verzweifelter weißer Männer herumschwirrten. Pikten, Matrosen und Handlanger lagen verstreut auf dem Boden, zertrampelt von den rücksichtslosen Füßen. Blutverschmierte Krieger stürzten sich heulend in die Hütten, und die Schreie, die aus den Innenräumen aufstiegen, wo Frauen und Kinder unter den roten Äxten starben, übertönten den Lärm der Schlacht. Die Soldaten verließen das Tor, als sie diese erbärmlichen Schreie hörten, und im Nu hatten die Pikten es durchbrochen und strömten ebenfalls in die Palisade. Hütten begannen in Flammen aufzugehen.

„Rauf zum Herrenhaus!", brüllte Conan, und ein Dutzend Männer drängten hinter ihm her, während er sich unaufhaltsam einen Weg durch das knurrende Rudel bahnte.

Strom war an seiner Seite und schwang sein rotes Entermesser wie einen Dreschflegel.

„Wir können das Herrenhaus nicht halten", grunzte der Pirat.

„Warum nicht?" Conan war zu sehr mit seiner purpurroten Arbeit beschäftigt, um einen Blick zu erhaschen.

„Weil – ah!" Ein Messer in einer dunklen Hand bohrte sich tief in den Rücken des Barachan. „Der Teufel soll dich fressen, Bastard!" Strom drehte sich taumelnd um und spaltete den Kopf des Wilden bis zu den Zähnen. Der Pirat taumelte und fiel auf die Knie, Blut spritzte aus seinen Lippen.

„Das Herrenhaus brennt!", krächzte er und sackte im Staub zusammen. Conan warf einen schnellen Blick um sich. Die Männer, die ihm gefolgt waren, lagen alle in ihrem Blut. Der Pikte, der unter den Füßen des Cimmeriers sein Leben aushauchte, war der letzte der Gruppe, die ihm den Weg versperrt hatte. Überall um ihn herum tobte und wogte die Schlacht, aber im Moment stand er allein da. Er war nicht weit von der Südmauer entfernt. Ein paar Schritte, und er konnte auf die Plattform springen, sich hinüberschwingen und in die Nacht verschwinden. Aber er erinnerte sich an die hilflosen Mädchen im Herrenhaus – aus dem jetzt Rauch in wogenden Massen aufstieg. Er rannte auf das Herrenhaus zu.

154

Ein gefiederter Häuptling kam aus der Tür gewirbelt und hob eine Kriegsaxt, und hinter dem rennenden Cimmerier hielten Reihen flinker Krieger auf ihn zu. Er bremste seinen Lauf nicht. Sein nach unten geschwungenes Entermesser traf die Axt, lenkte sie ab und spaltete den Schädel ihres Trägers. Einen Augenblick später war Conan durch die Tür und hatte sie gegen die Äxte, die in das Holz splitterten, zugeschlagen und verriegelt.

Die große Halle war voller treibender Rauchschwaden, durch die er halb blind tastete. Irgendwo wimmerte eine Frau, kleine, einprägsame, hysterische Schluchzer nervenzermürbenden Entsetzens. Er tauchte aus einer Rauchwolke auf, blieb wie angewurzelt stehen und starrte den Flur entlang.

Die Halle war düster und schattig von treibendem Rauch; der silberne Kandelaber war umgestürzt, die Kerzen erloschen; die einzige Beleuchtung war ein greller Schein von dem großen Kamin und der Wand, in die er eingelassen war, wo die Flammen vom brennenden Boden zu den rauchenden Dachbalken züngelten. Und vor diesem grellen Schein sah Conan eine menschliche Gestalt, die langsam am Ende eines Seils baumelte. Das tote Gesicht wandte sich ihm zu, während der Körper baumelte, und war bis zur Unkenntlichkeit verzerrt. Doch Conan wusste, dass es Graf Valenso war, der an seinem eigenen Dachbalken hing.

Doch da war noch etwas anderes in der Halle. Conan sah es durch den treibenden Rauch – eine monströse schwarze Gestalt, die sich im grellen Höllenfeuer abzeichnete. Diese Silhouette wirkte vage menschlich; doch der Schatten, der auf die brennende Wand geworfen wurde, war alles andere als menschlich.

„Crom!", murmelte Conan entsetzt, gelähmt von der Erkenntnis, einem Wesen gegenüberzustehen, gegen das sein Schwert nutzlos war. Er sah Belesa und Tina, einander in den Armen haltend, am Fuß der Treppe kauern.

Das schwarze Monster bäumte sich auf, gigantisch gegen die Flammen aufragend, die mächtigen Arme weit ausgebreitet; ein undeutliches Gesicht lugte durch den treibenden Rauch, halb menschlich, dämonisch, durch und durch schrecklich – Conan erhaschte einen Blick auf die eng beieinander stehenden Hörner, das klaffende Maul, die spitzen Ohren – es schleppte sich schwerfällig durch den Rauch auf ihn zu, und eine alte Erinnerung erwachte verzweifelt.

Neben dem Cimmerier stand eine massive, kunstvoll geschnitzte Silberbank, einst Teil der Pracht von Schloss Korzetta. Conan packte sie und hob sie hoch über seinen Kopf.

„Silber und Feuer!", brüllte er mit einer Stimme wie ein Windstoß und schleuderte die Bank mit aller Kraft seiner eisernen Muskeln. Voll auf die große schwarze Brust krachte sie, hundert Pfund Silber, mit rasender Geschwindigkeit geschleudert. Nicht einmal der Schwarze konnte einem solchen Geschoss standhalten. Er wurde von den Füßen gerissen – rückwärts kopfüber geschleudert in den offenen Kamin, der ein tosender Flammenschlund war. Ein schrecklicher Schrei erschütterte die Halle, der Schrei eines überirdischen Wesens, das plötzlich vom irdischen Tod gepackt wurde. Der Kaminsims knackte, und Steine fielen vom großen Schornstein und verbargen halb die schwarzen, sich windenden Glieder, an denen die Flammen in elementarer Wut fraßen. Brennende Balken stürzten von der Decke herab und donnerten auf die Steine, und der ganze Haufen wurde von einem tosenden Feuerstoß eingehüllt.

Flammen rasten die Treppe hinunter, als Conan sie erreichte. Er packte das ohnmächtige Kind unter einen Arm und zerrte Belesa auf die Füße. Durch das Knistern und Knacken des Feuers hörte man das Zersplittern der Tür unter den Streitäxten. Er sah sich um, erblickte eine Tür gegenüber dem Treppenabsatz und eilte hindurch, Tina tragend und Belesa halb hinter sich her ziehend, die benommen wirkte. Als sie den dahinterliegenden Raum betraten, verkündete ein Nachhall hinter ihnen, dass die Decke im Flur einstürzte.

Durch eine erstickende Rauchwand sah Conan eine offene Außentür auf der anderen Seite des Raumes. Als er seine Schützlinge hindurchschleppte, sah er, wie sie in zerbrochenen Angeln hing, Schloss und Riegel zerbrochen und zersplittert, so als wären sie von einer gewaltigen Kraft getroffen worden.

„Der schwarze Mann kam durch diese Tür herein!", schluchzte Belesa hysterisch. „Ich habe ihn gesehen – aber ich wusste nicht –"

Sie kamen in das feuerbeleuchtete Gelände, nur wenige Meter von der Hüttenreihe entfernt, die die Südwand säumte. Ein Pikte schlich mit roten Augen im Feuerschein und erhobener Axt zur Tür. Conan drehte das Mädchen auf seinem Arm vor dem Hieb weg, stieß dem Wilden sein Entermesser durch die Brust, riss Belesa von den Füßen und rannte mit beiden Mädchen zur Südmauer.

Das Gelände war voller Rauchschwaden, die die Hälfte der dort stattfindenden roten Arbeit verbargen; doch die Flüchtlinge waren gesehen worden. Nackte Gestalten, schwarz im trüben Licht, tänzelten aus dem Rauch und schwangen blitzende Äxte. Sie waren noch wenige Meter hinter ihm, als Conan sich in die Lücken zwischen den Hütten und der Mauer duckte. Am anderen Ende des Korridors sah er andere heulende Gestalten, die ihm den Weg abschneiden wollten. Er blieb abrupt stehen, warf Belesa mit dem Körper auf den Wehrgang und sprang ihr hinterher. Er schwang sie über die Palisade, ließ sie draußen in den Sand fallen und ließ Tina hinter ihr herfallen. Eine geworfene Axt krachte in einen Baumstamm neben seiner Schulter, und dann war auch er über der Mauer und sammelte seine benommenen und hilflosen Schützlinge ein. Als die Pikten die Mauer erreichten, war der Raum vor der Palisade leer, bis auf die Toten.

VII. – EIN PIRAT KEHRT AUF DAS MEER ZURÜCK

Die Morgendämmerung färbte das trübe Wasser in einen altrosa Farbton. Weit draußen auf dem gefärbten Wasser wuchs ein weißer Fleck aus dem Nebel – ein Segel, das im perlmuttfarbenen Himmel zu schweben schien. Auf einer buschigen Landzunge hielt Conan der Cimmerier einen zerlumpten Umhang über ein Feuer aus grünem Holz. Während er den Umhang betätigte, stiegen Rauchschwaden auf, zitterten in der Morgendämmerung und verschwanden.

Belesa kauerte neben ihm, einen Arm um Tina gelegt.

„Glaubst du, sie werden es sehen und verstehen?"

„Sie werden es sehen, ganz sicher", versicherte er ihr. „Sie haben die ganze Nacht vor dieser Küste herumgegangen und gehofft, Überlebende zu sehen. Sie haben panische Angst. Es sind nur ein halbes Dutzend, und keiner von ihnen kann gut genug navigieren, um von hier zu den Barachan-Inseln zu segeln. Sie werden meine Signale verstehen; es ist der Piratenkodex. Ich sage ihnen, dass die Kapitäne und alle Matrosen tot sind und dass sie an Land kommen und uns an Bord nehmen sollen. Sie wissen, dass ich navigieren kann, und sie werden gerne unter mir ein Schiff führen; sie müssen es tun. Ich bin der einzige Kapitän, der noch übrig ist."

„Aber angenommen, die Pikten sehen den Rauch?" Sie schauderte und blickte über den nebligen Sand und die Büsche zurück, wo meilenweit nördlich eine Rauchsäule in der stillen Luft stand.

„Sie werden es wahrscheinlich nicht bemerken. Nachdem ich euch im Wald versteckt hatte, schlich ich zurück und sah, wie sie Fässer mit Wein und Bier aus den Lagerhäusern schleppten. Die meisten von ihnen waren bereits taumelnd. Sie werden inzwischen alle zu betrunken herumliegen, um sich zu bewegen. Mit hundert Mann könnte ich die ganze Horde auslöschen. Seht nur! Da geht eine Rakete von der Roten Hand hoch! Das bedeutet, sie kommen, um uns aufzunehmen!"

Conan trat das Feuer aus, gab Belesa den Umhang zurück und streckte sich wie eine große, faule Katze. Belesa beobachtete ihn verwundert. Seine Gelassenheit war nicht gespielt; die Nacht voller Feuer, Blut und Gemetzel und die anschließende Flucht durch die schwarzen Wälder hatten seine Nerven unberührt gelassen. Er war so ruhig, als hätte er die Nacht mit Festen und Feiern verbracht. Belesa fürchtete ihn nicht; sie fühlte sich sicherer als je zuvor, seit sie an dieser wilden Küste gelandet war. Er war nicht wie die Freibeuter, zivilisierte Menschen, die alle Regeln der Ehre verworfen hatten und ohne sie lebten. Conan hingegen lebte nach dem Kodex seines Volkes, der barbarisch und blutig war, hielt aber immerhin seine eigenen Regeln der Ehre aufrecht.

„Glaubst du, er ist tot?", fragte sie scheinbar belanglos.

Er fragte sie nicht, wen sie meinte.

„Ich glaube schon. Silber und Feuer sind beide tödlich für böse Geister, und er bekam beides satt."

Keiner der beiden sprach mehr über dieses Thema; Belesas Gedanken schreckten davor zurück, sich die Szene vorzustellen, als eine schwarze Gestalt in die große Halle schlich und eine lange aufgeschobene Rache auf grausame Weise vollzogen wurde.

„Was werdet Ihr tun, wenn Ihr nach Zingara zurückkehrt?", fragte Conan.

Sie schüttelte hilflos den Kopf.

„Ich weiß es nicht. Ich habe weder Geld noch Freunde. Ich habe nicht gelernt, meinen Lebensunterhalt zu verdienen. Vielleicht wäre es besser gewesen, wenn mich einer dieser Pfeile ins Herz getroffen hätte."

„Sagt das nicht, Mylady!", flehte Tina. „Ich werde für uns beide arbeiten!"

Conan zog einen kleinen Lederbeutel aus seinem Gürtel. „Tothmekris Juwelen habe ich nicht bekommen", grollte er. „Aber hier sind ein paar Schmuckstücke, die ich in der Truhe gefunden habe, aus der ich meine Kleider habe, die ich trage."

Er schüttete eine Handvoll flammender Rubine in seine Handfläche. „Sie sind selbst ein Vermögen wert." Er warf sie zurück in den Beutel und reichte ihn ihr.

„Aber die kann ich nicht nehmen –", begann sie.

„Natürlich nehmt Ihr sie. Ich kann Euch ebenso gut den Pikten zum Skalpieren überlassen als Euch nach Zingara zurückzubringen, wo Ihr verhungern müsst", sagte er. „Ich weiß, wie es ist, in einem hyborischen Land mittellos zu sein. In meinem Land gibt es manchmal Hungersnöte; aber die Menschen hungern nur, wenn es überhaupt nichts zu essen gibt. In zivilisierten Ländern hingegen habe ich Menschen gesehen, die der Völlerei überdrüssig waren, während andere am Verhungern waren. Ja, ich habe Männer an den

Wänden von Läden und Lagerhäusern, die mit Lebensmitteln vollgestopft waren, verhungern sehen. Manchmal war ich auch hungrig, aber dann habe ich mir mit vorgehaltenem Schwert genommen, was ich wollte. Aber Ihr könnt das nicht tun. Also nehmt diese Rubine. Ihr könnt sie verkaufen und Euch ein Schloss kaufen, Sklaven und schöne Kleider, und damit wird es nicht schwer sein, einen Ehemann zu finden, denn alle zivilisierten Männer wünschen sich Frauen mit diesen Besitztümern."

„Aber was ist mit dir?"

Conan grinste und deutete auf die Rote Hand, die schnell an Land gezogen wurde.

„Ein Schiff und eine Mannschaft sind alles, was ich brauche. Sobald ich dieses Deck betrete, habe ich ein Schiff, und sobald ich die Barachaner mobilisieren kann, habe ich eine Mannschaft. Die Jungs der Roten Bruderschaft wollen unbedingt mit mir segeln, denn ich führe sie immer zu seltener Beute. Und sobald ich dich und das Mädchen an der Küste Zingaras an Land gebracht habe, zeige ich den Hunden, wie man plündert! Nay, nay, nein, danke! Was sind eine Handvoll Edelsteine für mich, wenn mir die gesamte Beute der südlichen Meere zu Füßen liegt?"

ENDE

Übersicht über die Werke von Robert E.Howard

In der Übersetzung von Jan Erik Moeller:

Robert E.Howard – Conan der Cimmerier, Band 1: Der Turm des Elefanten und andere Geschichten

Robert E.Howard – Conan der Cimmerier, Band 2: Königin der Schwarzen Küste und andere Geschichten

Robert E.Howard – Conan der Cimmerier, Band 3: Die Menschen des Schwarzen Kreises und andere Geschichten

Robert E.Howard – Conan der Cimmerier, Band 4: Die Stunde des Drachen

In der englischen Originalfassung:

Robert E.Howard – Conan the Cimmerien, Vol. 1: The Tower of the Elephant and other stories

R Robert E.Howard – Conan the Cimmerien, Vol. 2: Queen of the Black Coast and other stories

Robert E.Howard – Conan the Cimmerier, Vol. 3: The People oft he Black Cirvle and other stories

Robert E.Howard – Conan the Cimmerier, Vol. 4: The Hour of the Dragon

Alle Bücher sind im Jan Erik Moeller-Verlag erschienen und überall im Handel erhältlich.

Übersicht über die Werke von Jan Erik Moeller

Die Legende von Arthilien

Band 1: Die Invasion der Orks

Band 2: Das Goldene Schwert

Band 3: Die Rückkehr der Elben

Band 4: Das Schwarze Schwert

Band 5: Der Große Krieg

Die Legende der Mucklins

Band 1: Die magischen Steine

Band 2: Das Orkland

Band 3: Die Rückkehr nach Arthilien

Band 4: Der Herr der Dunkelheit

Die Legende der Paladine

Band 1 – 3

Der kleine Mucklin (Kinderbuch)

Fantasy-Schriftsteller werden! (Ratgeber)

Band 1 – 2

Alle Bücher sind im Jan Erik Moeller-Verlag erschienen und überall im Handel erhältlich.